KB162418

을 유 세 계 문 학 전 집 · 7 9

안전 통행증 · 사람들과 상황

안전 통행증 · 사람들과 상황

OKHRANNAIA GRAMOTA·LUDI I POLOZHENIIA

보리스 파스테르나크 지음 · 임혜영 옮김

❀ 을유문화사

옮긴이 임혜영

고려대학교 노어노문학과와 동 대학원 노문학과를 졸업했다. 졸업 후 러시아 상트페테르부르크국립대학에서 「보리스 파스테르나크의 소설 『닥터 지바고』, 작가의 일반 철학적 관념에 비추어 본 시와 산문」이라는 논문으로 문학 박사 학위를 받았다. 현재 고려대학교에서 강의하고 있다. 논문으로는 「파스테르나크의 『안전 통행증』에 구현된 리얼리즘 시학」, 「파스테르나크와 여성 해방의 테마」, 「파스테르나크의 『삶은 나의 누이』에 나타난 레르몬토프 전통」, 「러시아 문학과 여성신화」, 「파스테르나크와 신비주의」, 「푸시킨의 전통에 비추어 본 파스테르나크의 『스펙토르스키』」, 「러시아 모더니즘 산문과 문학적 인상주의」외 다수가 있다. 파스테르나크를 비롯해 러시아 모더니즘에 관한 연구 논문 발표를 지속적으로 하고 있다. 역서로는 『시간과 공간의 기호학』(공역)과 『삶은 나의 누이』, 『스펙토르스키 / 이야기』 등이 있다.

을유세계문학전집 79
안전 통행증·사람들과 상황

발행일·2015년 12월 30일 초판 1쇄 | 2020년 12월 25일 초판 2쇄
지은이·보리스 파스테르나크 | 옮긴이·임혜영
펴낸이·정무영 | 펴낸곳·(주)을유문화사
창립일·1945년 12월 1일 | 주소·서울시 마포구 서교동 469-48
전화·02-733-8153 | FAX·02-732-9154 | 홈페이지·www.eulyoo.co.kr
ISBN 978-89-324-0461-5 04890 978-89-324-0330-4(세트)

추천의 말

 노벨문학상 수상자 보리스 파스테르나크는 대개 시인이면서 장편 소설『닥터 지바고』의 저자로 잘 알려져 있다. 하지만 그의 산문 작품에는『닥터 지바고』만 있는 게 아니다.『안전 통행증』(1931)과『사람들과 상황』(1957)은 그의 창작에서 중요한 위치를 차지하고 있다. 일반적으로 이 두 작품은 초기 파스테르나크의 창작적 전기(傳記)로, 1900~1920년대 러시아의 사회적·문학적 삶에 대한 폭넓은 그림을 기록하고 있다. 그 가운데 마야콥스키에 대한 묘사, 마야콥스키와 파스테르나크의 관계, 그리고 러시아 문학 전개에서 마야콥스키의 위상은 특별한 자리를 차지한다.

 역자 임혜영의 번역 출간을 모든 점에서 적극 추천하는 바이다. 이 번역은 세계적으로 가장 저명한 러시아 작가 중 하나이자 위대한 시인에 대한 한국 독자의 지식을 확장시켜 줄 것이다.

 어려우면서도 흥미로운 이 번역 텍스트에 실릴, 수많은 일상적 문학적 현실을 설명해 주는 주석과, 나아가 파스테르나크와 그의 주인공들을 소개하는 해설 부분은 틀림없이 값진 것이 될 것이다.

I. N. 수히흐 Igor' Nikolaevich Sukhikh

(문학 박사, 상트 페테르부르크 국립 대학 교수,

상트 페테르부르크 작가 동맹 일원)

Лауреат Нобелевской премии Б. Л. Пастернак известен, прежде всего, как поэт и автор романа «Доктор Живаго». Однако, его прозаические сочинения не ограничиваются этим романом. Важное место в его творчестве занимают книга «Охранная грамота»(1931) и большая статья «Люди и положения»(1957). В совокупности эти произведения представляют собой творческую биографию раннего Пастернака, вписанную в широкую картину общественной и литературной жизни 1900–1920-х гг. Особое место занимает характеристика Маяковского, его отношения с Пастернаком его место в литературном процессе.

Всячески рекомендую перевод Хе-Ен Им к изданию. Думаю, он продолжит знакомство корейского читателя с великим русским поэтом и одним из самых известных в мире русских писателей.

Представляется, что этот сложный и интересный текст

должен быть снабжен полноценным комментарием, поясняющим многие бытовые и литературные реалии, а также блоком иллюстраций, представляющим самого Пастернака и его героев.

Доктор филологических наук,
Профессор Санкт-Петербургского государственного университета
Член Союза писателей Санкт-Петербурга

/И.Н. Сухих/

차례

안전 통행증

라이너 마리아 릴케를 기념하며

제1부

1

1900년 무더운 여름날 아침, 급행열차가 쿠르스크 역*을 출발하려고 한다. 열차가 출발하려는 찰나, 검은 티롤* 망토를 걸친 남자가 우리 객차의 창가로 다가온다.* 키 큰 여자가 그와 함께 있다. 그의 어머니나 누나인 듯싶다. 아버지는 뭔가에 대해 두 사람과 얘기를 나누고 계시고, 모두 훈훈한 태도로 이야기하고 있다. 키큰 여자는 가끔씩 어머니와 러시아어로 말하는데 낯선 남자는 독일어로만 대화를 한다. 나는 독일어를 완벽하게 알고 있지만 그가 구사하고 있는 그러한 독일어 발음은 들어 본 적이 없다. 그래서 사람들이 붐비는 이 플랫폼에서 두 번의 경적이 울리는 동안, 내게 이 외국인 남자는 마치 사람들 틈바구니에 낀 실루엣, 번잡한 현실 한복판에 선 허구처럼 느껴진다.[1]

기차가 툴라에 가까워지자, 이 커플은 다시 우리 가족이 타고

---

1 이하 릴케에 대한 회상은 원전에서 현재 시제가 사용됐다. 작가는 특별히 중요한 의미를 지닌 몇몇 인물에 대한 회상일 경우 과거형 동사 대신 현재형을 써서 강조했다.

있는 객차에 나타난다. 이들은 코즐로바 자세카* 역이 급행열차가
서는 곳도 아니고 주임 차장이 톨스토이의 영지에 잠시 정차하도
록 기관사에게 제때 말할지도 걱정된다고 말한다. 소피야 안드레
예브나*가 모스크바에서 열리는 심포니 연주회를 보러 다니고 최
근에는 우리 집에도 왔었다는 얘기가 오가는 걸 보니, 지금 이들
은 그녀에게 가는 것 같다. 그런데 이들이 L. N. 백작(gr.)*이란 이
니셜로 언급하는 존재, 우리 집에서 은밀한 역할을 하지만 두통이
날 정도로 줄담배를 피워 댄, 무척 중요한 그 존재에 대해서 나는
뭐라 표현할 길이 없다. 내가 그를 직접 본 건 아주 어렸을 때였으
니까. 심지어 나중에 아버지와 레핀, 그리고 다른 화가들 그림에
서 복원되기도 한 백발이 그의 백발이 아니라, 이후에 그보다 자
주 만났던 걸로 기억되는 또 다른 노인 — 니콜라이 니콜라예비치
게* — 의 백발일 거라고 한동안 잘못 생각할 만큼 말이다.

　이제 그 커플은 작별 인사를 건네고 그들의 객차로 돌아간다. 얼
마 지나지 않아, 차창 밖에서 날고 있던 제방이 순간 동작을 멈춘
다. 눈앞에 자작나무들이 아른거린다. 기차 칸마다 연결된 원판 클
러치가 거칠게 숨을 내쉬며 노반(路盤)에 부딪친다. 뭉게구름이 떠
있는 하늘이, 솨 이는 모래 회오리 너머에서 경쾌하게 모습을 드러
낸다. 숲에서는 곁말을 매단 빈 쌍두마차가 러시아 춤*을 추듯 날
렵하게 반원을 그리며 빠져나와, 기차에서 내린 손님 쪽으로 쌩 달
려온다. 정적은 한 발의 총성처럼 순간 흥분을 일으키며, 우리의
존재에 대해서는 전혀 모르는 이곳 철로 측선(側線)으로 찾아든다.
우리 가족은 여기서 내리지 않는다. 그 커플은 하차하면서 우리에
게 작별 인사로 손수건을 흔든다. 우리도 작별 인사를 건넨다. 그
들을 자리에 앉히는 마부의 모습이 잠시 시야에 들어온다. 소매가
붉은 옷을 입은 마부가 숙녀에게 가죽 무릎 덮개를 건네고는 자리

에서 살짝 일어나 허리띠를 바로잡고 반외투의 긴 앞깃을 아래로 접어 내린다. 마부는 곧 출발할 것이다. 이때 갑자기 커브 길이 우리가 탄 기차 옆으로 다가와 서고, 기차가 멈췄던 간이역은 다 읽힌 페이지가 넘어가듯 방향을 틀며 천천히 시야에서 사라진다. 남자의 얼굴과 이날 일도 기억에서 사라질 것이다. 영원히.

2

그 후 3년이 흘러, 마당에 겨울이 찾아든다. 거리는 땅거미와 모피 코트의 그림자들에 가려 폭이 3분의 1로 줄어들었다. 사륜마차와 가로등이 만들어 내는 입방체(cubes) 불빛이 거리를 조용히 질주한다. 나는 예전에도 여러 번 일반적인 글쓰기 관례*를 따르지 않은 적이 있지만, 이 글에서는 그런 관례를 아예 포기했다. 그보다 더 강력한 연속 — 바로 얼굴들의 연속 — 의 파도가 내게 밀려들어 그 관례를 씻어 낸 것이다.

나는 그러한 연속이 밀려들기 전에 있었던 일들은 자세히 기술하지 않겠다.[2] 즉 구밀료프의 '여섯째 감각*과 아주 유사한 감각을 지닌 열 살 소년이었을 때의 나에게 자연이 어떻게 펼쳐졌는지에 대해선 자세히 기술하지 않겠다. 5겹 꽃잎으로 응시해 오는 식물에 감동한 소년이 어떻게 식물학에 첫 열정을 바치게 됐는지. 무심함을 벗고 명성을 향하듯 린네를 향해 무조건 돌진한, 꽃향기 머금은 소년의 눈동자에 린네 분류 도감에서 소년이 찾아낸

---

2 이하 종속절들의 열거, 문단 나뉨 등은 모두 원문을 따랐음을 밝혀 둔다. 이는 일반 통사 구조를 해체하는 작가의 문체적 특성의 한 변형으로, 유사한 문장을 열거해 시행 형식의 구조를 제시한다.

학명(學名)이 어떻게 평온을 가져다줬는지.

1901년 봄, 모스크바 동물원에서 어떻게 다호메이*국 여전사 (Amazons) 군대의 공연을 선보이게 됐는지. 여성에 대한 내 최초의 느낌이 어떻게 그들의 벌거벗은 대열과 연관되고, 또 북소리에 맞춘 이 열대(熱帶) 지역의 행렬에 가득한 고통과 연관되었는지. 내가 그들의 모습에서 어떻게 그토록 일찍 노예의 형태를 엿보았는지, 또 그로 인해 내가 어떻게 필요 이상으로 빨리 그런 형태의 노예가 되었는지. 프로트바* 강 건너에 사는 지인 부부의 수양딸이 1903년 여름에 어떻게 스크랴빈* 부부의 집 근처 오볼렌스코예에서 멱을 감다 물에 빠졌는지. 그녀를 구하려고 물에 뛰어든 대학생이 어떻게 죽었는지, 그리고 이후 그녀가 그 깎아지른 듯한 언덕에서 몇 번의 자살 시도 끝에 어떻게 미쳐 버리게 되었는지. 그 사건 이후 어느 날 저녁, 내가 미래의 두 전쟁 출정에 면제될 만큼 다리가 부러져서 깁스한 채 움직이지 않고 누워 있을 때, 어떻게 그 지인 부부 집에 불이 나서 날카로운 시골 경종(警鐘)이 흥분하여 부르르 떨며 백치처럼 미친 듯 울렸는지. 이때 어떻게 비스듬히 기운 화염이 하늘을 나는 연처럼 힘껏 기지개를 켜며 공중에 부딪쳤으며, 그런 다음 갑자기 나무 창살 주위를 파이프처럼 말고서 뒤집혀 가늘고 긴 파이의 결 같은 검붉은 잿빛 연기 속으로 급히 하강했는지.

그날 밤 말로야로슬라베츠에서 의사를 모시고 함께 말을 타고 돌아오시던 아버지가 2베르스타* 떨어진 곳에서 숲길 위로 구름처럼 피어오르며 소용돌이치는 화염을 보시고는, 사랑하는 아내가 영원히 불구가 될 위험을 무릅쓰지 않고는 절대 들 수 없는 3푸드* 덩어리의 깁스를 한 아들과 나머지 세 아이와 함께 불에 타고 있다고 확신하신 나머지, 어떻게 반백의 머리가 되어 버렸는지.

나는 이런 일들은 기술하지 않겠다. 그런 일은 내가 하지 않더라도 독자가 알아서 할 것이다. 독자는 공포와 스토리가 있는 이야기를 좋아하며, 또 지나간 삶에 대한 이야기란 중단 없이 이어지는 이야기라고 생각한다. 독자가 삶에 대한 내 이야기의 결말이 논리적이길 바랄지 아닐지는 모르겠다. 독자는 마음속으로 가볍게 거닐 수 있는 부분만 마음에 들어 한다. 즉 독자는 머리말과 도입부에 온통 관심을 보이는 데 반해, 나의 경우는 그가 결론을 내려 하는 그 부분에서만 비로소 삶이 펼쳐지곤 했다. 왜냐하면 내게는 지난 삶의 한 조각이 피할 수 없는 죽음의 이미지로 다가왔을 뿐 아니라, 내가 삶에서 완전히 생기를 찾을 수 있었던 건 오로지 삶의 요리 재료가 지루하게 끓기를 멈추었을 때, 그래서 삶의 요리를 최대한 확장된 감정으로 맛본 뒤 삶의 얽매임을 힘껏 박차고 나와 그것에서 해방됐을 때뿐이었기 때문이다.

그렇게 마당에 겨울이 찾아들고, 거리는 땅거미의 그림자에 가려져 폭이 3분의 1로 짧아진 채 온종일 이리저리 심부름을 다닌다. 소용돌이치는 눈발에 휩싸인 가로등 불빛의 회오리가 뒤처진 상태로 거리 뒤를 쫓는다. 내가 김나지움*에서 집으로 돌아오는데, 온통 눈으로 덮인 스크랴빈의 음악회 포스터가 벽보에서 떨어져 내 등에 껑충 내려앉는다. 책가방 덮개에 앉은 그것을 나는 그대로 가져온다. 창턱에 그것을 놓으니 물이 줄줄 흘러 창턱에 고인다. 나의 스크랴빈 숭배는 이처럼 열병보다도 독하고 감출 수 없을 만큼 뚜렷이 나를 엄습한다.

멀리서 그를 발견이라도 할라치면 나는 창백해지는데, 또 이내 창백해진 자신이 부끄러워 얼굴이 새빨개진다. 그가 내게 말이라도 걸어오면 나는 정신이 멍해져서 뭔가 엉뚱한 대답을 한다. 이 때문에 모두 웃는다. 하지만 나는 무슨 말을 했는지 기억나지 않는다. 나는 그가 모든 상황을 짐작하여 알고 있으면서도 당황해하는 나를 한 번도 도와주지 않았다는 걸 안다. 이는 그가 나를 특별히 대하지 않는다는 의미이며, 나의 감정이 보답받지 못한 일방적인 것임을 말해 준다. 사실 이건 내가 갈망하는 바이기도 하다. 왜냐하면 오직 그러한 감정만이 아무리 감정이 뜨겁게 일더라도 말로 표현할 길 없는 그의 음악이 불러일으키는 파괴력으로부터 그만큼 나를 보호해 주기 때문이다.

이탈리아로 떠나기 전에 스크랴빈은 작별 인사를 하려고 우리 집에 들른다.* 그는 피아노 연주를 하고 ─ 이는 말로 묘사할 수 없다 ─ 우리와 함께 저녁 식사를 하며, 철학에 관한 이야기를 꺼내고 소탈한 모습으로 농담을 던진다. 내게는 그가 내내 무척 지루해하고 있는 것처럼 보인다. 이제 작별 인사를 나눌 시간이다. 각자의 기원이 담긴 말이 여기저기서 울려 퍼진다. 모두의 인사말이 쏟아져 쌓인 곳에 핏덩이 같은 나의 인사말도 떨어진다. 문 쪽으로 걸어가면서 인사말이 오가는데, 문에 이르자 환성이 몰아치고, 그것은 점차 현관으로 이동한다. 앞서 했던 인사말이 현관에서 다시 한 번 빠르게 오가는데, 그의 단단히 바느질된 옷깃 고리가 한참 동안 채워지지 않는다. 이윽고 쾅 하고 문이 닫힌 뒤, 자물쇠의 열쇠가 두 번 돌아간다. 피아노에는 그물 모양에 둘러싸여 빛나는 보면대가 아직까지 스크랴빈의 연주를 말해 주고 있고, 그 옆을 지나던 어머니는 그가 남기고 간 연습곡(Etudes)을 훑어보려고 피아노 앞에 앉으신다. 첫 16소절이 지상의 그 무엇으로도 보상할 수 없는 놀라운 악절(樂節)을 만들며 울려 퍼지자마자, 나는 털외투와 모자를 걸치지도 않고 계단을 따라 아래로 뛰어간다. 그러고는 스크랴빈을 돌아오게 하거나 적어도 한 번 더 볼 요량으로 먀스니츠카야 밤거리를 달린다.

이런 일은 누구나 경험한다. 전통은 우리 각자에게 나타나 개성적인 모습을 보여 줄 것을 기약하고는 모두에게 각기 다르게 그 기약을 지켜 왔다. 사실 우리 모두 누군가를 사랑하고, 사랑하는 기회를 가진 만큼 점차 인간이 되어 왔다. 전통은 주위에서 부르는 별칭 때문에 모습이 가려져 왔고, 사람들이 만들어 놓은 자신의 복합적인 이미지에는 만족한 적이 없다. 하지만 자신이 품은 가장 이례적인 존재 중 하나를 늘 우리에게 보내 주었다. 전통이 특별한 존재를 보내 주었는데도 왜 대부분의 사람들은 참고 묵인될 정도의 평범한 모습만 보이다가 세상을 떠난 것일까? 그것은 그들이, 전통이 그 대가로 요구하는 희생에 어린 시절부터 지레 겁을 먹어 개성적인 모습을 갖기보다는 개성 없이 살기를 바라기 때문이다. 제곱미터의 면적만큼이나 큰 힘으로 온 마음을 다해 헌신적으로 사랑하는 것이야말로 우리가 어린 시절에 지녀야 할 마음가짐이다.

3

물론 나는 스크랴빈을 따라잡지 못했다. 또 그럴 생각도 별로 없었다. 나는 그를 6년 뒤, 그가 귀국했을 때 만났다. 그가 부재했던 6년의 기간은 나의 청소년기와 딱 맞아떨어졌다. 청소년기가 얼마나 무궁무진한 시기인지는 누구나 알 것이다. 청소년기 이후에 아무리 수십 년이 놓여 있다 해도, 그 기간으로 청소년기의 격납고를 채울 수는 없다. 연료를 보충하기 위해 격납고를 다시 찾는 훈련용 비행기들처럼, 청소년기 이후의 사람들은 추억을 떠올리기 위해 밤낮을 따로 혹은 무리 지어 청소년기의 격납고로 날아간다.

다시 말해 우리 삶에서 청소년기는 인생의 모든 시기를 능가할 만큼 의미 있는 한 시기이고, 따라서 청소년기를 두 번 체험한 파우스트는 수학의 역설로만 측정이 가능할 따름인 전혀 상상할 수 없는 삶을 살았다.

스크랴빈이 돌아오자마자 「법열의 시(The Poem of Ecstasy)」리허설이 시작되었다.* 지금 나는 꼭꼭 싼 비누 포장지 냄새를 풍기는 이 곡명을 보다 적절한 것으로 얼마나 바꾸고 싶은지! 리허설은 아침마다 있었다. 리허설 장소로 가는 길은 얼음 덮인 튜랴*에 잠긴 푸르카소프스키 골목과 쿠즈네츠키 다리로 이어지며, 부드럽고 연한 어스름에 깔려 있었다. 쑥 내민 종루의 혀들은 졸린 길을 아래쪽에 둔 채 안개에 싸여 있었다. 종루마다 외롭게 걸린 종들이 한 번씩 뗑그렁 울렸다. 나머지 종들은 어느덧 절대 금식 중인 구리 덩어리가 되어 서로 사이좋게 침묵했다. 가제트니 골목 끝의 니키츠카야 거리에는 굉음이 진동하는 교차로에 고인 깊은 웅덩이가 마치 코냑을 붓고 달걀을 으깨고 있는 듯한 광경을 연출했다. 쇠를 벼려 만든 썰매 바닥들이 슬피 우는 소리를 내면서 웅덩이 한가운데로 돌진하는가 하면, 콘서트 연주자들의 단장(短杖) 밑에서는 부싯돌이 탁탁 부딪치는 소리가 났던 것이다. 이 시각 음악원은 아침 청소가 한창인 서커스장을 방불케 했다. 반원형 관람석 격실(隔室)은 텅 비어 있었다. 아래층 보통석은 서서히 차고 있었다. 채찍에 휘둘려 간신히 우리에 들어간 가축처럼 겨울 시즌에 강제로 갇혀 있던 음악은 아래층에 있는 오르간의 나무판을 앞발로 쿵쿵거렸다. 사람들이 도시를 적에게 내주려고 철수할 때처럼, 관중이 끊임없이 이어지며 갑자기 도착했다. 음악이 자유롭게 풀려났다. 현란한 소리가 무수히 부서져 내리며 번개처럼 빠르게 커지더니 마침내 연단을 뛰어올라 흩뿌려졌다. 연주자들이 현란한 그 소리를 조율하자 음악은 정신없이 서두르면서 조화를 향해 질주해 갔다. 그러고는 유례없는 합일에 이른 굉음을 내더니 질풍이 이는 중에 저음부(低音部) 전체가 갑자기 끊겼고 각광(脚光)을 따라 고르게 늘어지면서 완전히 멎었다.

이것은 바그너가 상상의 생물들, 그리고 멸종한 마스토돈들의 거주지로 만들어 낸 세계에 인간이 최초로 정착하는 모습을 표현한 것이었다. 그 구역에 공상적인 서정적 가옥이 세워졌는데, 건축 재료는 이 가옥에 쓸 벽돌 조각을 만들려고 잘게 쪼갰던 우주 자체, 그것이었다. 심포니의 나무 울타리 위로 반 고흐의 태양이 타올랐다. 심포니의 창턱들은 먼지 쌓인 쇼팽의 고문서로 덮여 있었다. 거주민들은 이 먼지 속에 코를 바짝 갖다 대지는 않았지만,[3] 그들의 모든 생활 방식은 선임자인 쇼팽의 가장 훌륭한 유훈들을 실현하는 중이었다.

나는 눈물 없이는 이 심포니를 들을 수 없었다. 심포니는 첫 교정쇄 아연판에 부각(腐刻)되기도 전에 먼저 내 기억에 새겨졌다. 이것은 전혀 뜻밖의 일이 아니었다. 그 곡을 작곡한 손은 지난 6년 동안 적잖은 무게로 내 존재 위에 놓여 있었으니까.

이 6년 전체는 마음대로 내버려 둔 생기에 찬 인상이 계속해서 모습이 바뀐 것이 아니고 그 무엇이란 말인가? 심포니 속에서 내가 부러울 만큼 운이 좋은 동갑내기 친구 녀석을 만난 건 놀라운 일이 아니다. 이 심포니는 내 곁에 있으면서 이후 나의 가까운 이들, 나의 공부 그리고 나의 일상 전체에 영향을 주지 않을 수 없었다.

나는 세상의 그 무엇보다 음악을 사랑했고, 음악에서는 그 누구

---

3 관심을 기울이지 않는다는 러시아어 표현.

보다 스크랴빈을 사랑했다. 그를 처음 만나기 얼마 전, 나는 막 음악적 옹알이를 시작한 터였다. 그리고 그가 귀국했을 때는 지금도 살아 계시는 어느 작곡가에게서 음악 지도를 받고 있는 터였다. 당시에 나는 관현악 편성법을 배우는 것만 남겨 놓고 있었다. 나는 별의별 이야기를 다 듣고 있었지만 중요한 사실은 음악 하는 것을 반대하는 말을 들었더라도 음악을 벗어난 삶이란 내게 상상할 수 없는 일이었다는 것이다.

하지만 내게는 절대 음감이 없었다. 이 말은 무작위로 취한 음의 높이를 알아내는 능력을 일컫는 말이다. 내게 없는 그것은 일반적인 음악 소질과는 아무 관련이 없는 것이었지만, 어머니는 그것을 완벽하게 갖추고 계셨기에 나는 마음이 편치 않았다. 주위 사람들이 생각하고 있었듯이 음악이 나의 전문 영역이었다면, 나는 절대 음감에 신경 쓰지 않았을 것이다. 나는 오늘날의 뛰어난 작곡가들도 절대 음감을 갖고 있지 않다는 것, 또 그것이 바그너와 차이콥스키에게도 없었던 걸로 추정된다는 것을 알고 있었다. 그러나 내게 음악이란 하나의 숭배 대상, 즉 내 안에 있는 가장 미신적이고 희생적인 모든 요소가 집중되어 있는 하나의 극한점이었다. 그래서 저녁이면 떠오르는 영감의 뒤를 좇아 나의 의지가 날개를 펼칠 때면, 다음 날 아침에 나는 내게 절대 음감이 없다는 사실을 거듭 떠올리면서 서둘러 나의 의지를 꺾곤 했다.

그럼에도 불구하고 나는 몇 개의 곡을 진지하게 작곡했다. 나는 그것들을 나의 우상에게 보여 주려는 참이었다. 그와 만날 날을 잡았는데, 집안끼리 알고 지내는 터였기에 이러한 조처는 꽤 자연스러운 것이었다. 그러나 평소에 그러하듯, 나는 이 만남에 꽤 심각한 태도를 취했다. 어찌 되었든 나는 그를 찾아가려는 것이 그에게 끈질기게 달라붙는 짓이라고 생각했는데, 이번에 만나려는 경우는 불경스러운 짓이라고까지 생각되는 것이었다. 따라서 약속된 날 스크랴빈이 머물고 있는 글라좁스키 골목으로 갈 때 나는 그에게 곡을 가지고 간다기보다는, 어떤 표현으로도 전할 수 없을 정도로 크고 오래된 나의 연모와 나도 모르게 일으킬 거북한 분위기에 대한 죄송스러운 마음을 가지고 가는 셈이었다. 만원인 4번 전차는 눈이 녹은 갈색의 아르바트 거리를 지난 다음 두려운 목적지로 이런 나의 감정을 무심하게 운반하면서 그것을 꽉 쥐거나 밀쳐냈다. 무릎까지 물에 젖고 땀을 뻘뻘 흘리면서 길을 가고 있는 털북숭이 갈까마귀들과 말들과 보행자들은 스몰렌스키 가로수 길로 아르바트 거리를 끌고 갔다.

4

사람의 안면 근육이 얼마나 잘 훈련되어 있는지 나는 그때 알게 되었다. 흥분한 나머지 내 목구멍은 바싹 죄어들었다. 굳어 버린 혀로 나는 무언가를 우물우물 말하고 있었고, 대답할 때 숨이 막히거나 무분별한 행동을 하는 일이 없게 하려고 자주 차를 들이켰다.

내 턱뼈 살갗과 이마 돌출부 살갗이 실룩거렸다. 나는 눈썹을 움직이고 고개를 끄덕이며 미소를 짓고 있었던 것이다. 나는 거미줄처럼 성가시고도 낯간지럽게 들러붙는 이런 작위적인 표정 때문에 콧마루에 잡힌 주름을 감촉할 때면, 어느새 내 손에 정신없이 구겨진 손수건이 쥐어져 있음을 알아채곤 했다. 나는 이마에 맺힌 굵은 땀방울을 손수건으로 연거푸 훔쳤던 것이다. 내 머리 뒤 저쪽에서는 봄이 커튼과 서로 긴밀하게 엮인 채 골목 전체에 연기를 내뿜고 있었다. 곤혹스러워하는 나를 도와주기 위해 갑절의 수다를 떠는 주인 내외 앞에서는 차가 찻잔 속에서 숨을 내쉬는가 하면, 사모바르*가 증기의 화살을 맞고서 쉬쉬거렸다. 그리고 햇빛이 물기와 거름 더미로 뿌옇게 되어 소용돌이쳤다. 거북 등 딱지로 만든 빗처럼 섬유 모양을 한 담배 연기는 재떨이에서 나와 전등 빛을 향해 피어올랐는데, 전등 빛에 도달하고 나서는 불빛 주변을 나사(羅絲) 천 위를 기듯 실컷 기어갔다. 이유는 모르겠지만 이렇게 내 주변을 선회하는 것들, 즉 눈부신 공기, 김을 내뿜는 와플, 연기로 덮인 설탕 그리고 흰 종이처럼 눈부시게 빛나는 은 식기는 나의 불안을 참을 수 없을 만큼 가중시켰다. 홀을 지나 내가 어느덧 피아노 옆에 앉게 되었을 때에야 비로소 불안한 마음이 조금 진정되었다.

나는 흥분된 상태에서 첫 곡을 연주했다. 두 번째 곡은 거의 흥분을 가라앉히고 연주했으며, 세 번째 곡은 다른 어떤 것의 예상치 못한 압박을 받으면서 연주했다. 내 시선이 연주를 듣고 있는 그에게로 우연히 쏠렸다.

그는 연주의 점진적인 진행을 좇으면서 처음엔 머리를 들어 올렸고, 그다음엔 눈썹을 들어 올렸다. 그리고 마침내 환한 얼굴로 일어섰다. 멜로디의 변화에 맞추어 그는 거의 알아챌 수 없는 미소의 변화를 보였고, 율동적인 멜로디의 전개에 따라 내게 미끄러지듯 다가왔다. 모든 것이 그의 마음에 들었다. 나는 서둘러 연주를 마무리했다. 그러자 그는 즉시 비할 데 없이 더 거대한 것이 눈앞에 있는 마당에 음악적 재능을 이야기하는 건 얼토당토않으며, 음악을 통해 자신의 말을 할 수 있는 능력이 나에게 있다고 단언했다. 그는 스쳐 지나간 삽입부들을 인용해 언급하면서, 가장 그의 마음에 든 삽입부 하나를 재연해 보려고 피아노 앞에 가까이 앉았다. 그 작은 악절이 복잡했기 때문에, 나는 그가 그것을 정확히 재연할 거라곤 기대하지 않았는데, 예기치 않은 일이 일어났다. 그는 그것을 다른 음조로 재연했던 것이다. 그간 6년 내내 그토록 나를 괴롭혔던 결점이 이제는 그의 것이 되어 그의 손에서 튀어나온 것이다.

나는 움찔하면서 이번 경우에도 실제 상황을 확실히 듣는 것보다는 우여곡절을 거쳐 운명을 점쳐 보고, 둘 중 하나를 택하기로 마음먹었다. 만일 그가 내 고백을 들은 뒤 "하지만 보랴* 군, 실은 나도 절대 음감을 갖고 있지 않다네"라고 이의를 제기한다면 더할 나위 없이 좋을 것이다. 그렇다면 내가 음악을 억지로 귀찮게 따라다니는 게 아니라 음악 자체가 내게 운명으로 주어진 게 되니까. 하지만 만일 그의 대답 가운데 바그너와 차이콥스키, 조율사들과 여타 사람들에 대한 이야기가 나온다면? 그러나 나는 우려하고 있던 화제를 어느새 꺼내고 있었다. 내 말을 그가 도중에 끊는 바람에, 나는 다음과 같은 그의 대답을 듣고 있어야만 했다―"절대 음감이라고? 내가 자네에게 그토록 얘기했는데도 그런 말을 하는가? 바그너는 어땠냐고? 차이콥스키는 어땠고? 또 절대 음감을 가진 수백 명의 조율사는 어떠냐고……?"

우리는 홀 안을 왔다 갔다 했다. 그는 내 어깨에 손을 올려놓기도 하고 때론 내 팔을 잡았다. 그는 즉흥 창작의 해로움에 관해, 그리고 언제, 왜, 어떻게 작곡해야 하는지에 관해 이야기했다. 그는 늘 지향해야 할 단순성의 본보기로, 난해함으로 악명 높은 그의 새 소나타들을 들었고 비난해야 할 복잡성의 예로는 상투적인 장르인 연애시를 들었다. 나는 이 비교의 역설에 당황하지 않았다. 왜냐하면 개성 없는 작품이 개성 있는 작품보다 복잡하다는 그의 생각에 동의했기 때문이다. 또한 경솔하게 내뱉는 장황한 말이 이해하기 쉽다고 여기는 건 아무 내용이 없어서라는 그의 생각에 동의했으며, 공허한 상투적 문구로 물들어 있는 우리가 한동안 사용되지 않은 극히 풍부하게 보이는 내용을 접했다면 그것은 겉으로만 그렇게 보이는 것이라는 그의 생각에 동의했기 때문이다. 그런 다음 그는 좀 더 분명한 권고를 했다. 그는 내가 받은 교육에 대해 물었고, 들어가기 쉬워서 내가 법학부를 택한 걸 알고는 즉시 역사-문헌학부 철학과로 전과(轉科)하라고 충고했던 것이다. 나는 그의 충고를 받아들여 다음 날 즉시 그것을 실행에 옮겼다. 그가 말하고 있는 동안, 나는 이날 있었던 일에 대해 생각해 보았다. 나는 운명을 두고 나 자신과 한 거래를 깨지 않았으므로 그 거래 결과 내가 택해야만 하는 불운을 떠올렸다. 내가 떠받들어 온 그는 우연히 벌어진 이날의 일로 신(神)의 자리에서 밀려났는가? 아니, 결코 그렇지 않았다. 오히려 그 일은 그를 이전의 정상(頂上) 자리에서 다른 정상의 자리로 올려놓았다. 그는 왜 내가 그토록 듣길 바라던 간단한 대답을 회피했을까? 그것은 그만의 비밀이었다. 이미 늦은 때가 되겠지만, 그는 언젠가 자신의 결점에 대해 나에게 고백할 것이다. 청년기에 그는 마음에 이는 의혹들을 어떻게 극복했을까? 이 역시 그만의 비밀이었는데, 바로 이 비밀이 그를 새로운 정상 자리에 올려놓았던 것이다. 하지만 방이 어두워진 지 한참 되었고, 골목에는 가로등이 켜져 있었다. 이제 그만 집에 가야 할 시간이 되었던 것이다.

　작별 인사를 하면서 나는 그에게 뭐라고 감사해야 할지 몰랐다. 나의 내부에서 뭔가가 솟아올랐다. 뭔가가 터지면서 해방되고 있었다. 어떤 것은 울고 있었고, 어떤 것은 기뻐 날뛰었다.

　서늘한 바깥바람을 쐬고 나니 내 시야에 집들과 먼 곳들이 들어왔다. 주변 모두가 하나의 모습이 된 모스크바의 밤이 아래, 조약돌이 있는 데서 집들과 먼 곳들을 들어 올렸고, 그러자 그것들 모두 하나의 거대한 바벨탑처럼 하늘로 치솟아 올랐던 것이다. 나는 초조하게 기다리실 부모님과 당신들께서 내게 던지실 질문을 떠올렸다. 내가 이날의 일을 어떻게 전하든 간에 이날 있었던 일은 당시로서는 더할 나위 없이 기쁜 소식이었다. 이 같은 상황을 받아들이자, 비로소 처음으로 나는 스크랴빈에게 인정받았다는 경사를 사실로 받아들일 수 있었다. 하지만 내게 그 경사는 기쁜 일이 아니었다. 그것이 기쁜 일이 될 수 있는 건, 오직 내가 아닌 다른 사람들에게 그것이 운명 지어졌을 때뿐이었다. 집안 식구들에게는 이날의 일이 정말로 흥분되는 소식이었지만, 내 마음은 편치 않았다. 반면, 내가 이 슬픔을 누구에게도 토해 낼 수 없다는 생각, 그리고 나의 미래가 그렇듯 이 슬픔은 여느 때와 달리 이 순간 나의 것이 된 모스크바, 나의 온 모스크바와 더불어 저기 아래, 거리에 남게 될 것이란 생각은 도리어 점점 기쁨이 되어 갔다. 나는 필요 이상으로 자주 길을 건너면서 골목길을 걸었다. 전날까지만 해도 영원히 선천적일 것 같았던 세계는 나도 모르는 사이 나의 내부에서 녹아내리며 부서지고 있었다. 나는 모퉁이를 돌 때마다 점점 더 빨리 걸었는데, 이날 밤 이미 나 자신이 음악과 결별하고 있다는 것은 알아채지 못했다.

고대 그리스는 다양한 연령대에 정통해 있었다. 연령대를 한데 섞어 바라보기를 피했던 것이다. 그리스인들이 어린 시절을 통합의 핵심기로 칭했듯, 그들에게는 그 시절을 예외적인 독립된 시기로 보는 능력이 있었다. 그들의 이러한 능력이 얼마나 뛰어났는지를 알려면, 가니메데스* 신화 및 그와 유사한 많은 신화를 보면 된다. 그리스인들의 그와 같은 어린 시절에 대한 견해는 반신(半神)과 영웅에 대한 그들의 생각 속에도 나타나 있다. 그들은 일정한 몫의 위험과 비극적 요소는 한 번에 명료하게 볼 수 있게끔, 충분히 일찍 한 줌으로 모아져 있어야 한다고 생각했다. 또한 그들은 건물의 미래의 균형을 위한다면, 건물 중앙에 있는 숙명의 아치를 포함해 건물의 어느 부분들은 맨 처음에 한꺼번에 놓여야 한다고 생각했다. 그리고 마지막으로, 그들은 죽음 자체도 기억에 남을 어떤 모습으로 체험해야 한다고 생각했다.

동화처럼 마음을 사로잡고 늘 예기치 않은 천재적 예술을 창조했음에도 불구하고 고대가 낭만주의를 몰랐던 이유가 바로 여기에 있다.

추종을 불허하는 엄격한 요구 속에 초인적인 일과 과업을 수행하면서 자란 고대인들에게, 개인의 격정으로서의 초인성이란 아주 낯선 것이었다. 그러한 초인성으로부터 그들이 안전할 수 있었던 건 세계에 존재하는 비범성이란 비범성은 모두, 전적으로 어린 시절에 국한된 것이라고 보았기 때문이다. 따라서 어느 한 사람이 그 같은 비범성을 갖추고서 거대한 발걸음으로 하나의 거대한 현실로 들어섰더라도, 그의 등장이나 그를 둘러싼 세계 역시 둘 다 고대인들에게는 평범한 것으로 생각되었다.

5

스크랴빈을 만나고 얼마 지나지 않은 어느 날 저녁, 나는 시인과 음악가와 화가 열 명이 만든 술 모임인 '세르다르다(Serdarda)'에 가는 중이었다. 문득, 데멜*의 동시대 시인들 중 내가 가장 좋아하는 시인의 시를 가져가겠다고 율리안 아니시모프*에게 약속했던 게 떠올랐다. 지난 모임에서 아니시모프가 굉장히 잘 번역된 데멜의 시를 낭독했던 것이다. 전에도 여러 번 그랬듯, 이번에도 가장 힘들 때 내 손에는 시집 『나의 축제를 위하여』*가 들려 있었다. 나는 시집을 가지고서 진창길을 따라 목조 건물이 즐비한 구시가지 라즈굴랴이로, 고풍스러움과 세습과 새로운 장래가 물기를 머금은 채 서로 어우러져 있는 곳으로 길을 나섰다. 나는 포플러 나무 아래 다락방에 있으면서 갈까마귀 떼 소리로 귀가 먹먹해져 있었던 터라 외출하여 새로운 우정을 맺은 다음, 즉 새로운 사람과의 사귐의 문이 도시에 열려 있음을 감지한 다음에 집으로 돌아오고 싶었다. 사실 그 당시 도시에는 그러한 사귐의 문이 아직 많지 않았다. 하지만 이제는 이 시집이 어떻게 내 손에 들어오게 되었는지 이야기할 때다. 그것은 바야흐로 6년 전, 이미 내가 비밀스레 눈을 찡그린 눈송이들이 곳곳에 매복해 있던 고요한 거리와 더불어 두 번이나 묘사했던, 그 땅거미 깔린 12월의 일이었다. 나는 아버지의 책장을 청소하시는 어머니를 도와 무릎을 이리저리 끌면서 기어 다니고 있었다. 이미 걸레로 닦인 인쇄물 잡동사니를 툭툭 쳐서 그 네 모서리를 맞춘 다음, 말끔히 치운 선반에 다시 그것을 가지런히 놓으려는 찰나였다. 그때 유난히 흔들리며 말을 안 듣던 하나의 책 더미에서 표지가 회색으로 바랜 책 한 권이 갑자기 굴러 떨어졌다. 이 책을 마룻바닥에서 주워 놓고는 제자리에 도로 꽂아 두지 않고 내 방으로 가져간 건 순전히 우연이었다. 그 후 많은 시간이 흘렀고, 나는 그 책을 좋아하게 되었다. 그리고 곧이어 그 책 이외에도 다른 책 한 권을 더 좋아하게 되었는데, 이것도 앞의 책 저자가 쓴 것이었고 역시 저자가 헌정의 글을 손수 적어 아버지에게 선물한 책이었다. 하지만 내가 이 두 책의 저자 라이너 마리아 릴케가 언젠가 오래전 여름, 기차 여행 중이던 우리 가족이 인적 없는 숲 속의 간이역에서 떠나보낸 독일인임이 분명하다는 사실을 깨달은 건 좀 더 시간이 지나서였다. 내 짐작이 맞는지 확인하려고 나는 아버지께로 달려갔다. 아버지는 그 사실이 왜 그토록 나를 흥분케 하는지 모르겠다는 표정을 지으시면서 그렇다고 대답하셨다.

지금 나는 나의 전기를 기록하고 있는 게 아니다. 나는 다른 이의 전기가 필요해서 다만 내 전기에 관심을 갖는 것일 뿐이다. 나는 전기의 주요 인물로서도 그렇고, 그의 실제 삶이 묘사될 가치가 있는 자는 오직 영웅뿐이라고 생각한다. 반면 시인의 삶은 전기의 형태로 결코 제시될 수 없다고 생각한다. 그렇게 된다면 묘사된 시인의 삶은 연민, 강요 등과 타협한 것임을 드러내 줄 비본질적인 요소들로 간추려지게 될 테니까. 시인이라면 자신의 삶 전체가 극히 치우친 면을 가진 것처럼 보이려 하므로, 우리가 시인의 삶을 접할 것으로 기대하는 수직적 구조의 전기에서는 정작 그러한 시인의 삶을 찾아볼 수가 없다. 시인 자신이 쓴 책에서는 이렇듯 시인의 삶을 발견할 수 없으므로, 우리는 시인이 아닌 타인이 쓴 책에서, 즉 시인을 추종하는 자들이 그들 자신의 전기를 기록한 일련의 책에서 찾아야 한다. 창조력 있는 개인이 그 자신의 내면에 천착하면 할수록 그가 자신의 삶에 대해 쓴 책은 그만큼 더욱 어떤 알레고리도 없는 집단 전체를 위한 책이 된다. 천재의 무의식의 영역은 측정이 불가능하다. 그 영역을 이루고 있는 건 천재 자신도 모르는 것으로, 그것은 그의 독자의 삶에서 벌어지고 있는 모든 것들이다. 지금 나는 릴케를 기억하면서 그에 대한 나의 회상을 제공해 주고 있는 것이 아니다. 오히려 그 반대다. 나는 오히려 그로부터 이 회상을 선사받은 것이다.

6

이야기의 초점이 비록 위와 같은 것으로 기울어졌지만, 나는 음악이란 무엇이고, 음악으로 이끄는 것은 무엇인지에 대해서는 아직 말하지 않았다. 그렇게 한 이유는 내가 세 살이던 어느 날 밤 잠에서 깬 다음, 이후 15년 이상 주변이 온통 음악으로 덮여 있는 것을 봐 왔던 터라 음악에 대한 문제 자체는 체험해 볼 기회가 없었기 때문이다. 게다가 음악은 이제 더 이상 이 글의 주제와 관련이 없기 때문이다. 하지만 특별히 예술이나 예술 전체, 달리 말해 시와 관련해 나는 같은 질문을 던지지 않을 수 없다. 나는 이 질문에 대해 이론적인 형태라든지 아주 일반적인 형태로는 답하지 않을 것이다. 내가 들려줄 이야기의 대부분은 내가 나 자신과, 나의 시인 릴케에 한해서 답할 수 있는 그런 형태가 될 것이다.

태양은 중앙 우체국 뒤에서 떠올라 키셸니 골목 아래로 미끄러지듯 나아가다 네글린카 거리에 내려앉곤 했다. 태양은 우리 집의 일부분을 금빛으로 물들인 다음에 점심때부터는 식당과 부엌 쪽으로 옮겨 갔다. 우리가 사는 아파트는 학교에 딸린 관사였으며, 방들은 교실을 개조해 만든 것이었다. 나는 대학에 다니고 있었고 헤겔과 칸트를 읽었다. 그 당시에는 친구들을 만날 때마다 미지의 심연*이 쩍 벌어지며 열렸고, 어느 날은 한 친구가 다른 날은 또 다른 친구가 새로운 발견을 가지고 나타나곤 했다.

한밤중에 우리는 자주 서로서로를 깨워 주곤 했다. 늘 우리는 아주 긴급한 용건 때문에 서로를 깨우는 것이라고 생각했다. 잠에서 깨어난 이는 마치 약점이 예기치 않게 드러나기라도 한 듯, 자신이 잠들어 있었다는 것을 부끄럽게 여겼다. 머나먼 소콜리니키 지역에 있는 야로슬라블 철도의 건널목을 우리는 마치 옆방 가듯 즉시 나섰기에, 당시 하나같이 별 볼일 없는 자들로 대우받고 있던 우리의 가여운 하인들은 이런 우리의 모습에 깜짝 놀라곤 했다. 나는 부유한 집 아가씨와 사귀는 중이었다. 내가 그녀를 사랑하고 있다는 건 모두가 잘 알고 있었다. 이런 우리보다도 더 잠이 없어, 밤을 새우는 일에 익숙한 자들의 입방아에 오르게 된 그녀는 사실은 그렇지 않지만 밤마다 하는 우리의 산책에 함께한다고 알려져 있었다. 아버지에게서 돈을 타 쓰고 싶지 않았던 나는 아주 싼 과외 몇 개를 하고 있었다. 나는 식구들이 교외로 떠나는 여름철마다 도시에 남아, 과외로 번 돈으로 생활하곤 했다. 자립하고 있다는 착각을 내가 한 건 절식(節食)을 하고 있었기 때문이었는데, 나의 절식은 굶는 일로 이어졌고, 결국 나는 텅 빈 아파트에서 밤낮이 바뀐 생활을 하기에 이르렀다. 내가 작별만을 남겨 두고 있던 음악은 이미 문학과 뒤얽혀 있었다. 벨리와 블로크*의 세계가 지닌 심오함과 매력이 내게 드러나지 않을 수 없었던 것이다. 독특하게도 내게는 그들의 영향 이외에도 단순한 무지로는 이해하기 힘든 어떤 힘도 작용했다. 즉 사람이 몸을 다침으로써 곡예를 하게 되듯, 내가 소리에 희생시키면서 15년간 억제해 온 말은 독창성을 띨 운명이었다. 일부 지인들과 같이 나는 '무사게트*'의 일에 참여했다. 나는 다른 지인들로부터는 마르부르크* 철학파가 있다는 걸 듣고 알게 되었다. 그리하여 나는 칸트와 헤겔에 이어 코헨과 나토르프와 플라톤을 읽게 되었다.

당시 내 삶의 모습을 나는 지금 일부러 두서없이 말하고 있다. 마음만 먹는다면 나는 이런 우발적인 측면을 늘릴 수도 다른 것으로 바꾸어 말할 수도 있다. 하지만 내가 목적한 것을 위해선 이미 제시한 것들만으로도 충분하다. 나는 당시의 내 현실의 모습을 견적(見積) 도면에 표시하듯 이미 제시한 것들로 대략 표시하고 나서 곧바로, 시가 현실 어디에서 탄생했는지 그리고 그것이 탄생한 것은 현실의 무엇 덕분이었는지를 자문해 본다. 답을 떠올리는 데는 그리 오랜 시간이 걸리지 않는다. 현실에서 시가 탄생한 순간의 느낌은 유일하게 내 기억에 아주 생생히 보존되어 있기 때문이다.

시는 앞서 제시한 일련의 삶의 현상들이 간헐적으로 중단되면서 또한 그 현상들이 질주하는 다양한 속도에서 그리고 그중 굼뜬 현상들이 뒤쪽에 뒤처져 회상이 거하는 깊숙한 수평선에 쌓이면서 탄생했다.

가장 성급하게 질주한 건 사랑이었다. 사랑은 간혹 자연의 선두에 서서 태양을 앞지르기도 했다. 하지만 그런 경우는 극히 드물었으므로 다음과 같이 말할 수 있다. 가옥의 한 면을 금빛으로 물들이면서 또 다른 면은 청동 빛이 되게 했고 날씨는 날씨로 씻어 냈으며, 또한 사계절을 끌어 올리거나 내리는 육중한 기계를 회전시킨 바로 그 태양이야말로 거의 늘 사랑과 앞을 다투면서도 항상 우위를 차지하며 앞장서 갔다고 말이다. 넓이가 다양하게 움푹 들어간 말단 자리에는 그 외의 삶의 현상들이 사랑과 태양의 뒤를 느릿느릿 따라갔다. 내 마음속이 아닌 다른 데에서 흘러나오는 날카로운 애수의 소리를 나는 종종 듣곤 했다. 그 소리는 내 목뒤에서 다가와 내 뒤를 따라잡으며 나를 놀래게 하기도 하고 내게 연민을 일으키기도 했다. 그 소리는 일상의 영역이 끝나는 지점에서 소리 나기 시작했던 것이었는데, 내게 현실의 운행을 멈추게 하겠다고 으름장을 놓거나, 그사이에 멀리 앞서간 생기 있는 공기 곁으로 가게 해 달라고 애원했다. 영감이라 불리는 것도 내가 이렇게 뒤쪽을 돌아볼 때 일곤 했다. 가장 부어 있는 비창조적인 삶의 부분들은 이러한 질주에 있어서는 뒤로 멀리 물러나 있는 신세였기에, 주의를 끌어들일 수 있고 각별히 눈에 띄는 그러한 선명함을 필요로 했다. 무생물체는 삶의 이 부분들보다도 더욱 강렬한 모습을 취했다. 무생물체는 특별히 화가들이 애호하는 장르인 정물화의 모델이었으니 말이다. 살아 있는 우주의 맨 끝, 멀리 떨어진 곳에 아무런 움직임이 없는 채로 모여 있으면서 이들 무생물체는, 우리가 대비가 발생한다고 보는 모든 가장자리가 그렇듯, 움직이는 전체로서의 우주라는 관념을 가장 완벽하게 제시해 주었다. 그 무생물체가 위치한 곳은 다름 아닌 경계 지점이었는데, 그 지점을 넘으면 놀람과 연민에게는 할 역할이 없었다. 거기에서는 과학이 현실의 기본 단위인 원자를 탐구하며 일하고 있었던 것이다.

하지만 머리를 잡듯, 제1우주의 현실의 윗부분을 잡고서 그것을 들어 올려놓을 다른 차원의 제2우주가 존재하는 건 아니었으므로, 나는 현실 자체가 호소하는 위와 같은 조작을 하기 위해선 현실을 대수학에서처럼 평면 차원에 한정시켜 평면상에 묘사해야 했다.* 하지만 늘 내게 이런 묘사는 그 자체가 목적이 아니라, 곤경에서 벗어나는 하나의 출구로만 여겨졌다. 그래서 늘 나는 나의 창작 목표를, 묘사 대상을 차가운 축에서 뜨거운 축으로 옮겨놓는 것으로, 또한 낡아 빠진 것을 삶의 뒤쪽을 따라가 삶을 따라 잡도록 만드는 것으로 보았다. 당시 나는 지금의 생각과도 별반 차이 없이 이와 같이 판단했다. 우리가 사람들을 묘사하는 이유는 그들 위에 날씨를 걸쳐 놓기 위해서이다. 그리고 날씨나 그와 동일한 자연을 묘사하는 이유는 그것들 위에 정열을 걸쳐 놓기 위해서이다. 우리가 일상적인 것을 산문 속에 끌어 넣는 이유는 시를 얻기 위해서이다. 그리고 산문을 시 속에 끌어들이는 이유는 음악을 얻기 위해서이다. 세대마다 울리는, 살아 있는 시계에 맞춰진 예술을 나는 이처럼 매우 광범위한 의미로 말하곤 했다.

도시에 대한 느낌이 내 삶이 영위되고 있던 장소와 결코 일치하지 않았던 것도 바로 이러한 삶의 현상들 때문이다. 심적 부담감 때문에 나의 시선은 늘 위에서 묘사한 도시 전망의 후미진 곳으로 향하곤 했다. 그곳에서는 구름이 숨을 헐떡거리며 발을 구르는가 하면, 수많은 페치카에서 나온 연기들이 한데 모여 구름떼를 밀치면서 하늘을 가로질러 걸려 있었다. 그곳에서는 허물어진 집들이 강둑 따라 늘어서는 것처럼 일렬로 늘어선 채 현관까지 눈 속에 파묻혀 있었다. 그곳에서는 술 취한 사람들이 기타를 고요히 튕기며 덧없고 초라한 무위도식의 삶을 연주하고 있었다. 그리고 착실한 여인네들이 앉아서 술 마시는 동안 완숙(完熟)한 달걀처럼 열기로 완전히 달아올라 얼굴이 빨개져서는, 마치 푹푹 찌는 목욕통의 열기 속에 있다가 자작나무 가지가 있는 서늘한 대기실*로 나오는 듯한 모습을 하고서 마부들이 밤에 밀려드는 곳으로 비틀거리는 남편을 데리고 나왔다. 그곳에서는 사람들이 음독자살을 하며 분노의 불길을 태웠고 연적(戀敵)의 얼굴에 염산을 뿌렸는가 하면, 공단 옷을 차려입고 결혼식에 갔고 모피는 전당포에 저당 잡혔다. 그곳에서는 균열이 일고 있는 라이프스타일의 겉치레의 엷은 웃음들이 슬그머니 눈짓을 교환했고, 사프란에 물들 듯 낮은 지능으로 선명히 물든 낙제생인 내 학생들이 교과서를 펴놓고 내 수업이 시작되길 기다렸다. 또한 그곳에서는 군데군데 침으로 더럽혀진 회녹색 대학 건물이 백 개의 강의실 때문에 윙윙거렸다가 잠잠해졌다.

교수들은 안경알 너머로 회중시계 유리면을 대강 훑어본 다음 강의를 시작하려고 2층 청중석과 아치 천장 쪽으로 얼굴을 들었다. 윗옷에서 쑥 내민 학생들의 머리가 초록 전등갓과 짝수로 쌍을 이루면서 기다란 전등 끈 위로 늘어져 있었다.

마치 나는 매일 다른 곳에서 도시의 이곳으로 오는 듯했고 이 곳에 있을 때는 심장 박동이 어김없이 빨라졌다. 그때 의사에게 갔더라면 말라리아에 걸렸다는 진단을 내렸을 것이다. 하지만 이런 만성적인 초조감의 발작은 키니네로 치유될 수 있는 게 아니었다. 이렇게 이상한 발한(發汗)이 난 까닭은 도시 속 이런 세계들이 지닌 완강히 조악한 모습, 즉 눈에 띌 정도로 정체되어 부어 있는 모습, 자신의 이익을 위한 내적인 노력을 전혀 기울이지 않는 모습 때문이었다. 이곳 사람들은 가장된 포즈로 생활하고 움직이는 듯했다. 만연된 숙명론의 안테나가 그들을 결합시켜 일종의 정착 부락을 이루게 하면서 그들의 머릿속에 우뚝 솟아 있었다. 바로 이런 상상 속 안테나의 작용으로 말미암아 내게 열병이 일어났다. 그 안테나의 기둥이 반대 극으로 전송한 전류 때문에 열병이 생긴 것이었다. 이 기둥은 멀리 떨어진 천재의 안테나 기둥과 교신하면서 천재의 기둥 구역에 있는 어떤 새로운 발자크(Honoré de Balzac)를 자신의 부락으로 호출한 것이다. 하지만 열병이 순간 가라앉을 때는 나는 그 숙명적인 안테나에서 조금 멀리 물러설 필요가 있었다.

예를 들어, 나는 사빈* 교수의 강의를 들을 때는 열병이 나지 않았다. 그는 어떤 한정된 유형에 속한 교수가 아니기 때문이었다. 그는 진정한 재능으로 강의를 했고, 그가 강의하는 과목이 거듭될수록 그의 재능도 그만큼 자라났다. 시간이 그에게 성내는 일은 없었다. 시간은 교수의 주장을 듣지 않고 통풍구로 뛰어들거나 문으로 황급히 돌진하면서 밖으로 애써 나가려 하지 않았다. 또한 그것은 연기를 굴뚝 연도(煙道)로 다시 혹 불어넣지도, 지붕 위에서 미끄러짐으로써 눈보라 속으로 급주(急走)하는 전차의 갈고리를 붙잡지도 않았다. 오히려 시간은 중세 영국이나 로베스피에르의 의회에 뛰어들면서 우리를 자신에게로 끌어들이는가 하면, 우리뿐만 아니라 우리가 처마 돌림띠 바로 밑에 높다랗게 난 창문 너머에 살아 있다고 상상했던 모든 것들을 끌어들였다.

싸구려 가구가 놓인 여관방에 있을 때도 나는 건강한 모습으로 지낼 수 있었다. 다른 대학생들과 함께 나는 그 방에서 성인반 수업을 이끌었다. 이곳에 모인 자들 가운데 재능이 뛰어난 사람은 없었다. 이는 선생들이나 배우는 학생들이나 모두 유산을 받을 데라곤 없는 상황에서, 삶이 그들을 몰아가려는 교착 상태에서 벗어나기 위해 애쓰고 있다는 점만 봐도 알 수 있었다. 연구를 위해 대학에 남은 이곳 몇몇 선생들처럼, 여기 학습자들은 자신의 직업에서 걸출한 존재들은 아니었다. 하급 관리와 사무원, 노동자, 하인, 집배원이었던 그들은 언젠가 다른 인물이 되려고 이곳에 온 것이었다.

이들이 일하는 환경에 있을 때 나는 열병이 나지 않았으므로, 흔치 않은 평온한 마음으로 종종 이곳을 나와 옆 골목으로 향하곤 했다. 그곳에 있는 즐라토우스트 수도원의 한 곁채에는 화초 상인들의 동업 조합 본부가 위치해 있었다. 행상하는 소년들은 모든 리비에라*산(産) 화초들을 바로 이곳에 가득히 쌓아 둔 다음, 페트로프카에서 팔았다. 이 보물들은 도매상들이 프랑스 니스에서 주문해 온 것이었으며, 이들에게 직접 구매할 경우 매우 헐값으로 손에 넣을 수 있었다. 이들이 있는 곳으로 가고픈 생각이 특별히 든 건 학년이 바뀔 때였다. 그즈음에는 날씨 좋은 저녁이 되면, 밝은 3월의 석양빛은 불빛 없이 수업한 지도 꽤 오래되었음을 알아차리고는 지저분한 여관방을 더 자주 들락거리곤 했다. 그러다가 수업이 끝날 때쯤에는 여관 문턱에서 완전히 사라지는 것이었다. 여느 때와 달리, 낮게 늘어진 겨울밤의 스카프를 걸치지 않은 거리는 무미건조한 동화 같은 것을 약간 옴찔거리는 입술에 머금은 채 여관 출구의 땅바닥에서부터 쭉 자라나고 있는 듯했다. 봄 공기가 단단한 자갈 도로에 간간이 가볍게 부딪쳤다. 첫 별이 뜨길 기다리다 지친 골목의 실루엣은 얇은 생피부로 덮인 양 추위에 몸을 부르르 떨었다. 이는 탐욕스럽고 황당할 정도로 한가한 하늘이 첫 별이 나오는 걸 지루하게도 질질 끌었기 때문이었다.

악취 나는 통로에는 텅 빈 바구니들이 격조 높은 이탈리아 소인(消印)과 해외 우표를 달고서 천장까지 가득 쌓여 있었다. 문이 펠트 천 부딪친 둔탁한 소리를 내자, 몽실몽실 살찐 증기 덩이가 마치 용변 보러 가듯 바깥으로 빠져나왔다. 증기 속에서는 굉장히 흥분시키는 뭔가가 이미 어렴풋이 보였다. 현관 바로 맞은편, 점점 밑으로 기운 농가 살림방* 후미진 곳에는 요새의 창처럼 작은 창 옆에 모여 있는 나이 어린 행상들로 붐볐다. 그들은 대략 수를 센 상품을 건네받아 광주리 여기저기에 집어넣고 있었다. 그곳에 있는 넓은 탁자 곁에는 가게 주인의 아들들이 세관에서 막 들여온 새 꾸러미들을 말없이 뜯고 있었다. 책처럼 양쪽으로 곧게 펴진 오렌지색의 바닥용 깔개는 생기에 찬 갈대 바구니 내부를 드러내주었다. 서늘한 제비꽃을 촘촘하게 감고 있는 가죽끈은 스페인 말라가산(産) 건포도의 푸른 결처럼 한 가닥으로 스르르 벗겨졌다. 문지기의 집같이 출입구에 면한 그 방을 제비꽃이 어찌나 황홀한 향기로 가득 채우고 있던지, 해 지기 전에 곧게 솟은 땅거미도 바닥에 늘어진 그림자도 진보랏빛을 띤 축축한 잔디에서 재단되어 나온 것처럼 보일 정도였다.

하지만 진짜 기적은 이제부터였다. 건물 주인이 마당 맨 끝을 지나면서 돌 헛간 문을 연 다음, 지하실 뚜껑 문의 고리를 잡고 들어 올렸다. 알리바바와 40인의 도둑 이야기가 대단히 눈부시게 실현되는 순간이었다. 건조한 지하실 바닥에서 둥글고 납작한 네 개의 구전(球電)*이 태양처럼 작열하며 불타오르는가 하면, 거대한 통 안에서는 빛깔과 품종으로 나뉜 작약과 노란 국화와 튤립과 아네모네 묶음이 뜨겁게 달구어진 채 램프와 경쟁하듯 사납게 날뛰고 있었다. 꽃들은 숨을 내쉬고 물결치면서 서로 우열을 다투고 있는 듯했다. 물기 많은 아니스 씨의 바늘들과 엮인, 촉촉하고도 산뜻한 향의 파도가 예기치 않게 힘껏 밀려와서 먼지 냄새를 풍기는 미모사의 향을 씻어 냈다. 이것은 수선화가 하얗게 희석된 술처럼 강하게 코를 찌르며 향을 내뿜는 모습이었다. 그러나 여기서 이는 이 모든 시샘의 폭풍은 제비꽃을 단 검은 모장(帽章)들에 의해 진압되었다. 흰자위 없는 동공처럼 비밀스럽고 반쯤 미친 제비꽃이 대수롭지 않다는 듯 최면을 걸어 혼을 쏙 빼놓았던 것이다. 아직 내뿜어지지 않은 제비꽃의 달콤한 숨결은 지하실 바닥에서부터 널따란 지하실 뚜껑 문틀까지 가득 채워져 있었다. 꽃들로 인해 가슴이 나무처럼 딱딱하게 굳어져 버린 것 같았다. 꽃향기는 의식 속에 뭔가를 떠오르게 하고는 멍한 상태에 있는 의식을 그대로 두고 슬며시 빠져나갔다. 대지가 꽃들에게 해마다 돌아오라고 권한다는 관념은 봄철의 이러한 향기 때문에 생긴 듯했다. 따라서 그리스인들이 데메테르 여신에게 품은 고대 신앙의 원천들도 이 근처 어딘가에 있는 것처럼 보였다.

7

나는 그 당시에도, 또 많은 시간이 지난 후에도 내가 습작한 시들을 비운의 약점으로 여기고는 그것들로부터 어떤 좋은 결과가 생기리라고 기대하지 않았다. 오직 한 사람, S. N. 두릴린*만이 나를 격려해 주고 지지해 주었다. 그것은 특출나게 동정심이 많은 그의 천성 때문이었다고 할 수 있었다. 나는 아직 무르익지 않았던 이 새로운 재능의 조짐들을 어느덧 음악가로서 발을 내디딘 내 모습을 본 다른 벗들에게는 면밀히 감추었다.

대신 철학은 완전히 몰입해서 공부했다. 앞으로 내 직업에 사용될 것의 기초가 철학 주변 어딘가에 놓여 있을 거라고 보았기 때문이었다. 우리 그룹이 강의 시간에 들었던 과목들의 범위는 그 교수법만큼이나 이상(理想)과는 거리가 멀었다. 그것은 낡아 빠진 형이상학과, 신출내기에 불과한 계몽주의가 이상야릇하게 뒤범벅된 것이었다. 일치를 이끌어 낸다는 교육적 목표의 설정 때문에 이 두 철학적 사조는 따로 취했더라면 양자가 소유하고 있었을 그런 의미의 마지막 자취를 포기한 꼴이었던 것이다. 철학사는 통속 소설의 모습을 띤 교리론으로 변질됐고, 심리학 역시 경박하고 시시한 소책자 같은 것으로 전락했다.

슈페트, 삼소노프, 그리고 쿠비츠키 같은 젊은 조교수들*이 이러한 체계를 변화시킬 수는 없는 노릇이었다. 그렇다고 노교수들에게 이 체계에 대한 커다란 잘못이 있는 것도 아니었다. 이미 당시에도 드러나 있었듯이 노교수들은 초보적인 수준의 대중적 강의를 하라는 요구를 받았다. 참여자들의 뚜렷한 의식도 없는 상태에서 문맹 퇴치 캠페인이 바로 시작되었던 것이다. 조금이라도 기초가 있는 학생들은 훌륭한 대학 도서관에 점점 강한 애착을 갖게 되었고 자신들의 힘으로 연구해 보려고 애를 썼다. 그들이 각기 공감한 철학자는 이름이 나 있는 세 명의 철학자 가운데 하나였다. 대부분의 학생들은 베르그송에게 열광했다. 괴팅겐의 후설주의*를 지지하는 학생들은 슈페트의 지원을 받았다. 마르부르크 학파*를 추종하는 학생들에게는 지도해 줄 중심적인 인물이 없어서 그들 자신의 재량에 맡겨지게 되었다. 그들은 트루베츠코이*로부터 이어져 온 개인적 전통의 각 곁가지란 점에서 하나가 되었다.

사마린*이라는 청년은 이 집단의 주목할 만한 현상이었다.[4] 그는 옛 러시아 명문가의 직계 자손인 데다, 여러 단계로 세분되는 친족 관계로 인해 니키츠카야 거리 모퉁이에 있는 건물*의 역사와도 연관돼 있었다. 그런 그가 온 가족이 식사 시간에 모여 있는 부모님 아파트에 불쑥 나타난 의절한 아들처럼, 한 학기에 두 번가량 이런저런 세미나 모임에 나타나곤 했다. 세미나 발표자는 읽기를 중단했다. 호리호리한 괴짜가 자신이 일으킨, 자리 고르느라 길어지기까지 한 침묵에 당황해하면서 삐걱거리는 마루판을 지나 널판으로 짜인 계단식 강당 맨 끝 벤치로 올라갈 때까지 기다렸던 것이다. 그러나 발표 내용에 대한 토론이 시작되자, 방금 힘들게 천장 바로 밑까지 끌려 올라갔던 모든 굉음과 삐걱대는 소리가 알아볼 수 없게 바뀌어 다시 아래로 내려왔다. 그것은 발표자의 말에서 흘러나온 첫 오류를 사마린이 트집 잡고서 헤겔이나 코헨의 학설을 급조한 발표 내용을 마치 늑재(肋材) 붙인 대형 상자 보관소의 선반을 구르는 공처럼 이리저리 굴려 패대기치는 소리였다. 그는 흥분하여 알아들을 수 없는 말을 웅얼거렸고, 요람에서 무덤까지 그가 평생 지닐 그런 단조로운 어조를 유지하며 타고난

---

4 작가 특유의 철학적 정의.

큰 목소리로 말했다. 그의 어조는 속삭임이나 고함과는 거리가 멀었다. 그것은 유음(流音) r나 l을 불명확하게 발음하는 것*을 반드시 수반했으며, 그의 가문의 혈통을 늘 단번에 드러내 주었다. 이후 나는 그를 보지 못했다. 그러다가 톨스토이의 작품을 다시 읽던 중 네흘류도프*에게서 그의 모습을 발견하고 나도 모르게 그를 떠올리게 되었다.

8

트베르스코이 가로수 길에 있는 여름 찻집은 사실 가게 이름이 없었지만 사람들은 'Cafe grec(그리스 카페)'라고 불렀다. 이 찻집은 겨울에 문을 닫지 않았는데, 그럴 때면 찻집의 용도는 이상한 수수께끼가 돼 버리는 것이었다. 그러던 어느 날 로크스, 사마린, 그리고 나는 약속도 없이 우연히 이 휑한 가설 천막에서 만나게 되었다. 이날 저녁뿐 아니라 아마 그 시즌 전체를 통틀어 우리가 그곳을 찾은 유일한 손님들이었을 것이다. 바야흐로 날씨가 빠르게 따뜻해지고 봄기운이 조금씩 감도는 때였다. 사마린은 찻집에 들어와 우리 곁에 앉기 무섭게 추상적인 논의를 시작했다. 이때 그는 마른 비스킷을 준비하고서 성가대 지휘자가 소리굽쇠를 두들기듯 그것을 두들겨 가며 자신의 말을 논리적으로 조율했다. 긍정과 부정의 교대로 구성된 헤겔의 무한(infinity)의 한 조각이 가설 천막을 가로질러 뻗어 갔다. 아마도 나는 졸업 논문 주제로 선택한 것에 대해 그에게 말한 듯싶었는데, 그는 내 얘길 듣자 라이프니츠와 수학의 무한에 관한 논의를 즉시 멈추고는 변증법에 관한 논의를 시작했다. 갑자기 그는 마르부르크에 대해 이야기하기 시작했다. 마르부르크에 있는 철학 학파에 대해서가 아니라 마르부르크라는 도시 그 자체에 대해 들어 보기는 이때가 처음이었다. 이후 나는 이 도시의 고풍스러움과 시적인 풍모에 관해 이와 다르게 이야기할 수 없음을 확신하게 되었다. 이렇듯 그 도시에 홀딱 반한 이가 환풍기의 덜걱대는 소리에 맞추어 들려준 도시 묘사는 내게 새로운 경험이었던 것이다. 문득 그는 자신이 커피를 마시면서 시간을 허비하려고 여기에 온 것이 아니라 잠깐 들른 것이었음을 상기하고는, 신문을 든 채로 구석에서 졸고 있는 주인을 황급히 깨워 놀라게 했다. 그러고는 전화가 고장 났다는 걸 알자, 얼음으로 덮인 찌르레기 둥지 같은 찻집을 앞서 들이닥칠 때보다 더 소란스럽게 나갔다. 우리도 곧 일어났다. 날씨가 변해 있었다. 바람이 세차게 일면서 2월의 싸락눈을 퍼붓기 시작했다. 싸락눈은 일정하게 8자형을 그리며 떨어졌다. 고리 모양으로 광포하게 뱅그르르 도는 싸락눈은 어딘지 바다의 느낌을 풍겼다. 그 모습은 마치 사람들이 밧줄과 그물을 거듭 흔들고는 물결 모양으로 쌓아 올리는 듯한 광경이었다. 길을 걷는 동안 로크스는 자신이 좋아하는 대화 주제인 스탕달에 관한 이야기로 몇 차례 말문을 열었지만, 눈보라 덕분에 나는 입을 다물고 있을 수 있었다. 나는 사마린에게서 들은 것을 잠시도 잊을 수 없었다. 내가 내 귀를 볼 수 없는 것처럼 그 도시를 결코 볼 수 없다고 생각하니 서글픈 마음이 들었다.

이것은 2월에 있었던 일이었다. 이후 4월의 어느 날 아침, 어머니는 당신께서 틈틈이 일해서 모으고 살림을 절약해 모은 돈 2백 루블이 있으니 이 돈으로 해외여행을 다녀오는 게 어떻겠냐고 말씀하셨다. 이는 단순히 기쁨이라거나 전혀 예상치 못한 선물, 혹은 그런 선물 이상이라는 말들로 표현할 수 없는 것이었다. 그만한 액수를 버는 데 피아노의 통탕거리는 소리를 적지 않게 견디셔야 했을 것이다. 하지만 나는 거절할 힘이 없었다. 여행 경로를 고를 필요는 없었다. 당시 유럽 대학들은 끊임없이 상대 대학들에 대한 정보를 제공받고 있었다. 바로 이날 나는 각종 사무국들을 분주히 뛰어다녔고, 그 결과 모호바야 거리*에서 약간의 서류 이외에도 보물 하나를 들고 나올 수 있었다. 그것은 마르부르크에서 2주 전에 인쇄된 것으로, 1912년 여름 학기에 개설될 강좌에 대한 상세한 목록이었다. 나는 손에 연필을 쥐고서 이 목록을 연구했는데, 걸을 때나 사무국 격자(格子) 창구 앞에 서 있을 때나 잠시도 그것에서 손을 떼지 못했다. 들뜬 나의 모습에서 행복의 기운이 강하게 풍겨 나와 1베르스타 떨어진 곳까지 미쳤고, 나는 서기들과 사무 직원들에게 그 기운을 감염시키면서 그렇지 않아도 간단한 절차를 나도 모르게 재촉하고 있었다.

내가 짠 여행 프로그램은 물론 스파르타적인 것이었다. 삼등칸 타기, 해외에선 필요하다면 가장 완행 기차인 사등칸으로. 근교의 작은 시골에 방 얻기, 식사는 소시지 없는 흑빵과 차로 해결하기. 어머니의 희생은 나의 욕심을 열 배로 증폭시켰다. 어머니가 주신 돈으로 이탈리아까지 가고 싶은 마음이 들었던 것이다. 게다가 그곳 대학 등록비와 별도의 세미나 및 강좌 수강료가 경비의 매우 많은 부분을 차지하리라는 것도 나는 알고 있었다. 그러나 그보다 열 배 더 많은 돈이 있었다 해도 난 당시에 짠 일정을 포기하지 않았을 것이다. 그리고서 남은 돈을 어떻게 사용했을지는 모르겠지만, 그 당시에는 세상 어떤 것도 나에게 이등칸을 타게 하거나 레스토랑 식탁보에 자취를 남기고 싶은 마음을 갖게 하지 못했을 것이다. 편리한 것들을 찾게 되고 내게 편하게 지내고픈 심정이 생긴 건 전쟁이 끝난 직후였다. 방에 어떤 장식품이나 사치스러운 물건도 들여놓지 않았던 나의 세계를 전후(戰後)의 시기가 어찌나 힘들게 했는지, 내 성격까지도 한동안 완전히 바뀌지 않을 수 없었던 것이다.

9

기차가 아직 러시아 땅을 달리고 있을 때는 눈이 녹는 중이었다. 투사지에서 빠져나온 전사화(轉寫畵)처럼 하늘은 살얼음에서 조각조각 빠져나와 물 위를 떠갔다. 그와 달리 폴란드에 이르자, 전역에서 사과나무가 열심히 꽃을 피우고 있었다. 폴란드 전역은 여름철과 같이 불면(不眠) 상태였는데, 슬라브인이란 밑그림 아래 로마 문화를 흡수한 지역답게 아침부터 밤까지, 그리고 서쪽에서 동쪽으로 질주하고 있었다.

베를린의 경우는 도끼와 철모, 갈대 피리와 나팔, 자전거다운 자전거와 어른용 프록코트 등을 그 전날 선물 받은 미성년들의 도시 같았다. 그곳은 변화에 아직 익숙하지 않은 채 전날 각자의 손에 들어온 것을 뽐내며 자신들의 존재를 처음으로 드러내는 미성년들의 모습으로 내 눈에 비쳐졌던 것이다. 가장 근사한 거리 중 한 거리의 어느 서점 진열장에서는 나토르프의 논리학 입문서가 큰 소리로 나를 부르고 있었다. 나는 내일이면 책의 저자를 직접 볼 수 있으리란 기대를 안고서 그 책을 사러 서점으로 들어갔다. 나는 48시간의 여행 일정 가운데 첫날 밤을 독일 영내에서 뜬 눈으로 보냈으므로 이제 그 두 번째 밤이 내 앞에 놓여 있었다.

삼등칸에 접이식 2층 침대가 설치되어 있는 건 우리 러시아에만 있는 일이다. 때문에 해외에서 싼 기차를 타게 되면, 팔걸이로 나뉘어 안쪽 깊숙이 놓인 긴 의자 하나에 네 사람이 나란히 앉아 밤새 졸며 세찬 숨을 헐떡여야 한다. 비록 나는 이번 여행에서 객차 안의 긴 의자 두 개를 다 사용할 수 있었지만 잘 생각이 없었다. 아주 간혹 기차가 오래 정차할 때면 주로 일행 없는 대학생 승객들이 올라타 한두 정거장 동안만 머물고 갔다. 그들은 말없이 인사한 뒤 따스한 밤의 미지 속으로 사라져 갔다. 잠든 도시들은 승객이 바뀔 때마다 플랫폼의 지붕 밑으로 굴러 들어갔다. 아주 오랜 중세의 모습이 내 눈앞에 난생처음 펼쳐졌다. 모든 원본이 으레 그렇듯, 진정한 중세의 모습은 새로움과 두려움을 주었다. 기차 여행은 칼집 벗긴 검이 철컥거리듯 낯익은 도시들의 이름을 철컥거리면서 그 이름들을 역사책에서 차례대로 꺼냈다. 그 모습은 마치 역사가들이 제작한 먼지 낀 칼집에서 꺼내는 듯했다.

이 중세 도시에 도착하면서, 열 개 차량으로 연결된 기차는 쇠사슬 갑옷을 두른 기적의 창조물 같은 모습으로 몸을 쭉 폈다. 차량을 잇고 있는 가죽 통로가 대장간 풀무처럼 부풀어 올랐다가 가라앉았다. 깨끗한 술잔에 담긴 맥주는 역 전등 불빛의 세례를 잔뜩 받으며 환한 빛을 뿜어냈다. 굵고 돌처럼 딱딱한 굴림대 위에 놓인 빈 짐수레는 저마다 미끄러지듯 움직이면서 석조 플랫폼에서 벗어났다. 거대한 플랫폼들의 원형 천장 아래엔 주둥이가 짧은 증기 기관차들의 몸통이 땀을 흘렸다. 기관차의 몸통이 전속력으로 달리다 갑자기 멈춘 바퀴들의 유희로 그 정도의 높이까지 운반된 듯했다.

모든 방향에서 온 6백 세의 선조들이 황량하게 버려진 콘크리트 담벼락 쪽을 향하고 있었다. 담들은 비스듬히 놓인 격자 울타리의 들보들로 인해 네 개의 구획으로 나뉜 채, 담에서 졸고 있는 벽화를 무두질해 놓았다. 담에는 시동들, 기사들, 아가씨들 그리고 붉은 구레나룻의 식인 괴물들이 빽빽이 그려져 있었다. 울타리를 두르고 있는 오리목(木)의 격자무늬는 철모들의 격자 면갑(面甲), 불룩한 소맷부리들의 트임, 코르셋들의 교차된 끈 묶임 등에도 하나의 장식처럼 반복돼 나타났다. 집들은 창틀이 내려진 열차 창문 바로 근처까지 다가왔다. 충격으로 어안이 벙벙해진 나는 이제 더 이상 새로울 게 없는 짧은 환희의 외침을 나 자신도 잊을 만큼 여러 번 되뇌면서 널찍한 창문 언저리에 몸을 기댔다. 하지만 밖은 여전히 어두워서 회칠한 벽에서 야생 포도나무 잎들이 뛰노는 모습이 거무스름하게 겨우 보일 정도였다. 그때 목탄과 이슬과 장미 내음을 풍기는 폭풍이 또다시 엄습했고 열렬히 질주하던 밤의 손아귀에서 한 줌의 불꽃이 튀었다. 나는 재빨리 창틀을 들어 올려 창을 닫고는 예측할 수 없는 내일의 일들을 생각해 보았다. 하지만 이제는 내가 어디로 가고 있었고 또 무엇 때문에 가고 있었는지에 대해 무엇이든 이야기해야 할 때다.

천재 코헨이 창설하고 코헨의 전임(前任) 교수이자 『유물론의 역사』 저자로 우리에게 알려진 프리드리히 알베르트 랑게*가 준비한 마르부르크학파는 두 가지 독특성으로 내 마음을 끌었다. 첫째, 이 학파는 독창적이었다. 모든 것을 그 근원까지 파헤쳐서 그것을 순수 공간 위에 구축했다. 이 학파는 이득을 줄 널리 알려진 지식에 늘 집착하고, 늘 무지하며, 늘 이런저런 이유로 오랜 인류 문화를 자유로이 재검토하는 걸 두려워하는 각종 '이즘'의 나태하고 판에 박힌 모습을 지니고 있지 않았던 것이다. 용어의 타성에 물들지 않은 마르부르크학파는 최초의 원전에, 즉 사유가 학문의 역사에 남긴 진정한 보증서들에 관심을 기울였다. 만일 유행하고 있는 철학이 이런저런 작가가 생각하고 있는 것에 대해 말하고, 유행하고 있는 심리학이 일반인이 사유하는 방식에 대해 말한다면, 또 형식 논리학이 빵 가게에서 착오 없이 잔돈 계산을 하려면 어떻게 사유해야 하는지를 가르친다면, 마르부르크학파는 2천5백 년간 계속 저작해 온 학문이 어떻게 세계적인 발견들의 뜨거운 시원과 원천 가운데서 사유하는지에 관심을 가졌다. 철학은 역사 자체로부터 권위를 부여받은 듯한 그런 위치에 있음으로써 알아볼 수 없을 만큼 다시 젊어지고 명민해진 것이다. 그리고 문제의식을 갖는 학문 분야에서 문제의 근원으로 돌아가는 학문 분야로 바뀌었는데, 사실 이는 철학이 지녀야 할 모습이다.

마르부르크학파의 두 번째 독특성은 첫 번째 독특성에서 직접 파생된 것으로, 역사적 유산에 대해 면밀하고도 엄정한 태도를 갖는다는 데 있다. 과거를 끔찍이 얕잡아 보는 태도는 이 학파에게 낯선 것이었다. 즉 과거를 클라미스*를 입고 샌들을 신거나 가발을 쓰고서 캐미솔* 차림을 한 노인 무리가 코린트식, 고딕식, 바로크식 혹은 여타 건축 양식의 변덕이 만들어 낸 알 길 없는 멋대로의 생각을 허풍 치며 말하고 있는 양로원쯤으로 치부하는 그런 태도 말이다. 이 학파에게 학문 구조의 동종성이란 역사상 인간의 해부학적인 동일성처럼 하나의 법칙이었다. 이 학파의 철학가들은 역사를 완벽하게 알고 있었고 이탈리아 르네상스, 프랑스와 스코틀랜드의 합리주의, 그리고 기타 덜 연구된 유파들의 고문서로부터 연이어 보물을 끌어내는 데 지칠 줄 몰랐다. 그들은 역사를 헤겔의 두 눈, 곧 천재적인 일반화를 통해서 뿐 아니라 동시에 상식적인 핍진성의 엄격한 경계 안에서도 바라봤다. 이 학파는 예를 들면 세계정신의 단계에 관해서가 아니라, 이를테면 베르누이 일가*의 서신 교환에 관해 이야기했다. 하지만 이때 아무리 먼 옛날의 생각일지라도 그 생생한 현장에서 포착된 것이면 모두, 우리가 논리적으로 해석하는 게 전적으로 가능하다는 것도 이 학파는 알았다. 그렇지 않았다면 이 학파는 우리의 즉각적인 흥미를 끌지 못하고 복식, 풍속, 문헌, 사회 정치적 동향 등에 관한 역사학자나 고고학자의 관할 구역에 포함됐을 것이다.

독립성과 역사주의라는 마르부르크학파의 이 두 특징은 코헨 체계의 내용에 대해서는 아무것도 말해 주지 않는다. 나 역시 그의 체계의 본질에 관해 말하려 했던 것은 아닌데, 그것에 대해선 앞으로도 말하지 않을 것이다. 하지만 이 학파의 두 가지 특징은 코헨 체계의 매력을 설명해 준다. 그것들은 바로 그의 체계의 독창성, 즉 현대적 의식의 한 부분에 대하여 살아 있는 철학 전통 내에서 그의 체계가 차지하는 생생한 위치를 말해 준다.

현대적 의식의 아주 작은 입자인 나도 그러한 매력의 중심지로 빠르게 달려가고 있었다. 기차가 하르츠를 가로질러 갔다. 연기가 자욱한 아침, 천년 고도 고슬라르가 숲에서 튀어나와 중세의 석탄 광부처럼 어른거렸다. 그리고 괴팅겐이 질주하며 지나갔다. 도시들의 이름이 점점 더 큰 소리를 냈다. 기차는 몸 한 번 구부리지 않고 전속력으로 질주하며 지나는 길에 놓인 대부분의 도시들을 내동댕이쳤던 것이다. 나는 이렇듯 빠르게 물러서는 팽이가 된 도시들의 이름을 지도에서 찾아보았다. 그 몇몇 팽이 주변에는 고대의 세부적인 것들이 솟아났다. 그러고는 별 주변의 위성들과 고리들처럼 다시 팽이들의 회전 속으로 끌려 들어갔다. 『무서운 복수』에서처럼 지평선은 가끔 확장됐으며,* 각 소도시들과 성들의 지면은 즉시 몇 개의 궤도 가운데서 연기를 내뿜으며 밤하늘처럼 흥분을 일으키기 시작했다.

여행을 떠나기 전 2년간은 내 입에서 마르부르크라는 단어가 떠난 적이 없었다. 모든 중등학교 교과서에 실린 종교 개혁에 관한 장(章)마다 이 도시에 대한 언급이 있었다. 출판사 '중재자'는 13세기 초에 마르부르크에 묻힌 헝가리의 성녀 엘리자베트*에 관한 아동용 소책자를 출간하기도 했다. 조르다노 브루노*의 전기(傳記)를 다룬 책이라면 모두, 런던에서 조국으로 돌아오는 숙명적인 여행 기간 동안 그가 강연했던 도시들을 열거했는데, 이때 마르부르크를 반드시 언급했다. 믿기지 않겠지만, 다른 한편으로 내게 도함수 표와 미분 표를 지독히 공부하고 매클로린*에서 그토록 이해되지 않는 맥스웰*로 관심을 옮겨 훑어보도록 동기를 부여한 마르부르크가, 여기저기서 언급된 바로 그 마르부르크라는 사실을 나는 모스크바에 있을 때는 한 번도 알아채지 못했다. 나는 여행 가방을 들고서 낡은 우체국과 중세풍 여관을 지날 때에야 비로소, 그 사실과 처음 마주하게 되었다.

나는 고개를 뒤로 젖혀 위를 올려다보고는 너무 놀라 숨이 막힐 지경이었다. 대학과 시 의회와 8백 년 된 고성(古城)의 석조 모형들이 세 층의 아찔한 비탈을 이루어 내 위로 우뚝 솟아 있었던 것이다. 나는 열 걸음을 내딛고부터는 나 자신이 어디에 있는지 더 이상 알 수 없었다. 나는 이곳 이외의 세계와의 연관을 객차에 두고 왔음을 상기했다. 그리고 객차에 설치돼 있던 옷 거는 고리들과 그물 선반들과 재떨이들을 되찾을 수 없듯, 세계와의 연관도 이제 되찾을 수 없음을 상기했다. 시계탑 위에 구름이 한가로이 떠 있었다. 구름에게는 이 장소가 익숙한 듯했다. 그러나 그런 구름조차 아무런 설명을 해 주지 않았다. 구름은 여기 둥지의 수위로서 잠시도 이곳을 비우지 않을 게 분명했다. 정오의 정적이 주변을 지배하고 있었다. 정오의 정적은 아래에 뻗어 있는 평원의 정적과 교통(交通)했다. 이 두 정적은 망연자실해 있는 내 모습을 압축해서 보여 주는 것 같았다. 상층의 정적은 나른하게 떠도는 향을 하층의 정적과 주고받았다. 새들은 무언가를 기다리는 듯 지저귀었다. 나는 사람들이라곤 거의 보지 못했다. 전혀 미동이 없는 기와지붕의 윤곽은 이 모든 것이 어떻게 끝날지 호기심을 가지고 지켜보고 있었다.

거리들은 고트족 난쟁이처럼 가파른 비탈에 바짝 붙어 있었다. 거리들은 하나의 거리가 다른 거리의 밑에 배치되어 있는 구조여서 한 거리의 지하실들이 그다음 이어지는 다른 거리의 다락들을 내다보았다. 각 거리의 좁은 통로는 상자 형태의 경이로운 건축물들로 가득 채워져 있었다. 위로 확장되는 구조를 한 건물 계단들이 밖으로 돌출된 들보 위에 걸려 있었고, 지붕들이 거의 붙은 채 자갈 도로 위로 서로 손을 내밀고 있었다. 자갈 도로들엔 인도(人道)가 없었다. 어떤 도로들은 두 사람이 함께 지나갈 수도 없었다.

문득 나는 로모노소프*도 이 자갈 도로들을 5년 동안 발을 끌며 거닐었지만 그전에는 라이프니츠의 제자인 크리스티안 볼프* 앞으로 쓴 편지 한 장을 가지고 처음 이 도시로 왔었으며 이곳에 그가 아는 사람이라곤 없었다는 걸 깨달았다. 그때 이후로 도시가 바뀌지 않은 것이라고 말하는 것만으론 설명이 충분치 않다. 도시는 이미 당시에도 놀랄 만큼 작고 오래된 상태였다는 걸 알아야 한다. 그래서 이곳에 왔던 그 당시 사람도 고개를 돌리고는 다른 이가 아주 오래전에 한 몸동작을 그대로 반복하며 몹시 놀랐다는 걸 말이다. 많은 회청색 슬레이트 지붕이 발아래 산재해 있는 도시는 로모노소프가 있었던 당시에도 그랬듯이, 다시 채워진 여물통으로 마법에 걸린 듯 단숨에 날아드는 비둘기 떼를 닮아 있었다. 2백 년 전 다른 이가 그랬던 것과 똑같이, 나는 움직이고는 전율했다. 내가 정신을 차렸을 땐, 장식들 같던 도시 광경은 어느덧 현실이 되어 있었다. 나는 사마린이 추천했던 저렴한 숙소를 찾아 나섰다.

제2부

1

나는 도시 변두리에 방을 얻었다. 기센* 도로 끝에 있는 집이었다. 도로 주위에 심어져 있는 이곳 밤나무들은 마치 명령에 따르기라도 하는 듯, 어깨를 나란히 하여 대열을 이룬 채 오른쪽으로 몸을 빙 돌렸다. 포장도로는 오래된 작은 도시와 음침한 산을 마지막으로 뒤돌아본 후, 숲 뒤로 사라졌다.

방에는 옆집 채소밭 쪽으로 난 낡아 빠진 작은 발코니가 있었다. 그 채소밭에는 차축(車軸)에서 떨어져 나와 닭장으로 쓰는 낡은 마르부르크 철도마차(鐵道馬車)* 한 대가 있었다.

방을 세놓은 이는 관리의 미망인 노파였다. 노파는 소액의 과부 연금으로 딸과 단둘이 살고 있었다. 모녀는 얼굴이 꼭 닮아 있었다. 바제도병*을 앓는 여성들에게 늘 일어나는 것처럼, 모녀는 자신들 옷깃으로 내 시선이 슬쩍 향하고 있는 걸 즉시 알아챘다. 그 순간 내 머릿속에는 한끝을 귀 모양으로 쭉 당겨 꼭꼭 묶은 유아용 풍선이 떠올랐다. 모녀는 이런 나의 상상을 짐작했을 것이다.

모녀의 눈을 보았을 때 나는 그들의 목에 내 손바닥을 대고서 공기를 좀 빼내 주고 싶었는데, 바로 그들의 눈을 통해 옛 프로이센 경건주의*의 세계가 모습을 드러냈다.

하지만 모녀의 이런 세계가 이 독일 지역의 전형적인 모습은 아니었다. 이곳에는 다른 중세 독일의 모습이 우세했고 그 때문에 처음 떠올랐던 남서쪽에 대한 어렴풋한 짐작, 곧 스위스와 프랑스가 존재하고 있을 것이란 짐작이 자연 속으로까지 살며시 들어와 있을 정도였다. 자연이 그러한 짐작을 하면서 무성한 초록빛 잎사귀들을 창가에 펼치고 있을 때, 프랑스어로 쓰인 라이프니츠와 데카르트의 책들을 넘겨보는 건 참으로 시의적절한 일이었다.

모양이 기묘한 닭 사육장을 향해 뻗어 있는 들판 뒤로, 오커스하우젠 마을이 보였다. 이는 긴 헛간들, 긴 달구지들, 그리고 크고 건장한 페루슈롱종(種) 말들의 기다란 숙영지였다. 거기서부터 또 하나의 길이 지평선을 따라 길게 뻗어 나 있었다. 시내로 진입하게 되면서 이 길은 'Barfusserstrasse(바르퓌서 거리)'와 교차했다. 이 거리의 어원인 '맨발의 사람들'은 중세에 프란체스코* 수도회 수사들을 이르는 말이었다.

해마다 겨울은 바로 이 길을 따라 이곳으로 찾아든 게 틀림없었다. 왜냐하면 발코니에서 그쪽을 쳐다봤을 때, 겨울에 걸맞은 온갖 것들을 상상할 수 있었으니까. 한스 작스*를. 30년 전쟁을. 시간 단위가 아닌 10년 단위로 측정될 때 흥분을 일으키지 않고 잠잠해지는 성질의 역사적 참화를. 겨울들, 겨울들, 겨울들이 지나고 식인 괴물의 하품처럼 황폐했던 한 세기도 지났을 때 야생의 하르츠에서 멀리 떨어진 곳, 떠도는 하늘 밑에 검게 불탄 자리처럼 어두운 이름들— Elend(불행), Sorge(근심)* —을 지닌 채 처음 나타난 새 정착지들을.

집에서 떨어진 뒤편에는 란(Lahn) 강이 관목과 그림자를 밑으로 내리누르면서 흘렀다. 강 너머로는 철로가 뻗어 나 있었다. 저녁이 되면 쟁강거리며 빠르게 울리는 기계 종소리가 부엌의 알코올램프의 둔탁한 식식거림 속으로 돌진해 들어왔는데, 철도 건널목 가로목은 바로 이 종소리에 맞춰 저절로 내려가곤 했다. 이 종소리가 울릴 때면 제복을 입은 사람이 건널목 근처의 어둠 속에서 불쑥 나타나 건널목에 먼지가 일지 않도록 재빨리 물뿌리개로 물을 뿌렸다. 그리고 그 순간 기차가 경련을 일으키듯 단번에 위, 아래, 그리고 사방으로 돌진하며 빠르게 지나갔다. 이때 북처럼 둥둥 울리는 기차 불빛의 다발이 여주인의 냄비들 속으로 떨어졌다. 그리고 그 속의 우유는 항상 타서 눌어붙기 일쑤였다.

란 강 수면의 기름 위로 한두 개의 별빛이 미끄러지듯 내려앉았다. 오커스하우젠에는 막 몰고 온 가축들이 큰 소리로 울고 있었다. 언덕 위에서는 마르부르크가 오페라의 무대 장치처럼 번쩍번쩍 빛났다. 만일 백 년 전처럼 그림 형제가 저명한 법학자 사비니에게 법을 배우러 이곳으로 다시 올 수 있다면, 그들은 또다시 동화 수집가들이 되어 이곳을 떠날 것이다. 나는 출입문 열쇠가 내게 있음을 확인하고서 시내로 길을 나섰다. 이곳 토박이 시민들은 이미 잠들어 있었다. 맞은편에서 걸어오는 사람이라곤 대학생들밖에 없었다. 그들은 모두 바그너의 악극 「뉘른베르크의 명가수(名歌手)」 공연을 하는 자들 같아 보였다. 이미 낮부터 오페라의 무대 장치 같아 보였던 가옥들은 이제 더욱더 밀집해 있었다. 자갈 도로에 있는 담벼락마다 걸려 있는 전등들은 마음껏 들썩일 공간이 없었다. 전등 불빛이 여러 소리들 위로 힘껏 부서져 내렸다. 전등 불빛이 멀어져 가는 발뒤꿈치들의 굉음과 요란한 독일어 소리의 폭발음 위에 백합 모양의 밝은 반점들을 끼얹었던 것이다. 전등은 이곳의 전설을 알고 있는 듯했다.

로모노소프가 이 도시로 오기 약 5백 년 전인 옛날 옛적, 당시에 지상의 한 평범한 해였던 1230년 새해에 역사상 강렬한 한 인물인 헝가리의 엘리자베트가 마르부르크 성에서 이곳 비탈길들을 따라 내려왔다.[5]

그녀가 내려온 거리를 상상력으로 가늠이라도 해 본다면, 그것은 아래 도착 지점에 왔을 땐 어느덧 자연히 눈보라가 일게 될 만큼 먼 거리이다. 눈보라는 기온의 하강 때문에, 또 먼 거리처럼 도달 불가능한 것에 대한 정복 법칙에 따라 발생하는 것일 게다. 도착 지점에 밤이 찾아올 것이다. 산들은 숲으로 뒤덮일 것이고, 숲에는 야생 동물들이 찾아들 것이다. 그에 반해 인간의 풍습과 관습들은 얼어붙은 눈의 표면으로 덮이게 될 것이다.

사망한 지 3년 만에 시성(諡聖)되는 이 미래의 성녀에겐 하나의 폭군, 즉 상상력이 없는 고해 신부가 있었다. 흐트러짐이 없는 실용주의자였던 신부는 참회 중인 그녀에게 자신이 한 모진 책망이 도리어 그녀를 환희에 차게 한다는 걸 간파했다. 그는 그녀에게 진짜 고난이 될 고통을 찾던 끝에 결국, 가난한 자들과 병자들을 돕는 일을 그녀에게 금한다. 여기서 역사는 전설로 바뀐다. 그녀에게는 이 금지령을 지키는 게 힘에 겨운 일인 듯했다. 명령을 어긴 그녀의 죄를 결백하게 만들어 주려는 듯, 눈보라는 아래쪽 시내로 내려가는 그녀를 자신의 몸으로 가려 주었고 그녀가 밤에 이동하는 동안에는 빵을 꽃으로 바꿔 놓곤 했다.

이처럼 확신에 찬 광포한 광신자가 자신의 명령을 지킬 것을 지나치게 주장할 때, 때론 자연은 자신의 법칙에서 물러나지 않을

---

5 이하는 엘리자베트의 전설에 관한 것이다. 앞 제1부 제10장(50쪽)의 주(註) 참조.

수 없다. 이때 자연법칙의 목소리가 기적의 형태를 띠는 건 그리 대단한 일이 아니다. 종교 시대엔 그런 기적이 신빙성의 표준이다.

우리 시대엔 우리만의 표준이 있는 게 사실이지만, 자연이 궤변에 맞서 우리의 방어자 노릇을 하는 걸 멈추진 않을 것이다.

날듯이 급히 언덕 아래로 내려가던 길거리는 대학이 가까워짐에 따라 점점 휘어지고 좁아졌다. 수 세기의 잿더미 속에서 감자처럼 구워진 건물 정면들 중 한 곳에는 유리문 하나가 달려있었다. 그 문은 북쪽의 절벽들 중 한 절벽으로 이어진 복도로 열렸다. 그곳엔 작은 탁자들이 놓여 있고 전등 불빛으로 가득 찬 테라스가 있었다. 테라스는 땅 주인인 백작 부인에게 한때 그토록 많은 걱정을 끼쳤던 궁핍한 저지(低地) 위에 놓여 있었다. 이렇게 백작 부인이 밤 나들이 때 거닐었던 길에 위치한 도시는 그 이후 16세기 중반경의 모습으로 고지(高地)에 고정돼 버렸다. 반면, 그녀의 정신적인 평온을 흔들어 놓았었던 저지, 그녀로 하여금 법규를 깨도록 했던 그 저지는 예전처럼 기적의 힘으로 운행된 채 시대와 온전히 발을 맞추어 가고 있었다.

밤이면 그 저지에서 습한 기운이 불어왔다. 저지에서는 잠 못 이루는 쇳덩이가 쉴 새 없이 덜걱거렸고, 철도 측선들은 서로 만났다 헤어지며 이리저리 흔들렸다. 뭔가 소란스러운 것이 끊임없이 떨어졌다가 솟아올랐다. 이는 강둑이 저녁에 났었던 귀청이 터질 듯한 음높이로, 아침이 올 때까지 계속해서 내는 요란한 물소리였다. 도살장에서 나는 황소 우는 소리에 이어, 제재소의 끽끽거리는 절단 소리는 제3도의 음높이로 노래했다. 뭔가가 끊임없이 터지면서 밝아졌고, 증기를 내뿜으며 굴러 떨어졌다. 또 뭔가가 침착하지 못하게 이리저리 움직이더니 여러 빛깔로 물든 연기에 덮여 가려졌다.

이곳 카페는 주로 철학가들이 찾았다. 철학가가 아닌 자들은 그들만이 모이는 장소가 있었다. 카페 테라스에 고르분코프와 란츠,* 그리고 이후에 고국과 해외에서 교수 직을 얻게 된 독일인들이 앉아 있었다. 덴마크인들, 영국 여학생들, 일본인들, 그리고 코헨의 강의를 들으려고 세계 곳곳에서 모여든 사람들 가운데선 귀에 익은 아름다운 음조의 흥분된 목소리가 울려 퍼지고 있었다. 그것은 최근 있었던 스페인 혁명의 활동가이자 여기 대학에 2년째 다니는 슈탐러*의 제자, 바르셀로나 출신 변호사*가 내는 소리였다. 그는 자신의 지인들에게 베를렌의 시를 읊어 주고 있었던 것이다.

나는 많은 사람들을 알고 있었기에, 누구에게도 거리낌이 없었다. 말을 내뱉어 두 개의 약속을 못 박듯 이미 잡아 둔 나는 마음을 졸이며, 하르트만(Nicolai Hartmann)의 수업에서는 라이프니츠를, 마르부르크학파 수장의 수업에서는 칸트의 『실천 이성 비판』의 한 부분을 각각 발표할 준비를 하고 있었다. 학파의 수장은 내가 오랫동안 추측해 온 모습과 첫 대면 때부터 완전히 빗나갔지만, 그의 형상은 어느새 내 마음속을 차지하고 있었다. 즉 신참자의 헛된 공명심에 찬 나는, 과연 내가 그의 주목을 받아 그의 일요일 날 식사 모임에 초대를 받게 될지 아닐지를 생각해 보았다. 그럴 때마다 그의 형상은 그에 대한 나의 맹목적인 열광의 밑바닥으로 가라앉거나 그 표면으로 떠오르며 모습을 바꾼 채, 멋대로 내 마음속에 존재했던 것이다. 그 식사 모임에의 초대는 초대받은 자에게 곧바로 이 지역에서의 평판을 높여 주었다. 그러한 초대는 새로운 철학적 경력의 시작을 의미했기 때문이다.

어느덧 나는 그의 사례를 통해 위대한 자가 그의 위대한 내면세계를 드러내 보일 때 그 세계가 어떻게 드라마틱하게 펼쳐지는지 확인할 수 있었다. 어느덧 나는 머리가 소러시아인풍으로 흐트러지고 안경을 낀 이 노인이 그리스의 불멸 개념을 이야기할 때 어떻게 고개를 들어 올리고 뒤로 물러설지, 또 그가 엘리시온 평야*의 이미지를 풀이해 줄 때 어떻게 한 팔을 허공에서 마르부르크 소방서의 방향으로 휘저을지를 알고 있었다. 어느덧 나는 또 다른 경우에 그가 넌지시 칸트 이전의 형이상학으로 다가간 다음, 그것에 비위를 맞추듯 어떻게 열심히 부드럽게 속삭일지, 또 그런 다음 갑자기 어떻게 흄을 인용하면서* 그 형이상학을 호되게 질책하고 큰 소리로 꾸짖을지를 알고 있었다. 그가 갑자기 연달아 기침을 하고는 한참 동안 말을 멈추었다가 어떻게 평온하고 지친 목소리로 "*Und nun, meine Herrn*(그러므로, 친애하는 제군 여러분)……"이라고 느릿느릿 말할지를. 그리고 이는 그가 한 세기에 대고 퍼부은 질책이 마무리됐고 개괄적인 그의 제시도 끝났음을 뜻한다는 것을, 또한 이제 강좌의 본 주제로 옮겨 갈 수 있음을 뜻한다는 것을 말이다.

그사이 카페 테라스에 남은 사람이라곤 거의 없었다. 테라스에 있는 전등들이 소등되고 있었다. 아침이 뚜렷하게 모습을 드러내고 있었다. 우리는 난간 너머를 내려다보고서야 야간 저지대의 모습이 완전히 사라진 것을 알았다. 그 모습이 사라지고 펼쳐진 풍경은 간밤에 있었던 자신의 선임자에 대해 아무 것도 몰랐다.[6]

---

6 작가는 자연을 일부러 사람처럼 묘사했다.

2

이즈음에 비소츠카야 자매가 마르부르크에 왔다. 자매는 부유한 집안의 딸들이었다. 모스크바에서 김나지움에 다닐 때 나는 언니인 이다와 친구 사이였고, 무엇을 가르쳤는지는 모르겠지만 그녀에게 비정기적으로 수업을 해 주었다. 아니 오히려, 가장 예상치 못한 주제로 내가 그녀와 대화한 것에 대해 사례로 그 집에서 돈을 지불했다고 하는 게 더 맞을 것이다.

그러나 1908년 봄은 그녀와 내가 함께 김나지움 졸업을 앞둔 때였으므로, 이때 나는 내 시험 준비를 하면서 동시에 이다 비소츠카야의 시험 준비도 해 주었다.

대부분의 내 시험 문제* 중에는 내가 교실에서 수업을 받을 때 경솔하게 그냥 지나친 부분들이 포함되어 있었다. 이 부분들을 섭렵하려면 밤 시간을 이용해도 부족할 지경이었다. 하지만 나는 몇 시가 됐든 틈만 나면, 그것도 주로 새벽에 각 과목을 수업해 주러 비소츠카야에게 달려가곤 했다. 서로 다른 김나지움에 다니고 있는 우리의 시험 체계는 자연히 같지 않았기에, 그녀와 나의 시험 과목이 일치하지 않는 경우가 다반사였다. 이 같은 혼란은 나의 상황을 더욱 복잡하게 만들었다. 나는 그런 혼란이 있다는 것도 깨닫지 못했다. 나는 비소츠카야에게 마음이 있었고 이는 처음이 아니었다. 사실 나는 열네 살 때부터 그런 감정을 의식하고 있었던 것이다.

그녀는 예쁘고 사랑스러운 아가씨였다. 그녀는 더할 나위 없는 최고의 교육을 받고 자랐는데, 그녀에게 홀딱 반한 프랑스인 노부인은 아주 어릴 적 유아기 때부터 그녀를 응석받이로 키웠다. 이 여인은 자신이 그토록 아끼는 아가씨에게 해 뜨기 전 아주 이른 시각에 내가 들고 오는 기하학의 세계가 유클리드의 세계가 아니라 아벨라르*의 세계라는 것을 나보다도 더 잘 알고 있었다. 이에 신바람이 난 여인은 자신이 눈치가 빠르다는 것을 보란 듯 드러내며, 우리의 수업 시간 동안 우리 곁을 떠나지 않았다. 나는 그녀의 개입에 은근히 감사하고 있었다. 그녀가 있었기에, 내 감정이 건드려져 상처받는 일이 일어나지 않았으니까. 당시 나는 내 감정을 판단하지 않았고 내 감정으로 인해 판단받는 일도 없었다. 나는 열여덟 살이었다. 그렇지 않더라도 내 기질로 보나 내가 받은 가정 교육으로 보나 어차피 나는 함부로 내 감정을 드러내지 못했다. 설사 그럴 기회가 있었다 해도 용기를 내지 못했을 것이다.

사람들은 끓는 물을 담은 항아리에 물감을 풀고, 사방에서 굴러 내린 눈에 쌓인 채 멋대로 방치된 정원들이 햇살 속에 한가로이 데워지는 그런 연중의 한때였다. 정원들은 맨 가장자리까지 밝고 잔잔한 물로 찬다. 정원 너머 담장 쪽에서는 정원사들과 갈까마귀들과 종탑들이 지평선을 따라 나란히 줄지어 서서, 도시 전체에 들릴 만큼 큰 소리로 하루에 두서너 마디를 주고받는다. 촉촉하고 양털처럼 북슬북슬한 회색 하늘은 몸을 환기창의 한 짝에 비벼 댄다. 하늘은 좀처럼 떠날 줄 모르는 밤의 광경으로 가득 찬다. 하늘은 몇 시간 동안 침묵하고, 침묵하고, 또 침묵한다. 그런 다음 별안간 달구지 바퀴의 둥근 굉음을 쥐고는 그것을 방 안으로 굴려 넣을 것이다. 그 굉음이 어찌나 갑작스레 멈추는지, 마치 이 모든 게 '마법 지팡이' 놀이 같고 달구지는 자갈길에서 환기창으로 침투하려는 것 이외에 다른 목적은 없는 듯싶다. 따라서 달구지가 바퀴를 조종하는 일은 이제 더 이상 없다. 이보다 훨씬 더 수수께끼인 건, 소리에 깎여 생겨난 구멍 안으로 샘물처럼 쏟아져 들어오는 한가로운 정적이다.

내 마음에 이 모든 것이 왜 분필 자국이 깨끗이 지워지지 않은 칠판의 이미지로 새겨졌는지 모르겠다. 오, 그때 우리를 멈추게 했더라면, 또 칠판을 물기에 찬 광택이 날 때까지 깨끗이 닦고서 부피가 같은 각뿔들에 관한 정리(定理)를 설명해 주는 대신, 우리 둘 다 앞에 놓인 것을 뚜렷한 필적으로 쓰듯 펜을 꾹꾹 눌러 가며 분명히 설명해 주었더라면. 오, 그랬더라면, 우리는 얼마나 놀라 어안이 벙벙해졌을까!

이런 생각은 대체 어디서 비롯된 걸까, 그리고 하필 왜 이 대목에서 내 머릿속에 떠오른 것일까?

왜냐하면 그때는 추운 반년을 이제 막 몰아낸 봄이 도래해 있었고, 아직 걸리지 않은 거울처럼 얼굴을 위로 향한 호수들과 웅덩이들이 극히 넓은 세계가 깨끗이 정돈되었으니 방을 다시 세놓을 준비가 되었다고 말하면서 주변 대지에 누워 있었기 때문이다. 왜냐하면 그때는 가장 먼저 원하는 자에게 세상에 있는 모든 삶을 다시 안고 체험할 기회가 주어졌기 때문이다. 왜냐하면 나는 비소츠카야를 사랑하고 있었기 때문이다.

왜냐하면 현재에 대한 **인식 가능**[7] 자체는 이미 미래이며, 인간의 미래는 사랑이기 때문이다.

3

그러나 세상에는 여성에 대한 고상한 태도란 게 있다. 나는 이에 대해 몇 마디 하려고 한다. 청소년기에 자살을 불러일으키는 거대

---

[7] 굵은 활자는 원저자 강조.

한 현상들의 영역이 있다. 유아적인 상상력으로 인해 저질러지는 실수들의 영역, 어린아이 같은 유치한 혐오감들의 영역, 청춘의 허기들의 영역이 있으며, 크로이처 소나타*들과 그것에 대항해 쓴 소나타들의 영역이 있다. 나는 한때 이 영역에 머물렀는데, 부끄럽게도 거기에 오래 머물렀다. 대체 이 영역은 무엇인가?

이 영역은 사람의 마음을 갈기갈기 찢어 놓는 바, 이 영역에서 얻어지는 건 해로움뿐, 그 밖에 다른 건 없다. 그런데도 이 영역에서 벗어나는 일은 결코 없을 것이다. 인간이란 존재로 역사에 등장하는 사람이라면 모두 예외 없이 이 영역을 거치게 될 것이다. 왜냐하면 오직 하나인 온전한 도덕적 자유에 도달하기 위해 넘어야 할 문턱인 이 소나타들을 쓰는 건 톨스토이와 베데킨트* 같은 이들이 아니라, 그들의 손을 빌린 본성이기 때문이다. 본성이 의도하는 바가 온전히 성취되는 경우도 이 소나타들이 상호 모순될 때뿐이다.

본성은 물질을 저항에 기초하게 하고 실제와 가상(假想) 사이를 사랑이란 이름의 방벽으로 분리해 놓은 뒤 이 방벽의 견고성을, 즉 세계의 온전함을 신경 쓴다. 이 방벽에는 본성이 미친 듯 열광하며 끔찍이 과장하는 지점이 존재한다. 그 지점에서 본성은 매번 파리를 코끼리로 만들어 놓는다*고 말할 수 있다.

"아니, 용서하십시오, 잘못 말했군요. 정말로 본성은 코끼리들을 태어나게도 하지요!" 이것이 본성의 주된 일이라고 말들 한다. 아니면 그것은 그저 실없는 말에 불과한 것일까? 그렇다면 종(種)의 역사는 어찌 되는 건가? 또 인간의 학명의 역사는 어찌 되고? 본성이 매번 코끼리들을 만들어 내는 곳이, 본성 속의 불안에 떠는 상상력이 매우 활기차게 활동하는 이곳 방벽 내부, 즉 강렬한 진화가 일어나고 수문으로 막혀 있는 그런 지대라면 말이다!

그럴 경우, 어린 시절에 우리가 곧잘 과장하며 뒤죽박죽인 상상력을 갖는 까닭은 본성이 파리를 코끼리로 만들어 내듯 우리를 코끼리로 만들기 **때문이라고** 말할 수는 없는 걸까?

거의 불가능한 것만이 실제 존재하는 것이라는 철학을 고수하며, 본성은 모든 생물의 감정을 극도로 곤란하게 했다. 본성은 어느 한 방식으로 동물의 감정을, 그리고 또 다른 방식으로 식물의 감정을 곤란하게 했다. 본성이 우리의 감정을 곤란하게 한 방식 속에서는 본성이 인간에 대해 매우 높은 견해를 가지고 있다는 사실이 드러나 보였다. 본성이 우리의 감정을 곤란하게 한 방식은 아무 생각 없이 어떤 술수들을 써서가 아니라 본성 자신이 우리에게 절대적인 힘을 소유하고 있다고 여기는 것을 통해서였다. 즉 그것은 우리가 파리의 모습을 띠는 것에서 멀어지면 멀어질수록 우리 각자를 그만큼 더 강하게 사로잡는 감각, 곧 파리 같은 우리의 저속성에 대한 감각을 일깨우는 과정을 통해서였다. 이 점은 『미운 오리 새끼』에서 안데르센에 의해 천재적으로 서술되어 있다.

성에 관한 문학은 모두, '성'이란 말 자체처럼 견딜 수 없을 만큼 저속성을 풍기는데, 이들 문학의 목적도 여기에 있다. 성에 관한 문학이 본성에 도움이 되는 것도 바로 이런 혐오스러운 측면 때문이다. 저속성에 대한 공포에 사로잡힐 때 비로소 우리는 우리의 본성과 만나며, 저속하지 않다면 그 무엇도 본성의 제어 수단들을 보충해 주지 못할 것이기 때문이다.

이런 저속성과 관련해 우리의 생각이 어떤 대상을 떠올리든, 그 대상의 **운명**은 본성의 손아귀에 놓여 있다. 본성은 늘 자신의 전일성의 힘으로 우리에게 배치해 온 본능의 도움을 받아 이 대상을 관리한다. 그 바람에 교육자들이 본성이 좀 더 쉬이 자연스러워지도록 하는 것을 목표로 하며 벌인 온갖 노력은 항상 본성을 더욱 힘들게 한다. 사실 **이렇게 되는 게 마땅하다.**

이렇게 본성을 힘들게 해야 하는 이유는 감정 자체가 극복할 대상을 갖게 하기 위해서다. 어안이 벙벙한 이번 대상이 감정이 극복할 대상이 아니라면 다음번에 그 대상을 갖도록 하는 식으로 말이다. 이같이 감정의 방벽이 혐오감으로 구축될지, 아니면 터무니없는 일로 구축될지 하는 문제는 중요하지 않다. 우주가 알고 있는 모든 움직임 중에서 임신에 이르는 움직임이 가장 순수하다. 반대로 임신에 이르는 움직임 이외의 모든 움직임이 한없이 더러움을 풍기도록 하는 데는, 수 세기 동안 수차례 승리를 거둔 임신에 이르는 움직임이 지닌 순수성 하나만 있으면 충분할 것이다.

그리고 예술이 있다. 예술은 사람이 아니라 사람의 이미지에 관심을 갖는다. 밝혀지고 있다시피 사람의 이미지는 사람보다 더 커다란 의미를 갖는다. 그 이미지는 진행이 이뤄지는 동안에만 탄생할 수 있는데, 그것도 모든 진행 중에 그런 것은 아니다. 그 이미지는 파리에서 코끼리로의 과장적 전이가 이루어질 때만 탄생할 수 있는 것이다.

정직한 사람은 진실**만을** 말한다고 할 때 그가 하는 것은 무엇이란 말인가? 그가 진실을 말하고 있는 동안 시간은 흘러가고, 그 시간 동안 삶은 앞으로 나아간다. 그가 말한 진실은 이미 뒤떨어진 것이 되고, 기만이 되는 것이다. 이런 것이 사람이 어디서나 늘 해야 하는 말하기 방식일까?

때문에 예술에서는 인간의 입이 닫혀 있다. 예술에서 인간은 침묵하게 되고, 대신 이미지가 말하기 시작한다. 또한 이미지**만이** 자연이 이룩한 성과를 뒤따라갈 수 있는 것으로 밝혀진다.

러시아어로 '사실인 양 꾸며서 말하다(vrat')'는 '기만하다'를 뜻한다기보다 '사실과 상관없는 걸 보태어 말하다'를 뜻한다. 그런 의미에서 예술도 '사실인 양 꾸며서 말한다'. 예술에서 이미지는 삶을 아우르는 일을 하는 것이지, 관객을 애써 구하는 일을 하는 건 아니다. 예술의 진리들은 묘사될 수 있는 것이 아니라 영원히 발전할 수 있는 것들이다.

수 세기에 걸쳐 사랑을 되풀이해 말하면서, 예술**만이** 감정을 곤란하게 하는 수단들의 보강인 본능의 관리를 **받지 않는다.** 한 세대가 새 정신적 발전을 위한 장벽을 받아들였을 때, 그 세대는 예술의 서정적 진리를 간직하면 했지 배격하지는 않는다. 그렇기에 인류가 바로 서정적 진리를 갖춘 채 세대들에서 점차 형성되고 있는 듯한 모습을 아주 멀찍이서 상상해 볼 수 있다.

이 모든 것은 범상치 않은 것이다. 이 모든 것은 몹시 난해한 것이다.

도덕성을 지도하는 것은 미적 기호(嗜好)지만, 미적 기호를 지도하는 것은 힘이다.

4

비소츠카야 자매는 벨기에에서 여름을 보내고 있었다. 자매는 내가 마르부르크에 있다는 걸 누군가에게 전해 들은 터였다. 그러던 중 베를린에 있는 가족 모임에 오라는 호출이 이들에게 내려졌다. 그리하여 그리로 가는 도중, 내가 있는 곳을 한번 들르고자 한 것이었다.

이들은 작은 도시의 아주 오래된 구역에 위치한 최고급 호텔에 머물렀다. 이들과 떨어지지 않고 보낸 3일은 축일이 평일과 같지 않듯, 나의 일상적인 삶과는 전혀 달랐다. 나는 자매에게 끝없이 이런저런 이야기를 해 주면서 그녀들의 웃음에, 우연히 우리 주위에 있던 사람들이 우리를 보고 지어 보인 알겠다는 표정에 정신 없이 취해 있었던 것이다. 나는 여기저기로 자매를 데리고 다녔다. 두 자매는 나와 함께 몇 개의 대학 강의에 참석했다. 그러다 자매가 떠나는 날이 왔다.

그 전날 저녁에 종업원은 내게 저녁 식사의 식탁을 차려 주면서 이렇게 말했다. "자, 마지막 식사를 드십시오. 내일은 당신이 교수 대에 오르는 날이 될 테니. 그렇지 않습니까?"

아침에 나는 호텔로 들어서다가 복도에서 동생과 마주쳤다. 나를 보고 무언가를 알아챈 그녀는 인사도 없이 뒤로 물러났다. 그러고는 자신의 방으로 들어가 문을 닫았다. 나는 언니 방으로 갔다. 나는 몹시 흥분한 채로 우리의 관계가 이런 식으로 지속되는 건 더 이상 불가능하니 부디 내 운명을 결정해 달라고 그녀에게 말했다. 이런 나의 행동에는 완강한 모습만 있을 뿐, 새로운 모습은 전혀 없었다. 그녀는 앉아 있던 의자에서 일어나, 굉장히 흥분해 있는 나에게서 뒷걸음쳤다. 내가 흥분해서 그녀에게로 돌진해 오기라도 할 것처럼 여겼던 것이다. 벽에 이르자, 문득 그녀는 세상에는 이 모든 것을 단번에 끝낼 방법이 있다는 것을 상기했다. 그러고는 내 청혼을 거절했다. 얼마 지나지 않아 복도에서 소음이 일었다. 사람들이 옆방에서 트렁크를 끌어내고 있었다. 이윽고 그들은 그녀와 내가 있는 방에 노크했다. 나는 재빨리 정신을 차렸다. 역으로 출발할 때가 된 것이었다. 역은 걸어서 5분 거리에 있었다.

역에서 작별 인사를 할 기회는 내게서 완전히 떠나고 말았다. 동생하고만 작별 인사를 했을 뿐 언니하고는 시작도 하지 않았음을 깨닫는 순간, 미끄러지듯 움직이는 프랑크푸르트발(發) 급행열차가 플랫폼에 불쑥 나타났던 것이다. 열차는 도착할 때와 거의 같은 모습으로 신속히 승객을 태우더니, 그렇게 또 신속히 출발했다. 나는 열차와 나란히 뛰기 시작해 플랫폼 끝에 도달했을 때는 힘차게 내달려 객차 계단의 승강구 위로 뛰어올랐다. 육중한 열차 문은 잘 닫혀 있지 않았다. 화가 머리끝까지 난 차장이 내 길을 가로막고서 내 어깨를 잡았다. 그는 내가 그의 설득에 부끄럽게 여겨 자살 계획을 그만둘지도 모른다고 생각했던 것이다. 객차 안에 있던 나의 여행객들이 승강단(昇降段)으로 달려 나왔다. 이들 자매는 나를 그 상황에서 벗어나게 해 주고 표를 구입하려고 차장에게 몇 장의 태환(兌換) 지폐를 쥐어 줬다. 차장이 자비를 베푼 덕분에 나는 자매를 따라 객차 안으로 들어갈 수 있었다. 우리는 베를린을 향해 빠르게 달려갔다. 거의 끝날 뻔했던 동화 같은 축일은 광포한 기차의 움직임으로, 또 방금 내가 체험한 모든 일로 생긴 행복한 두통으로 열 배 더 강화된 채 계속됐다.

달리는 기차에 내가 뛰어올랐던 건 오직 작별 인사를 하기 위함이었는데, 나는 그것을 깜빡 잊고 있었다. 그러다가 다시 기억해 냈지만 그때는 이미 너무 늦은 다음이었다. 눈 깜짝할 새 낮이 지나고 저녁이 되더니, 어느덧 굉음을 내뱉는 베를린 역 플랫폼의 처마가 우리를 지면으로 밀어붙이며 우리를 향해 다가왔던 것이다. 사람들이 두 자매를 마중하러 나올 게 분명했다. 감정이 뒤죽박죽인 나와 자매가 함께 있는 것을 사람들이 보는 건 바람직한 일이 아니었다. 자매는 우리의 작별 인사는 이미 이루어졌다고 나를 설득했다. 단지 내가 그것을 알아채지 못했을 뿐이라는 것이었다. 나는 기차역의 가스가 폭발하는 듯한 굉음에 눌려 있는 군중들 속에 파묻혀 버렸다.

밤이 되었고, 음산한 가랑비가 내리고 있었다. 나는 베를린에 아무런 볼일이 없었다. 내 목적지로 가는 다음 기차는 아침에 출발하는 기차였다. 나는 이 기차를 역에서 여유롭게 기다릴 수도 있었을 것이다. 하지만 나는 사람들 사이에 남아 있는 게 불가능하다는 것을 느꼈다. 얼굴에 경련이 일어 바르르 떨렸는가 하면, 눈에서는 하염없이 눈물이 흘러내리고 있었다. 마음을 완전히 다 비워 줄 마지막 작별 인사에 대한 갈증이 해소되지 않고 남아 있었던 것이다. 그것은 고통스러운 음악 전체를 단번에 제거하기 위해선 마지막 화음을 한 번에 급히 당기며 그 음악을 뿌리까지 흔드는 대(大)카덴차*가 필요한 것과 비슷했다. 그러나 이러한 제거의 기회가 내게 허용되지 않았다.

밤이 되었고, 음산한 가랑비가 내리고 있었다. 역에 인접한 아스팔트에도 플랫폼에서와 같이 연기가 자욱했다. 쇠창살로 덮여 있던 플랫폼 처마의 창유리는 그 자욱한 연기 때문에, 그물망 속에 든 공처럼 불룩해져 보일 정도였다. 거리 여기저기서 딱딱거리는 소리는 이산화탄소가 폭발하는 소리와 비슷했다. 모든 것이 조용히 동요하는 빗줄기에 둘러싸여 있었다. 나는 이런 상황이 벌어지리라곤 예측하지 못했던 터라, 그냥 집 밖으로 나올 때의 차림 —즉 외투도, 짐도, 신분증도 없는— 을 하고 있었다. 나는 호텔에 들어서기 무섭게 객실이 다 찼다는 정중한 거절의 말을 들으며 단번에 쫓겨났다. 마침내 나는 나의 초라한 여행 차림이 아무런 문제가 되지 않는 곳을 찾았다. 그곳은 최하급 호텔이었다. 나는 방에 혼자 남게 되자, 창가에 놓여 있는 의자 한쪽에 비스듬히 앉았다. 그 옆에는 작은 탁자가 있었다. 나는 그 탁자에 고개를 떨구었다.

왜 나는 이토록 자세히 나의 자세를 묘사하는가? 왜냐하면 나는 밤새 그 자세로 있었기 때문이다. 누군가의 손길이 살짝 닿기라도 한 듯, 나는 이따금 고개를 들어 벽에 뭔가를 했다. 벽은 컴컴한 천장 아래에서 내게서 비스듬히 멀리 떨어져 있었다. 사젠* 자로 재듯, 나는 막연히 고정된 시선으로 아래서부터 벽을 쟀던 것이다. 그러고는 흐느낌이 다시 시작되었다. 나는 또다시 얼굴을 양팔에 파묻었다.

내가 이토록 정확하게 내 몸의 자세를 묘사한 까닭은 이 자세가 마르부르크를 떠나던 그날 아침, 달리던 기차의 계단 승강구에서 내 몸이 취했던 자세였기 때문이며, 또 내 몸이 그 자세를 기억하고 있었다는 사실 때문이다. 그것은 높은 무언가에서 굴러 떨어진 사람의 자세였다. 그 높은 무언가는 오랫동안 그를 잡고서 싣고 다니다가 어느 순간 그를 놓더니, 그의 머리 위를 소란스럽게 질주하며 길모퉁이 뒤에서 영원히 사라졌던 것이다.

마침내 나는 고통을 딛고 일어났다. 나는 방을 둘러본 다음 창문을 활짝 열어젖혔다. 밤이 지나갔고 빗줄기가 뿌연 물보라를 날리며 떠돌았다. 비가 내린다고 할지 이미 그쳤다고 할지 말할 수 없는 상태였다. 방값은 미리 치른 터였다. 호텔 로비에는 아무도 없었다. 나는 누구에게도 말하지 않고 호텔을 떠났다.

5

그때 비로소 무언가가 내 눈에 띄었다. 그것은 그전부터 보이기 시작했던 것이 분명하지만 바로 눈앞에 일어나고 있는 일과 보기 흉하게도 다 큰 어른이 우는 일 때문에 이제껏 가려져 있었던 것이다.

나는 변화된 사물들로 둘러싸여 있었다. 전에 경험해 본 적이 없는 무언가가 현실의 본질 속으로 살며시 들어와 있었던 것이다. 아침이 내 얼굴을 알아보았고, 오로지 나와 함께 있고, 또 **결코** 내 곁을 떠나지 않기 위해 나타났다.

날이 더워질 것을 기약하며, 안개가 흩어졌다. 도시가 조금씩 움직이기 시작했다. 작은 짐마차들, 자전거들, 대형 포장마차들, 기차들이 사방으로 미끄러지듯 나아갔다. 사람들의 계획과 갈망이 눈에 보이지 않는 술탄*처럼 이것들 위로 굽이쳐 너울거렸다. 그것들은 연기처럼 피어올라, 별다른 설명이 없어도 이해되는 친숙한 우화처럼 압축된 모습으로 움직이고 있었다. 새들, 집들과 개들, 나무들과 말들, 튤립들과 사람들의 모습이 우리가 어린 시절에 알고 있던 것보다 짤막해지고 갑작스러워졌던 것이다. 삶의 신선하고 간결한 모습이 내게 펼쳐졌고, 길을 건너왔으며, 내 손을 잡았고, 인도(人道)를 따라 나를 이끌었다. 나는 그 어느 때보다도 거대한 여름 하늘과의 형제애를 누릴 자격이 없었다. 하지만 아직 이것은 입에 오르내리지 않았다. 지금 당장은 나는 모두 용서받을 수 있었던 것이다. 미래의 언젠가 나는 나를 믿어 준 아침에 보답하기 위해 일해야 했다. 그리고 주위의 모든 것은 현기증이 일 정도로 듬직했다. **이 같은** 신뢰를 입었다 하여 빚을 지게 되는 건 결코 아님을 명시해 주는 법 조항처럼 말이다.

어려움 없이 표를 손에 넣고서 나는 기차에 자리를 잡고 앉았다. 발차 때까지 오래 기다릴 필요가 없었다. 나는 베를린에서 마르부르크로 다시 기차로 달려가고 있었다. 그러나 이번에는 첫 번때와 달리 열차표를 준비하고서 낮에, 그리고 완전히 딴사람이 되어 가는 것이었다. 나는 비소츠카야 자매에게서 빌린 돈으로 편안하게 가고 있었는데, 마르부르크의 내 방 이미지가 마음속에서 끊임없이 어른거렸다.

　내 맞은편에는 사람들이 기차 방향과 반대 방향으로 등지고 앉아, 담배를 피우며 일렬로 흔들거리고 있었다. 이들은 코에서 바로 밑에 놓인 신문으로 미끄러져 내려올 기회를 노리고 있는 코안경을 낀 사람, 어깨에 사냥감 자루를 걸치고 그물 선반 바닥에 총을 놓아둔 산림국 관리, 그 밖의 다른 사람, 그리고 또 다른 사람이었다. 내 마음속에서 본 마르부르크의 방과 마찬가지로 이들도 나를 제약하지 않았다. 이들은 나의 침묵의 성격에 최면이 걸리듯 빠져들었다. 나는 나의 침묵이 이들에게 발휘하는 힘을 시험해 보고자 때때로 일부러 침묵을 깨뜨렸다. 그들은 나의 침묵을 이해하고 있었다. 침묵은 나와 함께 기차를 타고 가는 중이었는데, 나는 여행 동안 침묵의 특별 인사(人士)에 속한 채, 모두가 각자의 경험을 통해 알고 있고 또 좋아하는 그런 침묵의 유니폼을 입고 있었던 것이다. 물론 내가 침묵하지 않았더라면, 같은 칸에 탄 승객들은 내가 그들과 어울리기보다는 상냥하지만 무심한 모습을 보인 것에 대해, 또 칸막이 객실에 앉아 있기보다는 객실을 향해 의도치 않게 가장된 포즈를 취한 것에 대해 말없이 공감을 표하지도 않았을 터이다. 객실 안에는 담배와 증기 기관차의 연기보다도 친절과 개(犬)의 감지 본능이 가득했던 것이다. 고대 도시들이 우리를 향해 질주해 왔고, 마르부르크의 내 방의 주변 환경이 이따금 내 마음속에 보이곤 했다. 대체 내 방이 보인 이유는 무엇일까?

　비소츠카야 자매의 짧은 방문이 있기 약 2주 전, 내게 당시로서는 적잖이 중요한 작은 일이 하나 일어났다. 나는 두 세미나* 양쪽에서 발표를 했던 것이다. 두 발표는 성공적이었다. 둘 다 인정을 받았다.

나는 내 관점을 좀 더 자세히 발전시켜 여름 학기 말 전에 제출하라는 권유를 받았다. 나는 이 생각에 매달려 배가된 열의로 작업을 시작했던 것이다.

하지만 능숙한 관찰자라면 이런 작열하는 열정을 보고서 내가 결코 학자가 될 수 없다고 진단했으리라. 나는 학술 연구를 하는 동안, 연구 대상이 요구하는 것 이상으로 강렬하게 그 과정 자체를 **체험**했다. 일종의 식물적 사유가 내 안에 자리 잡고 있었던 것이다. 이 사유의 특이한 점은 어떤 부차적인 관념이 내가 그것을 풀이하는 동안 끝없이 펼쳐지면서 자양분과 보살핌을 요구한다는 것이었다. 그러므로 내가 그런 관념의 영향 아래 책에 주의를 돌릴 때는 지식에 대한 순수한 관심에서가 아니라 그 관념을 지지해 줄 참고 문헌을 찾기 위해서였다. 나의 작업은 논리와 상상력, 종이와 잉크 등을 사용하며 수행되고 있었지만, 내가 나의 작업을 사랑한 가장 큰 이유는 글을 작성하는 동안 인용하고 비교한 책 대목들이 점점 무성한 장식이 되어 작업을 가득 채웠기 때문이다. 작업 기한이 정해진 상황에서 나는 일정 단계에서 발췌를 포기하고 그 대신 내게 필요했던 페이지들을 펴 놓은 대목에 그 저자들을 그대로 둬야 했다. 그러다 보니 내 작업의 테마가 구체적인 형태를 갖추게 되어 방문턱에서 육안으로 보이는 순간이 도래했다. 작업의 테마는 나무고사리*처럼 방을 가로질러 뻗어 가며, 책상과 소파와 창턱 위에 자신의 돌돌 말린 무성한 잎들을 밀어 놓았던 것이다. 이 잎들을 조각조각 자른다는 건 내 논점의 진행을 망가뜨리는 것을 의미했고, 반면 그것들을 말끔히 정돈한다는 건 아직 정서하지 않은 수고(手稿)를 소각하는 일과 다름없었다. 나는 이 잎들에 손대지 말라고 여주인에게 엄격히 금했다. 최근에 내 방은 청소되지 않은 채였다. 그러므로 여행 도중에 내 방이 상상

속에서 보였을 때, 사실상 나는 나의 철학과 그것의 앞으로의 운명을 구체적으로 보고 있었던 것이다.

6

마르부르크에 도착했을 때 나는 마르부르크를 알아보지 못했다. 언덕은 더 높아지고 우묵해졌으며, 도시는 여위고 검어져 있었던 것이다.

문을 열어 준 건 여주인이었다. 그녀는 나를 머리에서 발끝까지 훑어보고는, 앞으로 이런 일이 있을 때는 그녀나 그녀의 딸에게 미리 알려 달라고 당부했다. 나는 집으로 들를 새도 없이 급히 베를린에 가야 할 일이 생겨 알릴 수 없었다고 말했다. 그녀는 더욱더 비웃듯이 나를 쳐다보았다. 저녁 산보에서 돌아온 듯한 경장(輕裝) 차림을 하고서 내가 독일의 다른 끝에 갔다가 이렇듯 금세 돌아왔다는 게 그녀로서는 이해되지 않았던 것이다. 내 말은 그녀에게 서툴게 꾸며 낸 것으로 보일 뿐이었다. 그녀는 고개를 줄곧 흔들어 대며 두 개의 편지를 내게 건넸다. 하나는 봉해진 것이었고, 다른 하나는 이 지역 엽서에 쓴 것이었다. 봉해진 것은 예기치 않게 프랑크푸르트에 머물게 된, 페테르부르크에 사는 사촌에게서 온 것이었다. 그녀는 스위스로 가는 중이고 프랑크푸르트에 3일간 머물게 될 것이라고 썼다. 3분의 1 부분이 별다른 특색이 없는 깔끔한 글씨로 가득 채워진 엽서는 대학의 각종 통지서 서명을 통해 너무나 잘 알려진 코헨의 자필로 서명한 것이었다. 엽서에는 다음 일요일 식사에 초대한다는 내용이 들어 있었다.

나와 여주인 사이에 대략 다음과 같은 대화가 독일어로 오갔다.

"오늘 무슨 요일이죠?"

"토요일이라우."

"차는 마시지 않겠습니다. 그리고 지금 잊지 않고 있을 때 말하겠습니다. 내일 저는 프랑크푸르트로 가야 합니다. 그러니 첫 기차 시간에 맞춰 깨워 주십시오."

"하지만 제가 틀리지 않는다면, 추밀 고문관*께서는……."

"걱정 마십시오, 그때까진 돌아올 수 있습니다."

"불가능한 일이라우. 추밀 고문관 댁에서는 12시에 식탁에 모여 앉는데, 당신은……."

그러나 나에 대한 이러한 염려에는 극히 무례한 데가 있었다. 나는 의미심장한 시선으로 노파를 쳐다본 다음, 내 방으로 갔다.

나는 혼란스러운 마음으로 침대에 걸터앉았다. 하지만 이 상태가 1분이 채 지속되기도 전에, 나는 밀려오는 쓸데없는 아쉬움을 즉시 떨쳐 버리고는 빗자루와 쓰레받기를 가지러 부엌으로 내려갔다. 나는 상의를 벗어 던지고 소매를 걷어 올린 다음, 마디가 많은 식물을 치우기 시작했다. 30분 뒤, 방은 내가 이곳에 처음 왔을 때의 모습처럼 되었고, 대학 중앙 도서관에서 빌린 책들조차도 방 정돈에서 예외일 수 없었다. 도서관에 갈 기회가 있을 때 들고 갈 수 있도록 나는 책들을 꼼꼼히 묶어 네 꾸러미로 만든 다음, 발로 차 침대 밑으로 깊숙이 밀어 넣었다. 이때 여주인이 내 방문을 두드렸다. 열차 시간표에 나와 있는 내일 기차의 정확한 출발 시간을 알려 주려고 온 것이었다. 그녀는 방에 일어난 변화를 보고는 얼어붙은 듯 그 자리에 멈춰 섰다. 그런 다음 공처럼 불룩하게 부푼 깃털을 흔들듯 갑자기 스커트와 상의, 머리쓰개를 흔들더니, 전율하고 경직된 상태로 공기를 가르며 헤엄치듯 내게로 다가왔다. 그녀는 내게 손을 내밀어 힘든 작업을 끝낸 것을 긴장된 듯한 엄숙한 태도로 축하해 주었다. 나는 그녀를 두 번 실망시키고 싶지 않았다. 나는 그녀가 고귀한 착각에 빠져 있도록 그냥 내버려 뒀다.

그러고 나서 나는 세수를 했고, 얼굴을 닦으며 발코니로 나갔다. 저녁이 다가오고 있었다. 수건으로 목을 문질러 닦으며 나는 멀리, 오커스하우젠과 마르부르크가 이어지는 길을 바라보았다. 이곳에 처음 온 날 저녁, 내가 그쪽을 어떻게 쳐다보았는지 더 이상 생각나지 않았다. 끝, 끝이다! 철학의 끝, 즉 철학에 대한 생각이라면 무엇이든 끝이 난 것이다.

나와 한 객차에 있던 승객들처럼 철학도, 모든 사랑은 새로운 믿음으로의 전환이라는 점을 받아들여야 했다.

7

내가 이때 즉시 고국으로 떠나지 않은 건 놀라운 일이 아닐 수 없다. 마르부르크의 가치는 그곳의 철학 학파에 있었다. 그런데 내게 그 학파는 더 이상 필요 없었다. 하지만 이 도시는 또 다른 가치를 드러냈던 것이다.

창작의 심리, 시학(詩學)의 문제들이란 게 존재한다. 한편으론 모든 예술에서 가장 직접적으로 체험되는 건 바로 예술의 기원(起源)인 바, 예술의 기원에 대해선 추측할 필요가 없다.

우리는 현실을 인식하는 일을 하지 않게 된다. 현실은 어떤 새로운 범주 속에서 우리 시야에 나타난다. 우리에게 이 범주는 우리의 것이 아닌 현실 자체의 상태로 여겨진다. 현실의 이 상태를 제외한 세상 모든 것은 이름이 지어져 있다. 오직 이 상태만 이름이 지어져 있지 않고 새롭다. 우리는 이 상태에 이름을 지어 주려고 시도한다. 그 결과로 예술이 얻어진다.

예술에서 가장 분명하고 가장 기억에 남으며 가장 중요한 건 그 것의 발생이다. 세계 최고의 작품들은 아주 다양한 것들을 서술하고 있지만, 실은 자신의 탄생에 대해 이야기하고 있다. 나는 이 점을 지금 묘사하고 있는 시기에 처음으로 완전히 이해했다.

비소츠카야와 이런저런 해명이 오가는 동안 내 상황을 변경시켜 줄 어떤 일도 일어나지 않았지만, 그 시간은 행복 비슷한 예기치 않은 일들을 동반했다. 나는 절망에 빠졌고, 그녀는 나를 위로했다. 그런데 그녀의 단순한 터치 하나는 내게 어찌나 큰 기쁨을 주었던지, 그것은 환희의 물결이 되어, 그녀의 돌이킬 수 없는 말로 인해 잠긴 나의 깊은 슬픔을 씻어 주었다.

그날의 상황은 빠르고 소란스러운 달음박질 같은 것이었다. 끊임없이 우리는 힘껏 발돋움하여 어둠 속으로 날아가고 있는 듯했고, 숨도 고르지 않은 채 화살처럼 밖으로 뛰쳐나가는 듯했다. 그렇기 때문에 우리는 한 번도 멈춰 서서 주위를 둘러보지 못한 채, 노를 저어 움직이는 시간의 갤리선(船)이 시동을 걸고 나가는 곳, 즉 사람들로 꽉 찬 뱃간(間)*을 하루 동안 스무 번가량이나 드나들었다. 이것은 김나지움 학생이었던 내가 김나지움 여학생 비소츠카야를 사랑하게 되면서 어린 시절부터 그토록 맹렬히 그녀를 질투한 원인이었던, 바로 그 어른들의 세계였다.

마르부르크로 돌아왔을 때 나는 나와 이별한 이가 6년 동안 알고 지내 온 한 소녀가 아니라 이미 한 여인이라는 사실을 발견했다. 이런 성숙한 여인의 모습은 그녀에게 퇴짜 맞은 후 내 눈에도 잠시 비쳤다. 내 어깨와 팔은 더 이상 내 것이 아니었다. 다른 이의 어깨와 팔들처럼, 내 어깨와 팔도 나에게 떠날 수 있게 해 달라고, 인간을 공동의 일에 묶어 두는 수단인 사슬에 매일 수 있게 해 달라고 간청했다. 왜냐하면 이제 나는 쇠사슬에 매이지 않은 그녀의 모습은 생각할 수 없었고, 내가 그녀를 사랑한 것도 그녀가 오로지 쇠사슬에 매여 있을 때, 오로지 포로가 됐을 때, 아름다운 그녀가 자신의 잘못을 변명하며 오로지 진땀을 낼 때였기 때문이다. 나는 그녀를 생각할 때면 모두가 집단적으로 한목소리를 내는 합창이 즉각 연상되곤 했는데, 열광적으로 외운 움직임들의 숲으로 세계를 채우는 것이, 또 전투, 고된 노동, 중세의 지옥 및 숙련된 장인성 등등과 유사한 것이 바로 그런 합창이었다. 어린애들은 모르는 것, 나라면 **현실**에 대한 감각이라고 부를 그러한 것을 나는 말하고 있는 것이다.

『안전 통행증』 시작 부분에서 나는 가끔 사랑이 태양을 앞섰다고 말했다. 나는 백번 째로 막 재확인된 신빙성 있는 소식으로써 주위의 모든 것을 매일 아침에 앞지른 그런 분명한 감정을 염두에 둔 것이었다. 이런 사랑에 비하면 일출조차도 아직 검증이 필요한 도시의 소문거리에 불과했다. 다시 말해서 나는 빛의 명징성(明澄性)을 능가하는 힘의 명징성을 염두에 둔 것이었다.

만일 내게 지식과 능력, 여유가 주어진다면 이제 마음먹고 창작의 미학을 써 볼 텐데. 나는 그것을 힘과 상징이란 두 개념 위에 구축할 것이다. 나는 예술이 빛기둥의 단면 속에 있는 자연을 연구 대상으로 하는 자연 과학과 달리, 힘의 광선이 삶을 **관통하고 있을 때**의 삶의 모습에 관심 갖는다는 것을 보여 줄 것이다. 나는 이론 물리학이 취하는 것처럼 힘의 개념을 아주 폭넓은 의미로 취할 것이다. 다만 차이가 있다면, 내 경우에는 힘의 원칙이 아닌 힘의 목소리, 힘의 현존에 대한 것이 될 것이다. 나는 힘이 자의식의 범위 내에서는 감정으로 불린다는 점을 설명할 것이다.

만일 『트리스탄』,*『로미오와 줄리엣』, 그리고 여타 기념비적 작품들에서 묘사되는 것을 강한 열정쯤으로 생각한다면, 우리는 이 작품들의 내용을 충분히 평가하지 못하는 것이다. 이 작품들의 테마는 그런 열정의 테마보다 더 폭이 넓다. 그것은 바로 힘의 테마이다.

예술은 이런 힘의 테마에서 탄생한다. 예술은 사람들이 생각하는 것보다 더 하나의 방향으로 향해 있다. 예술을 망원경처럼 마음대로 — 어디든 원하는 곳으로 — 향하게 할 수는 없다. 감정의 작용으로 자리가 바뀐 현실에 초점을 둔 예술은 이러한 자리바꿈의 기록이다. 예술은 그런 자리바꿈된 모습을 자연에서 베껴 온다. 대체 어떻게 자연이 자리바꿈되는 것인가? 세부적인 것들이 자신의 독립적인 의미를 잃고서 눈에 띄는 선명성을 획득하는 것이다. 각각의 세부적인 것은 다른 세부적인 것으로 대체가 가능하다. 어떤 세부적인 것도 귀중하기 때문이다. 선택된 어떤 세부적인 것도 자리바꿈된 모든 현실을 감싼 상태를 분명히 보여 주는 데 적합하다.

이러한 상태의 특징들이 종이에 옮겨질 때, 삶의 특수성은 창작의 특수성이 된다. 후자는 전자보다 더 선명하게 눈에 띈다. 후자가 더 잘 연구되어 있는 것이다. 후자를 부르는 용어가 있다. '기법'이 바로 그것이다.

예술은 활동과 마찬가지로 사실적이고, 사실과 마찬가지로 상징적이다. 예술이 사실적일 수 있는 건, 스스로 은유를 만들어 내지 않고 자연에서 발견하여 엄밀히 재현해 내기 때문이다. 자리바꿈된 현실의 부분들이 따로 떨어져서는 아무 의미가 없듯, 예술의 은유적인 의미 역시 단독으로는 아무 의미가 없고 예술 전체의 일반 정신에 의지한다.

그리고 예술이 상징적일 수 있는 건, 예술 전체가 이끌리는 힘의 형상 때문이다. 예술의 유일한 상징은 예술 **전체의** 특징인 이미지들의 선명성과 임의성에 있다. 이미지들의 상호 대체성은 현실의 부분들이 서로 다르지 않음을 나타내 주는 표징이다. 이 같은 이미지들의 상호 대체성, 즉 예술이야말로 힘에 대한 상징인 것이다.

사실상 오직 힘만이 물적으로 증명해 줄 언어를 필요로 한다. 반면 그 밖에 다른 의식적 측면들은 언어적 표식 없이도 오래도록 모습을 드러낸다. 그 측면들에는 빛과의 시각적인 유추 작용들 — 숫자, 정확한 개념, 이데아 — 에 곧장 이르는 길이 있기 때문이다. 하지만 힘, 힘의 사실, 발현 순간에만 오래 지속되는 힘에는 이미지들의 유동적인 언어, 즉 힘이 나타날 때의 현실의 모습을 드러내는* 언어를 제외하곤 자신을 표현할 수단이 없다.

감정을 직접 전달해 주는 말은 알레고리이며, 이 말을 대체할 수 있는 건 없다.[8]

8

나는 프랑크푸르트에 머물고 있는 사촌을 만나러 갔고, 아울러 그즈음 바바리아*에 와 있던 나의 가족도 만나러 갔다. 내가 있는 곳으로 남동생이 달려왔고, 그다음에 아버지가 달려오셨다. 하지

---

[8] 저자의 주가 있다. "오해가 생길 수 있으므로 다음을 상기시키고자 한다. 여기서 내가 이야기하는 건, 예술의 물리적인 내용에 대해서도, 예술이 채워져 있는 모습들에 대해서도 아닌, 예술의 출현의 의의에 대해, 삶에서의 예술의 자리에 대해서다. 개별 이미지들 자체는 시각적인 것이며 빛과의 유추에 바탕을 두고 있다. 예술의 개별 단어들은 모든 개념들처럼 인식 작용에서 활력을 얻는다. 그러나 인용될 수 없는, 예술 전체에 속하는 말은 알레고리 자체의 움직임 속에 존재하는바, 이 말은 상징을 통해 힘에 대해 이야기한다."

만 나는 이러한 일 어느 것에도 관심을 기울이지 않았다. 나는 시 쓰는 일에 몰두해 있었던 것이다. 밤낮으로, 기회 있을 때마다 바다, 새벽, 남부의 비, 하르츠의 석탄에 대해 썼다.

한번은 몹시 넋을 잃은 적이 있었다. 힘들게 가장 가까운 울타리에 도달하고는 힘이 다 소진된 극심한 피로 속에서 땅 위에 늘어진 그런 밤들 중 한 밤이었다. 바람 한 점 없는 고요. 생명의 징후라곤 나무 울타리에 힘없이 기대고 있는 하늘의 검은 윤곽 자체뿐.[9] 다른 것도 있다. 힘이 소진된 밤에 대한 땅의 반향(反響)인 꽃이 핀 연초(煙草)와 꽃무의 강한 향기. 이러한 밤이라면 하늘이 그 무엇과 비교될 수 없겠는가! 거대한 별들은 마치 저녁 파티 같다. 은하수는 마치 커다란 공동체 모임 같다. 더구나 대각선 방향으로 공간들을 가로지르며 휘갈겨 그려진 백토(白土)빛 그림은 밤 동안의 화단마저 상기시킨다. 이곳 화단에는 헬리오트로프와 비단향꽃무가 있다. 저녁때 그것들에 물을 주어서 옆으로 휘어 있었다. 꽃들과 별들이 어쩌나 서로 가까이 있는지, 하늘이 물뿌리개 밑에 놓였던 것 같고 별들과 하얀 반점 있는 꽃들을 서로 떼어 놓는 건 이젠 불가능해 보인다.

나는 열정적으로 시를 썼고, 이전 것과 다른 먼지가 내 책상을 덮었다. 철학에 몰두했을 때의 먼지는 나의 주변 이탈*로 인해 쌓인 것이었다. 나의 작업이 내적인 통일을 이룬 것에 나는 감동의 전율을 느꼈던 것이다. 반면 이번에 내가 먼지를 닦지 못한 건, 기센 도로의 쇄석과 한마음이 되고 주변과 유대감에 빠져서였다. 그리고 비닐 테이블보 맨 끝에는 오랫동안 씻어 놓지 않은 찻잔이 하늘에 뜬 별처럼 반짝거렸다.

---

[9] 이하 부분은 과거 장면을 현재처럼 생생하게 재현하고자 또다시 과거형 동사 대신 현재형 동사가 사용됐다.

나는 이처럼 모든 것이 용해된 바보스러운 상태에서 흘린 땀으로 젖어 있다가, 자리에서 벌떡 일어나 방 안을 서성이기 시작했다. '이 무슨 비열한 짓인가!' 나는 생각했다. '과연 그는 내게 천재로 남지 않게 될 건가? 지금 나는 **그와** 결별하고 있는 건가? 그의 엽서가 도착하고 또 내가 그와 이런 비열한 숨바꼭질을 시작한 지도 벌써 3주째다. 그에게 해명을 해야 한다. 하지만 그것을 어떻게 할 수 있단 말인가?'

나는 그가 얼마나 융통성 없고 엄격한 사람인지를 상기했다. "*Was ist Apperzepzion*(통각*이란 무엇인가)?" 그는 시험 때 비전공생에게 묻는다. 수험생은 이 라틴어를 독어로 그대로 번역하여 *durchfassen*(탐지하는 것*)라고 대답한다. 그러자 "*Nein, das heisst durchfallen, mein herr*(아니네, 자네는 낙제네)" 하고 그의 대답이 울려 퍼진다.

학생들은 그의 세미나들에서 고전 철학을 읽었다. 그는 낭독을 잠깐 중단시키고 저자가 무엇을 지향하고 있는지 묻곤 했다. 개념을 지칭할 때는 군인처럼 명사(名辭)로 절도 있게 말할 것을 요구했다. 그는 애매모호한 것뿐만 아니라, 진리 그 자체가 아닌 진리에 가까운 어떤 것도 참지 못했다.

그는 오른쪽 귀가 먹은 상태였다. 나는 바로 그의 오른쪽에 앉아, 내 앞에 펼쳐진 칸트 저서의 대목의 의미를 알아내고자 했다. 그는 내가 앞뒤를 잊고 문제에 몰두할 수 있게 내버려 두었다가, 내가 전혀 예상치 못한 순간, 다음과 같은 여느 때의 질문을 던져 나를 당황스럽게 만들었다. "*Was meint der Alte*(이 노인은 무엇을 말하고 있는가)?"

그 질문이 어떤 대목에 관한 것이었는지는 기억나지 않지만, 가령 5 곱하기 5는 무엇인가라는 질문처럼, 그의 질문에는 관념의 구구법에 따라 대답해야 했다. 그래서 나는 "25"라고 대답했다. 그는 눈살을 찌푸렸고 손을 한쪽으로 저었다. 내가 한 대답을 약간 바꾼 다른 대답 하나가 바로 뒤따랐다. 하지만 소심하게 말한 것이어서 그는 탐탁해하지 않았다. 분명히 알아챌 수 있었던 사실은 그가 답을 아는 사람은 말해 보라고 하며 재촉하는 사이, 처음에 내가 한 대답이 점점 복잡하게 변형되어 재등장하고 있었다는 것이다. 어쨌든 한동안 20하고 5, 혹은 둘로 나뉘는 대략 50 등등이 답으로 나오고 있었다. 하지만 갈수록 맞지 않는 답들이 나오자 그는 점점 화가 났다. 그러다가 그의 얼굴에 혐오의 표정이 나타나자, 아무도 내가 말한 답을 반복할 엄두를 내지 못했다. 이때 그가 '맨 뒷줄에 앉은 열등생은 빼 주자'라고 말하는 듯한 동작을 하면서, 다른 학생들 쪽으로 뒤뚱거리며 몸을 돌렸다. 사방에서 62, 98, 214를 외치는 소리가 유쾌하게 울려 퍼졌다. 그는 양손을 들어서 유쾌하게 날뛰는 오답의 폭풍을 가까스로 가라앉혔다. 그리고 내 쪽으로 몸을 돌려 내가 말한 답을 조용하고 메마른 어조로 반복했다. 그러자 나를 옹호하는 새로운 폭풍이 이어졌다. 모든 정황을 파악하자 그는 내 얼굴을 유심히 쳐다보았고, 내 어깨를 두드렸으며, 내가 어디에서 왔는지 이곳 대학에서 몇 학기를 보냈는지를 물었다. 그런 다음 코로 세게 숨을 쉬고 얼굴을 찡그리더니, 내게는 계속 말하라 하고는 자신은 이렇게 줄곧 되뇌었다. "*Sehr echr, sehr richtig; Sie merken wohl? Ja, ja; ach, ach, der Alte!*(자네 대답이 맞네, 맞아. 자네는 알겠단 말이지? 아아, 참 대단한 노인이지 않은가!)" 나는 그 밖에도 많은 것을 상기했다.

자, 이런 사람에게 어떻게 말을 꺼낸단 말인가? 그에게 무슨 말을 해야 할까? "시라고?" 하고 그는 못마땅해 말할 것이다. "시라!" 그는 인간의 무능(無能)과 그것의 이런저런 잔꾀는 도무지 납득하지 못했던 것일까? "시란 말이지."

9

이 모든 일이 7월에 일어난 것이 분명하다. 보리수나무들이 아직 꽃을 피우고 있었으니까. 태양은 보리수의 밀랍 빛깔의 꽃차례에 맺힌 다이아몬드들을 화경(火鏡)*을 통과하듯 뚫고 지나가서는 먼지투성이의 잎사귀들을 작은 검은 고리로 불살랐다.

나는 이전에도 연병장 옆을 종종 지나가곤 했다. 정오엔 연병장 위를 먼지가 땅을 고르는 롤러처럼 지나다녔고, 둔탁하고 쟁강대는 진동 소리가 들렸다. 그곳에서 병사들이 훈련받고 있었고, 그 훈련 시간 동안 도시 학생들과 어깨에 판때기를 멘 소시지 가게 소년들은 연병장 앞에 오랫동안 서서, 멍청히 입을 벌리고 넋을 잃고 구경하곤 했다. 확실히 그곳엔 눈여겨볼 만한 게 있었다. 자루에 든 수탉처럼 보이는 구형(球形) 모조 인형들이 온 연병장을 따라 사방으로 흩어졌다가 둘씩 말을 타고 달려와 서로를 쪼아 대고 있었다. 병사들은 솜을 누빈 상의(上衣)와 철망 헬멧을 착용하고 있었다. 그들은 검술을 배우고 있었던 것이다.

이 광경은 내게 전혀 새로운 것이 아니었다. 나는 여름 동안 그런 광경을 실컷 보았기 때문이다.

하지만 내가 묘사한 밤이 지난 다음 날 아침, 나는 시내로 가면서 연병장을 지나게 되었을 때, 불과 한 시간 전 꿈속에서 이곳을 보았던 것을 문득 기억했다.

나는 코헨과의 일을 어떻게 해야 할지 밤 동안 결정짓지 못한 채 새벽에 잠자리에 들어 아침 내내 늦잠을 잤었다. 말하자면 잠에서 깨기 직전에 연병장의 꿈을 꾼 것이었다. 그것은 미래의 전쟁에 관한 꿈으로, 수학자들이 말하듯 추론하는 데 충분한 그런 꿈이었고, 또 필요한 꿈이었다.

일반 중대와 기병 중대에 철저히 주입되는 규정이 아무리 수없이 전시(戰時)에 대해 반복해 말한다 해도, 평화로울 땐 생각이 여러 전제에서 결론으로 곧장 전환될 수 없다는 건 오래전부터 파악돼 온 사실이다. 어떤 부대도 마르부르크의 좁은 거리를 지나갈 수 없으므로, 얼굴이 창백한 소총수들은 이마까지 먼지를 뒤집어쓰고 빛바랜 군복 차림을 한 채, 저지의 길로 해서 매일 도시 주위를 행군했다. 하지만 그들 모습을 보면서 머릿속에 가장 많이 떠오른 건 문구점들이었다. 문구점들에서는 종이 열두 묶음을 살 때 덤으로 고무풀을 주었는데, 이 묶음 속 종잇장이 바로 그 소총수들과 흡사했기 때문이다.

그런데 꿈속에선 문제가 달랐다. 꿈에선 인상이 습관의 요구에 제한받는 일이 없었다. 꿈에선 움직이고 결론을 도출하는 일을 색채가 했던 것이다.

나는 꿈에 황폐한 들판을 보았는데, 뭔가가 이것은 봉쇄 중인 마르부르크라고 내게 귓속말을 해 주었다. 얼굴이 창백하고 몸이 호리호리한 네텔벡* 같은 사람들이 한 줄로 늘어서서 외바퀴 손수레를 밀며, 옆을 지나가고 있었다. 이 세상엔 존재하지 않는, 낮 동안의 어떤 캄캄한 때였다. 꿈은 참호들과 흙 보루들을 지닌 채, 프리드리히 대제 스타일*을 띠고 있었다. 포병대의 고지대 진지 중에서 간신히 알아볼 수 있는 것이라곤 쌍안경을 갖고 있는 사람들의 윤곽뿐이었다. 이 세상엔 존재하지 않는 정적이 물리적으로 느껴질 만큼 그들을 에워쌌다. 부서진 흙의 눈보라처럼 정적은 가만히 있는 게 아니라 **솟구치면서** 공기 중에 뛰놀았던 것이다. 마치 정적이 삽으로 끊임없이 퍼내어지고 있는 듯했다. 이것은 내가 이제껏 꾼 모든 꿈들 중에서 가장 슬픈 꿈이었다. 아마도 나는 잠결에 울었던 것 같다.

비소츠카야와의 일은 내 마음에 깊이 새겨져 있었다. 내 심장은 건강했다. 그것은 잘 뛰었다. 내 심장은 밤에 뛰면서, 하루 동안의 인상들 중 가장 돌발적이고 가장 쓸모없는 것들을 낚아 올리곤 했다. 그러던 차에 그것은 연병장에 주목하게 된 것이다. 그것의 한 번의 박동은 연병장 메커니즘을 작동케 하는 데 충분했으며, 꿈 자체가 순환하는 가운데 "나는 전쟁에 관한 꿈이다"라고 조용히 소리 냈던 것이다.

내가 왜 시내로 가고 있었는지는 모르겠지만, 머릿속이 축성용 흙으로 꽉 채워지기라도 한 듯 마음에 무거운 짐이 있었다.

점심때였다. 이 시각, 대학에는 내가 아는 사람들이 아무도 없었다. 세미나실은 텅 비어 있었다. 도시의 사설 건물들이 도시 아래쪽에서 세미나실까지 다가와 있었다. 인정사정없이 무더운 날이었다. 물에 흠뻑 젖은 사람들이 구겨져 엉망이 된 옷깃을 하고 창턱 여기저기에서 나타났다. 그들 너머 응접실의 어스름이 연기처럼 피어올랐다. 세탁용 냄비에서처럼 앞면이 푹 삶아진 실내복 차림의 여윈 여성 순례자들이 방 안쪽에서 나왔다. 나는 성벽 밑, 많은 그늘진 빌라가 있는 위쪽의 길로 가기로 결심하고는 집 방향으로 몸을 돌렸다.

빌라의 정원들은 대장간 안과 같은 뜨거운 열기 속에 엎드려져 있었다. 마치 방금 대장간의 모루에서 도착한 듯한 장미 꽃자루들만이 푸른 불꽃을 느릿느릿 발하며 도도하게 몸을 웅크렸다. 나는 한 빌라 너머, 가파른 내리막에 있는 작은 길에 이르고 싶었다. 그곳엔 그늘이 있었다. 나는 이 사실을 알고 있었다. 나는 그 길로 들어가서 잠깐 쉬기로 마음먹었던 것이다. 넋이 나간 채 그곳에 자릴 잡으려는 찰나, 헤르만 코헨 교수를 보았을 때 내가 얼마나 놀랐겠는가. 그는 나를 알아보았다. 나의 도피는 저지되었다.

내 아들은 일곱 살이다.[10] 프랑스어 문구의 뜻을 알지 못하고서 다만 그것을 말하는 상황을 통해 그 의미를 추측할 때, 아들은 이렇게 말한다. "나는 이 의미를 단어에서 이해한 게 아니라 왠지 **그럴 것이라고 여겼기 때문이야.**" 그리고 끝이다. 즉 아들은 이런저런 이유를 통해서가 아니라, 왠지 그럴 것이라고 여겼기 때문에 그렇게 **이해한 것이었다.**

나는 말을 훈련시키듯 밖으로 데리고 나가 훈련하는 지성과 달리, 어딘가에 **도달하기** 위해 사용되는 지성의 경우, 아들의 용어를 빌려 **인과적 지성**이라고 부를 것이다.

이런 인과적 지성이 코헨에게 있었다. 그와 대화한다는 건 다소 두려운 일이었고, 함께 산책한다는 것은 여간 힘든 일이 아니었다. 그것은 수리(數理) 물리학 그 자체가 당신 곁에서 지팡이를 짚은 채, 자주 멈추며 걷는 일이었다. 바로 그러한 걸음걸이처럼 조금씩 조금씩 자신의 주요한 원칙들을 선별해 둔 게 수리 물리학이니 말이다. 오랜 옛날 갈릴레이, 뉴턴, 라이프니츠, 파스칼과 같은 사람들의 머릿속에 밀봉돼 있던 귀중한 정수(精髓)가, 품 넓은 프록코트에 부드러운 중절모를 쓴 이 대학교수의 머릿속에 어느 정도 채워져 있었던 것이다.

그는 걸을 때 이야기하는 걸 좋아하지 않아서 상대가 지껄이는 소리를 듣기만 했는데, 마르부르크의 보도(步道)가 계단식 구조이다 보니 상대의 말소리는 고르지 않기 일쑤였다. 코헨은 걸음을

---

10 이 부분은 작가가 1930년경의 시점에서 쓴 대목임.

내디디며 듣다가 걸음을 갑자기 멈추고는 상대가 한 말에 대해 신랄한 비난을 퍼붓곤 했다. 그리고 지팡이로 보도를 밀어내고는 다시 자신의 경구(警句)를 표명하며 잠시 걸음을 멈추는 그다음 때까지 행진하듯 계속 걸었다.

그와 나의 대화도 이런 방식으로 진행되었다. 나는 내가 저지른 불찰에 대해 그에게 말했는데, 이것은 나의 불찰을 더욱 증대시킬 뿐이었다. 그는 돌에 지팡이를 짚고서 조롱하듯이 침묵하는 것 외에 아무것도 안 함으로써, 이 점을 나로 하여금 묵묵히, 그리고 뼈저리게 느끼게 했던 것이다. 그는 앞으로의 내 계획에 대해 물었다. 그는 내 계획을 탐탁해하지 않았다. 그의 생각으론, 내가 나중에 이곳 서유럽으로 돌아와 정착이라도 할 수 있으려면 박사 자격시험 때까지 이곳에 있다가 시험을 치른 다음, 고국으로 돌아가 졸업 시험을 치러야 한다는 것이었다. 이 같은 환대에 나는 열의를 다해 감사의 뜻을 표했다. 그러나 모스크바로 돌아가고픈 나의 갈망에 비하면 그에게 표한 감사는 극히 적은 것에 불과했다. 감사를 표하는 나의 태도에서 그는 일종의 거짓과 무분별을 정확히 감지했고 그것들 때문에 마음이 상했다. 불가해할 정도로 삶이 짧다고 여기는 그에게 삶을 일부러 단축시키는 불가해한 행동들은 견딜 수 없었기 때문이다. 상대가 이토록 확연히 지루한 시시한 것들을 말한 다음, 의미 있는 뭔가를 마침내 말하지 않을까 내심 기대하며, 그는 화를 참고서 포석(鋪石)들을 따라 천천히 내려갔다.

하지만 내가 철학을 영원히 그만두려 하며, 다만 학업을 끝낸다면 대부분의 사람들처럼 모스크바에서 끝내려 하고 차후에 마르부르크로 돌아오는 건 생각조차 않는다는 것을 어떻게 그에게 말할 수 있었겠는가? 정년 퇴임을 앞두고 대학에서 행한 그의 고별

사가 위대한 철학에 계속 충실해 줄 것을 당부하는 것이었고, 그러한 내용은 많은 젊은 여성 청중들이 앉아 있는 의자마다 눈물을 닦으려고 꺼낸 손수건*들이 아른거리도록 만들었는데 말이다.

10

8월 초에 나의 가족은 바바리아에서 이탈리아로 거처를 옮기고는 나를 피사로 오도록 했다. 내가 가진 돈은 거의 바닥나 있어서 모스크바로 겨우 돌아갈 수 있을 정도였다. 내 앞에 많이 놓여 있을 것으로 내다본 그런 음울한 저녁들 중 어느 날 저녁, 나는 고르분코프와 함께, 우리가 자주 앉는 아주 오래된 테라스에 앉아 나의 비참한 재정 상태를 하소연하고 있었다. 그는 이 문제를 의논해 주었다. 그는 다양한 시기에 지독히 궁핍한 생활을 해야 했었고, 바로 그러한 때 세계를 많이 유랑했었다. 그는 영국과 이탈리아에도 가 보았고 여행 동안 거의 무일푼으로 지내는 방법들을 알고 있었다. 그의 계획은 이랬다. 나는 남은 돈으로 베네치아와 피렌체에 가고, 그다음은 부모님에게로 가서 먹는 문제를 해결함과 동시에 돌아오는 여행길을 위해 새로 보조금을 받는다는 것이었다. 그렇게 하면, 지금 쓸 수 있는 돈은 아주 적지만 앞으로 돈이 부족해질 일은 없으리라는 것이었다. 그는 몇몇 액수를 종이에 적기 시작했는데, 이 액수들이 통산(通算)된 총 경비는 확실히 아주 간소화된 것이었다.

이곳 카페의 주임 웨이터는 우리 둘과 다 친했다. 그는 우리의 속사정을 알고 있었다. 한창 시험 기간일 때 남동생이 찾아와 나의 낮 동안의 공부를 방해하자, 이 괴짜 친구는 남동생이 당구에 놀라운 소질을 가지고 있음을 발견하고는 당구 게임에 재미를 붙이게 했다. 덕분에 동생은 내가 하루 종일 방을 쓸 수 있게 하고는 자신은 당구 실력을 쌓으려고 아침부터 이 친구에게로 갔던 것이다.

주임 웨이터는 이탈리아 여행 계획에 대한 우리의 논의에 적극적으로 참여했다. 그는 쉴 새 없이 자릴 뜨면서도 우리에게로 돌아왔는데, 고르분코프가 종이에 적은 예상 금액을 연필로 툭툭 치며 그 금액조차 충분히 절약한 게 아님을 찾아냈다.

자릴 뜨는 와중에 한번은 그가 두꺼운 안내 책자를 겨드랑이에 끼고 달려와서는, 딸기 펀치 세 잔을 담은 쟁반을 테이블 위에 놓았다. 그리고 안내 책자를 양쪽으로 펼친 뒤, 전체를 처음부터 끝까지 두 번 훑어보았다. 그는 여러 페이지를 급히 넘기다가 자신이 찾고 있는 데를 발견하고는, 내가 오늘 밤 3시 몇 분에 출발하는 급행열차를 타야 한다고 알려 주었다. 그러고는 이 출발을 기념하여, 자신과 더불어서 나의 여행을 위해 한잔하자고 제안했다.

나는 그리 오래 망설이지 않았다. 나는 그의 추론의 흐름을 따라가던 차에 '정말 그의 말이 맞다'고 생각했던 것이다. 수료증은 대학에서 받아 놓은 상태. 필기 평가의 성적표는 잘 보관되어 있고. 지금 시각은 10시 30분. 하숙집 여주인을 깨운다 해도 그리 큰 잘못은 아닐 터. 짐 꾸릴 시간은 충분하다. 좋아, 떠나자.

다음 날 바젤을 보게 되는 사람이 마치 자신인 양, 그는 미칠 듯이 기뻐했다. "내 말 좀 들어들 보게." 그가 입맛을 쩝쩝 다시며 빈 술잔들을 거두고서 말했다. "우리, 서로를 좀 더 잘 쳐다보세, 우리의 풍습이라네. 이게 도움이 되어 줄 걸세, 앞으로 무슨 일이 있을지 전혀 알 수 없는 노릇이니 말일세." 나는 웃음을 터뜨렸다. 그러고는 내가 이미 오래전에 그렇게 했으니 그럴 필요가 없고, 또 내가 그를 잊는 일은 절대 없을 것이라고 장담했다.

우리는 작별 인사를 했다. 나는 고르분코프 다음으로 카페를 나왔다. 니켈 도금 식기가 흐릿하게 쨍그렁대는 소리가 우리 뒤에서 — 당시 내게 느껴졌듯 — 영영 멈춰 버렸다.

몇 시간이 지나, 고르분코프와 나는 입에 침이 완전히 마를 때까지 이야기를 했고, 몇 개 안 되는 거리들을 금세 다 드러낸 이 작은 도시를 머리가 멍해질 때까지 돌아다녔다. 그런 다음 역에 인접한 교외로 내려갔다. 우리는 안개에 둘러싸여 있었다. 우리는 물 마시는 장소에 있는 가축처럼 안개 속에서 꼼짝 않고 서서, 말 없이 무심히 연신 담배를 피워 댔다. 그 바람에 여러 대의 담배가 끊임없이 꺼져 나갔다.

서서히 날이 새기 시작했다. 이슬은 채소밭을 소름 돋은 피부처럼 꽉 조여 줬다. 공단처럼 매끄러운 묘목이 심겨 있는 작은 묘판들이 어스름을 뿌리치고 빠져나왔다. 날이 밝는 이 시각, 갑자기 도시는 특유의 고지대 위에서 자신의 전체 모습을 단번에 또렷이 드러냈다. 그곳에는 사람들이 잠자고 있었다. 그곳에는 교회들, 하나의 성(城)과 하나의 대학이 있었다. 하지만 이 건물들은 젖은 대걸레에 걸친 거미줄 조각처럼, 잿빛 하늘과 아직 하나로 합쳐져 있었다. 때문에 내게 도시는 모습을 드러내자마자 사방으로 흩어지기 시작한 것으로 여겨지기조차 했다. 창에서 반걸음 정도 떨어지기 무섭게 호흡의 흔적이 끊기는 것처럼 말이다. "자, 떠날 시간이 됐네." 고르분코프가 말했다.

날이 훤해지고 있었다. 우리는 석조 플랫폼을 빠르게 왔다 갔다 했다. 다가오고 있는 굉음의 조각들이 안개 속을 빠져나와 돌조각들처럼 우리의 얼굴로 날아들었다. 기차가 급히 달려왔던 것이다. 나는 벗과 얼싸안았고, 여행 가방을 던져 올린 다음, 승강단에 뛰어올랐다. 콘크리트 바닥의 규석들이 비명을 지르며 사방으로 굴러갔고 기차 문이 탁 닫혔다. 나는 창에 몸을 바짝 기댔다. 기차는 내가 체험한 모든 것을 활 모양으로 둥글게 잘라 냈고, 란 강, 건널목, 포장도로, 그리고 최근에 내가 머문 집은 내 예상보다도 일찍 모습을 드러내어 서로 마주하고 부딪치면서 빠르게 지나갔다. 나는 창틀을 아래로 세게 잡아당겼다. 하지만 그것은 꿈쩍도 하지 않았다. 그러다 갑자기 쾅 하고 저절로 내려앉았다. 나는 온 힘을 다해 밖으로 상체를 내밀었다. 급커브 길에 이르자 열차 차량이 흔들거렸는데, 창밖으로 보이는 것은 아무것도 없었다. 철학이여 안녕, 청춘이여 안녕, 독일이여 안녕!

11

6년이 지났다. 모든 것이 잊힌 때였다. 오래 질질 끌던 전쟁이 끝나고 혁명이 일어난 때였다. 전에 물질의 요람이었던 공간이 후방에 일어난 허구 같은 일들의 괴저(壞疽)를 앓고는, 눈에 띄지 않게 변색된 이 괴멸 부위 때문에 구멍이 생기기 시작한 때였다. 우리는 녹아내린 툰드라처럼 기진맥진해지고 영혼은 지루하게 덜그럭거리는 국가적 재앙의 빗줄기로 덮인 때였다. 이 빗물이 뼈를 갉아먹기 시작하고, 가치 있는 일이라곤 없어 시간을 재는 게 더 이상 무의미해진 때였다. 나는 이미 자립을 경험한 터이지만 그것을 포기해야 했고, 고압적인 정황의 주입으로 인해 노년기가 도래하기도 한참 전인데도 의존적인 어린 시절의 모습으로 다시 돌아가야 했던 때였다. 즉 부모님의 요청이 있어 자진해서 부모님 집에 얹혀살기로 한 첫 자식이 되는 바람에 의존적인 어린 시절의 모습으로 다시 돌아갔던 것인데, 바로 그러한 때, 시간을 초월하는 전화벨 소리가 어둠 속에서 나와 눈 위를 지나, 2층에 채 이르지 못한 나지막한 땅거미 속으로 살며시 기어들어 아파트에 울려 퍼졌다. "여보세요?" 나는 물었다. "고르분코프요." 대답이 들려왔다. 너무도 놀라운 일이라 나는 놀랄 수조차 없었다. "지금 어디요?" 나는 시간을 초월하여 간신히 물었다. 그는 대답했다. 말도 안 되는 일이 하나 더 있었다. 그가 있는 곳은 마당 건너, 우리 집 바로 옆이었던 것이다. 그는 전에는 호텔이었으나 이제는 교육 인민 위원회*기숙사가 된 곳에서 전화하고 있었다. 잠시 후, 나는 그의 방에 앉아 있었다. 그의 아내는 조금도 변하지 않았다. 그의 아이들은 처음 보는 터였다.

하지만 뜻밖의 점은 다음에 있었다. 그도 다른 사람들처럼 지금까지 이 지구 상에 살아 있었을 뿐 아니라, 약소국 해방을 위해 벌어진 바로 그 음울한 전쟁 동안에 ─ 비록 해외에서였지만 ─ 살고 있었다는 것이다. 나는 그가 얼마 전에 영국에서 돌아왔다는 것을 알게 되었다. 그는 당원이거나 당을 열렬히 지지하는 듯했다. 고르분코프는 이곳에서 근무했다. 정부가 모스크바로 이전되자, 그는 교육 인민 위원회 산하의 관련 부처와 함께 자연스레 이곳으로 옮겨 온 것이었다. 그가 우리 이웃이 된 것도 이 때문이었다. 이게 다였다.

그런데 내가 그에게 달려간 것은 마르부르크인이었던 그를 만나기 위해서였다. 내 삶을 그의 도움으로 그와 내가 얕은 여울의 가축처럼 어스름 속에 서 있던 옛날 그 안개 낀 새벽의 시절부터 다시금 시작하려고 ─ 즉 이번에는 좀 더 조심스럽게, 될 수 있는 한 전쟁을 겪지 않으며 살려고 ─ 간 건 물론 아니었다. 오, 물론, 그러려고 간 건 아니었다. 그런 삶으로의 복귀가 불가능하다는 것을 이미 나는 알고 있었기에, 다만 내 인생에서 이를 불가능하게 만드는 게 무엇인지 확인하려고 간 것이었다. 부당하게도 개인에게만 드리워진 것인 내 절망의 색조를 분별해 보려고 간 것이었다. 왜냐하면 공정하게 모든 사람과 함께 받아들여진, 모두가 공동으로 지닌 절망은 무색일뿐더러, 출구를 찾는 데 도움이 안 되기 때문이었다.

바로 이와 같이, 그의 곁에서 내 절망의 생생한 모습을 파악하게 되면 출구를 찾을 수 있을 것 같아서, 나는 그런 내 절망을 분별해 보려고 간 것이었다. 그러나 그에겐 내가 눈여겨볼 것이라곤 아무것도 없었다. 이 사람은 내게 그런 도움을 줄 수 없는 자였다. 그는 그간 세월의 눅눅함에 나보다 더욱더 정신이 좀먹힌 상태였던 것이다.

이후, 나는 마르부르크를 한 번 더 방문하는 행운을 가졌다. 나는 1923년 2월에 그곳에서 이틀을 보냈다. 아내와 함께 갔지만, 아내에게 그곳을 소개시켜 줘야 한다는 생각까지는 하지 못했다. 이로 인해 나는 마르부르크와 아내 둘 다에게 몹쓸 짓을 하고 말았다. 하지만 힘든 건 나도 마찬가지였다. 전쟁 이전에 독일을 보았었는데, 이제 전쟁 이후에 독일을 보고 있었으니 말이다. 세계에서 벌어졌던 일이 최악의 단계에서 내게 모습을 드러냈던 것이다. 이때는 루르 점령기*였다. 기만당할 물건도 기만할 대상도 없는 독일은 적선을 구하듯 시대에 손을 내민 채(독일답지 않은 행동이다), 또 나라 전체가 목발을 한 채 굶주리고 추위에 떨고 있었다. 놀랍게도 하숙집 여주인은 살아 있었다. 그녀와 그녀의 딸은 나를 보자, 양손을 치켜들고 손뼉을 쳤다. 내가 집에 들어갔을 때, 두 사람은 11년 전에 앉아 있었던 바로 그 자리에 앉아 바느질을 하고 있었다. 내가 쓰던 방은 세를 주고 있었다. 모녀는 그 방을 내게 열어 주었다. 나는 이전처럼 창에서 보이는 오커스하우젠에서 마르부르크

로 이어진 길이 아니었다면 방을 알아보지 못했을 것이다. 그리고
이때는 겨울이었다. 텅 비고 차가운 너저분한 방, 지평선 위의 벌거
벗은 버드나무들, 이 모든 게 생소했다. 언젠가 30년 전쟁에 관한
생각으로 너무 많은 시간을 보냈던 풍경은 결국 자기 자신에게 전
쟁을 예견한 꼴이 되었던 것이다. 나는 도시를 떠나기 전에 제과점
에 들러 큰 견과류 케이크를 모녀에게 보냈다.

이제 코헨에 대해 이야기해 보자. 나는 코헨을 볼 수 없었다. 코
헨은 이미 사망했던 것이다.

12

그렇게 해서 ― 역, 역, 역들이 있다. 열차 후미로 돌나방처럼 날
아드는 역들이.

바젤에는 일요일의 정적이 감돌았다. 그래서 제비들이 빠르게
날아다니며 날개로 처마 돌림띠를 할퀴는 소리를 들을 수 있었다.
햇볕에 달아오른 벽들이 검은 버찌색 기와지붕의 처마 밑으로 눈
알처럼 굴러 들어갔다. 온 도시가 처마를 속눈썹처럼 가늘게 내려
뜨렸다가 치켜올리고 있었다. 개인 주택들에 심긴 야생 포도나무
에서 일고 있는 가마 속 같은 열기는 깨끗하고 시원한 박물관 안,
원시주의(原始主義)* 화가들의 금빛 도기(陶器) 단지에서도 일고 있
었다.

"*Zwei francs vierzig centimes*(2프랑 40상팀*입니다)." 칸톤*
의상을 한 시골 아낙이 작은 가게 안에서 놀랍도록 깨끗한 발음
을 한다. 하지만 언어의 양대 수원(水源)이 합류하는 지점은 이곳
에 있지 않다. 그곳은 더 오른쪽으로 떨어진 곳, 낮게 드리운 지붕

너머에, 스위스 연방의 넓게 펼쳐진 뜨거운 남빛 하늘을 따라 그 지붕의 남쪽 방향이자, 오르막으로 계속 이어진 곳에 있다. 생고타르* 아래 어딘가에 말이다. 그리고 사람들 말로는 우리가 그곳에 한밤중에나 도착할 것이라고 한다.

그리고 나는 이틀 밤을 새운 기차 여행에 지쳐 조는 바람에 그만 그런 장소를 지나치고 말았다! 지난밤이 내가 자서는 안 될, 내 생애의 유일한 밤이었을지라도 — 거의 "시몬아, 자고 있느냐?"[11]의 경우처럼 — 나는 용서받을 수 있으리라. 그래도 "졸려 눈을 뜨고 있을 수 없었기 때문에"와 같이 내가 부끄러울 만큼 아주 잠깐이나마 창가에 서서 깨어 있던 순간도 있었다. 그리고 그때⋯⋯.

주위에서 꿈쩍도 않은 채 떼 지어 있던 봉우리들이 미르* 집회를 갖느라 웅성거리며 떠들어 댔다. 아하, 그러니까 내가 조는 동안, 또 우리가 탄 기차가 차가운 연기 속에서 연이어 기적을 울리며 나사못처럼 터널들 사이를 뚫고 들어가는 동안, 우리가 본래 호흡하는 숨결보다 3천 미터 더 높은 데 있는 숨결이 우리를 에워쌌다는 뜻이었다.

앞을 내다볼 수 없는 암흑이 드리워져 있었지만, 메아리가 불룩한 소리의 조각을 암흑 속에 채워 넣었다. 가까운 이들이 서로 쑥덕거리듯, 벼랑들이 땅에 대해 이러쿵저러쿵 험담하며 뻔뻔스럽게 큰 소리로 이야기했다. 어디든, 어디든, 어디가 됐든 개울들이 지껄였고, 거짓 소문을 퍼뜨렸으며, 조르르 새어 나왔다. 가파른 비탈마다 개울들이 걸쳐 있고 아래에 있는 계곡으로 꼰 실처럼 내려뜨려져 있음을 쉽게 짐작할 수 있었다. 다른 한편, 객차 지붕에 제각기 자릴 잡은 돌출된 암벽들이 기차 위로 뛰어내렸다. 그러고는

---

11 이하 「마르코의 복음서」 14장 37절, 40절을 인용함.

서로 고함지르고 다리를 흔들어 대며 무임승차를 즐겼다.

하지만 잠이 나를 덮쳤다. 그래서 지구에서 악마적인 완벽함을 갖춘 산봉우리이자 눈먼 오이디푸스의 흰자위처럼 하얀 알프스 산맥 밑, 눈덩이 쌓인 문턱에서 나는 그만 용납될 수 없는 잠에 빠져들고 말았다. 미켈란젤로의 밤*처럼 자기애에 빠진 지구가 스스로의 어깨에 입맞춤을 하는 곳에서 말이다.

내가 깨어났을 때는 깨끗한 알프스 아침이 기차 창을 들여다보고 있었다. 일종의 산사태 같은 장애물이 기차를 정지시킨 것이었다. 우리는 다른 기차로 옮겨 타라는 안내를 받았다. 우리는 산에 난 철로를 따라 걷기 시작했다. 길게 이어진 노반(路盤)은 뿔뿔이 흩어져 펼쳐진 풍경들 사이를 굽이치며 나아갔는데, 그것은 산길을 장물(臟物)인 양 모퉁이 뒤로 자꾸 밀어 넣고 있는 듯한 모습이었다. 초콜릿 포장지들에 그려진 소년과 꼭 닮은 맨발의 이탈리아 소년이 내 짐을 날랐다. 소년의 가축들이 근처 어딘가에서 음악을 만들어 내고 있었다. 가축들이 몸을 한가로이 흔들거나 휙 하고 세게 흔들 때마다 작은 종들이 쨍그랑 울렸다. 등에는 음악을 빨아들였다. 가축 살가죽이 씰룩거린 건 분명 등에 때문이리라. 국화가 향기를 내뿜었는가 하면, 보이지 않는 곳곳에서 찰싹찰싹 부딪치며 잡담하는 개울물 소리가 한시도 멈추지 않고 들려왔다.

수면 부족의 여파는 곧바로 나타났다. 나는 밀라노에 반나절 있었건만 그곳에 대한 기억이 거의 없었다. 기억에 희미하게나마 새겨진 것은 성당뿐이었다. 여러 교차로에서 성당이 조금씩 보이기 시작했는데, 내가 도시를 관통하여 성당에 다가갈 때면 어느 교차로에서 바라보느냐에 따라 성당의 모습이 연거푸 바뀌었다. 수직으로 뻗은 푸른 8월 하늘의 열기를 배경으로 계속해서 불쑥불쑥 모습을 드러낸 성당은 녹는 빙하처럼, 밀라노의 수많은 찻집에 얼음과 물을 대 주고 있는 듯했다. 그리 크지 않은 광장이 나를 성당 아래쪽으로 데려다주어 내가 위로 고개를 쳐들었을 때, 막혀 있던 눈이 이음매 있는 홈통 기둥을 따라 떨어지듯 성당이 한꺼번에 사각기둥과 탑 전체를 스치는 솨솨 소리를 내면서 나를 향해 미끄러져 내렸다.

하지만 나는 간신히 두 발을 짚고 서 있었고, 베네치아에 도착하자마자 제일 먼저 하리라 다짐했던 것 역시 잠을 충분히 자는 것이었다.

13

내가 지역 특유의 차양을 단 세무서풍의 역 건물을 나왔을 때, 매끈한 뭔가가 조용히 발밑으로 미끄러졌다. 구정물처럼 지독하게 거무스름하고 그 표면에 두세 번 깜빡인 별빛이 닿은 뭔가가 말이다. 거의 구분이 안 되게 솟았다 내려앉은 그것은 마치 액자에 끼워져 흔들거리다 세월이 흘러 꺼메진 한 폭의 그림 같았다. 나는 이런 모습의 베네치아가 바로 베네치아라는 것을 곧바로 파악하지 못했다. 내가 베네치아에 와 있다는 것, 내가 베네치아에 대한 꿈을 꾸고 있는 게 아니라는 것을 말이다.

역에 인접한 운하는 지하 하수구 표면에 드리운 이러한 갤러리의 또 다른 경이로운 그림들을 향해 모퉁이 너머로 맹장처럼 사라졌다. 나는 이 도시에서 전차 대신 싼값에 운항되는 소형 증기선의 정박지로 서둘러 갔다.

수상 버스 한 대가 땀을 흘리며 헉헉댔고, 코를 닦으며 캑캑거렸다. 수상 버스는 물에 빠진 자신의 콧수염을 무표정한 매끄러운 수면을 따라 질질 끌고 갔다. 이 수면 위를 우리 뒤에 점점 남겨진 대운하의 궁전들이 반원형을 그리며 지나갔다. 궁전이라 불리는 이 건물들은 화려한 방이라고 불릴 수도 있을 것이다. 하지만 중세 경기장에 드리웠듯, 밤의 석호(潟湖)에 수직으로 드리운 천연색 대리석의 카펫은 그 어떤 말로도 전달할 수 없다.

성탄절 트리 특유의 동방, 라파엘 전파(前派)의 동방이란 게 존재한다. 동방 박사의 경배에 관한 전설 덕분에 별이 총총한 밤이란 관념이 존재한다. 아주 오래된 성탄절 부조(浮彫) — 표면에 파란 파라핀이 끼었어지고 금박이 입혀진 호두나무 — 가 존재한다. 다음과 같은 말이 존재한다 — 할바*와 칼데아,* 마법사와 마그네슘, 인도와 인디고.* 이 말 부류에 야간 베네치아의 빛깔과 그 물 반사의 빛깔도 포함시켜야 한다.

때론 이 물가에, 때론 저 물가에 정박하면서 수상 버스에서는 마치 러시아의 견과류*를 뜻하는 단어의 전 음역(全音域)을 러시아인의 귀에 좀 더 뚜렷이 박히게 하려는 양, 승객들에게 외쳐 알린다 — "*Fondaco dei Turchi! Fondaco dei Tedeschi!*(터키 상인 구역이오! 독일 상인 구역이오!)" 그러나 물론 구역이란 명칭은 그와 발음이 유사한 러시아어 단어 개암(funduki)과는 아무런 관련이 없고, 터키 상인들과 독일 상인들이 한때 이곳에 세운 대상(隊商)들의 숙박지(caravanserai)에 대한 회상을 불러일으킬 뿐이다.

내가 첫 곤돌라, 다시 말해 맨 처음 나를 놀라게 한 곤돌라를 본 곳이 밴드라민, 그리마니, 코르네르, 포스카리, 로레단 등 이 무수히 많은 궁전 중 어디 앞이었는지 기억나지 않는다. 하지만 그 곤돌라가 리알토 다리 건너편에 있었음은 분명하다. 옆 골목길에서 운하 쪽으로 곤돌라가 조용히 다가왔고, 운하를 가로지르며 잠시 멈춘 다음 가장 가까운 궁전 입구에 정박했으니 말이다. 곤돌라는 마치 천천히 굴러가던 파도의 둥글고 볼록한 부분에 올라 탄 채 마당에서 나와 현관에 세워 놓은 듯했다. 곤돌라 뒤에는 죽은 쥐들과 이리저리 날뛰는 수박 껍질로 가득 찬 어두컴컴한 바위틈이 남겨졌다. 곤돌라 앞에는 인적 없는 널따란 수상 도로가 달빛을 받으며 사방으로 내달렸다. 완벽한 형태를 갖춘, 그 몸체가 놓인 공간과 비교가 안 되는 모든 것이 그러하듯, 곤돌라는 여성적인 거대함을 간직했다. 곤돌라 뱃머리의 밝은 볏 모양 미늘창은 둥그런 파도 머리의 뒷부분에 의해 높이 들린 채 가벼이 공중을 날았다. 곤돌라 뱃사공의 검은 실루엣도 그처럼 가벼이 별들 사이를 달렸다. 반면에 선미와 뱃머리 사이의 좌석 쪽이 물속으로 밀어 넣어진 듯, 작은 두건 모양의 선실 씌우개는 시야에서 사라지곤 했다.

이곳에 오기 전부터 나는 베네치아에 관해 고르분코프가 해 준 이야기를 통해, 아카데미 근처의 구역에 묵는 게 가장 좋으리라 생각했다. 그러고는 그곳에 내렸다. 내가 다리를 건너 왼쪽 물가로 갔는지 아니면 오른쪽 물가에 그대로 있었는지는 기억나지 않는다. 아주 작은 광장은 기억난다. 광장은 운하의 궁전들과 똑같이 생긴 궁전들로 에워싸여 있었는데, 이곳의 궁전은 더 잿빛을 띠었고 더 단단해 보였다. 그리고 견고한 육지를 디디고 서 있었다.

광장에 달빛이 쏟아졌고, 그곳에 사람들이 서 있거나 주위를 걷고 있었다. 아니면 몸을 비스듬히 하고서 반쯤 누워 있었다. 사람들은 많지 않았는데, 이들은 자신의 움직이는 몸, 조금 움직이는 몸, 그리고 부동의 몸으로 마치 광장을 두르고 있는 듯했다. 보기 드문 고요한 저녁이었다. 한 커플이 눈에 띄었다. 그들은 서로 마주 보지 않은 채, 둘만의 침묵을 즐기며 건너편 물가의 먼 곳을 열심히 응시하고 있었다. 그들은 휴식을 취하고 있는 궁전 하인들임에 틀림없었다. 맨 먼저 내 마음을 끈 건 남자 하인의 차분한 자세와 짧게 자른 반백(半白) 머리, 그리고 회색 재킷이었다. 이것들엔 어딘가 이탈리아적이지 않은 데가 있었다. 북부의 분위기가 풍겼던 것이다. 그다음에 나는 그의 얼굴을 보았다. 어디서였는지 기억나지 않았지만 전에 본 듯한 얼굴이었다.

나는 여행 가방을 들고 그에게로 다가가, 한때 단테 작품을 원어로 읽어 보다가 어느새 내 머릿속에 쌓인 옛 이탈리아어 방언으로 묵을 곳에 대한 내 걱정거리를 털어놓았다. 그는 정중히 내 말을 다 듣고서 잠시 생각하더니, 옆에 서 있는 여자에게 뭔가를 물었다. 그녀는 아니라고 고개를 내저었다. 그는 뚜껑이 있는 시계를 꺼내 시간을 본 다음, 그것을 탁 닫고 조끼에 도로 집어넣었다. 그러고는 계속 생각에 잠긴 채로 고개를 끄덕여서 자신을 따라오도록 했다. 달빛이 가득 쏟아지는 건물 정면에서부터 우리는 칠흑같이 어두운 모퉁이로 돌아섰다.

우리는 아파트 복도만큼이나 좁게 난 돌바닥의 골목들을 걸어갔다. 때때로 골목은 우리를 짧은 아치형 돌다리들에 올려다 주었다. 그럴 때 더러운 석호의 소맷자락이 양쪽에서 뻗어 나왔다. 그곳에 물이 어찌나 비좁게 담겼던지, 마치 그것은 통처럼 돌돌 말아 쭈그러진 상자 바닥에 억지로 쑤셔 넣은 페르시아 양탄자 같았다.

우리 쪽으로 걸어오는 사람들은 아치형 다리를 건너왔는데, 베네치아 여인의 경우는 모습을 드러내기 한참 전에 그 구역에 깔린 포석을 빠르게 내딛는 뾰족구두 소리로 다가오는 자신의 존재를 미리 알렸다.

우리가 배회하고 있던, 타르처럼 검은 도랑들 위를 가로지른 곳엔 밤하늘이 밝게 반짝이며 끊임없이 어딘가로 멀어져 갔다. 마치 그것은 마치 씨를 떨어뜨리는 민들레 관모(冠毛)가 은하수 전체에 천천히 흩어지는 듯한 모습이었으며, 골목들이 이따금 옆으로 비켜서서 광장과 교차로들을 만들어 보이는 건 오로지 이 움직이는 한두 줄기 빛이 지나가게 하기 위함인 듯했다. 나는 나의 동행자를 알고 있다는 이상한 느낌이 들어 놀란 채로, 옛 이탈리아어 방언으로 그와 대화했다. 그리고 그의 도움으로 가장 저렴한 숙박소를 찾는 동안 타르에서 민들레 관모로, 다시 관모에서 타르로, 두 사이를 뒤뚱거리며 걸어갔다.

그러나 너른 물길로 나가는 길목의 부두엔 다른 색들이 우세했으며 정적은 사라지고 소란이 일었다. 들어오고 나가는 수상 버스들은 사람들로 북적댔고, 기름기 덮인 검은 물결은 맹렬히 돌아가다 급정지한 엔진의 분쇄기에 부서지면서, 산산조각 난 대리석처럼 흰 물보라를 일으켰다. 쏴 하고 쏟아지는 물결 바로 옆에선 과일 장수 천막에 있는 버너가 활발히 쉭쉭대며 혀를 날름거렸는가 하면, 혼란스레 곧추선 덜 졸인 콤포트*들 속의 과일들이 이리저리 돌아다니며 뛰어올랐다.

해안가 레스토랑들 중 한 곳의 주방에서 우리는 유용한 정보를 얻었다. 우리가 받은 주소는 우리를 방랑의 첫 시점으로 되돌려 보냈다. 우리는 그 주소로 향해 가면서, 지나온 모든 길을 거꾸로 다시 갔던 것이다. 따라서 내 안내자가 모로시니 광장 근처의 호텔 중 하나에 나를 투숙시켰을 때, 나는 별이 총총한 베네치아 하늘의 길이에 맞먹는 거리를 하늘의 움직임과 반대 방향으로 막 횡단한 듯한 느낌이 들었다. 만일 그때 내게 베네치아란 무엇인가라고 물었다면, 나는 "밝은 밤들, 아주 작은 광장들과 이상하게도 친숙하게 느껴지는 차분한 사람들"이라고 답했을 것이다.

14

"그럼 친구여." 여관 주인은 내가 귀먹기라도 한 것처럼 큰 소리로 으르렁거리듯 말했다. 그는 더러운 셔츠의 단추를 풀어 헤친 예순 살가량의 건장한 노인이었다. "내 자네를 가족처럼 여기고 모든 걸 마련해 줌세." 그는 눈에 핏발이 선 채 눈을 위로 치뜨고 나를 쳐다봤고, 양손을 멜빵 죔쇠 뒤에 넣고서 털북숭이 가슴을 손가락으로 통통 두드렸다. "차가운 송아지 고기 좀 들겠나?" 그는 내 대답으로 아무것도 단정 짓지 못한 터라 눈초리를 누그러뜨리지 않은 채 고함치듯 말했다.

그는 라데츠키* 식 콧수염을 하고서 무서운 괴물 흉내를 내고 있는 선량한 사람임이 분명했다. 그는 오스트리아가 이탈리아를 지배하던 시기를 기억하고 있었는데, 곧 밝혀진 바에 의하면 독일어도 조금 할 수 있었다. 하지만 그에게 독일어란 주로 달마티아* 하사관들의 언어를 의미했기에, 나의 유창한 독일어 발음을 듣자 그는 그의 군 복무 시절부터 시작된 독일어의 쇠퇴에 대한 슬픈 상념에 빠졌다. 더구나 그는 소화 불량으로 인한 속 쓰림까지 앓고 있음이 분명했다.

그는 마치 말등자(鐙子) 위에 서 있는 듯 카운터 뒤에서 쑥 솟아오르더니 누군가에게 뭔가에 대해 큰 소리로 호되게 야단쳤다. 그러고는 그와 내가 인사를 나누던 작은 안뜰로 용수철 튕기듯 내려왔다. 더러운 식탁보가 깔린 몇 개의 식탁이 그곳에 놓여 있었다. "자네가 여기로 들어온 순간, 나는 자네에게 호감을 가졌다네." 그는 손짓으로 내게 앉을 것을 청하며 아주 신이 나서 말했고, 내가 앉은 자리에서 식탁 두세 개 정도 떨어진 곳에 털썩 앉았다. 나는 맥주와 고기를 제공받았다.

작은 안뜰은 식당으로 쓰이고 있었다. 만일 이곳에 투숙객들이 있다면, 그들은 이미 오래전에 저녁 식사를 끝내고 쉬기 위해 각자 방으로 뿔뿔이 흩어진 것이 틀림없었다. 다만 행색이 초라한 한 작은 노인만 이 게걸스레 먹고 마시는 공간의 맨 구석에 끝까지 앉아, 여관 주인이 자기 쪽으로 고개를 돌릴 때마다 아첨하듯 계속 맞장구를 치고 있었다.

나는 송아지 고기를 게걸스레 꿀꺽꿀꺽 삼키는 동안, 촉촉한 분홍빛 고기 조각이 접시에서 사라졌다가 다시 나타나는 기이한 현상을 이미 한두 차례 목격한 터였다. 분명 나는 졸고 있었던 것이다. 눈꺼풀이 서로 달라붙어 있었다.

주름살 가득한 귀여운 노파 하나가 동화 속에서처럼 갑자기 식탁 주변에 불쑥 나타났다. 여관 주인은 그녀에게 나에 대한 자신의 엄청난 애정에 관해 간단히 설명해 주었다. 그의 말이 끝난 직후 나는 노파와 함께 좁은 계단을 따라 어딘가로 올라갔고, 혼자 남게 되었다. 나는 침대를 손으로 더듬어 찾고 어둠 속에서 옷을 벗은 다음, 더 이상 아무 생각도 하지 않고 침대에 누웠다.

그러고는 한 번도 깨지 않고 정신없이 열 시간을 내리 잔 후, 햇빛이 아주 밝게 비치는 아침에 깨어났다. 믿기 어려운 일이 현실이 되어 있었다. 내가 베네치아에 있었던 것이다. 강(江) 배의 선실처럼 천장에 모여든 밝은 색 송사리 같은 빛의 반점들이 내게 이 점을 말해 주었다. 또 그 반점들은 내가 지금 일어나 베네치아를 구경하러 뛰쳐나갈 것임을 말해 주었다.

나는 내가 누워 있는 방을 둘러보았다. 페인트칠 된 칸막이벽에 망치로 박은 못들마다 스커트와 여자 윗옷, 고리에 끼워져 있는 털 총채, 그리고 둥글게 엮은 끈으로 못에 매달린 나무망치 등이 걸려 있었다. 창턱에는 구두약 통들이 가득 쌓여 있었다. 사탕과 초콜릿을 담는 갑에는 백토(白土)가 담겨 있었다.

다락방의 폭 전체를 가로질러 쳐진 커튼 뒤에서 탁탁, 쓱쓱 비벼대는 구둣솔 소리가 들려왔다. 이는 이미 오랫동안 들려온 소리였다. 여관 전체의 신발들을 닦고 있는 것이 분명했다. 이 소음에 섞여 여자의 소곤거림과 아이의 속삭임이 들려왔다. 나는 소곤거리는 여자가 어제 본 그 노파라는 걸 알아챘다.

노파는 여관 주인의 먼 친척이었고, 여기서 집 안 관리인으로 일하고 있었다. 여관 주인은 그녀의 굴속같이 좁고 어두운 방을 내게 내준 것이었다. 하지만 내가 이 일을 어떻게든 바로잡으려 하자, 그녀는 오히려 불안해하며, 자신들의 집안일에 개입하지 말아달라고 간청했다.

옷을 입기 전에 기지개를 쭉 펴면서, 나는 주위의 모든 것을 다시 한 번 둘러보았다. 순간 문득 명확한 생각이 선물처럼 찾아들어 전날의 일들을 내게 밝혀 주었다. 어제 나의 안내자는 마르부르크의 주임 웨이터를 생각나게 했던 것이었다. 앞으로 내게 도움이 되길 바랐던 바로 그를 말이다.

내게 도움이 될 작별 인사를 청하면서 주임 웨이터가 이후의 책임을 스스로에게 전가했던 행동이 두 사람의 유사성을 더욱 증대시킨 듯 했다. 바로 이것이 내가 광장에 있던 다른 사람들 중에서 유독 한 사람에게 본능적으로 끌렸던 이유였던 것이다.

이러한 발견은 나를 놀라게 하지 않았다. 여기에 놀라운 점이라곤 없다. 혹여나 시간의 흐름 속에 이 같은 삶의 사건들의 일치, 즉 일상의 최면인 상호 교차 현상이 일어나지 않는다면, 우리가 누구에게나 아주 허물없이 하는 인사말 "안녕하세요"와 "잘 가세요"는 의미가 없게 될 테니 말이다.

15

이리하여 이 같은 행복이 내게도 찾아든 것이었다. 또한 나는 건물이 꽉 들어찬 공간의 한 부분을 마치 살아 있는 개인인 양 매일 만나러 갈 수 있음을 발견하는 행운도 가졌다.

어느 쪽에서 오든 피아차*로 가는 모든 길에는 호흡이 가빠지는 순간이 잠복해 있다. 때문에 우리의 발은 광장을 마중하려고 스스로 걸음을 재촉하며 우리를 그쪽으로 데려간다. 메르체리아 거리 쪽에서 오든 전신국 쪽에서 오든 어느 순간 길은 현관처럼 되어 버리고, 광장은 자신의 넓게 뻗은 하늘 밑 구역을 활짝 펼친 다음 종탑, 산마르코 대성당, 두칼레 궁전, 3면으로 펼쳐진 열주 등을 마치 환영회에 데려가는 양 끌고 나온다.

우리는 이 건축물들에 점차 애착을 갖게 되면서, 베네치아는 건물들 — 위에 열거한 네 건물과 그런 종류의 다른 건물들 몇 개 — 이 거주하는 도시라고 느낀다. 이 단언에 비유적인 데라곤 없다. 건축가들이 돌 속에 해 놓은 말은 어찌나 숭고한지, 어떤 수사학도 그 말의 경지에 이를 수 없다. 게다가 그 말은 조개껍데기들로 뒤덮이듯 수 세기 동안의 여행객들의 환희로 온통 뒤덮여 있었다. 여행객들의 감탄은 증대되고 있어 마지막 열변의 흔적이란 건 베네치아에 아예 존재하지 않게 됐다. 빈 궁전들에 비어 있는 공간이라곤 없었다. 궁전의 모든 공간이 아름다움으로 차 있었던 것이다.

역으로 가기 위해 대절한 곤돌라에 오르기 전에 영국인들이 살아 있는 사람하고 작별할 때나 하는 포즈를 지으면서 피아체타* 에 마지막으로 머뭇거릴 때면, 우리는 알려져 있는 바와 같이 영국 문화만큼 이탈리아에 가까운 유럽 문화가 없다는 점 때문에 그들과 광장의 관계를 더 몹시 질투하게 된다.

16

한번은 바로 이 기장(旗章) 단 돛대들 밑에서 세대들을 금실 엮 듯 엮으며, 웅장하게 뒤섞인 세 개의 세기가 떼 지어 모여 있었다. 광장에서 멀지 않은 곳엔 부동의 선박 숲을 이룬 이 세기들의 선대(船隊)가 졸고 있었다. 선대는 이 계획된 도시의 연속물들 같았 다. 삭구가 육지의 다락방 뒤로부터 몸을 쑥 내밀었고, 갤리선들 이 훔쳐보았으며, 육지에서와 선박 내에서의 움직임들이 동일했던 것이다. 달빛 비치는 밤에 어떤 3층 갑판선(船) 하나가 거리를 똑 바로 응시한 채, 기세 꺾인 뇌우처럼 부동자세로 압력을 가하면서 거리 전체를 이어 붙였다. 그리고 바로 그런 외따로 떨어져 있는 웅장함 가운데 쾌속 범선 프리깃함(艦)들이 외항(外港)에서 가장 조용하고 깊숙한 홀을 골라 닻을 내렸다. 이 선박들은 당대엔 아 주 막강한 선대였다. 그 수는 어마어마한 것이었다. 군함은 제외하 고 상선만 보더라도 15세기에 이미 3천5백 척에 달했고, 7만 명의 선원과 선박 노동자가 딸려 있었다.

이 같은 선대는 베네치아의 허구적이지 않은 실재이자, 동화 같 은 베네치아의 저변에 깔린 실제적인 면이었다. 선대의 휘청거릴 만큼 엄청난 톤수가 도시의 견고한 토대와 땅의 축적, 지하의 저 장고 및 감옥을 조성했다고 역설적으로 말할 수 있다. 공기는 삭 구의 올무에 감금된 채 우울해했다. 선대가 괴롭히고 억압했던 것 이다. 그러나 서로 소통하고 있는 한 쌍의 배의 사례처럼, 선대의 압박에 응하여 그 압박에 준하는 어떤 보상의 예가 해안에서 솟 아났다. 이를 이해한다는 건 예술이 자신의 의뢰인을 어떻게 기만 하는지를 이해한다는 것이다.

'판탈롱(pantalon)'이란 단어의 기원이 호기심을 끈다. 후에 바지의 의미를 갖기 전에 이 단어는 한때 이탈리아 희극 속의 인물을 뜻했다. 그러나 그보다 훨씬 전, 최초의 의미에서 'pianta leone'는 승리를 거둔 베네치아란 관념을 표현했고, 다음을 뜻했다. (베네치아 국기에 있는)[12] 사자를 높이 게양하는 자, 즉 달리 말해 정복자-베네치아를. 심지어 바이런 경의 「차일드 해럴드의 편력(遍歷)」에도 이에 관한 내용이 있다.

심지어 베네치아의 별칭도 승리에서 유래했네,
'사자를 전파하는 자'인 승리에서. 베네치아는 불길과
유혈을 지나, 정복한 육지와 바다에 그 사자를 운반했네.*

개념들은 놀랍게 재탄생하곤 한다. 사람들이 공포에 익숙해질 때면 공포는 세련된 취향을 형성하는 토대가 된다. 어떻게 단두대 (guillotine)가 한때 부인들의 브로치의 모델이 될 수 있었는지를 우리가 과연 이해할 수 있을까?

사자의 상징물은 베네치아에서 매우 다양하게 나타났다. 그래서 베로네세*와 틴토레토*의 벽화 옆, 검열관들의 층대(層臺) 위의 상하 이동식 밀고(密告) 구멍도 사자의 입 모양으로 조각되었다. 이 'bocca di leone(사자의 입)'이 당시 사람들에게 어떠한 공포를 불어넣었을지, 또 뛰어나게 조각된 그 구멍으로 사람들을 수수께끼같이 사라지게 만든 정부가 더 이상 비탄이라곤 보이지 않는 상황에서 그 일을 다시 언급할 때, 그것이 어떻게 교양 없는 행동을 뜻하는 것으로 바뀌게 되었는지는 잘 알려진 사실이다.

예술이 정복자들을 위한 궁전들을 세울 때 사람들은 예술에 기

---

12 괄호는 원저자가 한 것임.

대를 걸었다. 그들은 예술이 그들과 견해를 함께하고 있으며 장차 그들과 운명도 함께할 것이라고 생각한 것이다. 하지만 그런 일은 일어나지 않았다. 건축된 궁전들은 망각의 상징물이 되었을 뿐, 사람들이 잘못 생각하여 궁전들에 의미를 부여한, 그 승리의 판탈롱을 상징한 건 결코 아니었다. 판탈롱이란 말이 지향했던 바는 모두 물거품이 되었고 궁전 건물들만 남았다.

그리고 베네치아의 회화가 남았다. 어린 시절부터 나는 복제화(複製畫)들과 물밀듯 반출(搬出)되어 온 박물관의 소장품들을 통해, 뜨겁게 샘솟는 베네치아 회화 작품들의 풍취를 알고 있었다. 그러나 개별적인 그림들이 아니라, 황금 습지처럼, 창조의 원초적 심연 중 하나로서의 회화 자체를 보기 위해서는 그 작품들의 발원지에 가 봐야 했다.

17

당시 나는 이 발원지의 광경을 지금 내가 그것을 공식화하여 표현하는 것보다 더 깊고 더 막연하게 응시했다. 그때는 내가 본 것을 지금 내가 해석하고 있는 방향에서 파악해 보려고 하지 않았던 것이다. 하지만 인상들 자체는 여러 해 동안 지금과 같은 모습으로 내 머릿속에 자리 잡혀 있었다. 그러므로 다음처럼 간추린 결론은 당시에 내가 느꼈던 것과 크게 다르지 않을 것이다.

나는 어떠한 관찰이 화가의 본능에 최초로 깊은 충격을 주는지 보았다. 관찰이 시작될 때 그것이 관찰 대상에게 갖는 의미를 화가가 어떻게 갑자기 이해하는지도. 일단 시선에 포착되면, 자연은 한 스토리의 순종적인 너른 공간이 되어 자신의 길을 내준다.

그러면 화가는 이런 졸고 있는 듯한 자연을 가만히 캔버스에 올려 놓는다. 묘사가 무엇인지 이해하려면 카르파초*와 벨리니*의 작품을 봐야 한다.

나아가, 화가가 회화의 자연력과 동일성에 이르는 바람에 셋 ― 그리는 자, 작품, 그리고 작품 대상 ― 중 캔버스에서 가장 활발히 활동하고 있는 것은 무엇이며, 또 그 활동이 누구를 위한 것인지 말할 수 없게 되는 그때, 어떠한 통합주의(syncretism)가 만개한 예술적 솜씨에 뒤따르는지 나는 알게 되었다. 바로 이렇게 셋이 뒤얽히는 바람에 오해가 생길 수도 있다. 시대의 위엄이란 일시적인 것에 불과한데도, 작품의 대상인 시대는 자신의 위엄 덕택에 화가가 드높아지는 것이라고 잘못 생각하여 화가에게 으스댈 수 있는 것이다. 예술이 무엇인지 이해하려면 베로네세와 티치아노*의 작품을 봐야 한다.

마지막으로, 나는 비록 당시에 이 인상들을 충분히 음미한 건 아니지만, 천재가 폭발하는 데 얼마나 적은 것이 필요한지 알게 되었다.

주위에는 ― 어디에나 어른거리고, 모든 은밀한 일에 얼굴을 내밀며, 항상 주변의 냄새를 맡는 사자의 머리들이 있다 ― 자신의 굴에서 비밀리에 사람들의 목숨을 연이어 게걸스레 삼키는 사자의 입들이 있다. 주위에는 영원히 포효할 것 같지만 실상 덧없이 사라질 사자의 모습이 있는 것이다. 하지만 그 모습을 감히 비웃지 못하는 이유는 오직 하나, 불멸하는 모든 것이 사자의 손에 놓여 있어 그것이 팽팽하게 쥐고 있는 고삐에 매여 있기 때문이다. 모든 이들이 이를 느끼고, 모든 이들이 이런 현실을 감내한다. **단지 이 점을** 감지하기 위해 천재성이 필요한 건 아니다. 이런 현실은 모두가 보고 감내하는 것이니까. 그러나 일단 사람들이 이런 현실을 함께 감내하는 경우라면, 분명 이 맹수의 우리에 **어느 누구도** 느끼지 못하고 보지 못하는 뭔가가 있다는 얘기다.

이 뭔가가 바로 천재를 더 이상 참지 못하게 하는 작은 것이다. 누가 다음을 믿겠는가? 작품, 묘사하는 자, 그리고 묘사 대상의 일치가, 혹은 좀 더 폭넓게 말해 이렇게 셋이 일치해지자 예술의 의뢰인이 예술에 표현된, 있는 그대로의 삶의 진실에 무관심해지는 것이 바로 천재를 격분하게 만드는 그것이라는 점을 말이다. 그것은 천재로 대변되는 인류의 얼굴에 가하는 모욕적인 따귀 같은 것이다. 바로 그때 열정의 결정타를 가하여 혼돈 상태에 있던 예술적 솜씨를 정화하는 폭풍이 천재의 캔버스에 몰아친다. 천재, 즉 화가가 어떤 존재인지 이해하려면 베네치아의 미켈란젤로인 틴토레토의 작품을 봐야 한다.

18

하지만 나는 그때에는 이런 미세한 점들까지 생각하지 못했다. 당시 베네치아에서 그랬고, 피렌체에서는 더욱더 그랬다. 아니, 아주 정확히 말하면 유럽 여행 직후 모스크바에서 보낸 겨울에 더 특별한 다른 생각들이 내 머릿속에 떠올랐던 것이다.

모든 사람이 이탈리아 예술과의 만남을 통해 얻어 가는 중요한 것은 우리 문화의 단일성이 분명히 감지됨을 느끼는 것이다. 각자 그 단일성을 무엇에서 발견하고, 그것을 무엇이라 칭하든 간에 말이다.

예를 들어 인문주의자들의 이교도성에 대해 얼마나 많이 말해 왔고, 또 그것에 대해 합법적 추세니 그렇지 않다느니 하며 얼마나 다양하게 말해 왔는가. 부활에 대한 믿음이 르네상스 시대와 충돌한 것은 정말로 이례적인 현상이자, 유럽 문화 전체에 중심이 되는 현상이다. 또한 기독교 정전(正典)의 주제가 상류 사회의 방종과 화려함을 통해 다뤄지고 있는 이 모든 르네상스 회화 「성모 마리아의 성전 봉헌」, 「예수 승천절」, 「가나의 혼인 잔치」, 그리고 「최후의 만찬」에서 그 누가 시대착오적 모습, 그것도 곧잘 비도덕적이곤 한 모습을 알아차리지 않았던가?

우리 문화의 천년 간의 특수성이 나에게 드러난 것은 바로 이런 불일치 속에서였다.

이탈리아는 우리가 요람에서부터 무의식적으로 호흡하는 것을 나를 위해 결정체로 만들어 놓았던 것이다. 이탈리아 회화 자체는 내가 이탈리아에 대해 아직 더 생각해 내야 했던 것을 나를 위해 최종적으로 마무리해 주었는가 하면, 내가 전시장과 전시장 사이를 옮겨 다니며 여러 날을 보내는 동안엔 내 발밑에 이미 준비된 관찰, 색채가 완성된 관찰을 던져 줬다.

나는 예컨대 성서가 확정된 본문을 가진 책이라기보다 인류의 노트라는 것을, 그리고 모든 영원한 것이 이 노트와 같다는 것을 이해했다. 영원한 것이 생동감을 얻는 때는 그것이 강요될 때가 아니라, 그다음 시대가 그것을 뒤돌아보는데 매개자 노릇하는 모든 유사 현상에 대해 그 영원한 것이 수용적일 때라는 것을. 나는 문화사가 기지수(旣知數)에 미지수를 짝으로 연결하고 있는 일련의 이미지 방정식들임을, 그럴 때 방정식들 전체에서 불변의 기지수는 전통의 기초로 자리 잡은 전설이고, 매번 새로 나타나는 미지수는 해당 문화가 당면한 순간임을 이해했다.

이것이 당시 내가 관심을 가진 것이었고, 이것이 당시 내가 이해하고 사랑한 것이었다.

나는 역사의 상징체계의 살아 있는 본질을, 다시 말해 금빛제비*와 같이 우리가 세계 — 땅과 하늘, 삶과 죽음, 그리고 두 부류의 시간인 현존과 부재 등으로 빚어 만든 거대한 둥지 — 를 짓곤할 때 도움을 준 본능을 사랑했던 것이다. 나는 세계가 붕괴되는 것을 막는 건, 세계의 모든 입자에 관통하는 이미지 속에 담긴 응집력이라는 것을 이해했던 것이다.

하지만 나는 젊었고, 역사의 상징체계가 천재의 운명과 그의 본성을 포섭하지 못한다는 것을 몰랐다. 천재의 본질은 실제 전기(傳記)의 경험에 근거하지, 이미지들 속에 굴절된 상징체계에 근거하는 게 아님을 몰랐던 것이다. 나는 르네상스 천재의 뿌리는 원시주의 화가들의 경우와 달리, 거칠고도 즉각적인 도덕 감각에 있다는 것을 몰랐다. 그의 한 가지 독특성은 놀랍다. 도덕적인 격정의 모든 폭발들이 문화 내에서 일어나는 것인데도, 반란자인 천재에게는 늘 그의 반란이 문화의 울타리 너머, 길거리에서 일어나는 것처럼 여겨지니 말이다. 나는 성상(聖像) 파괴론자가 가장 오래 지속될 이미지들을 그대로 놔두는 경우는 그가 빈손으로 태어나지 않은* 그런 드문 경우들에 한해서라는 것을 몰랐다.

교황 율리우스 2세가 시스티나 성당 천장화의 빈약한 색채에 불만을 표하자, 미켈란젤로는 마땅히 있어야 할 인물상들로 세계 창조를 묘사하고 있는 천장화를 정당화하는 방편으로 이렇게 말했다. "그 당시 사람들은 금으로 치장한 옷을 입지 않았습니다. 여기에 묘사된 인물들은 **부유하지 않은 자들**이었지요."

반란자형 천재의 우레와 같고 천진난만한 언어란 이런 것이다.

문화의 경계는 길들여진 사보나롤라*를 내면에 감추고 있는 자가 도달하는 것이다. 길들여지지 않은 사보나롤라의 모습을 한 자는 그것을 부순다.

19

내가 베네치아를 떠나기 전날 저녁에 산마르코 광장에서 조명등을 켠 콘서트가 열렸다. 이런 콘서트는 그곳에서 종종 개최되었다. 광장을 둘러싸고 있는 건물 정면들은 꼭대기에서 맨바닥까지 전구 불빛의 뾰족한 끝으로 뒤덮였고, 광장은 흑백의 얇은 현수막으로 3면이 환하게 밝혀졌다. 화려하게 조명이 된 닫힌 공간에 있는 듯, 야외에 있는 청중들의 얼굴은 목욕탕 안에서와 같은 환한 열기를 뿜어냈다. 이 가상(假想)의 무도회장 천장에서 갑자기 보슬비가 내리기 시작했다. 하지만 빗줄기는 떨어지기가 무섭게 갑자기 멈추었다. 조명등의 반사광이 광장 위 천연색의 짙은 안개 속에서 소용돌이쳤다. 산마르코 대성당의 종탑은 마치 붉은 대리석 로켓처럼, 종탑 꼭대기를 반쯤 덮은 분홍 안개 속을 뚫고 들어갔다. 조금 떨어진 곳에선 짙은 올리브색 증기들이 소용돌이치며 피어올랐고, 그 속에는 다섯 개 돔으로 받쳐 놓은 대성당 골조(骨組)가 동화에서처럼 감춰져 있었다. 광장의 그 끝은 해저 왕국 같았다. 대성당 입구 상단에는 고대 그리스에서 전속력으로 달려와서, 절벽 가장자리 위에 서듯 이곳에 멈춰 선 네 마리의 청동 말이 금으로 번쩍번쩍 빛나고 있었던 것이다.

콘서트가 끝나자, 균일하게 비벼 대는 맷돌 소리가 들리기 시작했다. 이 소리는 회랑 주위를 내내 둥그렇게 돌고 있었지만 이제까지 음악 소리 때문에 들리지 않았던 것이었다. 그것은 산책객들이 주변을 계속 돌며 내는 소리로, 그들의 발걸음 소리는 요란하게 울려 퍼지다가 원형 스케이트장에서 사각대는 스케이트 소리처럼 하나로 모아졌다.

산책객들 중에는 유혹적이라기보다는 오히려 위협적인 여성들이 빠르고 화가 난 걸음걸이로 지나갔다. 그들은 마치 사람들을 물리치고 없애 버리려는 듯, 걷는 중에 뒤를 힐끗 돌아보았다. 도발적으로 몸을 비틀며 그들은 주랑(柱廊) 현관 아래에서 신속히 사라졌다. 그들이 뒤돌아볼 때면, 베네치아산(産) 검은 스카프를 쓰고 얼굴에 아주 진한 눈 화장을 한 여인이 응시하는 게 보였다. 알레그로 이라토* 속도로 빠른 그들의 걸음걸이는 이상하게도, 다이아몬드 빛의 흰 긁힘 속에서 어둡게 가물거리는 조명등에 상응했다.

나는 베네치아와 영원히 연관된다고 여긴 내 느낌을 시로 표현하려고 한 적이 두 번 있다.* 베네치아를 떠나기 전날 밤에 나는 기타로 연주되는 펼침화음(arpeggio) 소리에 호텔 방에서 잠이 깼다. 내가 깨는 순간 소리는 갑자기 끊겼다. 나는 물이 밑에서 철썩거리고 있는 창가로 급히 갔고, 눈 깜짝할 사이에 멋은 소리의 흔적이 있기라도 한 듯 밤하늘의 먼 곳을 열심히 살펴보았다. 그때 이런 나의 눈길을 지켜본 자가 있었다면, 내가 어렴풋하지만 확고하게 '기타(Guitar) 자리'일 것이라고 생각하는 어떤 새로운 별자리가 베네치아의 창공에 떠오른 건 아닌지 잠에 취해 살피는 중이리라 하고 말했을 것이다.

제3부

1

겨울이면, 연이은 가로수 길들이 거무스름해진 나무들의 이중 휘장 너머에서 모스크바를 뚫고 지나갔다. 주택들에서는 불빛이 한가운데를 자른 레몬 속 별 모양의 작은 원들처럼 노랗게 반짝거렸다. 나무들 위에는 하늘이 낮게 드리워졌고, 주변의 하얀 모든 것은 파란색을 띠고 있었다.

옷차림이 초라한 청년들이 마치 머리로 뭔가를 들이받으려는 듯 고개를 숙인 채, 가로수 길을 급히 지나갔다. 그중 몇몇은 내가 아는 이들이었으나 대부분은 모르는 얼굴들이었다. 그래도 그들은 모두 나와 같은 또래, 즉 내 어린 시절을 떠오르게 하는 무수한 얼굴들이었다.

이들은 이제 막 부칭(父稱)으로 이름이 불리기* 시작했고, 성인의 법적 권리를 부여받았으며, '소유함', '이익을 얻음', '취득함'이란 말들의 비밀도 잘 알게 되었다. 이들이 드러내 보인 서두르는 모습은 좀 더 주의 깊게 살펴볼 가치가 있다.

세상에는 죽음과 예측이란 게 존재한다. 미지의 사실은 우리에게 소중하게 여겨지지만 이미 알고 있는 사실은 두렵게 느껴지는 바, 모든 열정은 돌진해 오는 필연으로부터 무조건 옆으로 뛰어나가는 것이다. 만일 열정이 점점 우주가 무너져 가는 시간인 공동의 시간*이 굴러가고 있는 공동의 길로부터 껑충 뛰어나갈 데가 없다면, 살아 있는 종(種)들이 존재할 곳도, 그 존재를 이어 나갈 곳도 없어질 것이다.

그러나 공동의 시간과 나란히, 재생을 통해 불멸하는 길가에 무한의 시간이 면면히 존재하므로 삶에게는 살 곳이, 열정에게는 껑충 뛰어나갈 곳이 있다. 모든 새로운 세대는 이런 길가에서 성장한 자들이다.

고개를 숙인 채 질주하는 청년들은 눈보라를 헤치며 서둘러 갔다. 비록 각자 저마다 서두르는 이유가 있지만, 모든 개인적 동기보다 뭔가 공통적인 것이 그들을 더욱 재촉했다. 그 공통적인 것이란 그들이 단일한 하나의 역사를 이룬다는 의식, 즉 공동의 길에서 벗어날 수없이 종말을 피해 온 인류가 막 이들 세대로 돌입할 때 쏟은 그 열정에 그들 자신을 바친다는 의식이었다.

필연을 헤쳐 가는 이러한 질주의 모순적인 양면을 청년들이 보지 못하게 가리기 위해, 또 그들이 미치지 않으며 시작한 일을 포기하지도 모두 목매어 자살하지도 않게 하기 위해 아주 경험이 많고 능숙한 어떤 힘이 모든 가로수 길의 나무 뒤에서 그들을 감시했다. 그리고 자신의 지성의 눈으로 그들과 동행했다. 나무 뒤에서 있던 것은 예술이었다. 예술은 우리를 어찌나 잘 알고 있는지, 역사의 윤곽을 보는 그것의 능력이 혹시 역사에 존재하지 않는 세계들에서 유래한 건 아닌지 항상 의아해진다. 나무 뒤에 있으며 삶과 지독히도 유사한 예술은 이렇게 삶과 유사한 까닭에 삶에 받아들여졌다. 바로 자연과학에, 즉 죽음의 수수께끼를 풀어 나가는 일에 전념하는 학자들의 연구실에 아내와 어머니의 초상화가 받아들여지는 것처럼 말이다.

이것은 대체 어떤 예술이었는가? 그것은 당시에 갓 탄생한 스크랴빈, 블로크, 코미사르젭스카야, 벨리 등의 예술 — 곧 선구적이고 사람의 마음을 사로잡는 독창적인 예술 — 이었다. 이는 어찌나 놀라운 예술이었던지 그것을 다른 것으로 바꾸려는 생각조차 들지 않았다. 오히려 반대로 그것을 더 견고하게 할 요량으로 그 기초 자체부터 철저히 모방하고픈 마음이 들었다. 다만 좀 더 유연하고 열정적이며 온전하게 말이다. 또한 그것을 단숨에 자신의 말로 재현하고픈 마음이 들기도 했는데, 이는 열정 없이는 불가능한 일이었고, 이 때문에 열정이 옆으로 뛰어나갔던 것이다. 이렇게 하여 새로운 예술이 생겨났다. 하지만 새로운 예술은 일반적으로 생각하는 것처럼 옛것을 제거하면서 만들어 낸 것이 아니라, 정반대로 옛것의 사례에 매혹되어 그것을 재현하는 가운데서 생겨났다. 예술은 그런 것이었다. 위의 청년들은 대체 어떤 세대였던가?

나와 나이가 비슷한 십 대였던 이들은 1905년에는 열세 살이었고 제1차 세계 대전 직전에는 스물한 살이었다. 그들 인생에 중요한 이 두 시기는 달력에 붉게 표시된 러시아 역사의 두 기념일과 일치했다. 아직 앳된 이들이 맞은 성년기와 징집 시기는 전환의 시대를 곧장 역사 속에 단단히 고정시키는 쐐기가 되었다. 우리 시대는 그 모든 굴곡진 지점들이 이들의 힘줄로 봉합된 시대이자, 노인들과 아이들이 향유토록 그들이 흔쾌히 남겨 놓은 시대였다.

그러나 이들의 특징을 온전히 알려면 우리는 그들이 숨 쉬었던 국가 체제를 상기해야 한다.

당시에는 통치하는 자가 찰스 스튜어트 1세나 루이 16세 같은 자라는 것을 알지 못했다. 일반적으로 마지막 군주들이 유독 더 군주처럼 보이는 건 왜일까? 세습 권력의 본질 자체에 분명히 비극적인 뭔가가 있다.

정치상 전제 군주가 정치에 전념하는 경우는, 그가 표트르 대제 같은 인물일 때와 같이 극히 드문 경우들에만 한한다. 그것은 예외적인 경우여서 수천 년 동안 기억된다. 무엇보다도 본성은 의회가 아닐뿐더러 그 구속력도 절대적이므로, 그만큼 더 철저하게 주권자를 구속한다. 수 세기 동안 신성시되어 온 통치 체제 때문에 세습 군주는 왕조 일대기의 장(章)들 중 한 장을 의례상 부득이 살아야 하는 인물이다. 단지 그뿐이다. 여기에는 벌집의 경우보다 더 적나라한 모습으로 강조된 희생의 뉘앙스가 있다.

이런 무시무시한 사명을 물려받은 자들이 만일 카이사르 같은 인물들이 아니라면, 만일 그들의 경험이 정치로 분출되지 않는다면, 만일 그들에게 천재성 — 그들을 이승의 숙명에서 해방시켜 사후에 칭송받는 운명을 갖게 해 주는 유일한 것 — 이 없다면, 이들에겐 대체 무슨 일이 벌어질까?

그럴 경우 그들은 단순히 미끄러지는 게 아니라 아예 미끄러져 넘어지게 되고, 그냥 잠수하는 게 아니라 아예 익사하게 되고, 단순히 삶을 사는 게 아니라 장식에 불과한 무위도식으로 삶을 전락시키는 미미한 것들에 길든다. 이런 일은 처음엔 시간마다, 그다음엔 매 순간, 처음엔 진정으로, 그다음엔 조작되어, 처음엔 외부인의 도움 없이, 그다음엔 강신술(降神術)의 도움으로 일어난다.

그들은 끓는 솥을 보고 그것이 내는 소리에 기겁한다. 그러면 장관들은 이렇게 솥이 끓는 것은 지극히 자연스러운 일이며, 그 모습이 두려우면 두려울수록 그만큼 더 솥들은 완전한 것이라고 주장한다. 이는 열에너지를 운동 에너지로 전이(轉移)시키는 기술, 즉 국가들은 폭발 위험이 있으나 폭발하지 않을 때만 번영한다고 선포하는 입장인 국가적 변형들의 기술을 설명하고 있는 것이다. 그러고 나서 장관들은 두려움에 눈을 감으며 경적(警笛) 손잡이를 붙잡고는 타고난 극히 부드러운 태도로 호딘카 사건,* 키시뇨프의 유대인 학살,* 1월 9일 사건*을 준비한다. 그런 다음 당황해하며 그 자리에서 물러나 가족의 품으로 돌아간 뒤 쓰다 만 일기를 쓴다.

장관들은 낭패하여 머리칼을 움켜쥔다. 마침내 광대한 영토들을 통치하고 있는 건 어리석은 자들인 것으로 판명된다. 그런 자들에게 설명한다는 건 부질없는 일이며, 조언한다 해도 소기의 목적을 달성할 수 없다. 폭넓은 추상적 진리는 이들이 한 번도 체험해 본 적이 없는 어떤 것이다. 유사한 것에서 유사한 것을 도출해내는 이들은 목전의 분명한 것들만 추종하는 노예이다. 이들을 재교육한다는 건 이미 늦은 일로, 종국이 다가오고 있다. 이들은 면직 칙서의 명령에 따르며, 종국의 상황에 운명을 맡긴다.

이들은 종국이 다가오고 있음을 본다. 종국의 위협과 요구를 피해 그들은 자신의 집에서 가장 근심거리이면서 까다로운 일에 냅다 달려든다. 이렇듯 무섭게 끓고 있는 국가적인 합창에서, 헨리에타, 마리 앙투아네트, 알렉산드라* 같은 이들이 점점 더 큰 목소리를 얻는다. 광장의 군중이 궁전의 삶에 관심을 가지면서 그곳의 안락한 생활이 축소되길 요구하듯, 이들은 진보적인 귀족들을 멀리한다. 이 황후들은 베르사유 궁전의 정원사, 차르스코예 셀로*의 상병, 민중 출신의 독학자 같은 자들에게 관심을 돌린다. 그러자 그녀들이 민담 속 영웅처럼 보이는 민중 출신 라스푸틴* 같은 자들 앞에 자신의 군주 체제를 넘겨주는 것과 같은, 도무지 이해할 수 없는 일들이 갑자기 등장하여 급속히 부상한다. 이것은 그녀들이 시대의 흐름에 군주 체제를 양보한 것이었다. 하지만 그것은 자신들에게 해만 가져올 뿐 다른 이들에게 아무 이익도 되지 않는다는 이유로, 정작 진정한 양보를 하는 데 필요한 모든 행보는 끔찍이 거부한 채 행한 그런 양보였다. 대개 이런 황당한 일은 군주들이 물려받은 무시무시한 사명의 본질이 파멸적인 것임을 적나라하게 드러낸 채, 그들의 사명의 운명을 결정짓는다. 그런가 하면 그 일은 자체적으로 드러낸 나약한 모습 때문에 봉기를 자극하는 신호가 되기도 한다.

내가 해외에서 돌아왔을 때는 1812년 조국 전쟁* 백 주년이 되는 해였다. 모스크바-브레스트 철도는 알렉산드르 철도로 이름이 바뀌어 있었다. 역들은 하얀 도료로 칠해져 있었고, 종을 울려 열차의 도착과 출발을 알리는 역무원들은 깨끗한 셔츠 차림이었다. 쿠빈카* 역 건물 여기저기에 깃발이 가득 꽂혔고, 출입구마다 경비병들이 보강돼 있었다. 근처에서 황제의 사열식이 거행되고 있었는데, 이 때문에 플랫폼은 아직 발길이 닿지 않았던 부드러운 모래가 파헤쳐져 밝게 반짝거렸다.

이런 광경은 기차 여행객들의 마음속에 경축되는 역사적 사건들에 대한 기억을 불러일으키지 못했다. 백 주년을 기념하는 장식물에서 당시 치세의 주요 특성 ― 조국의 역사에 대한 무관심 ― 이배어 나왔다. 만일 이 경축 행사가 영향을 미친 데가 있다면, 그것은 사람들의 사상의 움직임이 아니라 기차의 움직임이었다. 기차가 열차 시간표 일정보다 더 오래 역에 정차해 있었고 까치발 신호기의 신호에 따라 평소보다 더 자주 들판에 멈추었기 때문이다.

나는 나도 모르게 작년 겨울에 운명한 세로프*와 그가 황제 가족의 초상화를 그리던 시기에 대해 들려준 이야기들을 떠올렸고, 또 유스포프가(家) 공작* 저택의 저녁 그림 모임에서 화가들이 그린 캐리커처, 쿠테포프 발행의 '황제의 사냥*'과 동반된 진기한 일들, 그리고 황실 관할 아래 있던 곳이자 우리 가족이 약 20년간 살았던 '미술 전문학교'*와 연관된 당시의 많은 소소한 일들을 떠올렸다. 나는 하려고만 했다면 1905년, 카사트킨* 가족에게 닥친 드라마, 그리고 카자크*가 휘두르는 채찍에 맞서다 솜 외투 등짝을 맞은 게 전부였던 나의 별 볼일 없는 혁명성도 떠올릴 수 있었을 것이다. 마지막으로, 경축 행사에서 본 역무원들과 역들과 깃발들에 대해 말하자면, 물론 그것들은 대단히 심각한 드라마를 예고했다. 하지만 그것은 정치에 무관심했던 내가 얕은 생각으로 그것들에서 엿본 그런 소박한 보드빌이 결코 아니었다.

만일 내가 접촉한 우리 세대의 극히 일부로는 지식층 전체를 판단하는 것조차 어림없다는 사실을 잠시 잊는다면, 나는 당시 우리 세대가 정치에 무관심했다고 말할 수 있을 것이다. 하지만 나는 우리 세대가 자신들의 과학과 철학과 예술에 대한 최초의 선언문들을 가지고 등장했을 때야말로 정치에 무관심한 모습을 나에게, 또한 시대에도 드러냈다고 말할 것이다.

2

하지만 문화는 그 첫 지망자의 품에 그냥 안기지 않는다. 위에 열거한 것 모두 투쟁을 통해 얻어야 했다. 사랑을 결투로 보는 관점은 이 경우에도 해당한다. 예술이 아직 십 대였던 자에게로 전해질 수 있었던 건 전투적인 욕구를 오로지 완전한 흥분 속에서 개인적인 사건으로 체험했기 때문이었다. 활동을 막 시작한 당시 문인들의 작품은 이런 심적 상태를 보여 주는 특질로 가득 차 있었다. 초보 문인들은 서로 뭉쳐 그룹들을 이루었다. 그룹들은 크게 아류파와 혁신파 두 부류로 나뉘었다. 이 문인들은, 더 이상 기대에 그치지 않고 실제로 일어나고 있는 열광의 분위기로 이미 주변의 모든 것을 가득 채운 탓에 금세 알아챌 수 있었던 그런 충동의 뗄래야 뗄 수 없는 부분들이었다. 아류파는 격정이나 재능 없이 욕구만 보여 줄 뿐이었다. 혁신파는 쓸데없는 증오만으로 움직이는 호전성을 보였다. 대대적인 논쟁을 불러일으키는 그들의 말과 행동이 그랬다. 그들의 말을 우연히 들은 흉내쟁이는 그 말의 어떤 의미가 혁신파의 폭풍 같은 열정을 북돋웠는지는 모른 채, 가는 곳마다 그 말의 일부만을 부정확하게 퍼뜨리고 다녔다.

그러는 사이 당대 문화의 주역으로 선출될 자의 운명이 이미 대기 중에 드리워져 있었다. 그가 어떤 사람일지는 거의 말할 수 있었으나 누가 선출될지는 아직 말할 수 없었다. 겉으로 보기에는 똑같이 분주히 돌아다니고, 똑같이 생각하며, 똑같이 자신의 독창성을 주장하는 수십 명의 청년들이 있었다. 하나의 예술 운동으로서의 혁신주의자들은 뚜렷이 일치된 모습으로 두각을 나타냈다. 그러나 모든 시대의 운동이 그렇듯이, 그렇게 일치된 모습은 회전식 추첨기 안에서 한 무리를 이루다가 뿔뿔이 흩어지는 복권과 같은 것이었다. 이들의 운동은 영원히 하나의 운동으로만, 즉 기계적으로 경질되는 찬스 중 하나를 획득한 흥미로운 사례로만 남을 운명이었다. 추첨기에서 복권이 나오는 순간, 그 구멍에서 불꽃을 튀기며 당첨금, 승리, 위신 및 영향력 있는 이름 확보 등, 행운의 제비가 쏟아질 때 이미 기회가 바뀌기 시작했던 것이다. 행운의 기회를 잡은 그 운동은 미래주의라고 불렸다.

당시 추첨의 당첨자이면서 추첨을 정당화한 자는 마야콥스키*였다.

3

나와 마야콥스키의 첫 만남은 예술 그룹들 간의 선입견 때문에 어색한 분위기에서 이루어졌다. 이보다 훨씬 전에 율리안 아니시모프가 한 시인이 다른 시인의 작품을 보여 주는 식으로, 내게 문집 『판관의 덫』*에 실린 마야콥스키의 시를 보여 주었다. 그런데 이 일은 아류파의 동아리 '서정시'*에서 있었던 일로, 아류파 일원들은 마야콥스키에 대한 자신들의 호감을 부끄럽게 여기지 않았다. 이들의 동아리 내에서 마야콥스키는 이제 곧 위대한 장래성을 펼칠 경이로운 존재로, 하나의 거인으로 여겨졌던 것이다.

한편, 나는 얼마 안 있어 가입하게 된 혁신파 그룹 '원심 분리기'에서 세르셰네비치, 볼샤코프,* 마야콥스키가 우리의 적이라는 것, 그리고 그들과의 중대한 담판이 있을 예정이란 것을 알게 되었다(1914년 봄의 일이다). 이미 내게 강한 인상을 주었고 또 멀리서 내 마음을 점점 더 끌고 있는 자와의 싸움이 있을 거란 소식은 나를 조금도 놀라게 하지 않았다. 바로 이 점에 혁신주의자들의 모든 독창성이 있었다. 사실 '원심 분리기'의 발족은 겨우내 끊임없는 스캔들로 이어진 터였다. 겨울 내내 나는 내가 그룹의 훈련에 참여하고 있는 것으로만 알고 있었는데, 실은 그것에 내 취향과 양심을 희생했을 뿐이었다. 그 때문에 나는 필요한 때가 오면 그것이 무엇이든 또다시 털어 버리고 떠날 각오를 했다. 하지만 이번에는 내 힘을 과대평가한 것이었다.

5월 말의 무더운 날이었다. 우리 쪽은 아르바트 거리의 제과점에 먼저 도착해 앉아 있었다. 그때 위에서 언급한 우리의 적 셋이 떠들썩하고 혈기 왕성하게 들어와, 입구의 수위에게 모자를 건넸다. 그러고는 전차와 짐마차 소리 때문에 그때까지 듣지 못했을 그들의 커다란 말소리를 낮추지 않은 채, 몸에 밴 기품 있는 모습으로 우리 쪽으로 걸어왔다. 그들은 아름다운 목소리를 가지고 있었다. 바로 이런 목소리에서 이후 웅변조의 시 스타일도 시작된 것이었다. 그들은 세련된 옷차림을 하고 있었고, 우리는 꾀죄죄했다. 적(敵)은 모든 면에서 월등했던 것이다.

보브로프가 셰르셰네비치와 입씨름하는 동안—문제의 요점은 그들이 우리를 한 번 화나게 했고 우리는 그들에게 더욱더 큰 모욕을 주어 응수했으니, 이제 이 모든 일을 끝내야 한다는 것이었다—나는 눈을 떼지 못하고 마야콥스키를 관찰했다. 그를 그렇게 가까이서 본 건 이때가 처음이었던 것 같다.

그가 발성을 양철 조각처럼 떨면서 '아'를 '에'로 발음하는 건 배우의 특성이었다. 그의 고의적인 돌발적 행동은 다른 직업들과 위상들의 특이성이라는 것을 쉽사리 상상할 수 있었다. 우리를 놀라게 한 건 그만이 아니었다. 그의 곁에는 함께하는 그의 동지들이 앉아 있었던 것이다. 한 명은 마야콥스키와 같이 멋쟁이 신사(dandy)인 것처럼 행동했고, 또 다른 한 명은 마야콥스키처럼 진정한 시인이었다. 하지만 이 모든 유사점들은 마야콥스키의 예외성을 축소시키지 않고 부각시켰다. 다른 이들이 역할을 하나씩 맡는 것과 달리 그는 한꺼번에 모든 역할을 맡으려 했고, 그냥 역할을 해 보이는 것과 대조적으로 자신의 역할을 목숨 바쳐 행하였다. 이렇게 목숨을 바치는 모습은—그의 끝이 어떻게 될지 전혀 모를지라도—첫눈에 바로 파악되었다. 바로 이 모습이 사람들의 관심을 그에게 집중시켰고, 그들을 놀라게 했던 것이다.

비록 모든 사람들은 걷거나 서 있을 때 그들의 최대 키가 눈에 들어오기 마련이지만, 마야콥스키가 등장할 때면 그러한 현상은 기적으로 여겨져서 사람들 모두 그에게로 고개를 돌리도록 만들었다. 누구에게나 있는 자연스러운 일도 그의 경우가 되고 나면 초자연적인 것처럼 보였다. 그 원인은 그의 키에 있는 게 아니라, 좀 더 일반적이고 덜 파악되는 그의 또 다른 독특성에 있었다. 그는 다른 사람들보다 훨씬 더 자신을 드러내는 일에 빠져 있었던 것이다. 대부분의 사람들에게는 거의 없는, 눈에 띄게 강렬하고 단호한 모습들이 그에게는 많았다. 대부분의 사람들에게 이런 모습은 특별히 정신적인 충격을 받았을 때, 아직 그들의 의도가 분명하지도, 그들의 예상이 실현되지도 않은 어렴풋한 상태에서 아주 간혹 나타날 뿐이었다. 그는 마치 자신의 앞날에 놓인 모든 삶까지 포함한 어마어마한 정신적 삶을 커다란 스케일로 체험하고서 그다음 날을 살고 있는 듯했다. 때문에 그를 만나는 사람들은 그가 그렇게 체험한 정신적 삶의 돌이킬 수 없는 결과에 묶여 있는 걸 볼 수 있었다. 그는 오토바이 안장에 앉듯 의자에 앉아 몸을 앞으로 구부렸으며, 송아지 커틀릿*을 잘라 재빨리 삼켰고 곁눈질은 하되 고개는 돌리지 않은 채 카드 게임을 했다. 그는 쿠즈네츠키 골목을 위풍당당하게 거닐었고 자신의 작품과 다른 이들의 작품 중 특별히 심오한 짧은 대목들을 기도서의 구절처럼 단조로운 비성(鼻聲)으로 읊조렸다. 그는 얼굴을 찡그렸고, 성장했고, 여행을 다니며 대중 앞에 나타났다. 전속력으로 달려온 한 스케이트 주자의 곧추선 자세 너머의 모습처럼 이 모든 행동 너머 깊은 곳엔 마야콥스키의 모든 날들에 앞선 어느 날, 즉 이토록 스케일이 크고 거리낌 없는 모습으로 그를 꼿꼿이 서게 한 날이자 그의 놀라운 질주가 시작된 날이 항상 언뜻언뜻 내비쳤다. 그의 태도 너머엔 한번 결정되면 그 후로는 철회 불가능한 결연함 같은 것이 엿보였다. 이러한 결연함에 그의 천재성이 있었다. 그런 결연함을 처음 접했을 때 그는 극도로 전율한 나머지 결연함은 그의 작품 테마로 영원히 규정되었고, 그는 애석함이나 주저함 없이 그 테마의 구현에 자신의 전부를 바쳤다.

그러나 그는 아직 젊었고, 이 테마가 취하게 될 형식들은 아직 명확하지 않았다. 하지만 이 테마는 만족할 줄 몰랐고 지체되는 것을 허용하지 않았다. 따라서 활동 초기에 테마의 비위를 맞추기 위해 그는 자신의 미래를 예측해야 했다. 예측은 일인칭으로 이루어졌고, 그렇게 해서 탄생한 게 바로 가장(假裝)된 포즈이다.

일상엔 예법이 있듯이 최고의 자기표현 세계에 자연스레 존재하는 이런 포즈들 중에서 그는 외견상 완전무결해 보이는 포즈를 선택했다. 예술가에겐 가장 힘들고, 그의 친구들과 지인들에겐 가장 고귀한 그런 포즈를 말이다. 그는 이 포즈를 완벽하게 유지한 터라, 그 밑에 감춰진 것에 대해 뭐라고 말한다는 건 이제 사실상 불가능하다.

그렇다 하더라도 그의 거침없는 모습에 숨은 동기는 극심한 수줍음이었고, 그의 가장된 의지력 밑엔 극도로 의심이 많고 이유 없이 우울해지는 의지박약이 감춰져 있었다. 그가 입고 다닌 노란 재킷의 메커니즘도 그렇게 기만적이었다. 그가 노란 재킷을 이용해 투쟁한 대상은 소시민이 걸친 윗옷이 아니라 그 자신 안의 재능이 걸친 검은 비로드였다. 지나치게 육감적인 그의 검은 눈썹 모양은 그보다 재주가 적은 자들이 삶에서 격분하는 경우보다 더 일찍 그를 격분시켰던 것이다.* 왜냐하면 미지근한 물에 대해 점점 분노하지 않게 된 타고난 격정은 모두 저속해진다는 사실을 마야콥스키만큼 아는 자가 없었기 때문이다. 또한 종족을 지속하기에 충분한 열정도 창작하기에는 충분하지 않으며, 창작하는 데는 종족의 **이미지**를 지속하는 데 필요한 열정, 즉 본질적으로 그리스도의 고난과 유사하고 그 새로움에 있어선 본질적으로 성서의 새

언약과 유사한 그런 열정이 필요하다는 사실을 말이다.

적과의 담판이 갑자기 끝났다. 우리가 완패시킬 것이라 여겼던 적은 굴복하지 않고 가 버렸다. 아니, 오히려 결정된 강화 조건은 우리에게 굴욕적이었다.

그사이 밖은 어두워져 있었다. 빗방울이 뚝뚝 떨어지기 시작한 터였다. 적들이 떠나자 제과점은 지루하리만큼 횅해 보였다. 파리들, 먹다 남은 조각 케이크들, 뜨거운 우유로 김이 서린 유리컵들이 눈에 띄었다. 그러나 뇌우는 쏟아지지 않았다. 햇빛이 아주 작은 보라색 반점들로 얽어진 울타리의 가로대를 기분 좋게 내리쳤다. 때는 1914년 5월이었다. 역사의 일대 파란이 코앞에 임박해 있었다. 그러나 누가 그것을 생각이나 했겠는가? 조잡한 도시는 「황금 수탉」*속에서처럼 에나멜 칠과 금속 박판(薄板)으로 반짝였다. 니스 칠 된 듯한 초록색 포플러 이파리가 반짝거렸다. 색깔들은 곧 영원히 결별하게 될 그 중독성 있는 풀빛을 마지막으로 띠고 있었다. 나는 마야콥스키에게 푹 빠졌고 어느새 그를 그리워하게 되었다. 내가 전혀 원하지 않았던 사람들을 버리고 떠나게 됐다는 사실을 덧붙여 말할 필요가 있을까.

4

마야콥스키와 나는 다음 날 그리스 카페의 천막 아래에서 우연히 만났다. 노란 큰 가로수 길이 푸시킨 기념 동상과 니키츠카야 거리 사이에 평평하게 펼쳐져 있었다. 기다란 혀를 가진 깡마른 개들이 발을 쭉 뻗어 하품을 하며 머리를 앞발에 편안히 올려놓았다. 유모 할머니들은 둘씩 짝을 지어 무언가를 끊임없이 지껄이고 무언가를 한탄했다. 나비들은 더위에 녹아들어 얼마간 날개를 접었다가도, 옆으로 불규칙적으로 밀려드는 뜨거운 열기의 파도에 마음을 빼앗겨 갑자기 날개를 활짝 폈다. 틀림없이 몸이 흠뻑 젖은 흰옷 입은 꼬마 여자아이가 휙휙거리며 동그랗게 돌아가는 줄넘기 줄로 발꿈치 뒤쪽을 온통 찰싹찰싹 맞으며 공중에 떠 있었다.

멀리서 나는 마야콥스키를 발견하고는 로크스에게 마야콥스키를 가리켜 줬다. 마야콥스키는 호다세비치*와 동전 던지기 게임을 하고 있었다. 그때 호다세비치가 자리에서 일어났다. 그는 게임에서 잃은 액수의 돈을 지불하고, 카페 처마 밑을 나와 스트라스트니이 가로수 길 방향으로 사라졌다. 마야콥스키는 테이블에 혼자 남게 되었다. 로크스와 나는 안으로 들어가 그에게 인사말을 건넨 뒤, 함께 대화를 나누었다. 잠시 후에 마야콥스키가 무엇인가를 읽어 주겠다고 제의했다.

포플러 나무는 초록빛을 띠고 있었다. 보리수는 건조한 잿빛을 띠었다. 졸린 개들은 벼룩의 등쌀에 못 이겨 네 발로 벌떡 뛰어올랐다. 그러고는 야만스러운 폭력에 아무 죄 없는 그들의 증인이 되어 달라고 하늘에 호소하더니, 화가 치밀어 오름에도 졸음이 몰려와 모래 위로 풀썩 주저앉았다. 알렉산드르 철도로 개명된 브레스트 철도에서는 증기 기관차들이 목구멍에서 나온 듯한 굵은 기적 소리를 냈다. 주위에서는 사람들이 이발을 하고 면도를 했으며, 빵과 생선을 구웠고, 물건을 팔았으며, 이리저리 돌아다녔다 — 이들은 아무것도 모르고 있었다.

그가 읽은 것은 당시에 막 출간된 비극 「블라디미르 마야콥스키」였다. 나는 압도되어 심장이 멎고 나 자신도 잊은 채 숨죽이며 들었다. 나는 그와 같은 것을 이전에 들어 본 적이 없었던 것이다.

거기에는 모든 게 들어 있었다. 가로수 길, 개들, 포플러 나무들, 그리고 나비들이. 이발사들, 제빵사들, 재봉사들, 그리고 증기 기관차들이. 여기에 인용해 봐야 무슨 소용이 있겠는가? 우리 모두 이 무더위에 찬 신비한 여름 텍스트를 기억하고 있고, 이제 누구나 10쇄본으로 읽어 볼 수 있지 않은가.

먼 곳에서 기관차들이 큰 소리로 미친 듯이 울부짖었다. 지상에 있는 그 절대적인 먼 곳이 굵은 목구멍소리가 울리는 그의 창작 지대에 있었다. 이 지대에는 독창성에 필수인 끝없는 영감이 있었고, 시가 납득되지 않는 한낱 의혹 덩어리가 되지 않는 데 필수이자, 생의 어느 지점, 어느 방향에서든 펼쳐지는 그런 무한성이 있었다.

이 모든 게 얼마나 단순했던가. 그가 읽은 예술품은 비극이라 불렸다. 그것은 그렇게 불려야 한다. 비극의 제목은 '블라디미르 마야콥스키'였다. 이 제목에는, 시인은 저자가 아니라 세계를 향해 일인칭으로 말을 거는 서정시의 대상이라는 천재적인 단순한 발견이 감춰져 있었다. 제목은 저자의 이름을 가리킨 게 아니라, 묘사 대상의 성(姓)*을 가리켰던 것이다.

5

사실상 그날 나는 그의 존재 전부를 가로수 길에서 나의 삶 속으로 가지고 왔다. 하지만 그는 거대했고, 그와 헤어질 때 그를 붙잡는다는 건 불가능한 일이었다. 나는 그를 잃어 가고 있었다. 그럴 때마다 그는 내게 자신에 대해 상기시켜 주었다. 「바지 입은 구름」, 「등골의 플루트」, 「전쟁과 세계」, 「인간」으로 말이다. 이따금 내게서 잊힌 것이 너무 많았기 때문에 그를 상기시켜 주는 것들 역시 대단히 남다른 것이어야 했다. 이 작품들이 그런 것이었다. 나는 열거된 작품들의 각 단계와 마주쳤을 때 수용할 준비가 안 되어 있었다. 그는 각 단계마다 전혀 알아볼 수 없을 정도로 성장한 채, 맨 처음에 그랬던 것처럼 완전히 새로이 태어났던 것이다. 그에게 익숙해진다는 건 불가능했다. 대체 그의 무엇이 그리도 익숙지 않았던가?

그는 비교적 변치 않는 품성을 지니고 있었다. 그에 대한 나의 열광도 비교적 견고히 유지되었다. 언제라도 나는 그에게 열광할 준비가 되어 있었던 것이다. 이런 상황이라면 나는 그 어떤 급격한 변화 없이도 그에게 익숙해질 수 있을 것 같았다. 그런데 당시 돌아가고 있는 사정은 이랬다.

그가 창조적인 작품을 쓰고 있던 4년 동안 나는 그에게 익숙해져 보려고 애썼다. 하지만 익숙해지지 못했다. 오히려 나는 이후 그의 창조적이지 못한 작품 「1억 5천만」을 두 시간 십오 분 동안 읽고 분석하면서 그에게 익숙해졌다. 그렇게 나는 그에게 길들여진 채, 이후 10년 이상의 세월을 괴로움 속에서 보냈다. 그런 후에, 그가 늘 그래 왔듯이 작품을 통해 — 그러나 이때는 이미 무덤 속에서 — **목청을 다하여*** 내게 자신을 상기시켰을 때, 눈물을 머금고 있던 나는 그런 길들여짐에서 갑자기 단번에 벗어났다.

내가 익숙해질 수 없었던 건 그가 아니라 그가 수중에 두었던 세계, 즉 그가 변덕에 따라 때론 움직이게 했다가 때론 멈추게 했던 세계였다. 예전에는 모든 상상력을 말이 뒷발로 일어서듯 곤두서게 하고 시의 발들로 그 어떤 과중한 부담도 자신에게 끌어당겼던 그의 시의 편자가, 이제 겉모습은 그대로지만 모래알갱이조차 옮기지 못할 때, 그가 이렇게 시의 자력(磁力)을 제거하면서 얻은 게 무엇이 었는지 나는 결코 이해할 수 없으리라. 새로운 경험 속에서 그렇게 멀리까지 나아갔던 사람인 그가, 불편을 감수하고서라도 새로운 경험이 그에게 아주 절실히 필요해지게 된 때에 — 즉 그 자신이 예언했던 그 시각에 — 그 경험을 그렇게 완전하게 단념한 예는 역사에서 다시 찾아보기 힘들 것이다. 겉으로 볼 땐 그리도 논리적인 것이었으나 내면적으론 그리도 압박이고 공허한 것이었던, 혁명에서의 그의 위치는 내게 영원히 수수께끼로 남을 것이다.

내가 익숙해질 수 없었던 건, 비극에 그려진 블라디미르 마야콥스키, **비극의 묘사 대상인 그의 성**(姓), 아주 오래전부터 시의 내용이 되어온 시인, 그리고 가장 강한 존재들만이 실현시킬 수 있는 가능성 등의 문제였지, 시에 구현된 소위 '흥미로운 인간'의 문제는 아니었다.

이러한 생소한 것들로 머릿속이 꽉 차서 나는 가로수 길에서 집으로 간 것이었다. 나는 크렘린 쪽으로 창문이 난 방을 빌려 살고 있었다. 언제든 니콜라이 아세예프가 강 건너에서 돌아올 수 있었다. 그는 깊고 폭넓게 재능을 갖춘 집안인 S자매 일가*에서 오는 것일 터였다. 나는 돌아오는 그에게서 뒤죽박죽 속에 번득이는 상상력, 시시한 것을 음악으로 변형시키는 능력, 그리고 진정한 예술적 본성의 감수성과 교묘함을 알아차릴 것이다. 나는 그를 좋아했다. 그는 흘레브니코프*에게 열광했다. 나는 그가 나에게서 무엇을 발견했는지 이해가 안 간다. 삶에서처럼 예술에서 우리는 다른 것을 추구하고 있었던 것이다.

6

내가 차를 타고서 크렘린을 거쳐 포크로프카 거리*를 지나 역으로 가는 동안, 그리고 역에서 발트루샤이티스* 가족을 만나 툴라 현의 오카 강으로 함께 가는 동안, 포플러 나무들은 초록빛을 띠었고, 황금과 흰 돌은 강물에 비쳐 도마뱀들처럼 질주하고 있었다. 우리 별장 바로 이웃에는 뱌체슬라프 이바노프*가 살았다. 다른 별장 거주자들도 예술에 종사하는 이들이었다.

라일락이 아직 피어 있었다. 라일락은 길에까지 멀리 달려 나와서는 악단의 연주나 빵과 소금* 없이 영지의 널따란 진입로에서 활기찬 환영식을 즉시 열어 주었다. 라일락 너머에는 가축이 밟고 지나가고 들쭉날쭉한 풀이 자라난 빈 마당이 가옥들 쪽으로 멀리 경사져 있었다.

무덥고 풍요로운 여름이 될 듯했다. 나는 당시에 갓 생긴 카메르니 극장을 위해 클라이스트의 희극 『깨진 항아리』를 번역하는 중이었다. 공원에는 뱀이 많았다. 사람들은 매일 뱀에 대해 이야기했다. 생선 수프를 먹을 때도, 먹을 감을 때도 뱀에 대해 이야기했던 것이다. 나는 나에 대해 이야기해 달라는 부탁을 받을 때면, 마야콥스키에 대해 말하기 시작하곤 했다. 정말 그렇게 해야 했다. 나는 그를 신처럼 숭배했던 것이다. 나는 그를 나의 정신적 지평의 체현으로 여겼다. 내가 기억하기론, 뱌체슬라프 이바노프는 당시의 마야콥스키를 과장법을 사용한 빅토르 위고에 최초로 견준 사람이었다.

7

전쟁이 선포됐을 때 하늘은 잔뜩 찌푸리고 비가 왔으며, 아낙네들의 눈에서 처음으로 눈물이 쏟아지기 시작했다. 전쟁은 아직 익숙지 않은 것이었고, 그런 낯섦 때문에 몸서리칠 만큼 두렵기도 했다. 사람들은 전쟁을 어떻게 받아들여야 할지 몰랐고, 그래서 몹시 차가운 물속에 뛰어드는 마음으로 전쟁에 나갔다.

읍(邑)에서 온 사람들이 신병 집합소로 가기 위해 탄 여객 열차는 옛날 기차 시간표에 맞추어 출발했다. 기차가 움직이기 시작했고, 그 뒤를 쫓아 레일에 머리를 부딪치면서, 울음소리를 전혀 닮지 않은 부자연스러울 정도로 부드럽고 마가목 열매처럼 쓴 뻐꾸기 울음소리의 파도가 세차게 밀려들곤 했다. 여름철답지 않게 옷을 잔뜩 걸친 한 연로한 여인을 사람들이 부축하여 일으켜 세웠다. 보충병으로 떠난 사람의 친척이 짤막한 말로 그녀를 설득하여, 역의 둥근 천장 아래로 데려갔다.

전쟁이 시작된 지 첫 몇 달 동안 계속된 이 곡(哭)소리는 그 울부짖는 소리에서 흘러나온 젊은 시골 아낙네와 어머니들의 비애보다 더 광대하게 걸쳐져 있었다. 이 곡소리는 하나의 비상조치 격으로 선로를 따라 이입되었던 것이다. 역장들은 그 소리가 지나갈 때 거수경례를 하였고, 전신주들은 그것이 지나가도록 길을 비켜 주었다. 곡소리는 지역의 외관을 바꿔 놓았고, 잔뜩 찌푸린 날씨의 주석빛 배경에서 사방 어디서든 눈에 띄었다. 왜냐하면 그 소리는 사람들에 의해 오랫동안 잊혔고 과거에 있었던 이런저런 전쟁 이후 접촉되지 않았던 극히 강렬한 것이었는데, 지난밤에 사람들의 망각에서 끄집어내진 후 아침에 말에 태워져 기차역으로 실려 나왔기 때문이었다. 또한 그 소리는 이제 양팔의 부축을 받으며 역의 둥근 천장을 나와 곧장 시골의 끔찍한 진흙탕 길을 따라 다시 집으로 실려 갈 것이기 때문이다. 이렇게 사람들은 혼자 지원병으로, 또는 고향 사람들과 함께 녹색 차량을 타고 도시로 떠나는 가족들을 전송했다.

그런데 대기 중인 보충 중대로서 공포의 심장부인 전쟁터로 곧장 진군하는 병사들을 맞이하고 전송할 때는 사람들은 통곡하지 않았다. 몸에 꼭 달라붙는 옷을 입은 이 병사들은 농부의 모습이라곤 찾아볼 수 없게 장화의 박차를 울리고 삐뚜름히 걸친 외투를 공중에 펄럭이며, 높은 난방 화물 열차에서 모래 위로 뛰어내렸다. 다른 병사들은 군데군데 썩은 더러운 나무판 바닥을 발굽으로 힘껏 차서 헤집는 암말들을 토닥이며, 차량 입구에 친 가로대 옆에 서 있었다. 플랫폼*은 돈을 받지 않고 사과를 주는 일이 없었고, 사람들을 교활하게 맞았으며, 화가 나 몹시 얼굴을 붉힌 채, 핀으로 단단히 고정한 머릿수건 귀퉁이에 경멸의 미소를 감추었다.

9월이 끝나 가고 있었다. 먼지투성이의 황금빛 개암나무가 불길이 꺼진 후의 흙투성이처럼 협곡에서 반짝였다. 그것은 열매 위로 기어오르는 야생 생물들과 바람 때문에 휘고 꺾여 있었는데, 불어닥친 재난에 완고하게 대항하다가 모든 마디가 휘어 버린 것 같은 무질서한 몰락의 이미지를 만들어 냈다.

8월 어느 날 정오, 테라스에 있는 나이프와 접시가 초록빛이 되었고, 화단에 땅거미가 내려앉았으며, 새들이 조용해졌다. 하늘이 투명 요술 모자처럼 속임수로 자기 위에 걸쳐진 밤의 밝은 그물을 벗겨 내기 시작했다. 황폐한 공원은 불길한 눈길로 위쪽 하늘에 일어난 굴욕적인 수수께끼를 흘금흘금 쳐다보았다. 예전에 공원은 지상의 널리 알려진 영광을 온 뿌리로 그토록 당당하게 들이마셨었는데, 그러한 지상을 이 수수께끼가 시시한 무언가로 바꿔 놓았던 것이다. 작은 길 위로 고슴도치 한 마리가 굴러 나왔다. 그곳에 죽은 살무사 한 마리가 이집트의 상형 문자처럼 밧줄 매듭 모양으로 놓여 있었다. 고슴도치는 살무사를 살짝 흔들어 보다가 돌연 내던지고는 그 자리에서 꼼짝도 하지 않았다. 그러고는 자신의 마른 가시 한 아름을 다시 꼿꼿이 세워 밖으로 펼쳤는가 하면, 돼지처럼 뾰족한 주둥이를 쑥 내밀었다가 감추었다. 일식이 지속되는 내내, 미심쩍은 위험을 느껴 공처럼 몸을 웅크린 이 가시 돋친 생물체는 안전하다는 확신이 들어 굴속으로 곧장 돌아가기 전까지 때론 작은 장화 모양으로, 때론 솔방울 모양으로 자신의 몸을 돌돌 말았다.

8

그해 겨울에 시냐코프가(家)의 자매 중 하나인 Z. M. M*이 트베르스코이 가로수 길에 거처를 정했다. 사람들이 그녀의 집을 방문했다. 뛰어난 음악가(나는 그와 친구 사이였다) I. 도브로벤*이 그녀를 찾아가곤 했다. 마야콥스키도 그녀의 집에 갔다. 그즈음 나는 마야콥스키를 우리 세대의 가장 뛰어난 시인으로 보는 것에 이미 익숙해져 있었다. 시간은 내 생각이 틀리지 않았음을 증명해 주었다.

사실, 무척 섬세하고 진지한 흘레브니코프도 그곳에 오긴 했다. 하지만 나는 시는 그래도 역사 속에서, 그리고 실제 삶과의 연계 속에서 일궈진다고 보기 때문에, 그가 이룬 공적의 일부는 지금까지도 내게 이해되지 않는다. 그때그때 자연스레 떠오르는 연들과 레르몬토프의 경우처럼 준비된 형식들로 자신의 감정을 줄줄이 쏟아 내는 서정시인 세베랴닌*도 그곳에 왔다. 그는 비록 꽤 단정치 못하고 상스러운 데가 있었지만, 모두에게 거리낌 없이 다가가는 보기 드문 재능으로 사람들을 깜짝 놀라게 했다.

하지만 시적 운명의 정점은 마야콥스키였고, 이는 나중에 확인되었다. 이후에 예세닌이든, 셀빈스키든, 아니면 츠베타예바*든 세대가 한 시인에게 자신의 목소리를 부여하여 스스로를 드라마틱하게 표현할 때마다, 마야콥스키의 비통한 음조가 메아리쳐 울렸다. 그들은 그들 자신의 세대에 얽매여, 즉 자신의 시대의 이름으로 세계를 향해 목소리를 냈던 것이다. 나는 티호노프*와 아세예프 같은 거장에 대해서는 말하지 않겠다. 왜냐하면 나는 여기서와 이후의 부분에서 내게 더 가깝게 여겨지는 이런 드라마틱한 방면에 한정하여 말하려 하는데, 두 시인은 다른 방면을 택했기 때문이다.

마야콥스키가 혼자 오는 경우는 거의 없었다. 보통 그는 문학운동 동지들인 미래주의자들을 수행원으로 데리고 나타났다. 내가 마모노바의 세간에서 난생처음 석유풍로를 본 건 그때였다. 당시만 해도 이 발명품은 고약한 냄새를 풍기지 않았는데, 어느 누구도 그것이 삶에 그토록 많은 쓰레기를 들여오리라고는, 그리고 널리 사용되리라고는 생각지 못했다.

이 깨끗한 풍로 본체는 울부짖으면서 압력이 센 불길을 내뿜었다. 얇게 저민 커틀릿이 그 위에서 차례로 구워지고 있었다. 여주인과 그녀를 돕는 여인들의 팔꿈치는 캅카스인 피부처럼 초콜릿빛으로 열에 달아올라 있었다. 차가운 작은 부엌은 우리가 식당에서 나와 이들 숙녀들에게 들를 때마다 티에라델푸에고*의 정착지로 변해 있었다. 그럴 때면 우리는 미개한 파타고니아 인디언들처럼 신기하다는 듯, 훌륭하고도 아르키메데스적인 면이 있는 뭔가의 구현인 듯한 갈색빛 둥근 커틀릿* 위로 어느새 몸을 굽혔다 ― 그러고는 맥주와 보드카를 가지러 뛰어나갔다.

응접실에서는 높은 성탄절 트리가 가로수 길 나무들과 비밀스레 공모하여 가지들을 피아노 쪽으로 내밀었다. 트리는 아직 별다른 장식 없이 어둡고 웅장한 모습이었다. 사탕과 초콜릿 더미로 쌓이듯 소파 전체가 반짝이는 금은 실로 수북이 쌓여 있었는데, 실 일부는 아직 마분지 상자들 안에 놓인 채였다. 트리를 장식하기 위해 사람들을 특별히 초대했다. 가능한 한 아침에 오라고 했는데, 그 시간은 오후 3시경을 뜻했다.

마야콥스키는 시를 낭송했고, 좌중의 모든 사람들을 웃게 만들었으며, 카드 게임이 시작되는 것에 조급한 나머지 서둘러 저녁 식사를 했다. 그는 지나칠 정도로 정중했으며 끊임없이 엄습해 오는 초조감을 아주 교묘히 감추었다. 그에게 어떤 일이 벌어지고 있었고, 그의 마음속에 위기가 일고 있었다. 그는 자신의 임무를 뚜렷이 이해하고 있는 터였다. 그는 공공연히 가장된 포즈를 취했지만 그토록 많이 불안과 오한을 감추고 있었기에, 포즈를 취할 때마다 식은땀을 흘렸다.

9

그러나 그가 혁신파 일원들과 항상 같이 오는 건 아니었다. 보통 마야콥스키가 누군가와 함께 있는 것을 볼 때 나는 괴로움을 느꼈는데, 그가 자주 동반한 한 시인은 훌륭하게도 그러한 괴로움에서 벗어날 수 있게 해 주었다. 볼샤코프는 내가 보아 온, 마야콥스키 주변의 많은 사람 가운데, 마야콥스키와 함께 있는 모습을 보더라도 내가 전혀 긴장하지 않을 수 있는 유일한 자였던 것이다. 둘 중 누가 먼저 말을 하든, 나는 부담 없이 그들의 소리를 들을 수 있었다. 이후에 마야콥스키가 평생 친구인 릴랴 브릭*과 더욱 더 강한 유대감을 가졌듯이, 볼샤코프와의 우정은 분명히 이해가 갔고 자연스러웠다. 볼샤코프와 함께 있는 마야콥스키를 볼 때면 내 마음이 아프지 않았는데, 그는 본연의 모습으로 있게 되어 자신의 가치를 떨어뜨리지 않았던 것이다.

그런데 대개 그가 공감하는 것들은 사람을 어리둥절하게 만들기 일쑤였다. 그는 매우 거대한 자의식을 지닌 시인으로, 서정적 자연력을 드러내는 데 그 누구보다 폭넓은 표현력을 발휘했고, 중세 기사의 용기로 그 자연력을 주제에 접근시켰다. 그래서 주제를 통해 펼치는 무한한 그림 속에서 그의 시는 거의 분파주의자의 언어로 말하기 시작했고, 그는 보다 지역적인 또 다른 전통을 취해서 그처럼 광대하고 거대한 규모로 변모시켰다.

그는 「청동 기마상」, 『죄와 벌』, 『페테르부르크』*의 밑바닥에서 점차 그에게로 떠올랐던 도시, 러시아 인텔리계층이 지닌 문제라고 공연히 모호하게 불리던 운무로 덮인 도시, 하지만 본질적으로는 미래에 대한 영원한 예감인 운무로 덮인 도시, 19세기와 20세기의 무방비 상태인 러시아 도시가 그의 발밑에 놓여 있는 걸 보았다.

그는 이런 광경들을 포용하고 그것들에 대해 아주 거대한 명상을 한 동시에, 우연하고도 급히 모인, 언제나 상스럽다 할 정도의 이류인 패거리가 저지르는 온갖 하찮은 짓거리에도 거의 의무처럼 충실히 대했다. 진실에 대한 거의 동물적인 갈망을 지녔던 그였지만, 거짓된 명성을 갖춘 채 허황되고 부당한 요구를 하는 보잘 것 없는 불평꾼들을 자신 주변에 두었던 것이다. 즉 핵심을 말하자면 생의 마지막까지 그는 스스로 이미 오래 전에 영구히 청산한 운동*의 노장들에게서 계속 뭔가를 찾아내려 했다. 그의 이 모든 모습은 숙명적인 고독의 결과인 듯했다. 그의 고독은 어느 날한 번 형성되었다가 나중에는 그의 의지가 필연으로 인식하는 방향으로 가끔 나아가면서 취한 현학적인 태도 때문에 고의적으로 심화되었다.

10

하지만 이 모든 것은 나중에 나타났다. 당시엔 이후 나타날 기행의 희미한 징후만 있을 뿐이었다. 마야콥스키는 전쟁과 도시에 관한 아흐마토바, 세베랴닌, 자신, 그리고 볼샤코프의 작품들을 낭송했다. 우리가 밤에 지인들의 집을 나와 밖에서 마주한 도시는 전쟁의 후방 깊숙한 곳에 있는 한 도시였다.

우리는 고무된 거대한 러시아의 만성적 골치인 교통 및 물자 공급 문제를 이미 겪고 있었다. 새로 생긴 말들—특별 임무, 약제들, 인가(認可), 냉동 업무—에서 부당 이득 행위의 최초의 애벌레가 알을 깨고 나오기 시작했다. 차량을 통한 부당 이득 행위를 생각하는 동안, 차량에는 조국의 원기 왕성한 젊은이들이 대량의 위탁 판매품이 되어 노랫소리가 울려 퍼지는 가운데 밤낮으로 급히 반출되어 나갔고, 그러면서 위생 열차 편으로 되돌아오는 파손품*과 교환되었다. 그리고 가장 뛰어난 아가씨들과 여인들이 간호사로 나갔다.

진실된 상황에 놓여 있는 곳은 전선이었다. 심지어 애써 일부러 허위를 키우지 않았더라도 어차피 후방은 거짓된 상황에 빠져들었을 것이다. 당시 아직 아무도 도둑을 잡으려 하지 않았지만, 후방 도시는 궁지에 몰린 도둑처럼 번지르르한 말 뒤로 숨었다. 모스크바는 모든 위선자들처럼 한층 더 외면적인 삶을 살았으며, 겨울 꽃가게의 진열장과 같이 부자연스러운 활기를 띠었다.

밤이 되면 모스크바는 마야콥스키 목소리의 판박이처럼 보였다. 모스크바에서 일어나고 있던 것과 마야콥스키의 목소리가 쌓아 올렸다가 호되게 매도하고 있던 것은 두 개의 물방울처럼 서로 닮아 있었다. 그러나 이 닮음은 자연주의가 꿈꾸는 그런 유사가 아니라, 양극과 음극, 예술가와 삶, 시인과 시대를 결합하는 유대 같은 것이었다.

마모노바의 집 맞은편에 모스크바 경찰서장의 집이 있었다. 가을에 나는 그곳에서 지원병 등록에 필요한 형식적인 절차 중 하나를 받는 며칠 동안 마야콥스키와 맞닥뜨렸다. 아울러 볼샤코프와도 마주쳤던 것 같다. 우리는 이 절차에 대해 서로 숨기고 있었다. 아버지는 응원까지 해 주셨지만 나는 그것을 끝까지 밟지 못했다. 하지만 내가 틀리지 않다면, 당시에 나의 친구들도 그 절차에서 아무런 성과도 얻지 못했다.

잘생긴 소위보였던 셰스토프*의 아들은 이런 입대 생각을 포기할 것을 내게 간곡히 청했다. 그는 전선에서 기대하는 것과 정반대되는 것을 볼 거라고 경고하고는, 전선이 어떤 곳인지 내게 냉정하고 분명하게 이야기해 주었다. 이 일이 있은 직후 그는 진지(陣地)로 귀대 후 치른 첫 전투에서 전사했다. 볼샤코프는 트베리 기병 학교에 들어갔고, 얼마 뒤 마야콥스키는 그의 차례가 와서 징집영장을 받았다. 나의 경우는 전쟁 발발 직전 여름에 군 면제를 받은 후 계속해서 매번 재검을 받았지만, 그때마다 병역 면제 판정을 받았다.

1년 후 나는 우랄로 떠났다. 그전에 며칠 지낼 예정으로 페테르부르크에 다녀왔다. 전쟁이 그곳에선 모스크바에서만큼 감지되지는 않았다. 당시에 이미 징집영장을 받은 마야콥스키는 페테르부르크에 오래전부터 자리 잡은 터였다.

언제나처럼, 수도의 활기찬 움직임은 생활필수품 문제가 해결되지 않은 아주 거대한 몽상의 공간들 때문에 가리어져 드러나지 않았다. 대로들 자체가 겨울과 석양 빛깔이었고, 많은 가로등불이나 눈이 없어도 대로들은 세차게 쏟아지는 은빛만으로 멀리 질주하며 반짝일 수 있었다.

나는 마야콥스키와 함께 리테이니 대로를 걸었다. 마야콥스키는 양팔을 휘두르며 성큼성큼 수 베르스타의 거리들을 짓밟고 갔다.* 나는 언제나처럼 어떤 풍경에도 일종의 배경이나 테두리가 될수 있는 그의 모습에 놀랐다. 이 점에서 그는 모스크바보다 회색빛을 튀기는 페트로그라드*에 훨씬 더 어울렸다.

이때는 『등골의 플루트』의 시기이자 『전쟁과 세계』의 첫 초안을쓴 시기였다. 『바지 입은 구름』은 그 당시 오렌지색 표지의 책으로발간돼 있었다.

마야콥스키는 새 친구들에게 나를 데려갔고, 그들에 관해 이야기해 주었다. 또한 고리키를 알게 된 것에 관해, 어떻게 사회적인주제가 그의 구상에 점점 더 큰 자리를 차지해 그를 일정한 시간에 정한 분량만큼 새롭게 작업하게 하는지에 관해 이야기해 주었다. 그리고 그때 나는 처음으로 브릭 부부의 집을 방문했다.

마야콥스키에 대한 나의 생각들은 수도에서보다 『대위의 딸』에나오는 반(半)아시아적인 겨울 풍경에서, 푸가초프가 있던 우랄의카마 강 연안에서 훨씬 더 자연스럽게 자리 잡혔다.[13]

2월 혁명 직후 나는 모스크바로 돌아왔다. 마야콥스키는 페트로그라드에서 돌아와 스톨레시니코프 골목 쪽에 머물렀다. 아침에 나는 호텔에 있는 그에게 들렀다. 그는 일어나 옷을 입는 동안신작 「전쟁과 세계」를 낭송해 주었다. 나는 나의 인상에 대해 자세히 말하는 일은 하지 않았다. 그는 그것을 내 눈에서 읽었던 것이다. 뿐만 아니라 그는 내게 미치는 그의 영향의 정도를 잘 알고

---

13 작가는 마야콥스키에 대한 생각을 1916년 4월에 쓴 셰익스피어에 관한 소논문과 그 겨울에 카마 강 인근 화학 공장 사무실에서 일할 때 쓴 마야콥스키의 『소 울음소리처럼 단순한 말』에 대한 서평에 반영했다.

있었다. 나는 미래주의에 대해 이야기했고, 그가 이제 대중 앞에서 그것 모두를 악마에게나 줘 버릴 수 있다면 정말 좋을 것이라고 말했다. 그는 웃으면서 사실상 내 생각에 동의했다.

11

지금까지 나는 마야콥스키가 내게 어떤 의미였는지 보여주었다. 그러나 상처와 희생 없는 사랑은 없는 법이다. 나는 그가 나의 삶에 어떤 모습으로 들어왔는지 이야기한 것이다. 이로 인해 나의 삶이 어떻게 되었는지 말하는 일이 남아 있다. 나는 이제 이 공백 부분을 메울 것이다.

그를 처음 만난 그날, 완전히 압도되어 가로수 길에서 돌아왔을 때 나는 무엇을 해야 할지 몰랐다. 나는 나 자신이 전혀 재능이 없다고 느꼈던 것이다. 그러나 이 문제는 그리 큰 재앙은 아니었다. 그보다 나는 마야콥스키 앞에서 일종의 죄의식을 느꼈는데, 그것의 의미를 도통 파악할 수 없었다. 만일 내가 좀 더 어렸더라면 문학을 그만두었을 것이다. 그러나 내 나이가 이를 방해했다. 그리도 많은 변신을 해 온 나로서는 네 번째 변신을 감행할 엄두가 나지 않았다.

사실은 다른 일이 일어났다. 시대가 같고 공통된 영향을 공유한다는 점은 나를 마야콥스키와 유사하도록 만들었다. 우리 사이에 일치점들이 있었던 것이다. 나는 그것들을 알아챈 터였다. 나는 나 자신에게 무슨 조치를 취하지 않으면 앞으로 그것들이 더 빈번해질 것이라는 걸 알았다. 나는 그 일치점들의 비속성에서 스스로를 보호해야 했다. 나는 그 명칭을 정할 수 없었지만, 그런 일치점들을 유발하는 것을 단념하기로 마음먹었다. 바로 낭만주의 방식을 단념한 것이다. 이렇게 해서 시집 『장벽을 넘어서』의 반(反)낭만주의 시학이 탄생했다.

하지만 내가 그 이후로 멀리한 낭만주의 방식엔 하나의 세계관 전체가 내포되어 있었다. 그것은 인생을 시인의 인생으로 보는 것이었다. 이런 생각은 상징주의자들로부터 우리에게 전해졌으며, 상징주의자들은 그것을 낭만주의자들, 주로 독일 낭만주의자들에게서 습득했다.

블로크도 이런 관념의 지배 아래 있었지만, 일정 기간에만 그랬다. 그 관념을 통해 그만의 형태가 만들어졌을 때 그 관념은 더 이상 그를 만족시킬 수 없었다. 그는 그 관념을 강화하거나 단념해야만 했다. 그는 그것을 버렸다. 마야콥스키와 예세닌은 그것을 강화시켰다.

스스로를 삶의 척도로 보고 그 대가로 목숨을 바치는 시인에게 낭만주의 인생관은 거부할 수 없을 만큼 생생하고도 반박할 수 없는 상징체계를 갖춘 것으로, 오르피즘* 및 기독교와 이미지 차원에서 공통점을 지닌 모든 것이 바로 그 상징체계를 이룬다. 이런 의미에서 불멸하는 뭔가가 마야콥스키의 삶에 구현되었고, 어떤 수식어로도 표현할 수 없는 운명, 즉 자멸을 초래할 만큼 동화의 세계로 들어가길 청하며 그 세계로 사라지는 예세닌의 운명에도 구현되었다.

그러나 이런 낭만주의적 기획은 전설의 세계를 벗어나면 거짓이된다. 그 기획의 기반인 시인은 자신을 돋보이게 할, 시인이 아닌 자들이 없다면 존재할 수 없다. 왜냐하면 이러한 시인은 도덕적 인식에 몰두하는 살아 있는 인물이 아니라, 자신의 윤곽을 눈에 띄게 할 배경을 필요로 하는 시각적·전기적 상징물에 불과하기 때문이다. 중세 수난극들이 울려 퍼지는 데 천상을 필요로 했던 것과 달리, 이러한 시인의 드라마는 돋보이기 위해 범속성의 해악을 필요로 한다. 이는 낭만주의가 속물주의를 늘 필요로 하고 소시민 대중이 없어지면 자신의 내용의 절반을 잃게 되는 것과 같다.

전기(傳記)를 구경거리로 생각하는 건 내가 살던 시대의 한 경향이었다. 나는 이런 생각을 모든 사람들과 공유했다. 하지만 나는 상징주의자들 사이에 그런 생각이 아직 선택적이고 유연하게 자리 잡고 있어 영웅주의가 예상되거나 피비린내가 나지 않을 때 버렸다. 첫째, 나는 그런 생각에 기초한 낭만주의 기법들을 거부하다 보니 어느 새 무의식적으로 그 생각에서 벗어난 것이었다. 둘째, 나는 그런 생각을 내게 어울리지 않는 광채를 피하듯 의식적으로 피하기도 했는데, 이는 그 같은 기교만 연마할 경우, 온갖 시적 미화 때문에 허위적이고 내게 맞지 않는 상태에 빠질까 봐 두려웠기 때문이었다.

당대 시와는 전혀 다른 시의 측면들이 혁명이 있던 해의 여름에 내게 펼쳐져, 시집 『삶은 나의 누이』에 표현됐다. 이 시집이 모습을 드러냈을 때 나는 시집을 탄생케 한 힘이 무엇이라 불리는지에 완전히 무심해질 수 있었다. 왜냐하면 그 힘은 나와 내 주위에 존재하는 시적 관념들보다도 한없이 컸기 때문이다.

12

겨울 땅거미, 테러, 지붕들, 그리고 아르바트 거리 주변의 나무들이 몇 달 동안 치워지지 않은 식당 안을 시브체프 브라제크 골목에서부터 들여다보았다. 턱수염을 기른, 극히 산만하면서도 선량한 신문사 직원인 아파트 주인은 오렌부르크 현에 가족이 있음에도 불구하고 홀아비인 듯한 인상을 풍겼다. 그는 여유가 조금이라도 생기면, 한 달 치 온갖 종류의 신문을 아침에 신문 읽을 때마다 먹던 음식물에서 떨어져 쌓인 돼지고기 조각과 흑빵 가장자리의 굳은 찌꺼기들과 함께 탁자에서 한 아름씩 긁어모아 부엌으로 가져갔다. 내가 그나마 도리를 지키며 염치를 차리는 동안은 구운 거위와 사무실 점원에 관한 디킨스의 크리스마스 이야기들에서처럼, 매 달 30일에는 큰 소리를 내며 타는 밝고 향기로운 불길이 화덕에 켜지곤 했다. 어둠이 밀려올 때면 초병(哨兵)들이 한껏 고조된 화염을 연발 권총으로 퍼부어 대곤 했다. 그들은 때론 한꺼번에, 때론 주저하는 듯 이따금 한 방씩 밤하늘에 대고 쏘아 대는 바람에 사격은 철회될 수 없는 비참한 치명성으로 가득 차게 되었다. 초병들이 서로 보조를 맞추지 못해 많은 사람들이 유탄(流彈)에 맞고 목숨을 잃었기 때문에, 안전을 위해서는 골목마다 경찰이 아닌 포르테피아노용 메트로놈을 배치해야 할 판이었다.

초병들이 탕탕 쏘아 대는 총소리는 이따금 미친 듯 날뛰는 통곡 소리로 바뀌었다. 당시에 종종 발생되었듯이, 소리가 나는 곳이 거리인지 집인지 곧바로 식별하기란 불가능했다. 그런데 이것은 집의 유일한 거주민인 플러그 달린 휴대용 전화기가 계속 의식이 없다가 정신이 들 때마다 서재에서 누군가를 부르는 소리였다.

내가 전화로 트루브니콥스키 골목의 대저택*으로 초대받은 것은 이때였는데, 그 당시 모스크바에서나 볼 수 있었던 존재들인 시 분야의 모든 영향력 있는 사람들이 그곳에 모였다. 비록 코르닐로프 반란*이 있기 훨씬 전이긴 하나, 나는 이때 걸려온 전화로 마야콥스키와 언쟁을 벌였다.

마야콥스키는 자신의 공연 포스터에 볼샤코프와 립스케로프*

와 더불어 — 그러나 여기에는 1베르쇼크*의 판자들을 이마로 박살 내곤 한 자*가 분명히 포함된, 그에게 충직한 자들 중 가장 충직한 이들도 들어 있었다 — 내 이름을 올렸다고 내게 알렸다. 나는 좋아하는 이에게 처음으로 낯선 사람에게 하듯 말할 기회가 생겨서 사실상 무척 기뻤다. 그런데 나는 나 자신을 정당화하며 그의 주장 하나하나를 받아넘기는 동안 점점 화가 났다. 나를 놀라게 한건 그의 격의 없는 태도가 아니라 이 일에서 드러난 아무 생각이 없는 그의 모습이었다. 왜냐하면 문제는 앞서 지적한 바와 같이 내게 묻지도 않고 내 이름을 올린 데 있는 게 아니라, 기분 나쁘게도 그와 떨어져 지낸 2년이 내 운명이나 일에 아무런 변화를 주지 않았다고 그가 확신한 데 있었기 때문이다. 그는 먼저 그동안 내가 무사했는지, 더 나은 뭔가를 위해 문학을 그만둔 건 아닌지 물었어야 했다. 이에 그는 내가 우랄에 다녀온 후 봄에 이미 한 번 만나지 않았느냐고 아주 조리 있게 이의를 제기했다. 그러나 정말 이상하게도 이런 조리 있는 말이 내게 제대로 전달되지 않았다. 그리고 나는 가당치 않게도 신문에 포스터 정정판을 낼 것을 요구했다. 하지만 저녁이 이미 가까웠으므로 그건 불가능한 일이었고, 또 당시 나는 무명인이었으므로 허세 섞인 무의미한 요구이기도 했다.

그러나 아무리 내가 그때 『삶은 나의 누이』를 숨기고 있었고 내게 일어나고 있던 일을 모두에게 감추고 있었다 해도, 나는 주위 사람들이 나의 모든 일이 예전처럼 진행되고 있다고 생각하는 것에 참을 수 없었다. 게다가 마야콥스키가 공연히 언급한 꼴이 된 그 봄날의 대화는 필시 내 의식에 흐릿하게나마 남아 있었는데, 그 대화에서 나누었던 모든 것에 모순되는 이런 초대를 하니 나로서는 화가 나지 않을 수 없었다.

13

몇 달 후* 아마추어 시인 A의 집에서 마야콥스키를 만났을 때 전화상으로 한 이 언쟁이 생각났다. 그곳에는 발몬트, 호다세비치, 발트루샤이티스, 에렌부르크, 베라 인베르, 안토콜스키, 카멘스키, 부를류크,* 마야콥스키, 안드레이 벨리, 그리고 츠베타예바가 와 있었다. 물론 이때 나는 츠베타예바가 그 누구와도 견줄 수 없는 시인이 되리라는 걸 알지 못했다. 하지만 나는 당시 그녀가 쓴 놀라운 시집 『이정표들』에 대해 몰랐어도, 눈에 띄는 그녀의 단순함 때문에 본능적으로 다른 참석자들 속에서 그녀를 구별해 냈다. 그녀에게서 나와 유사한 어떤 것, 즉 만일 고상한 무언가가 그녀를 불태워서 환희에 젖게 한다면 언제라도 모든 특권과 익숙한 것을 버릴 준비가 되어 있음을 엿보았던 것이다. 그날 우리는 솔직하고 다정한 몇 마디를 주고받았다. 이 저녁 모임에서 그녀는 내게 있어 방에 떼 지어 모인 두 문학 운동의 일원, 상징주의자들과 미래주의자들을 마주한 살아 있는 팔라디온*이었다.

낭송이 시작되었다. 연장자 순으로 이루어졌는데, 특별히 성공적이라고 느껴지는 낭송은 없었다. 마야콥스키가 자기 차례가 되자 일어섰다. 그는 소파 등받이가 면해 있는 빈 서가(書架)의 가장자리를 한 손으로 감싸고는 서사시 「인간」을 낭송하기 시작했다. 내가 시대를 배경으로 서 있는 그를 볼 때마다 항상 느꼈던 것과 같이, 그는 하나의 부조(浮彫)처럼 방에 앉아 있는 자들과 서있는 자들 사이에 우뚝 서 있었다. 그는 때론 한 손으로 아름다운 얼굴을 괴고 때론 소파의 쿠션에 무릎을 기댄 채, 대단히 심오하고 영감으로 고양된 작품을 낭송했다.

마야콥스키 맞은편에는 안드레이 벨리가 마르가리타 사바시니코바*와 함께 앉아 있었다. 그는 제1차 세계 대전 때 스위스에 있었다. 그러다 혁명이 일어나자 조국으로 돌아왔다. 그는 처음으로 마야콥스키를 보고 또 그의 낭송을 듣는 것 같았다. 그는 마법에 걸린 듯 듣고 있었는데, 환희를 내비치는 어떤 행동도 하지 않았지만 그의 얼굴은 그것을 점점 더 웅장하게 드러냈다. 그의 얼굴은 놀란 듯, 감사한 듯한 표정을 지으면서, 낭송자 쪽을 향해 돌진해 가는 듯했다. 츠베타예바와 에렌부르크를 포함한 청취자들 일부가 가려져 볼 수 없었다. 나는 나머지 사람들을 관찰했다. 그들 대부분은 남부럽지 않은 자부심의 테두리 속에 거했고 그곳에서 벗어나지 않으려 했다. 그들 모두 스스로를 이름 있는 사람으로 여겼고, 자신을 시인으로 생각했다. 벨리 혼자만이 아쉬워하는 것 없는 그런 기쁨에 도취되어 완전히 자신을 잊은 채 낭송을 듣고 있었다. 왜냐하면 집에 있는 것처럼 편안한 기쁨을 맛보는 최상의 경지에선 희생과, 언제라도 기꺼이 희생하려는 마음가짐만 존재하기 때문이었다.

차례차례 스스로를 소진한 두 문학 조류, 그 각각을 정당화하는 두 천재가 내 눈앞에 마주하고 있었다. 나는 벨리가 가까이 있어 긍지와 기쁨을 느꼈지만, 그 보다 두 배 더 강하게 마야콥스키의 현존을 느껴졌다. 마야콥스키의 본질이 처음 그를 만난 날처럼 내게 신선하게 펼쳐졌던 것이다. 내가 그런 신선한 체험을 한 건 그날 저녁이 마지막이었다.

그 후 여러 해가 흘렀다. 첫 1년이 지나 나는 시집『삶은 나의 누이』를 제일 먼저 마야콥스키에게 읽어 주었는데, 누군가로부터 들을 것이라 예상한 것보다 열 배 이상 좋은 평을 들었다. 또 1년이 지났다. 마야콥스키는 약간의 친구들이 모인 데서 서사시「1억 5천만」을 낭송했다. 나는 이때 처음으로 그에게 할 말이 없게 되었다.

여러 해가 흘렀고 그 시간 동안 우리는 국내외에서 만났으며, 친구가 되려고도, 함께 일하려고도 해 보았다. 하지만 나는 점점 더 그를 이해할 수 없게 되었다. 이 기간에 대해서는 다른 사람들이 이야기해 줄 수 있을 것이다. 왜냐하면 나는 이 기간에 내 이해의 한계 — 이는 분명 극복할 수 없는 것이었다 — 에 부딪혔기 때문이다. 이 시기에 대한 나의 기억들은 희미해질 것이고 이제껏 말한 것에 아무것도 보태지 못할 것이다. 그러므로 이제 남아 있는 이야기로 곧장 넘어가고자 한다.

14

나는 수 세기에 걸쳐 반복되는 이상한 현상, 곧 시인의 마지막 해*라고 부를 수 있는 것에 대해 이야기할 것이다.

시인들은 완결되지 않은 구상을 갑자기 끝낸다. 종종 그들은 자신의 미완의 구상이 완결되었다고 마음껏 새롭게 확신하는 것 말고는 더 이상 그 구상에 대해 아무 말도 하지 않는다. 그리고 이런 확신은 후대 시인들에게 전수된다.

시인들은 습관을 바꾸고 급히 새로운 계획을 세우는가 하면, 기분이 고조된 것을 자랑스럽게 여긴다. 그러고는 갑자기 끝 — 이따금 강제적이기도 하지만 오히려 자연스럽다 할 끝 — 이 온다. 그런 자연스러움에도 불구하고 스스로를 방어하고자 하는 욕망이 없으므로 자살과도 흡사한 그런 끝이 말이다. 그러면 시인들은 문득 뭔가를 알아차리고 그동안 자신이 행한 일들을 비교하기 시작한다. 그들은 서둘러 계획들을 세웠고 『동시대인』*지를 발행했으며, 농민 잡지를 창간하려던 참이었다. 창작 20주년 전시회를 여는가 하면,* 여권을 얻으러 바삐 돌아다니기도 했다.

그러나 밝혀지고 있다시피, 이 시인들이 그 당시에 억눌린 채 울며 한탄하는 모습이 다른 사람들에 의해 목격된 바 있었다. 수십 년간 자발적으로 고독하게 살았던 시인들은 어두운 방에 놀란 아이처럼 갑자기 고독에 겁을 집어먹고는 혼자 있지 않겠다는 일념 하나로 우연히 방문한 자들에게 달라붙어 그들의 손을 잡았다. 이렇게 한탄하는 소리를 들은 자들은 자신의 귀를 믿을 수 없었다. 이 시인들은 다른 이들에게 허용되는 것보다 훨씬 많은 삶의 확실한 근거를 삶에서 받았음에도 불구하고, 자신이 아직까지 삶을 살기 시작한 적도, 지난날 어떤 경험이나 지지를 받아 본 적도 없는 것처럼 이야기했다.

그러나 1836년에 푸시킨이 별안간 자신을 어느 한 해의 푸시킨, 말하자면 1936년의 푸시킨*으로 인식했다는 점을 어느 누가 이해하고 믿을 수 있겠는가? 또한 다음과 같은 점들을 말이다. 즉 여전히 살아 있고 뛰고 있으며 생각하고 있고 살고 싶어 하는 이 중앙 심장*의 박동에 응하여 이미 오래전부터 일어 온 다른 심장들의 반향들이, 재탄생되고 확장된 하나의 심장으로 갑자기 모아지는 때가 온다는 점을. 반복적인 중단과 함께 끊임없이 빨라져 온 다른 심장들의 박동이 마침내 아주 빨라지다가 갑자기 차분해지고는 중앙 심장의 떨림과 일치하면서, 이제부터 중앙 심장과 박동 수가 같은 삶, 즉 그것과 단일한 삶을 살기 시작한다는 점을. 이것은 알레고리가 아니라는 점을. 이것은 체험되는 것이라는 점을. 이것은 아직 이름 붙여지지 않았지만 충동적이고 피 끓으며 실재하는, 인생의 어떤 시기라는 점을. 이것은 초인적인 청춘기인 셈이지만, 아주 돌발적인 기쁨을 띠면서 그 이전 삶과의 연속성을 떼어내는 시기이며, 붙여진 이름이 없고 비교가 불가피한 데다 돌발적인 감정을 지닌 시기인 탓에 죽음과 가장 닮은 시기라는 점을. 그 것은 죽음과 닮은 시기라는 점을. 그것은 죽음과 닮았지만 죽음 은 절대 아니라는 점을, 결코 죽음이 아니라는 점을, 다만, 다만 사람들이 그것이 죽음과 완전히 닮았다고 생각할 뿐이라는 점을.

그리고 심장과 마찬가지로 회상과 작품, 작품과 희망, 창작된 세 계와 앞으로 창작될 세계도 자리를 옮겨 하나로 모아진다. 이따금 사람들은 시인의 개인적인 삶이 어땠는지 묻는다. 이제 당신은 시 인의 개인적인 삶에 대해 알게 될 것이다. 극히 다양한 음성을 가 진 하나의 거대한 영역이 죄어들며 하나로 모이면서 균일해지는가 하면, 자기 안의 부분들 전체를 별안간 동시에 흔들고 육체의 형 태로 존재하기 시작한다. 그러고는 눈을 뜨고 심호흡을 한 다음, 일시적인 도움을 줄 뿐이었던 포즈의 마지막 흔적을 자신에게서 떼어 낸다.

또한 만일 이 영역 전체가 밤에는 자고 낮에는 깨어서 두 발로 걸어 다닌다는 것, 인간이라 불린다는 것을 상기하게 된다면, 그 영역의 행동 가운데서도 인간에 상응하는 것들을 자연히 기대하 게 된다.

실제로 존재하는 현실 속 거대 도시. 그곳에 겨울이 왔다. 그곳 은 일찍 어두워지고, 하루의 노동이 저녁 불빛이 비추는 가운데 흘러간다.

아주 오래전,* 그 도시는 무서운 곳이었다. 사람들은 그곳을 제 압해야 했고, 그곳의 몰인정한 기세를 꺾어야만 했다. 그 후로 많 은 세월의 강물이 흘렀다. 이 도시로부터 강제로 승인을 얻어 냈 고, 그곳이 순종하는 모습은 이제 익숙한 현상이 되었다. 그 바람 에 어떻게 그곳이 그런 흥분을 줄 수 있었는지 상상하는 데만도 무척 애를 써서 기억을 더듬어야 할 판이다. 그곳에 불빛이 어른거린다. 사람들은 입에 손수건을 대고 기침하면서 주판을 탁탁 튕기고, 하얀 눈이 그곳을 덮는다.

도시에 대한 시인의 이런 새롭고 야성적인 감수성이 없었다면, 도시에 드리운 심각한 불안은 주목받지 못한 채 휙 지나쳐졌을 것이다. 말하자면 민감한 감수성이 시인에게 새로 탄생하기에 앞서, 소심한 사춘기의 모습이 찾아드는 것이다. 그리고 어린 시절에 그랬던 것처럼 다시 그의 눈에 모든 것이 포착된다. 램프들, 여성 타이피스트들, 문틀들과 고무 덧신들, 먹구름들, 달과 눈(雪)이. 무서운 세상*이.

도시에는 털외투의 뒤품들과 썰매 등받이들이 곤추서 있다. 도시는 마루를 구르는 10코페이카 은화처럼 레일 가장자리를 따라 구르며 먼 곳으로 떠나가더니, 레일 가장자리에서 떨어져 나와 안개 속으로 정겹게 내려앉는다. 안개 속에서는 양가죽 코트 차림의 여성 전철수(轉轍手)가 도시를 집어 올리려고 허리를 구부린다. 도시는 아주 먼 곳으로 굴러가면서 점점 작아지고 우연성으로 가득 찬다. 이처럼 도시에서는 주의력이 다소 결핍된 모습을 쉽게 마주칠 수 있다. 이것은 특별히 예상되는 불쾌한 일들이다. 그 불쾌한 일들은 고의로 아무것도 아닌 것에서 팽창한다. 하지만 아무리 팽창했다 한들, 사람들이 아주 최근에야 위풍당당하게 발을 딛고 건널 수 있게 된 모욕들에 비하면 그 불쾌한 일들은 극히 미미한 것에 불과하다. 그러나 문제는 이 모욕들을 비교할 수 없다는 것이다. 이 모욕들은 우리가 크게 기뻐하며 뜯어낸 예전 삶에 있는 것들이기 때문이다. 오, 다만 그런 기쁨이 좀 더 한결같이 지속되고 좀 더 현실에 실재할 수 있는 것이라면 얼마나 좋을까.

하지만 그런 기쁨은 현실에 실재할 수 없고, 또 그 비슷한 것이 존재하지도 않는다. 게다가 극단에서 극단으로 치닫는 이 기쁨처럼, 무엇인가로 치닫는 것은 지금껏 삶에 한 번도 없었다.

이때 사람들은 얼마나 낙심하는가. 미운 오리 새끼 이야기와 함께 안데르센 이야기 전체가 얼마나 또다시 반복되는가. 사람들은 파리로 어떤 코끼리도 만들어 내지 않겠는가 말이다.

하지만 어쩌면 내면의 목소리가 과장하고 있는 건 아닐까? 무서운 세상이란 말이 맞는 건 아닐까?

"금연해 주십시오", "사건을 짧게 진술하십시오" 이 말들이야말로 진실을 보여 주는 게 아닐까?

"이 사람이? 목매달아 죽을 거라고요? 안심하십시오."

"사랑할 수 있다고요? 이 사람이? 하-하-하! 그는 자신만 사랑하는 자요."

실제로 존재하는 현실 속 거대 도시. 그곳에 겨울이 오고, 그곳에 추위가 닥쳤다. 버드나무와 얽힌 채, 쩍쩍 갈라지는 소리를 내는 영하 20도의 공기는 마치 말뚝에 걸쳐 있는 듯 길을 가로질러서 있다. 도시의 모든 것이 안개에 싸여 굴러가면서 자취를 감추고 있다. 하지만 이리도 기쁜데 동시에 이토록 슬프기도 한 게 과연 있을 수 있는 일일까? 그렇다면 이것은 제2의 탄생이 아닐까? 그렇다면 이것은 죽음이 아닐까?

15

출생이나 사망 신고를 하는 호적 등록소에는 사실 여부를 가늠할 도구가 없으니, 사람의 진심을 엑스레이로 찍어 볼 수도 없다. 신고한 내용이 사실로 드러나기 위해서는 타인인 등록소 담당자의 손이 신고된 사항을 펜을 꾹꾹 눌러가며 또렷이 기록하는 것만이 필요할 뿐이다. 그렇게 되면 사람들은 아무것도 의심하지도 따지지도 않는다.

시인은 죽기 전에 자필로 유서를 쓸 것이다.* 그는 유언을 통해, 자신의 높은 가치가 명백한 사실임을 세계에 알린 다음, 다시 변경할 수 없을 만큼 속히 자신의 진심을 가늠해 보고 그것을 엑스레이로 찍어 볼 것이다. 그러고 나면 주위 사람들이 그의 진심이 사실인지 따져 보고 의심하며 비교하기 시작할 것이다.

사람들은 그의 유서를 이전 시인들의 것과 비교하지만, 그의 유서와 비교될 수 있는 것이라곤 그 자신 한 사람과 그가 보낸 삶 전체, 이 둘뿐이다. 사람들은 그의 감정에 대해 추측해 보지만, 영원하리라 할 수 있을 며칠뿐 아니라 영원히는 아닐지라도 지나온 모든 나날을 합한 만큼 그가 사랑할 수 있다는 사실을 모른다.

그러나 천재와 미녀,[14] 두 개념은 동일하게 이미 오래전부터 속된 것이 되어 버렸다.

미녀는 어린 시절부터 행동에 제약을 받아 왔다. 그녀는 아름다우며 이 사실을 일찍부터 알고 있다. 그녀가 온전히 자신의 모습으로 함께 있을 수 있는 유일한 존재는 이른바 신의 세계이다. 왜냐하면 다른 이들과 함께 있으면 한 걸음도 채 걷기 전에 그들에게 마음의 상처를 주거나 그녀가 상처를 받기 때문이다.

십 대 소녀인 그녀가 집 밖으로 나간다. 무엇을 하려는 것일까? 이미 그녀는 은밀하게 도착하는 편지들을 받고 있다. 그녀는 최근 비밀들을 두세 명의 친구에게만 공개하고 있다. 이렇게 이미 그녀는 모든 걸 갖춘 상태이다. 말하자면 그녀는 데이트하러 가는 것이다.

---

14 이 부분부터 '젊은 여배우 베로니카 폴론스카야와 마야콥스키의 만남에 관한 장'이 시작된다. 나아가 동시에 저자와 그가 사랑한 여인 지나이다와의 만남이 암시되기도 한다.

그렇게 그녀가 집 밖으로 나간다. 그녀는 저녁이 그녀에게 주목해 주고, 대기가 그녀로 인해 가슴 철렁이며, 별들이 그녀에게 열중해 주기를 바란다. 그녀는 나무들과 담장들과 지상 만물이 사람의 머릿속이 아닌 대기 중에 있을 때 누리는 명성을 자신도 누렸으면 하는 것이다. 하지만 누군가 이런 바람을 그녀가 품고 있다는 걸 지적한다면, 깔깔 웃어 대기만 할 것이다. 그녀는 그런 것에 대해 전혀 생각하고 있지 않다. 세상에는 그녀를 그녀 자신보다 더 잘 알기 위해, 또 최후에 그녀를 보증해 주기 위해 존재하는 아주 평범한 자, 먼 형제*가 있다. 그녀는 기운찬 자연에 대한 사랑은 역력히 드러내고 있지만, 자신의 사랑에 우주가 화답할 것이란 기대를 결코 버리지 않는다는 건 의식하지 못하고 있다.

봄과 봄날 저녁, 벤치마다 앉아 있는 몸집이 자그마한 노파들, 낮은 담장들, 무성하게 가지를 늘어뜨린 버드나무들. 약하게 증류된 순한 초록 와인 빛깔이 감도는 창백한 하늘, 먼지, 조국, 갈라지는 메마른 음성들. 나무 부스러기처럼 메마른 소리들과 그 파편들 전부를 감싸고 있는 매끄럽고 뜨거운 정적.

한 사람이 길을 따라 그녀 쪽으로 걸어온다. 그녀가 그리도 자연스럽게 만나 온 바로 그가. 그녀는 너무 기쁜 나머지, 자신이 밖으로 나온 건 오직 그를 만나기 위해서라고 되뇐다. 그녀의 말은 얼마간 맞다. 자신의 일부가 먼지, 모국, 고요한 봄날 저녁이지 않은 사람이 있을까? 그녀는 자연을 바라보느라 집 밖에 나온 이유를 깜빡 잊기도 하지만, 그녀의 발은 그것을 기억한다. 그와 그녀가 계속 걷는다. 그들은 함께 걸으면 걸을수록 더 많은 사람들과 마주치게 된다. 곁에서 걷고 있는 그를 온 마음으로 사랑하는 그녀 때문에 그녀의 발은 지칠 대로 지쳐 있다. 그때 갑자기 길이 조금 넓은 곳에 이른다. 이곳은 사람이 많지 않아 잠시 숨을 돌리고 주위를 둘러볼 수 있을 것 같다. 그런데 종종 바로 이때 그녀의 먼 형제가 자신의 길을 따라 이곳에 나타나서, 그녀를 만난다. 이젠 무슨 일이 일어나도 상관없다. 왜냐하면 어쨌든 "나는 그대 자신이라오"라는 아주 더할 나위 없는 어떤 느낌이 그와 그녀에게 찾아들어, 두 사람을 세상에서 상상할 수 있는 모든 유대로 묶어 주고는 메달에 박힌 두 얼굴처럼 둘의 얼굴을 함께 당당하고 활기차게, 혼신의 힘을 다해 박아 넣기 때문이다.

16

4월 초의 모스크바는 다시 찾아온 겨울로 아연실색하여 하얗게 변해 있었다. 7일에 두 번째 해빙이 시작됐고, 마야콥스키가 권총으로 자살한 날인 14일에는 모두가 다시 찾아온 봄기운에 모두가 익숙해진 건 아닌 상태였다.

나는 이 불행한 소식을 듣고서 올가 실로바*를 그 현장으로 불러들였다. 뭔가가 내게 이 전율적인 사건이 그녀 자신의 슬픔에 출구가 되어 줄 것이라고 귓속말해 주었던 것이다.

한 발의 총성으로 인해 몰려든 인파는 11시와 12시 사이에도 여전히 몰려들고 있었다. 자살 소식은 전화통들을 들썩이게 했고 사람들의 얼굴을 창백하게 만든 채 그들을 루비안스키 골목 마당 너머에 있는 고인의 집으로 질주하게 했다. 고인의 집 계단 전체에는 도시민들과 그 집 건물 거주자들이 잔뜩 깔려 있었다. 이들은 참담한 사건에 큰 충격을 받고 급히 몰려와서는 벽 곳곳에 흩어져 울며 애통해했다. 이 불상사를 처음 내게 알려 준 체르냐크와 로마딘*이 내게 다가왔다. 제냐*가 이들과 함께 있었다. 그녀를 보자 나의 뺨이 경련을 일으키며 씰룩거렸다. 그녀는 울면서 내게 빨리 위층으로 올라가 보라고 했다. 하지만 그때 사람들이 머리에서 발끝까지 뭔가로 덮인 시신을 들것에 들고 위층에서 내려왔다. 그러자 모두가 아래층으로 몰려들어 출입구 주위를 막아섰다. 그 바람에 우리가 사람들 사이를 가까스로 헤치고 빠져나왔을 때는 시신을 실은 구급차가 이미 대문 밖으로 나가고 있었다. 우리는 구급차를 따라 긴 줄을 이루며 겐드리코프 골목*으로 이동했다.

대문 밖에서는 삶이 무심하게 예전 그대로 돌아가고 있어, 삶이란 말이 무색할 정도였다. 이 같은 드라마의 영원한 참가자인 아스팔트 깔린 마당이 보인 관심은 사람들이 떠난 후에 뒤로 남겨졌다.

마치 걷는 연습을 하듯, 봄날의 대기는 고무와 같은 진흙탕 길을 힘없는 다리로 어슬렁거렸다. 수탉들과 아이들은 모두가 들릴 만큼 큰 소리로 자신들의 존재를 알리고 있었다. 이른 봄에 이들의 목소리는 분주한 도시의 떠들썩한 소리에도 불구하고 이상하게도 곳곳에 넓게 미친다.

전차가 시비바야 언덕을 천천히 기어오르고 있었다. 언덕에는 처음엔 오른쪽 인도가, 그다음엔 왼쪽 인도가 몰래 전차의 창문 아래로 아주 가까이 다가오는 바람에 손잡이를 잡은 채 본의 아니게 모스크바 위로 몸을 굽히게 되는 그런 지점이 있다. 이는 마치 미끄러져 넘어진 노파 쪽으로 몸을 굽히는 것과 같은데, 그 지점에 이르면 모스크바가 갑자기 네 발로 엎드려서, 지루하다는 듯 시계공들과 구두장이들을 자신에게서 떼어 놓는가 하면 지붕들과 종탑들은 들어 올려 옮겨 놓기 때문이다. 그리고 별안간 다시 일어나 옷자락을 펼친 다음, 전차를 눈에 띌 만한 게 없는 평평한 거리로 내몰기 때문이다.

이번에 일어난 모스크바의 움직임들은 권총 자살을 한 고인의 작품 내용의 일부임이 분명하였기에, 즉 그것들은 그의 본질 속 중요한 무언가를 매우 강하게 상기시켰기에 나의 온몸에 전율이 일었다. 그리고 마치 누군가 내 옆에서 큰 소리로 낭독해 주는 듯, 시 「바지 입은 구름」의 유명한 전화벨 대목이 내 안에서 굉음을 내며 저절로 울렸다. 나는 실로바 옆 통로에 서 있었는데, 그 대목의 여덟 행을 상기시켜 주려고 그녀 쪽으로 몸을 굽혔다. 그러나

　　나는 느낀다, 나에게 '나'는 너무 작다는 걸,

이라는 부분에 이르렀을 때 나는 입술이 벙어리장갑 속 손가락들처럼 붙어 버렸고, 나는 감정의 동요로 인해 더 이상 한마디도 내뱉을 수 없었다.

　두 대의 빈 자동차가 겐드리코프 골목 끝 대문 옆에 서 있었다. 자동차는 호기심에 찬 몇몇 사람들로 둘러싸였다.

　현관과 식당에는 모자를 쓴 사람들과 쓰지 않은 사람들이 서 있거나 앉아 있었다. 고인은 더 안쪽에 있는 자신의 서재에 누워 있었다. 현관에서 릴랴*의 방으로 이르는 문이 열려 있었고, 문간에는 문 위 가로목에 바싹 머리를 기댄 채 아세예프가 울고 있었다. 방 깊숙이 창가에는 키르사노프가 고개를 움츠린 채 몸을 부르르 떨며 소리 없이 흐느끼고 있었다.

　추도식 직후처럼 근심 어린 소곤 대는 소리가 나는 바람에 축축하고 뿌연 애도의 물결이 순간 중단됐다. 추도식 후 잼처럼 밀도 있는 사무적인 일이 끝날 때 맨 처음 들리는 속삭임은 너무나 건조해서 마루 밑에서 나는 것 같은 생쥐 냄새가 풍기는 법이다. 그렇게 애도가 중단됐을 때 한 번은 마당지기가 장화의 목에 끌을 꽂은 채 조심스레 방으로 들어와 겨울철 덧창을 거둬 내고는 소

리 없이 천천히 창문을 열었다. 아직은 외투를 걸치지 않고 마당에 있다간 벌벌 떨기 십상이었던지라, 참새들과 아이들은 아무 까닭 없이 크게 소리를 질러 대며 추위에 맞서 기운을 냈다

누군가가 발꿈치를 들고서 고인이 누워 있는 곳에서 나와, 릴랴에게 전보를 쳤는지 조용히 물었다. L. A. G*가 그렇다고 대답했다. 제냐는 나를 한쪽으로 데려가서는 이 L. A.[15]가 불굴의 의지로 무서운 참변의 중압을 감내하고 있는 중이라고 알려 주었다. 그녀가 울음을 터뜨렸다. 나는 그녀의 손을 꼭 잡았다.

거대한 세계의 뚜렷한 무심함이 창을 통해 방 안으로 흘러 들어왔다. 마치 육지와 바다 사이에 있는 듯, 잿빛 나무들은 공중에 떠올라 접경지대의 경비를 보았다. 나는 한창 돋아나는 새싹들로 덮인 큰 나뭇가지들을 보면서, 그것들 너머 아주 멀리, 전보를 보낸 그곳, 존재할 것 같지 않은 런던을 떠올려 보려 했다. 그곳에는 이제 곧 비명을 지르고, 우리 쪽으로 양팔을 뻗으며, 정신을 잃고 쓰러지는 이들이 있을 것이다. 나는 목이 멨다. 나는 고인의 방으로 다시 건너가 이번에야말로 정말 실컷 울리라 마음먹었다.

음울한 표정에 키가 큰 그는 턱까지 시트를 끌어당기고는 잠든 사람처럼 입을 반쯤 벌리고서 얼굴을 벽으로 향한 채, 등을 돌리고 누워 있었다. 그는 모두에게서 고개를 거만하게 돌리고서 누워서조차, 이렇게 자면서조차 결연히 어딘가로 가려는 갈망을 보이며 어딘가로 떠나고 있었다. 얼굴은 그가 자신을 22세의 잘생긴 청년이라고 불렀던 당시*로 돌아가 있었다. 왜냐하면 죽음의 손아귀에 거의 잡히지 않던 그의 작위적인 표정이 이제 죽음 때문에 굳어졌기 때문이었다. 그의 표정은 삶이 시작되는 표정이었지,

---

15 L.A.G에서 작가가 일부러 G를 생략함.

삶이 끝나는 표정은 아니었다. 그는 뾰로통한 얼굴로 성내고 있었던 것이다.

그런데 이때 현관에 하나의 움직임이 일어났다. 군중들 가운데서 조용히 구슬피 울고 있던 어머니와 언니에게서 떨어져 나와, 고인의 둘째 누나 올가 블라디미로브나가 이곳 아파트로 왔던 것이다. 그녀의 등장은 억척스럽고 소란스러웠다. 그녀의 목소리가 그녀의 모습이 보이기도 전에 헤엄치듯 방 안으로 들어왔다. 그녀는 홀로 계단을 오르면서 누군가와 큰 소리로 대화했는데, 남동생에게 말하고 있는 것이 분명했다. 그런 다음 그녀의 모습이 보였다. 쓰레기 더미를 지나듯 그곳에 있는 모든 사람을 지나 남동생 방의 문에 이르자, 그녀는 팔을 힘껏 내젓고 멈춰 섰다. "볼로쟈!" 그녀는 온 집 안에 울릴 정도로 외쳤다. 약간의 시간이 흘렀다. "말을 하지 않네!" 그녀는 더 크게 외치기 시작했다. "말을 하지 않아. 대답이 없어. 볼로쟈, 볼로쟈!! 정말 끔찍한 일이야!"

그녀가 휘청거리며 계속해서 쓰러졌다. 사람들이 그녀를 부축하고서 제정신이 들도록 급히 조치를 했다. 그녀는 정신을 차리자 즉시 시신 쪽으로 미친 듯 다가가서는 시신의 발치에 자리 잡고 앉아, 자신의 멈출 줄 모르는 대화를 서둘러 재개했다. 나는 오랫동안 참고 있던 울음을 와락 터뜨렸다.

대중이 취한 드라마틱한 태도가 얼마 전 총성이 울렸다는 사실마저 금세 잊게 한 이 사건 현장에서 이처럼 운다는 건 불가능한 일이었다. 저기 아스팔트가 깔린 마당에는 필연성의 숭배, 즉 도시에 깃든 거짓된 숙명론의 악취가 질산칼륨처럼 풍겨 났다. 흉내쟁이 원숭이처럼 모방에 기초한 이 숙명론은 인생을 쉬이 기억에 남는 일련의 센세이션 정도로 여긴다. 저기에서도 사람들이 목메어 운 건 사실이지만, 그것은 단지 너무 놀란 그들의 목구멍이 동물

영매(靈媒)가 그러하듯 집 건물들과 비상계단들과 연발 권총 상자의 발작을, 그리고 절망을 앓게 하고 살해를 토해 내게 하는 그 모든 것의 발작을 따라 한 것일 뿐이었다.

마야콥스키의 누나는 사람들이 위대한 것을 위해 울듯, 자신의 의지와 선택으로 그를 위해 운 최초의 사람이었다. 때문에 사람들은 파이프 오르간의 울부짖는 소리에 맞추듯, 그녀의 말소리에 맞추어 지칠 줄 모르게 한없이 슬피 울 수 있었다.

그녀는 진정될 줄을 몰랐다. "저들을 목욕탕으로 보냅시다!" 기이하게도 어느새 누나의 콘트랄토*에 맞춰진 마야콥스키 자신의 목소리가 분노하여 말하는 것 같았다. "좀 웃도록 말이오. 저들이 호호거리며 크게 웃도록 말이오. 저들이 사람들을 불러내도록 말이오." — 그런데 정작 그 자신에게는 여기 이 같은 일이 벌어지고 있었던 것이다. — "볼로쟈, 대체 왜 우리한테 오지 않았어?" 그녀는 목메어 울면서 띄엄띄엄 말했다. 그러나 곧 자제한 다음, 고인에게 더 가까이 앉으려고 성급히 자리를 옮겼다. "볼로디치카, 기억나, 기억나?" 그녀는 그가 마치 살아 있기라도 한 듯 갑자기 이렇게 상기시키고는 다음을 낭송하기 시작했다.

나는 느낀다, 나에게 '나'는 너무 작다는 걸,
내 안에서 누군가 완강히 뿌리치며 나오는 걸.
여보세요!
누구세요? 엄마?
그래 엄마다! 엄마 아들이 아주 많이 아프답니다.
엄마! 아들의 심장에 불이 났어요.
류다 누나와 올랴 누나에게 말해 주세요,
제겐 더 이상 몸 둘 곳이 없다고.*

17

저녁에 이곳으로 돌아와 보니 고인은 이미 입관(入棺)되어 있었다. 낮에 방을 가득 채웠던 얼굴들은 사라지고, 그들 대신 다른 얼굴들이 보였다. 방 안은 무척 조용했다. 이제 우는 사람은 거의 없었다.

문득 나는 아래쪽, 창 아래에 이제 완전히 과거의 것이 된 고인의 삶이 있다고 상상했다. 그의 삶이 포바르스카야 거리처럼, 나무로 둘러싸인 어느 고요한 거리의 모습을 하고서 창에서 비스듬한 방향으로 나갔다. 그리고 수 세기의 역사 속으로 갑자기 들이닥쳐 영원히 머무른, 유례없고 있을 수도 없는 이상적인 우리의 국가*가 바로 이 거리의 벽 곁에 최초로 들어서는 것이었다. 이처럼 국가가 아래쪽에 서 있었고, 그것에게 소리쳐서 그 손을 잡을 수도 있었다. 남다른 특성이 느껴진다는 점에서 국가는 어딘가 고인을 상기시켰다. 고인과 국가, 둘의 연관성이 어찌나 눈에 띄는지 쌍둥이로 보일 정도였다.

그리고 그때 나는 역시 자연스럽게, 입관된 고인이야말로 사실상 이런 국가의 유일한 시민이었다고 생각했다. 다른 이들은 적과 싸웠고, 목숨을 바쳤으며, 뭔가를 창조해 냈다. 또는 어려움을 견뎌 내며 뭔가를 오해하기도 했다. 하지만 그럼에도 불구하고 그들은 바로 이전 시대의 사람이었고, 아무리 서로 차이가 있다 해도 이전 시대 속에서 산 자라는 점에서 똑같았다. 오직 고인만이 시대의 새로운 것을 태생적으로 핏속에 지니고 있었다. 그에게는 그 절반들이 아직 드러나지 않은 우리 시대의 기이한 것들이 무척 낯설 뿐이었다. 나는 그의 성격을, 많은 면에서 아주 독특한 그의 독립적인 성향을 떠올려 보기 시작했다. 그것 둘 다 시대 상황에 적응한 결과 생긴 것으로 볼 수 있었다. 시대 상황은 비록 우리 시대에 의해 그 모습이 암시되었지만, 그것이 정점에 이른 모습은 아직 파악되지 않은 터였다. 그러니까 어린 시절부터 고인은 상당히 일찍, 그리고 아마도 별 어려움 없이 그의 관심을 끈 미래 때문에 망쳐진 것이었다.(1930)

사람들과 상황
자전적 에세이

어린 시절

1

나는 1920년대에 쓴 자전적인 작품 『안전 통행증』에서 나를 존재하게 한 삶의 상황들을 분석한 바 있다. 유감스럽게도 그 책은 당시 흔히 저지르는 잘못인 불필요한 허식을 부리는 바람에 망치고 말았다. 이 에세이에서 그 책의 내용을 반복하지 않도록 애써 보겠지만, 그 일부를 얼마간 다시 언급하는 것은 피할 수 없을 것이다.

2

나는 구력으로 1890년 1월 29일에 모스크바의 오루제이니 골목 신학교 건너편에 있는 리진*의 집 건물*에서 태어났다. 이유는 알 수 없지만, 내 기억에 신학교 공원에서 유모와 함께했던 가을 산책과 관련된 것이 여전히 남아 있다. 낙엽 더미 밑의 흠뻑 젖은 작은 길들, 연못들, 신학교의 쌓아 올린 언덕들과 페인트칠한 Y형 가로대들, 깔깔대는 신학생들이 긴 휴식 시간 동안 벌인 시합들과 큰 싸움들이.

신학교 정문 바로 맞은편에는 마차를 대는 마당이 있는 2층짜리 석조 건물이 있었고, 바로 그 건물 출입구 상부, 둥근 지붕의 아치에 우리 집이 있었다.

3

나의 유아기에 대한 느낌들은 놀람과 환희의 요소로 이루어졌다. 동화의 색채 속에서 그것들은 모든 것 위에 군림하면서 모든 것을 하나로 통합한 두 개의 중심 이미지로 모아지곤 했다. 바로 카레트니 랴드에 있는 마차 차고지*의 박제된 곰의 이미지, 그리고 둔탁한 저음의 목소리와 함께 둥근 어깨, 덥수룩한 수염을 지닌 선량한 거구인 출판업자 P. P. 콘찰롭스키*의 이미지, 즉 그의 가족과, 그의 아파트 방들에 걸려 있던 연필이나 펜, 먹물로 그린 세로프, 브루벨, 나의 아버지, 바스네초프 형제의 그림들 이미지로.

집 근방은 아주 미심쩍은 곳―트베르스카야얌스카야(Tverskaia-Yamskaia) 거리들, 트루바, 츠베트느이 가로수 길의 골목들―이었다. 사람들은 늘 내 손을 잡고 나가려 했다. 당시 내가 알아선 안 되는 것과 들어선 안 되는 것이 있었다. 하지만 보모와 유모는 집에 혼자 있는 걸 견디지 못했고, 그러다 보니 우리는 잡다한 무리들로 둘러싸이기 일쑤였다. 정오에는 기병 헌병대가 즈나멘스카야 병영의 야외 연병장에서 훈련을 받곤 했다.

나는 근처 가로수 길의 부랑자들, 그들의 삶과 히스테리 등의 세상과 이웃해 살면서 걸인들, 떠돌이들을 접하다 보니 너무 일찍부터 여성에 대해 정신이 아찔해질 정도의 무서운 연민을 갖게 되었고, 부모님에 대해서는 보다 더 참을 수 없는 정도의 연민을 품게 되었다. 그리고 이러한 연민은 일생 동안 지니게 되었다. 부모님은 나보다 일찍 돌아가실 것이므로 당신들을 지옥의 고통에서 벗어나게 해 드리기 위해 나는 들어본 적 없는 빛나고, 유례 없는 놀라운 어떤 일을 이뤄 내야만 했다.

4

내가 세 살 때 우리 가족은 중앙 우체국 건너편, 먀스니츠카야 거리의 회화 조각 건축 전문학교 건물에 부속된 아파트형 관사(官舍)로 이사했다. 그 아파트는 학교의 본관과 떨어진 마당 안 곁채에 있었다.

고색창연한 아름다운 본관은 많은 점에서 놀라웠다. 1812년의 화재*는 이 건물을 피해 갔다. 백 년 전 예카테리나 여제 통치기에는 프리메이슨 지부의 비밀 은신처 역할을 했다. 먀스니츠카야 거리와 유시코프 골목이 만나는 모퉁이로 둥글게 나 있는 이 건물 측면에, 원주(圓柱)들이 세워진 반원형 발코니가 있었다. 널찍한 발코니 공간에 자리 잡은 벽감(壁嵌)*은 벽 안쪽으로 들어가 있어 학교 강당에 연결되어 있었다. 멀리 철도역까지 뻗어 있는 먀스니츠카야 거리의 나머지 구역이 발코니 위에서 구석구석 다 보였다.

1894년에 건물 거주자들은 이 발코니 위에서 알렉산드르 3세 황제의 유해 운구 의식을 구경했고, 그 2년 뒤에는 니콜라이 2세의 즉위 때 거행한 대관식의 각 장면들을 구경했다.

미술 학교 학생들과 선생들이 발코니에 서 있었다. 어머니는 나를 안고서 발코니 난간 옆 군중 속에 계셨다. 어머니 발밑에는 깊은 심연이 입을 쩍 벌리고 있었다. 심연의 바닥에는 모래로 덮인 빈 거리가 호흡이 멎은 채 행렬을 기다렸다. 군인들은 모두에게 들릴 만큼 크게 구령을 외치며 부산스러웠지만, 구령 소리는 위쪽 발코니 구경꾼들의 귀에까지 들리지는 않았다. 그것은 마치 늘어선 군인들의 대열 때문에 자갈 도로에서 보도 가장자리로 밀려난 숨죽인 도시민들의 침묵이 바닷물을 흡수하는 모래처럼 소리를 남김없이 삼키고 있는 듯했다. 종소리가 침울하고 느릿느릿 울려 퍼졌다. 머리 위로 치켜든 손들이 바다를 이뤘고, 그 물결은 멀리서 밀려 들어와 우리를 지나가며 너울댔다. 모스크바가 모자를 벗고 성호를 긋고 있었던 것이다. 조종(弔鐘)이 도처에서 울리기 시작한 가운데, 끝없는 행렬의 선두, 부대(部隊)들, 성직자들, 검은 덮개와 술로 덮인 말들, 믿을 수 없게 화려한 유거(柳車),* 한 번도 본 적 없는 놀라운 다른 의상을 걸친 의전관(儀典官)들이 보이기 시작했다. 행렬은 계속 이어졌다. 건물들의 정면은 폭이 넓은 크레이프* 상장(喪章) 조각으로 덮이고 검은 덮개가 씌워진 채, 조기(弔旗)가 축 처진 모습으로 걸려 있었다.

웅장하고 화려한 분위기는 회화 조각 건축 전문학교의 본질적인 부분이었다. 학교는 황실 궁정 부처(部處)의 관할하에 있었다. 세르게이 알렉산드로비치 대공이 후견인으로서 학교의 식전(式典)과 전람회에 참석하곤 했다. 대공은 마르고 호리호리했다. 아버지와 세로프는 스케치북을 모자로 숨긴 채, 대공이 참석하곤 했던 골리친가(家)와 야쿤치코프가(家)의 저녁 모임*에서 대공의 캐리커처를 그리셨다.

아주 오래된 나무들이 있는 작은 정원의 쪽문 맞은편 마당에는 별채, 각종 사무소와 헛간 가운데 곁채가 두드러졌다. 곁채 아래쪽, 지하층에서는 방금 만든 아침 식사를 그릇에 담아 학생들에게 내놓았다. 계단에는 항상 돼지비계 조각을 밑에 깔고 구운 피로그와 튀긴 커틀릿의 연기가 자욱했다. 그다음 층계참에 우리 아파트로 이어지는 문이 있었다. 그 위층에는 미술 학교의 사무원이 살고 있었다.

다음은 그 이후 50년이 지나, 즉 얼마 전이었던 최근 소비에트 시기에 N. S. 로디오노프의 책 『톨스토이의 삶과 창작에서 모스크바』125쪽에서 읽은 1894년에 관한 대목이다.

11월 23일에 톨스토이는 딸들과 함께 회화 조각 건축 전문학교 건물에 있는 화가 L. O. 파스테르나크의 집에 갔다. 이 학교의 교장인 파스테르나크의 집에서 열리는 콘서트를 듣기 위해서였다. 콘서트에는 파스테르나크의 아내와 음악원의 두 교수인 바이올리니스트 I. V. 그르지말리, 첼리스트 A. A. 브란두코프*가 참가하고 있었다.

작은 실수 하나만 빼면 이 대목은 모두 사실이다. 당시 이 학교 교장은 아버지가 아니라 리보프 공작*이라는 것 말이다.

로디오노프가 기록한 그날 밤을 나는 생생하게 기억하고 있다. 그날 나는 한 번도 경험해 본 적이 없는 달콤하면서도 가슴을 저미는 듯한 고통을 느껴 한밤중에 깼던 것이다. 나는 울적하고 두려운 마음에 고함지르며 울기 시작했다. 하지만 음악이 내 울음소리를 삼켰기 때문에, 나를 깨운 그 삼중주 파트의 연주가 끝난 다음에야 울음소리가 들렸다. 나는 방 한가운데 쳐진 커튼 너머에 누워 있었는데, 그 커튼이 젖혀졌다. 어머니가 모습을 드러내시고는 내게 몸을 구부려 금세 나를 달래셨다. 그리고 아마도 나를 손님들에게로 데리고 나간 듯했다. 그게 아니라면 내가 열려 있는 문의 틈을 통해 거실을 보았거나. 거실이 담배 연기로 가득 차 있었다. 촛불은 담배 연기 때문에 눈이 따끔거린 듯 속눈썹을 깜빡이며 바이올린과 첼로의 붉게 옻칠한 나무판을 밝게 비추었다. 그랜드 피아노가 검게 빛나고 있었다. 남자들의 프록코트도 검게 빛났다. 숙녀들은 꽃바구니들에서 튀어나온 명명일(命名日)* 꽃들처럼 어깨를 드러낸 드레스를 입고 있었다. 노인 두세 명의 백발이 담배 연기가 만드는 고리들과 한데 섞여 있었다. 나중에 나는 그 중 한 노인을 잘 알게 되어 자주 보게 되었다. 그는 화가 니콜라이 게(N. N. Ghe)였다. 또 다른 노인의 이미지는 대부분의 사람들에게 그런 것처럼 내게도 평생 남게 되었다. 아버지가 그의 작품 삽화를 그리셨고, 그 댁에 찾아가시곤 했으며, 그를 존경하셨기 때문에 특히 그랬다. 뿐만 아니라 우리 집 전체가 그의 정신으로 가득 차 있었기 때문이기도 했다. 그는 레프 니콜라예비치*였다.

대체 나는 왜 그토록 울었던 것일까, 그리고 왜 그날의 고통을 이렇게 잊지 못하는 걸까? 나는 집에서 흘러나오는 포르테피아노 소리에 이미 익숙해 있었고, 더구나 어머니는 포르테피아노를 아주 뛰어나게 연주하시지 않았던가. 내게 그랜드피아노 소리는 음악 자체의 불가분한 구성 요소로 여겨지고 있던 터였다. 하지만 현악기들의 음색, 특히 실내 앙상블로 연주된 경우는 내게 익숙하지 않은 것이었기 때문에 그 소리는 열어 놓은 통풍구를 통해 밖에서 흘러 들어온, 도움을 요청하는 실제 외침이거나 불운에 관한 소식인 양 나를 불안하게 했던 것이다.

당시는 두 사람 — 안톤 루빈시테인과 차이콥스키 — 이 사망했던 겨울*이었던 것 같다. 이날 연주한 곡은 후자의 유명한 삼중주*가 분명하다.

이날 밤은 기억에 없던 나의 유아기와 이후의 어린 시절 사이의 분기점이 되었다. 이날 밤 이후로 나의 기억은 활동하게 되었고, 의식은 성인의 경우처럼 더 이상의 커다란 중단이나 단절 없이 그 기능을 발휘하기 시작했다.

6

이동파(移動派)*의 전시회들이 봄에 미술 학교 홀에서 열리고 있었다. 전시품은 겨울에 페테르부르크에서 실어 왔다. 상자에 포장된 그림들이 우리 집 뒤쪽, 창문 건너편에 일렬로 늘어선 헛간에 놓였다. 상자들은 부활절 전에 마당으로 나와 헛간 문 앞 야외에서 끌려졌다. 학교 직원들이 상자를 뜯어, 육중한 액자에 껴 있는 그림을 상자 상단과 바닥으로부터 빼냈다. 이어 두 사람씩 그림을 들고 마당을 지나 전시장으로 가져갔다. 우리는 창턱에 기대 그들이 일하는 것을 열심히 지켜보았다. 그렇게 우리의 눈앞에서 레핀, 먀소예도프, K. 마콥스키, 수리코프, 그리고 폴레노프가 그린 가장 유명한 유화들이 지나갔다. 이들의 그림은 오늘날 미술관과 국립 보관소 전체 소장품들의 절반을 족히 차지한다.

아버지와 친한 화가들과 아버지 자신도 이동파 화가들의 작품 옆에 작품을 전시하셨다. 하지만 그것은 전시회 초기에만 잠시 그랬던 것뿐이다. 얼마 후 세로프, 레비탄, 코로빈, 브루벨, 이바노프,

아버지, 그리고 기타 화가들은 보다 젊은 화가들의 단체인 '러시아 화가 연맹*'을 결성했다.

전 생애를 이탈리아에서 보낸 조각가 파벨 트루베츠코이*가 1890년대 말에 모스크바에 왔다. 그는 천창(天窓)으로 채광(採光)이 되는 새 작업실을 제공받았다. 작업실은 우리 집 벽 바깥쪽에 증축된 터라 이 증축으로 우리 부엌 창문의 전망이 가려지게 되었다. 그전에는 창문이 마당을 바라다보았는데, 이제 트루베츠코이의 조각실을 내다보게 된 것이었다. 우리는 그가 소상(塑像)을 빚는 모습과 그의 주형공(鑄型工) 로베키가 작업하는 모습을 부엌에서 지켜보곤 했다. 또 그에게 포즈를 취하던 어린아이들과 발레리나들을 비롯해 높은 작업실의 널찍한 문으로 자유로이 드나든 쌍두마차들과 말 탄 카자크들에 이르는 그의 모델들도 구경했다.

아버지가 그리신 톨스토이의 소설 『부활』의 뛰어난 삽화들은 바로 이 부엌을 통해 페테르부르크로 발송되었다. 소설의 각 장은 완결될 때마다 페테르부르크의 출판업자 마르크스가 발행하는 잡지 『니바(Niva)』*에 실렸다. 삽화 작업은 정신없이 진행됐다. 나는 바삐 일하시던 아버지의 모습을 기억한다. 잡지의 각 권이 지체되는 일 없이 정기적으로 출간됐다. 아버지는 매번 기한을 맞추셔야 했던 것이다.

톨스토이는 교정 일을 오랫동안 붙들고 있다가 대폭 수정하곤 했다. 그래서 초기 본에 맞춰 그린 삽화들이 그 이후의 변경본과 맞지 않을 위험이 발생하였다. 하지만 아버지는 톨스토이가 견문을 얻는 장소—법정, 호송 중인 죄인의 임시 감옥, 시골, 철도—에 대한 스케치를 하셨다. 아버지는 생생한 세부 장면들의 축적, 그리고 톨스토이와 공유하신 현실감 덕분에 그러한 이탈의 위험에서 벗어나셨던 것이다.

서둘러야 하는 상황이었으므로 삽화들은 기회가 생길 때마다 발송되었다. 니콜라옙스카야 철도 급행열차의 차장단(車掌團)이 이 일에 투입되었다. 철도원 외투를 입은 차장이 출발하려는 기차 승강문 옆 플랫폼에서처럼, 부엌 문간에서 기다리며 서 있던 모습은 어린아이였던 나의 상상력을 자극했다.

목수용 접착제가 부엌 곤로 위에서 끓곤 했다. 삽화들은 재빨리 문질러져 정착제(定着劑)로 건조되고 마분지 상자에 붙여졌다. 그리고 포장된 다음 끈으로 묶였다. 준비가 다 된 꾸러미는 밀랍으로 봉해져 차장에게 건네졌다.

스크랴빈

1

내 생애의 첫 두 10년은 서로 매우 다르다. 1890년대 모스크바는 1천6백 개 교회의 장려함 속에서 제3로마의 전설적인 모습이라든가 영웅 서사시 속 수도의 전설적인 모습을 갖춘, 그림 같고 거의 동화 속 외딴곳 같은 그 옛 모습을 간직했었다. 아직도 옛 관습들이 영향력을 행사하고 있었던 것이다. 가을에는 미술 학교의 마당과 이어진 유시코프 골목, 그리고 성(聖) 플로르와 라브르* 교회 마당에서 말 축성식(祝聖式)이 거행되었다. 그럴 때면 미술 학교 정문에 이르는 온 골목이 말들과, 축성식에 참가할 말을 이끌고 온 마부들과 마구간지기들로 넘쳐 나 정기 마시장 같은 곳이 되어 버렸다.

어린아이였던 나의 기억으로는 그 당시 새로운 세기가 도래하자 모든 것들이 마법 지팡이의 휘두름으로 변해 버린 듯했다. 모스크바는 세계 제일의 수도들에 걸맞은 상업적 열풍에 휩싸였다. 고층 주택들이 빠른 수익을 내려는 사업가들에 의해 우후죽순으로 세워지기 시작했다. 하늘로 뻗은 거대한 벽돌 건물들이 어느새 도시의 온 거리에 우뚝 솟아 있었다. 모스크바는 페테르부르크를 앞서며, 이런 건물들 외에도 러시아의 새로운 예술 — 대도시의 예술, 새로 생겨난 현대적이며 생생한 예술 — 을 탄생시켰다.

2

이러한 1900년대 초의 열기는 미술 학교에서도 느껴졌다. 학교에 할당된 정부의 자금은 학교를 운영하는 데 충분치 않았다. 학교 예산을 보충할 자금을 마련하는 일에 사업가들이 투입됐다. 미술 학교 부지에 임대 숙박 시설용의 다층 주거 건물들을 세우고 정원이 있던 땅 한가운데에는 임대용 유리 전시관들을 짓기로 결정되었다. 1890년대 말에 마당의 곁채와 헛간들이 철거되기 시작했다. 기초 공사용 깊은 구덩이들이 뿌리째 뽑힌 정원의 자리에 파였다. 구덩이들은 물로 가득 차 있었다. 그 안에는 연못에서 그러하듯 익사한 쥐들이 둥둥 떠다녔는가 하면, 개구리들이 지면에서 폴짝 뛰어 구덩이 속으로 들어갔다. 우리 집이 있는 곁채도 철거될 예정이었다.

겨울에 본관의 두세 개 교실과 강연장을 터서 만든 새 아파트가 우리에게 제공되었다. 우리는 1901년에 그곳으로 이사했다. 이 새 거주지에서 우리는 10년을 살았다. 새 아파트가 하나의 둥근 공간과 한층 기묘한 모양을 한 또 다른 공간을 개조해 만든 것이어서 비품실과 초승달형의 욕실, 타원형의 부엌과 부엌으로 우묵 들어간 반원형의 식당이 갖춰져 있었다. 문을 통해 미술 학교 작업실과 복도에서 둔탁하게 웅성거리는 소리를 항상 들을 수 있었다. 맨 끝 방에서는 차플리긴 교수*가 건축과 학생들에게 하는 난방 장치 설치에 관한 강의를 언제나 들을 수 있었다.

그전, 예전 아파트에 살 때 어머니나 특별히 초빙된 가정 교사들이 취학 전 나의 교육을 담당하셨다. 한때 나는 페트로파블롭스카야 김나지움의 입학을 준비하고 있어서 초등 교과 과정의 전 과목을 독일어로 배우기도 했다.

감사의 마음으로 기억하고 있는 이때의 스승들 중에서 나는 아동 문학가 겸 영문판 청소년 문학의 번역가이셨던 나의 첫 선생님 예카테리나 이바노브나 보라틴스카야*를 언급하고자 한다. 그녀는 의자에 앉아 깃펜을 쥐는 법과 같은 가장 기초적인 것부터, 읽고 쓰기, 기초 산수와 프랑스어를 내게 가르쳐 주셨다. 나는 수업을 받으러 가구가 딸린 그녀의 하숙방으로 이끌려 가곤 했다. 방은 어두웠고 마룻바닥에서 천장까지 책으로 가득 채워져 있었다. 방에는 청결함과 엄격함, 끓인 우유와 볶은 커피 향이 풍겨 났다. 코바늘로 뜬 레이스 커튼으로 덮인 창밖에는 편직물의 땀처럼 보이는 크림색을 띤 잿빛의 거무죽죽한 눈이 내리고 있었다. 나는 눈에 정신이 팔린 나머지, 나와 프랑스어로 대화하시는 예카테리나 이바노브나가 던진 질문에 엉뚱하게 대답했다. 수업이 끝나면 예카테리나 이바노브나는 재킷 안쪽 면으로 깃펜을 닦으셨고, 나를 데리러 사람이 올 때까지 기다리신 후 나를 밖으로 내보내셨다.

나는 1901년에 모스크바 제5김나지움 2학년에 입학했다. 이 학교는 반놉스키의 개혁* 이후에도 고전 교육 학교의 명맥을 유지했고, 교과 과정에 도입된 자연 과학과 다른 새로운 과목들 외에 고대 그리스어 과목을 계속 가르쳤다.

3

1903년 봄에 아버지는 브랸스크 철로 — 현 명칭은 키예프 철로 — 변, 말로야로슬베츠 근처 오볼렌스코예에 있는 별장을 빌리셨다. 스크랴빈이 이웃한 별장에서 지내고 있는 것을 알게 되었다. 우리 가족과 스크랴빈 가족은 그전까진 모르는 사이였다.

별장들은 숲 언저리의 언덕 위에 서로 얼마간 거리를 유지하며 서 있었다. 우리는 관례에 따라 별장에 아침 일찍 도착했다. 숲의 나뭇잎들이 부서져 내리는 햇살을 받으며 건물 위로 낮게 드리워져 있었다. 보리수 껍질 거적에 싸인 짐 꾸러미가 뜯기며 끌려졌다. 침구류, 저장한 식품들, 프라이팬, 양동이 등이 꾸러미에서 나왔다. 나는 숲 속으로 달려갔다.

아아, 이럴 수가! 그날 아침 숲은 무엇으로 가득 찼던가! 햇살이 사방팔방에서 숲에 스며들었고, 움직이는 숲의 그림자는 때론 이렇게, 때론 저렇게 모자를 내내 고쳐 썼다. 오르내리는 나뭇가지 위의 새들은 언제 들어도 갑작스럽고 도저히 익숙해질 수 없는 소리로 지저귀기 시작했다. 그 소리는 처음엔 크고 힘차게 쏟아지다가 그다음엔 점점 조용해졌는데, 끊임없이 격렬히 되풀이되는 모습이 먼 곳으로 사라지고 있는 수풀의 나무들을 닮아 있었다. 이렇게 빛과 그림자가 숲에서 번갈아 비치고 새들이 나뭇가지들을 옮겨 다니며 노래하고 있었던 것과 똑같이, 옆집 별장에서 포르테피아노로 작곡 중이던 '제3교향곡' 또는 '신성한 시'*의 조각들과 파편들도 숲을 질주하며 이리저리 굴러다니고 있었다.

아아, 그것은 어떤 음악이었던가! 교향곡은 포격을 받고 있는 도시처럼 계속 무너져 내렸다. 그런가 하면 그 전체가 잔해와 폐허 속에서 일어나 점점 자라고 있었다. 교향곡은 미치도록 정성껏

다듬은 새로운 내용으로 넘쳐흘렀던 것이다. 그날 아침에 숲이 어찌 됐든 1803년이 아닌 1903년 봄의 나뭇잎으로 치장하고서 활기와 상쾌함을 호흡하며 새로웠던 것처럼 말이다. 그 숲에 단 하나의 골판지 이파리나 페인트칠한 양철 이파리가 없었던 것처럼, 교향곡에도 '베토벤의 경우와 같이', '글린카*의 경우와 같이', '이반 이바노비치*의 경우와 같이', '공작 부인 마리야 알렉세브나*의 경우와 같이' 겉으로만 심오한 것, 극히 과장된 숭엄한 것이라곤 없었다. 하지만 작곡되고 있는 곡의 비극적 힘은 아주 옛날부터 인정되어 온 모든 것과 의미 없이 장엄한 모든 것을 엄숙하게 경멸하고 있었다. 그 음악은 광적일 만큼, 유치할 만큼 대담했고, 짓궂을 정도로 제멋대로였으며, 타락한 천사처럼 자유로웠다.

그런 음악을 작곡하는 사람이라면 자신이 어떤 사람인지를 이해할 것이고, 일을 마친 뒤에는 일곱째 날에 하시던 모든 일을 마치시고 안식하셨던 하느님처럼 또렷해진 의식으로 평안히 쉴 것 같았다. 그는 정말로 그런 사람인 것으로 드러났다.

스크랴빈은 아버지와 함께 그 지역을 관통하는 바르샤바 포장도로를 자주 산책했다. 이따금 나도 함께했다. 스크랴빈은 도약할 정도로 내달린 다음 마치 관성의 힘을 받은 듯 깡충거리며 계속 달리는 걸 좋아했다. 약간의 차이만 있을 뿐, 그 모습은 던져진 돌멩이가 물을 미끄러지듯 튕겨 나가는 것과 같았고, 마치 그가 지상으로부터 분리되어 공중을 떠가는 것 같았다. 사실 그는 다양한 형태의 영감에 찬 민첩한 행동과 비상에 가까운 무중력의 동작을 익히려고 했다. 그러한 행동들 중 하나로, 그가 사람들과 있을 때 심각한 것을 피해 아무 생각이 없는 가벼운 사람으로 보이려고 취하는 매혹적인 우아함과 사교가적인 모습도 포함시켜야 한다. 오볼렌스코예를 산책하는 동안 그가 보여 준 모순적인 행동들은 더할 나위 없이 놀라웠다.

그는 삶, 예술, 선악 등의 문제에 대해 아버지와 논쟁하곤 했다. 그는 톨스토이를 공격했고, 초인 사상, 초(超)도덕주의, 니체주의를 선전했다. 한 가지 점 ― 장인 정신의 본질과 과업에 대한 견해 ― 에서 두 분은 의견 일치를 보였다. 다른 모든 점에서는 견해 차이를 보였다.

당시 나는 열두 살이었다. 나는 두 분이 벌이는 논쟁의 절반도 이해하지 못했다. 하지만 스크랴빈은 그의 신선한 정신으로 내 마음을 끌었다. 나는 미칠 듯이 그를 사랑했다. 그의 견해의 본질을 파악하지도 못하면서 나는 그의 편을 들었다. 그는 그 후 얼마 되지 않아 스위스로 떠났고 그곳에서 6년을 있었다.

그 가을, 우리 가족이 도시로 돌아가는 일은 내게 일어난 불상사로 인해 늦춰졌다. 아버지는 「야간 방목 중에」라는 그림을 그리고 계셨다. 아버지는 해 질 녘에 보차로보 마을 아가씨들이 말을 타고 우리 별장 언덕 아래의 습지 초원으로 말 떼를 전속력으로 모는 모습을 화폭에 담고 있었던 것이다. 어느 날 나는 그들의 뒤를 바짝 쫓아 말을 달렸는데, 넓은 개울을 뛰어넘다 그만 말에서 떨어져 다리가 부러졌다. 뼈가 붙으면서 예전보다 다리 한쪽이 짧아졌고, 나는 그로 인해 징집이 있을 때마다 군면제를 받게 되었다.

오볼렌스코예에서 여름을 나기 전에 사실 나는 이미 서투르게나마 피아노를 치고 있었고 나만의 무언가를 겨우 선택하고 있던 터였다. 그러다 이젠 스크랴빈을 흠모하게 되어 즉흥 연주와 작곡에 대한 갈망이 내 안에서 열렬히 타오르기 시작했다. 나는 그를 만난 그해 가을부터 이후 6년간의 김나지움 시절 전체를 철저하게 작곡 이론을 공부하는 데 바쳤다. 처음엔 당시 음악 이론가 겸 비평가로 아주 고매하셨던 Iu. D. 엔겔* 선생님의 가르침을 받았고, 그다음엔 R. M. 글리에르* 교수님의 지도를 받았다.

아무도 내 미래에 대해 의심하지 않았다. 나의 운명은 정해졌고, 그 길은 제대로 선택된 것이었다. 나는 음악가가 될 몸이었던 바 어떤 행동을 해도 음악 때문에 다 용서받았다. 그 발밑에도 못 따라갈 선배들에게 내가 저지른 온갖 배은망덕한 비열한 짓들, 고집불통, 반항, 부주의하고 이상한 행동들을 말이다. 심지어 김나지움에서 나는 그리스어 수업인가 수학 수업 시간에 걸상 달린 책상에 오선지 노트를 펴 놓고 푸가와 대위법 문제를 풀다가 선생님께 걸리기도 했다. 그 자리에서 추궁을 받고 나는 무슨 말을 해야 할지 몰라 멍청하게 서 있었는데, 반 친구들 모두 나를 감쌌고 그럴 때마다 선생님들은 나를 용서해 주셨다. 그러나 이 모든 혜택에도 불구하고 나는 음악을 그만두었다.

내가 음악을 그만둔 것은 음악 덕분에 기뻐 날뛸 자격이 생기고 주위 모든 사람들이 나를 축하해 주고 있을 때였다. 나의 신, 나의 우상은 「법열의 시」와 그의 최신 곡들을 가지고 스위스에서 귀국해 있었다. 모스크바가 그의 성공과 귀환을 경축했다. 그러한 경축이 한창일 때 나는 대담하게 그를 찾아가 나의 자작곡들을 연주해 보였다. 그의 반응은 내 기대 이상이었다. 스크랴빈은 내 연주를 끝까지 들었고, 나를 지지하고 격려해 주었으며, 축복해 주었다.

하지만 아무도 나의 감춰진 비극을 알지 못했고, 설령 내가 그것을 말했다 해도 아무도 내 말을 믿지 않았을 것이다. 작곡은 성공적으로 진행되었지만 막상 그것을 연주할라치면 나는 어쩔 수 없는 무력감에 빠지곤 했다. 나는 피아노를 겨우 연주할 수 있는 정도였고, 음의 분별조차 충분히 빠르게 하지 못하고 간신히 하나씩 더듬거리며 할 뿐이었다. 결코 쉽게 얻어지지 않았을 새로운 음악적 아이디어와 그에 못 미치는 기술적 뒷받침 사이의 이러한 불균형은 기쁨의 원천이 될 수 있었을 자연의 선물을 끊임없는 고통의 주범으로 바꿔 놓았다. 그리고 결국 나는 그 고통을 견딜 수 없게 된 것이다.

어떻게 이런 불일치가 발생할 수 있었을까? 그 근본적인 요인은 대가를 치르게 될 가당찮은 무언가, 즉 용납될 수 없는 청소년 특유의 거만, 어설픈 지식을 가진 초보가 손쉽게 얻을 수 있다거나 도달할 수 있다고 여기는 모든 것에 대해 품는 허무주의자적 경멸이었다. 나는 창조적이지 않은 것, 단순히 기능적인 것들을 속속들이 알고 있다는 건방진 생각으로 그러한 것 모두를 경멸했던 것이다. 나는 실생활에서 모든 것은 기적이자 하늘로부터 운명 지어진 것이어야 하고, 고의적으로 계획되거나 의도적인 것, 제멋대로인 것이 있어선 안 된다고 생각했다.

이것은 스크랴빈이 내게 미친 영향의 반대급부였다. 그 외의 점에서 그의 영향은 내게 지극히 중요한 것이 되어 있었다. 그의 자아 중심주의는 오직 그에게만 맞는 것이었고 정당화될 수 있었다. 유치하게 잘못 이해된 그의 견해의 씨앗들이 수용력이 좋은 땅에 떨어져 있었던 것이다.

그런 영향이 아니더라도 나는 아주 어려서부터 신비주의와 미신에 끌렸고 섭리적인 것에 매력을 느꼈다. 사실상 로디오노프가 기록한 그날 밤 이래 나는 고차원적인 영웅의 세계가 존재한다고 믿고 있었다. 설령 고통을 가져온다 하더라도 희열 속에 봉사해야 할 그런 세계를 말이다. 예닐곱, 여덟 살 때 나는 얼마나 여러 번 자살할 뻔했는가!

나는 내 주위에 온갖 종류의 신비와 속임수가 있는 게 아닐까 하고 생각했다. 내가 믿지 못할 만큼 터무니없는 것이란 세상에 없었다. 터무니없는 것들을 상상할 수 있는 유일한 시기인 인생의 여명기에, ─ 아마도, 그보다 훨씬 전 나에게 처음 입혔던 유아용 사라판*에 대한 기억 때문인 듯 ─ 나는 나 자신이 오래전에 한때 여자아이였으며, 기절할 정도로 허리띠를 꽉 조여서라도 보다 매혹적이고 매력적인 이러한 본질을 되찾아야 한다는 생각이 들었다. 또한 나는 내 부모님의 친아들이 아니라 당신들이 발견해서 양자로 입적한 자식이라는 상상도 했었다.

우연에 의한 점치기, 하늘로부터의 징표와 지시의 기대 등, 간접적이고 상상적인 요인들도 나의 음악에 불상사가 생기는 데 한몫했다. 나는 무작위로 취한 음의 높이를 알아맞히는 능력인 절대음감이 없었다. 그것은 나의 음악 작업에 전혀 필요 없는 능력이었다. 하지만 이 능력의 부재는 나를 슬프게 했고 굴욕감을 주었다. 나는 그것의 부재가 나의 음악이 운명이나 하늘을 기쁘게 하지 못한다는 것을 입증해 준다고 본 것이다. 나는 이 모든 것들 때문에 충격을 받고 나는 풀이 죽어 낙담해 있었다.

나는 6년간의 온갖 노고와 희망, 불안이 응축된 사랑하는 세계인 음악을 내게서 떼어 냈다. 그것은 가장 소중한 것과의 이별 같은 것이었다. 포르테피아노로 즉흥 연주하는 습관은 서서히 사라져 가는 숙련된 기술로서 한동안 남아 있었다. 하지만 이후에 나는 더 엄격히 자제하리라 결심하곤, 피아노에 손을 대는 것도 콘서트에 가는 것도 그만두었으며, 음악가들을 만나는 일도 피했다.

4

초인에 대한 스크랴빈의 생각은 아주 오래전부터 러시아인들에게 존재해 온 비범함에 대한 갈망이 표출된 것이었다. 사실 음악만이 무언가를 의미하기 위해 초(超)음악이 되어야 하는 건 아니다. 세상 모든 것이 자기 자신이 되기 위해서는 스스로를 넘어서야 한다. 인간과 인간의 활동은 어떤 현상에 명확성과 성격을 부여하는 무한의 요소를 보유해야 하는 것이다.

현재 나는 음악을 떠나 있고, 그것과의 관계도 오래전에 끊겨 완전히 사라졌으므로, 나의 회상 속의 스크랴빈, 일용할 양식처럼 나를 살게 하고 양육한 스크랴빈이란 대략 제3소나타에서 제5소나타의 시기인 중간기의 스크랴빈*이었다.

내게 그의 「프로메테우스」와 마지막 곡들의 조화의 번갯불*들은 그의 천재성을 입증해 주는 것일 뿐, 내 영혼의 양식으로는 여겨지지 않는다. 또 증명할 필요도 없이 그의 재능을 믿었으므로 그러한 증거는 필요하지도 않다.

이른 나이에 사망한 안드레이 벨리, 홀레브니코프, 그리고 그 밖의 몇몇 사람은 사망 직전에 새로운 표현 수단을 찾고 새로운 언어를 꿈꾸는데 여념이 없었다. 그들은 새로운 언어의 음절, 새로운 언어의 자모음을 낱낱이 살피며 탐지했다.*

나는 그러한 추구를 결코 이해할 수 없었다. 나는 가장 놀라운 발견들은 예술가의 온 정신이 그가 표현하려는 내용으로 가득 차 있어 생각에 잠길 틈도 없이 그의 새로운 메시지를 옛 언어로 급히 전할 때 일어난다고 생각했기 때문이다. 전하는 그 언어가 옛 것인지 새것인지 따지지 않고 말이다.

예를 들면 쇼팽은 음악에서 대단히 새로운 것을 그토록 많이 모차르트와 필드*의 오래된 언어로 이야기했는데, 그것은 음악의 제2의 탄생이 되었다.

스크랴빈 역시 활동의 가장 초기에는 사실상 선임자들의 표현

수단을 이용하여 음악 감각을 근본적으로 갱신했다. 이미 작품 8번(Opus 8)의 연습곡이나 작품 11번(Opus 11)의 프렐류드(Preludes)* 속에 표현된 모든 것이 현대적이며, 모든 것이 음악적으로 표현 가능한 주변 외부 세계와의 내적인 상응들로, 즉 그 당시에 사람들이 살고, 생각하고, 느끼고, 여행하고, 옷을 입었던 모습을 반영한 것들로 가득 차 있다.

이 작품들의 멜로디는 어찌나 감명 깊게 울리는지 즉시 눈물이 당신의 눈가에서 나와 뺨을 따라 입가로 흘러내린다. 눈물과 한데 섞인 멜로디는 곧장 당신의 신경을 따라 가슴속으로 흘러내린다. 당신이 우는 것은 슬퍼서가 아니라 당신 내면의 감정에 아주 정확하고 철저한 울림이 있었기 때문이다.

멜로디의 진행 도중 더 높은 여성적인 목소리와 더 간단한 일상 대화의 어조를 지닌, 멜로디에 대한 응답 내지 반박이 돌연 시작된다. 이런 뜻밖의 언쟁은 즉시 조율될 불협화음이다. 그런 다음 놀라울 정도로 자연스러운, 바로 예술 작품 속의 모든 것을 해결하는 그런 자연스러운 음이 도입된다.

예술은 널리 알려진 것들, 널리 통용되는 진실들로 가득 차 있다. 그것들은 모두가 사용할 수 있게 열려 있음에도 불구하고, 널리 알려진 규칙들은 계속해서 기다리고만 있을 뿐 적용되지는 않고 있다. 행운의 미소가 널리 알려진 진실에게 찾아오는 경우는 아주 드문 일로, 백 년에 한 번 있지 싶다. 그리고 그런 경우에 널리 알려진 진실이 적용된다. 스크랴빈이 그런 행운아였다. 도스토옙스키가 소설가였던 것만은 아니었고 블로크가 시인이었던 것만은 아니었듯이, 스크랴빈도 작곡가였던 것만은 아니었다. 그는 영원히 축하할 명분, 의인화된 승리, 그리고 러시아 문화의 경축일이었다.

1900년대

1

10월 17일 선언* 이후 일어난 대학생 시위에 응하여 오호트느이 랴드에서 봉기한 성난 폭도들은 고등 교육 기관들, 대학, 그리고 기술 전문학교에 쳐들어가 파괴를 자행했다. 미술 전문학교도 공격의 위협을 받았다. 학교장의 지시에 따라 굵은 돌멩이 더미가 본관 계단의 층계참들 위에 준비되었고 호스들이 소화전마다 꽂힌 채 폭도들을 맞을 태세를 갖추었다.

시위대는 근처의 거리들을 행진하다가 미술 전문학교로 발길을 돌렸다. 이들은 강당에서 군중집회를 열었고, 학교의 공간들을 점령했으며, 발코니로 나가 그 위에서 거리에 남아 있던 사람들에게 연설을 했다. 미술학교 학생들은 전투 분견대를 조직하여 밤에는 자체적으로 조직된 정찰대가 건물을 지키며 경비를 섰다.

다음과 같은 스케치가 아버지의 도화지들 속에 남아 있었다. 거리의 군중을 갑자기 덮친 용기병(龍騎兵)*들이 발코니 위에서 연설하는 여성 선동가를 향해 총을 쏜다. 그녀는 부상을 입지만 이

내 떨어지지 않으려고 원주(圓柱)를 붙잡은 채 연설을 계속한다.

1905년 말, 고리키가 총파업에 휩싸인 모스크바에 왔다. 혹한의 밤들이 이어졌다. 어둠에 잠긴 모스크바를 밝히는 건 모닥불들뿐이었다. 날카로운 소리를 내는 유탄이 모스크바 허공을 날아다녔고, 카자크 기마 순찰대가 보행자들의 발에 아직 밟히지 않은 한적한 처녀설(雪) 위를 광포하게 질주하고 있었다.

아버지는 정치 풍자 잡지들 —『비치』,『주펠』,* 기타 등등 — 일로 고리키를 만나셨다.* 고리키가 그 일 때문에 아버지를 초빙했던 것이다.

내가 블로크의 시를 난생처음 접한 것도 그때였거나 이후 부모님과 베를린에서 1년을 보낸 다음이었던 것 같다. 그 시가 「버들가지(Verbochki)」였는지, 아니면 올레니나드알게임*에게 헌정된 '어린아이를 위한 시'에 있는 것이었는지, 아니면 혁명, 도시에 관한 시였는지 기억나지 않는다. 하지만 그의 시가 기억에 아주 또렷하게 남아 있어 그 인상을 재생해서 묘사할 수 있을 정도다.

2

현재 통용되고 있는, 가장 보편적인 의미에서 문학이란 무엇일까? 그것은 능변, 상투어, 원만한 문구의 세계이자, 청년기엔 삶을 관찰했으나 명성을 얻게 되자 추상화와 자신의 이전 글의 되풀이와 영악함의 추구로 나아간 존경받는 명사(名士)들의 세계이다. 이미 확립되어 있어 눈에 띄지 않는 이 인위적인 영역에서 누군가가 우아한 구절들에 끌려서가 아니라 무언가를 알고 있어 그것을 말하려고 입을 연다면, 이는 대변혁의 인상을 준다. 그것은 마치 문이 활짝 열려 있어 그 문으로 바깥 삶의 소음이 들어오는 현상과 같고, 또 도시에서 일어나는 일을 인간이 알리는 것이 아니라 도시 자체가 인간의 입을 통해 스스로를 분명히 보여 주는 현상과 같은 것이다. 블로크의 경우도 그러했다. 그의 고독하면서도 어린 아이처럼 때 묻지 않은 말이 그러했고, 그의 영향력이 그러했다.

그의 시가 인쇄된 종이는 새로운 무언가를 담고 있었다. 새로운 것 자체가 인쇄용지에 무단으로 자리 잡은 듯했으며, 이 시를 쓰거나 지은 자가 없는 듯했다. 바람과 웅덩이, 가로등과 별에 관한 시행이 페이지를 덮고 있는 게 아니라, 가로등과 웅덩이 자체가 바람이 일으킨 잔물결을 잡지 표면을 따라 몰면서, 축축하고 강력하고 깊은 흔적들을 남긴 듯했다.

3

나, 그리고 앞으로 이야기하게 될 나의 몇몇 동갑내기들은 블로크의 시를 읽으며 청년기를 보냈다. 블로크는 위대한 시인이 되는 데 필요한 모든 것 — 격정, 섬세함, 통찰력, 자신만의 세계상, 그가 닿은 모든 걸 변형시키는 특별한 재능, 절제된 은밀한 방식으로 그를 압박한 운명 — 이 있었다. 나는 그의 이런 특성들과 다른 많은 특성들 중에서 내게 가장 큰 인상을 남긴 것 같고, 그래서 가장 우세한 것으로 여겨지는 한 면모 — 그의 저돌성, 그의 방황하는 집중력, 그의 거침없는 관찰력 — 를 자세히 이야기할 것이다.

불빛이 작은 창에서 어른거리고 있었네.
어스름 속의 — 한 사람 —

아를레킨*이 건물 입구에서
어둠과 소곤소곤 이야기하고 있었네.*
　　(…)

눈보라가 거리마다 휘몰아치고,
돌돌 말아 오르며, 비틀비틀 떠도네,
누군가가 내게 한 손을 내밀고
누군가가 내게 미소를 짓네.*
　　(…)

그곳에서 누군가가 등불을 흔들며, 자극하네.
그렇게 겨울밤에 누군가의 그림자가
실루엣처럼 현관을 주시하고는
얼굴의 자취를 재빨리 감출 것이라네.*
　　(…)

　명사 없는 형용사, 주어 없는 술어, 숨바꼭질, 마음의 동요, 빠르게 어른거리는 작은 형상들, 단속적(斷續的)임 — 이러한 그의 문체는 비밀스럽고 내밀하며 지하 조직을 갖춘 시대정신에, 지하실에서 막 모습을 드러낸 것이자 음모자들의 언어로 표현되는 시대정신에 얼마나 적절했던가. 그런 시대정신의 주요 인물은 도시였고 그 주요 사건은 거리였다.
　이러한 특성이 블로크라는 존재를, 블로크의 근본적이고 주된 모습을, 알코노스트 출판사판 시집 제2권* 속의 블로크를, 그리고 시 「무서운 세상」, 「마지막 날」, 「기만」, 「이야기」, 「전설」, 「집회」, 「미지의 여인」과 제목 없는 짧은 시들 — "안개 속, 이슬의 반짝거림 위에", "선술집, 골목, 꼬부랑길에서", "한 아가씨가 교회 성가대에서 노래하고 있었네"—속의 블로크를 관통하고 있다.

현실의 모습들은 기류에 의해 몰아넣어지듯, 블로크의 예민한 감수성의 소용돌이에 의해 그의 시집 안으로 몰아넣어져 있다. 심지어 신비주의로 보이거나 '신성한' 것이라고 칭할 만한, 현실과 가장 동떨어진 모습도 말이다. 하지만 이러한 것 역시 형이상학적인 공상이 아니다. 그것은 그의 모든 시에 흩어져 있는 교회의 일상의 단편들로, 바로 그가 줄줄 외고 예배를 통해 수백 번 들어 온 예크테니야*와 성찬식 직전 기도문과 추도식 시편 등의 구절들인 것이다.

블로크의 시에서 이러한 현실을 총괄하는 세계이자 그 현실의 정수, 보고(寶庫)는 그의 이야기와 그의 전기(傳記)의 주인공인 도시였다.

그런 블로크의 도시, 그가 묘사한 페테르부르크는 현대 예술가들이 묘사한 모든 페테르부르크들 중에서 가장 사실적이었다. 실제 페테르부르크와 블로크의 상상력 속 페테르부르크의 모습은 구별할 수 없을 정도로 같다. 그가 묘사한 페테르부르크는 일상의 산문으로 가득 차 있고, 그곳 거리에서 평범한 일상 속어를 들을 수 있다. 일상의 산문은 그의 시에 드라마와 불안 요소를 들여오고, 평범한 일상 속어는 시어에 생기를 주는 것이다.

동시에 그의 페테르부르크의 형상은 아주 예민한 손이 선별한 특성들로 이뤄져 있는 데다 영감에 가득 차 있는 까닭에, 그 자체가 극히 보기 드문 내면세계의 매혹적인 창조물로 변해 있었다.

4

나는 모스크바에 사는 기성세대의 많은 시인들 — 브류소프,
안드레이 벨리, 호다세비치, 뱌체슬라프 이바노프, 발트루샤이티
스 — 을 만나는 기회와 행운을 가졌다. 나는 블로크의 마지막 모
스크바 방문 동안, 종합 기술 박물관 강당에서 그의 낭송회가 예
정되어 있던 저녁에 박물관 복도인가 계단에서 그에게 처음으로
나 자신을 소개했다.* 블로크는 친절하게 대하면서 나에 대한 좋
은 평판을 들었다고 말했다. 그러고는 건강 상태를 하소연하며 그
의 건강이 좋아질 때까지 방문을 조금 미뤄 달라고 부탁했다.

그는 이날 저녁에 세 장소 — 종합 기술 박물관, 인쇄 센터, 그리
고 단테 알리기에리 협회 — 에서 그의 시를 낭송했다. 단테 알리
기에리 협회에는 그의 가장 열렬한 찬미자들이 모여 있었고, 그는
그들에게 「이탈리아 시」를 낭송했다.

마야콥스키가 종합 기술 박물관의 낭송회에 참석했다. 낭송회
중간에 그는 내게 인쇄 센터에서 청렴한 비평이란 미명 아래 블
로크에게 농간과 비방과 야유를 퍼부을 준비를 하고 있다고 말했
다. 그는 우리 둘이 그리로 가서 그 비열한 음모를 미연에 방지하
자고 했다.

우리는 첫 낭송회장에서 나왔다. 하지만 걸어서 간 우리와 달
리 블로크는 두 번째 낭송회장에 차로 이동한 터라, 우리가 인쇄
센터가 있는 니키츠키 가로수 길에 도착했을 때는 이미 낭송회가
끝나서 블로크가 이탈리아 언어 예술 애호가 협회로 떠난 뒤였다.
우리가 우려했던 그 추악한 소란이 그사이 일어났던 것이다.* 인
쇄 센터에서 낭송이 끝나자 수많은 기괴한 말들이 블로크에게로
쏟아졌는데, 심지어 어떤 자는 뻔뻔스럽게도 그의 면전에 대고 시

대에 뒤떨어진 자, 내면이 죽은 자라고 비난했다. 블로크는 침착하게 그 비난에 동의했다. 이 비난은 그가 실제로 사망하기 겨우 몇 달 전에 쏟아진 것이었다.

5

우리의 첫 대담한 실험들이 행해지던 시기에 오직 두 사람, 아세예프와 츠베타예바만이 성숙하고 완성된 시적 문체를 구사했다. 나를 포함한 다른 작가들이 지나치게 칭송받은 독창성은 완전한 무기력과 무언가에 얽매이는 데서 비롯된 것이었다. 하지만 이 두 요소는 우리가 글을 쓰고 작품을 출판하고 번역하는 것을 가로막지는 않았다. 괴로울 만큼 서툰 이 시기의 내 글들 중에 가장 형편없는 것은 벤 존슨의 희곡 『연금술사』와 괴테의 서사시 「비밀」을 번역한 것들이다. 블로크가 출판사 '세계 문학'을 위해 쓴 것이자 그의 작품집 마지막 권에 실린, 그의 서평들 가운데 나의 이 괴테 번역물에 대한 것도 있다.* 멸시하는 듯한 냉담하고 신랄한 그 서평은 값지고도 정당한 평가를 했다. 하지만 이제는 순서를 무시하고 미리 꺼낸 이런 세부적인 것들을 떠나, 내가 잠시 중단한 그 오래전인 1900년대에 대한 설명으로 돌아갈 때이다.

6

김나지움 3학년 때인가 4학년 때* 나는 성탄절 연휴 동안 공짜 표로 혼자 페테르부르크에 갔다. 니콜라옙스카야 철로의 페테르부르크 화물역 역장인 삼촌이 표를 주셨던 것이다. 나는 마치 발과 눈으로 천재의 어느 돌 서적을 게걸스럽게 훑는 양, 이 불멸의 도시의 거리들을 온종일 돌아다녔고, 저녁에는 코미사르젭스카야 극장*에 갔다. 나는 당시의 최신 문학에 중독되어 안드레이 벨리, 함순,* 프시비셉스키* 작품에 푹 빠져 있었다.

하지만 내가 여행에 대해 훨씬 더 강렬하고 참된 관념을 얻은 건 1906년에 가족과 함께한 베를린 여행에서였다.* 그건 나의 첫 외국 여행이었다.

모든 것이 예사롭지 않았고, 모든 것이 러시아와 달랐다. 마치 현실이 아니라 꿈속 같았고, 누구든지 자유로이 드나들 수 있는 무대 공연의 허구 세계에 참여하고 있는 것 같았다. 아는 사람도 없고, 명령하는 사람도 없다. 다만 다음과 같은 것들이 있었다. 처음엔 차량의 벽 전체를 따라, 그다음엔 각 칸막이 객차의 문을 따라 쭉 나 있는 활짝 열리고 쾅 닫히는 열차 승강구들의 긴 열이. 거대 도시의 시가지들과 운하들, 경주마의 마구간들과 뒷마당들 위에 드리운 고리 모양을 한 고가 도로의 네 개의 철로가. 서로 뒤쫓고 추월하며 나란히 달리다가 뿔뿔이 흩어지는 기차들이. 두 줄기로 몽롱하게 비치다가 서로 얽히며 교차하는 다리 밑 가로등 불빛들, 철교(鐵橋)와 같은 높이인 건물 2, 3층에서 새어 나오는 불빛들, 그리고 여러 빛깔의 조명 아래 담배와 단 과자와 설탕 절인 아몬드를 쏟아 내는 역 간이식당 자동판매기들이. 나는 곧 베를린에 익숙해졌고, 그곳의 수많은 거리들과 끝없이 넓은 공원들을 돌아다녔다. 베를린 사투리*를 흉내 내 가며 독일어로 말했고, 한데 섞인 증기 기관차의 연기와 가로등의 가스와 맥주의 증기를 호흡했으며, 바그너의 음악을 듣기도 했다.

베를린은 러시아인들로 가득했다. 작곡가 레비코프*는 자신의 곡 「크리스마스트리」를 지인들에게 연주해 주었고 음악을 세 기간—베토벤 이전의 동물적 음악, 그다음 시기의 인간적 음악, 그리고 자기 다음에 올 미래의 음악—으로 구분했다.

고리키도 베를린에 있었다. 아버지는 그의 초상화를 스케치하셨다. 안드레예나*는 그림에서 고리키의 광대뼈가 툭 튀어나와 얼굴이 각져 보이는 게 마음에 들지 않았다. 그녀는 이렇게 말했다. "당신은 그이의 모습을 이해하지 못했군요. 그이는 고딕 스타일인데." 당시에 사람들은 이런 식으로 말했다.

7

또 하나의 위대한 서정시인, 당시엔 거의 알려지지 않았지만 지금은 전 세계적으로 정평이 난 독일 시인 라이너 마리아 릴케가 나의 생애에 들어온 건, 이 여행 후 모스크바로 돌아와서인 것 같다.

1900년에 그는 톨스토이를 방문하기 위해 야스나야 폴랴나에 갔다. 그는 아버지와 아는 사이여서 서신을 왕래했으며, 여름 한때를 클린* 근교, 자비도보 마을의 농민 시인 드로지진*의 집에 손님으로 묵으며 보내기도 했다.

이처럼 오래전에 그는 자신의 초기 시집에 정다운 헌정의 글을 써서 아버지께 선사했다. 이후 오랜 시간이 흘렀고, 바로 그 시집들 중 두 권이 위에서 묘사한 겨울들 중 어느 한 겨울에 내 손에 들어왔다. 이 두 시집은 내가 처음 접한 블로크의 시들이 그랬던 것처럼 나에게 큰 충격을 주었다. 그것은 확고한 내용, 의심할 여지를 남기지 않음, 진지함, 그리고 의도가 직접적으로 드러난 언어 때문이었다.

8

릴케는 러시아에 전혀 알려져 있지 않다. 그의 작품을 러시아어로 번역해서 알리려는 시도가 몇 차례 있었지만 모두 실패로 끝났다. 그것은 번역가들 잘못이 아니다. 그들은 내용의 어조가 아니라 의미를 재현하는 데 익숙했는데, 사실 모든 문제는 어조의 재현에 있었던 것이다.

1913년에 베르하렌*이 모스크바에 있었다. 아버지는 그의 초상화를 그리셨다. 이따금 아버지는 내게 모델의 얼굴이 굳어져 생기를 잃지 않도록 그분을 즐겁게 해 줄 것을 부탁하셨다. 그래서 한번은 역사가 V. O. 클류쳅스키*를 즐겁게 해 드린 적이 있었다. 이제 베르하렌을 즐겁게 해 드려야 했다. 나는 너무도 당연한 흥분을 감추지 못하며 그 자신에 대한 이야기를 꺼냈다. 그런 다음 릴케에 대해 들어 본 적이 있는지 조심스레 여쭈어 보았다. 그가 릴케를 알리라곤 꿈에도 생각지 못했다. 그런데 아버지의 모델 모습이 바뀌었다. 이분보다 더 뛰어난 아버지의 모델을 꼽을 수 없을 정도였다. 릴케라는 이름 하나는 내가 한 다른 어떤 이야기보다도 모델에게 더욱 생기를 준 것이었다. 베르하렌은 이렇게 말했다. "그는 유럽 최고의 시인이지. 그리고 사랑하는 나의 의형제이기도 하지." 블로크에게 산문은 그의 시가 유래하는 원천이다. 그는 산문을 자신의 표현 수단 영역으로 끌어들이지는 않는다. 그에 반해 릴케의 경우, 동시대 소설가들(톨스토이, 플로베르, 프루스트, 스칸디나비아 작가들)의 묘사적, 심리적 기법은 그의 시의 언어 및 문체와 불가분의 관계에 있다.

하지만 내가 릴케 시의 특수성을 아무리 많이 분석하고 묘사한다 해도 그 예를 들지 않는다면, 독자는 그의 시를 이해할 수 없을

것이다. 따라서 나는 독자의 이해를 돕고자 이 장에 특별히 그의
시 두 편을 번역하여 싣는다.

9

책을 읽는 중에*

나는 독서에 열중했다. 나는 오랫동안 책을 읽고 있었다.
빗줄기가 창문을 철썩 때리기 시작한 때부터.
나는 독서에 온 정신이 빠져,
빗소리를 듣지 못했다.
나는 깊은 생각에 잠기다 잡힌 주름을 보듯 시행을
열심히 들여다보았고, 시간은
몇 시간째 계속 정지해 있거나 거꾸로 갔다.
그 순간 문득 나는 시행에 카민* 빛깔이
삽입되어 있음을 본다: 일몰, 일몰, 일몰이 된 게지.
시행은 목걸이의 줄처럼 끊어지고,
문자들은 각기 원하는 데로 굴러간다.
나는 안다, 정원을 떠나가던 태양이
저녁놀에 휩싸인 담장 너머에서부터
다시 한 번 이쪽을 뒤돌아본 것임이 틀림없다는 걸.
그런데 모든 정황상으론 흡사 밤인 듯싶다.
나무들은 길 가장자리에 옹기종기 모여 있고,
사람들은 동아리에 모여들어
음절 하나하나를 황금보다

귀하게 여기며, 조용히 의논하고 있으니.
내가 만일 책에서 눈을
들어 시선을 창밖으로 향한다면,
모든 것이 얼마나 친근해지고, 얼마나 내 곁 가까이 있게 되고,
또 내 마음과 같아지며 내 마음과 조화를 이루게 될까.
하지만 나는 어둠에 좀 더 익숙해져야 하고
밤의 거대한 현상들에 내 눈을 적응시켜야 한다,
그리하면 나는 보게 되리, 마을 어귀는 땅을 두르기엔
너무 작다는 걸, 땅이 자신의 경계를
뛰어넘고 자라 창공보다 커진 걸,
또 마을 끝 하늘가의 별 하나는
교구(敎區) 맨 끝 집의 불빛과 같다는 걸.

관망*

나무들은 내게 주름진 나무껍질로
태풍이 있었음을 말해 주는데,
나는 벗도 누이도 없이 혼자서
끊임없이 방황하던 차, 예기치 않은
역경을 맞은 탓에 나무들이 전하는
이 이상야릇한 소식을 들을 기력조차 없다.

비바람이 숲을, 마을 울타리들과
집들을 뚫고 가려고 애를 쓴다,
또다시 자연, 나날들, 일상의 사물들,

먼 공간들은 「시편」의 한 구절처럼
늙지 않는 듯 영원하다.

우리가 삶과 벌이는 다툼은 얼마나 하찮은 것인가,
우리와 맞서고 있는 존재는 얼마나 거대한가.
그러니 너른 공간을 추구하는 자연력의
압력에 우리가 굴복할 때
우리는 백배 더 성장하리.

우리가 정복하는 모든 것은 ― 사소한 것이고,
우리의 성공은 우리를 보잘것없게 할 뿐이다.
비범한 존재, 유례없는 존재는
그런 보잘것없는 투사들을 결코 부르지 않는다.

그래서 구약 속의 천사는
자기에게 꼭 맞는 하나의 적수를 찾아냈던 것.
천사가 상대를 하프의 현을 누르듯 힘껏 누른 탓에,
상대 선수의 각 힘줄은
씨름하는 동안 찬송을 연주할 수 있게
천사에게 현(鉉)이 되어 주었다.

천사가 승리를 거둔 상대인
그는 자기 내부에 힘이 솟고 충만해짐을 느끼면서
그러한 씨름에서 자만하지 않는
의로운 자로 태어난다.
그는 더 이상 승리를 추구하지 않으리.

그는 기다릴 뿐이다, 고차원의 근원적 존재가

그를 더욱더 자주 정복해 주기를,

그에 대한 보답으로 자신이 성장하게 되기를.

10

1907년경부터 출판사들이 우후죽순처럼 생겨났고, 새로운 콘서트들도 자주 열렸다. 아울러 미술 그룹들 ― '예술 세계', '황금 양털', '다이아몬드 잭', '당나귀 꼬리', '푸른 장미' ― 의 전시회들도 잇따라 열렸다. 소모프, 사푸노프, 수데이킨, 크리모프, 라리오노프, 곤차로바* 같은 러시아인 이름들 옆에는 보나르*, 뷔야르*란 프랑스인의 이름들도 눈에 띄었다. '황금 양털' 그룹의 전시회가 열린 곳은 히아신스 화분들을 주위에 둔 까닭에 온실처럼 흙 내음이 풍기고 커튼으로 볕을 가린 홀이었는데, 이곳에서는 전시를 위해 보내온 마티스와 로댕의 작품들도 볼 수 있었다. 젊은이들은 이러한 추세에 동조했다.

라즈굴랴이의 새 주택들 중 한 주택의 마당에는 집주인인 장군의 옛 목조 가옥이 아직도 남아 있었다. 시인 겸 화가인 주인 아들 율리안 파블로비치 아니시모프는 그곳 다락방으로 자신과 견해가 같은 젊은이들을 불러 모으곤 했다. 그는 폐가 약해 겨울을 외국에서 보냈다. 때문에 그의 친구들은 봄이나 가을의 날씨 좋은 날 다락방에 모였다. 그들은 시를 낭송했고, 음악을 연주했으며, 그림을 그렸고, 토론했고, 간단히 요기했으며 럼주를 탄 차를 마셨다. 나는 이곳에서 많은 사람을 알게 되었다.

이 모임 주최자는 아주 재능 있는 사람이자 뛰어난 미적 감각을 지닌, 박식하고 교양 있는 자였으며, 몇 개의 외국어를 모국어처럼 유창하게 구사했다. 그는 애호가의 정취로 쓸 수 있는 정도의 시를 몸소 보여 주었다. 여기에 더해, 거장이 되는 조건인 강력한 창조적 개성이나 성격까지 그가 지닌다는 건 어려운 일이었다. 그와 나는 관심사가 서로 비슷했고 특별히 좋아하는 대상들도 같았다. 그는 정말로 내 마음에 쏙 들었다.

당시 세르게이 라옙스키란 필명으로 글을 썼고 지금은 고인이 된 세르게이 니콜라예비치 두릴린이 이 모임에 종종 나타났다. 그는 자신의 인정 많은 천성으로 처음 쓴 나의 글들에서 주목할 만한 무언가를 발견해 내어 나를 음악에서 문학으로 끌어들인 자이다. 그는 생활이 궁핍했고 과외 수업을 하여 어머니와 숙모를 부양했다. 대단히 솔직하고 극도로 확신에 찬 그의 모습은 내게 우리에게 전설로 전해지는 벨린스키*의 모습을 생각나게 했다.

내가 예전부터 알고 있던 대학 동창 K. G. 로크스가 내게 인노켄티 안넨스키의 시를 처음으로 보여 준 것도 이 모임에서였다. 나의 글과 문학적 방랑물과, 당시에 내가 몰랐던 이 뛰어난 시인의 작품 사이에 유사성이 있다는 것이었다.

이 동아리는 자체의 이름을 갖고 있었다. 동아리는 '세르다르다'라는 이름으로 첫 세례를 받았는데, 아무도 그 의미를 알지 못했다. 동아리 회원이자 시인 겸 베이스 가수인 아르카디 구리예프*가 어느 날 볼가 강에서 이 단어를 들었던 것 같다. 그는 이 단어를 두 척의 증기선이 밤에 선착장에서 승객의 짐을 내리느라 야단법석일 때 들었다. 그때 한 증기선이 상대 증기선 쪽으로 다가가 정박하고 있었는데, 이 나중에 도착한 증기선 승객들이 수하물을 들고서 정박해 있던 상대 증기선의 하부 갑판에 내려 선착장으로 가는 바람에 양쪽 증기선의 승객들과 물건이 한데 섞여 버린 것이었다.

구리예프는 사라토프 출신이었다. 그는 강하면서도 부드러운 목소리를 지녔으며, 자신이 부르고 있는 곡의 드라마틱한 내용과 발성상의 미묘한 차이를 예술적으로 전했다. 모든 재능 있는 독학자들처럼 그는 끊임없는 익살과, 그의 우스운 행동에 드러나는 진정성 있는 소질로 사람들에게 깊은 인상을 주었다. 그의 범상치 않은 시는 미래의 마야콥스키 작품의 억제되지 않은 솔직함을, 그리고 독자에게 생생하게 전해지는 예세닌 시의 명료한 이미지를 예기했다. 그는 오스트롭스키*가 여러 번 묘사한 바 있는 그런 배우적 기질을 가진 자이자, 오페라와 드라마 모두에 준비된 예능인이었다.

그는 넓은 이마, 양파 머리처럼 둥근 두상(頭相), 그리고 거의 눈에 띄지 않는 코를 갖고 있었다. 또한 이마에서 목덜미에 이르는 머리 전체가 벗어져 있어 대머리가 될 조짐을 보였다. 그의 존재 전체가 움직임이고 표현이었다. 그는 제스처를 취하거나 손을 흔들지는 않았지만, 그가 서서 토론하거나 낭독할 때면 그의 상체는 이리저리 움직였고, 연기를 했으며, 이야기를 했다. 그는 머리를 숙였다가 온몸을 뒤로 젖히는가 하면 마치 춤추다가 느닷없이 발장단을 맞추게 된 것인 양 다리를 벌렸다. 그는 음주벽이 약간 있었기 때문에 과음했을 때는 자신이 지어낸 이야기를 사실처럼 믿었다. 그의 이런저런 쇼가 끝날 즈음 그는 발뒤꿈치가 마룻바닥에 달라붙어 뗄 수 없다는 시늉을 했으며, 악마가 그의 발을 붙잡고 있다고 우겼다.

시인들과 화가들이 '세르다르다' 동아리에 드나들었다. 그리고 블로크의 시 「버들가지」에 곡을 붙인 B. B. 크라신, 미래에 나와 함께 문학적 데뷔를 할 동무이자 라즈굴랴이에 모습을 드러내기 전에 새로 태어난 러시아의 랭보라는 소문이 돈 세르게이 보브로프, '무사게트' 출판사의 출판인 A. M. 코제바트킨, 모스크바에 잠시 들르곤 한 『아폴론』지 발행인 세르게이 마코프스키* 등도 드나들었다.

나는 오랫동안 지녀 온 음악가 자격으로 '세르다르다'에 가입했으며, 포르테피아노로 즉흥 연주를 하여 사람들이 하나둘씩 모여드는 저녁 초두에 도착한 이들을 묘사하곤 했다.

짧은 봄날 밤은 빠르게 지나갔다. 이른 아침의 한기가 열려 있는 창을 통해 들어오곤 했다. 한기의 미풍이 커튼 단을 들어 올렸고, 다 탄 초의 불길을 가물거리게 했으며, 책상에 놓인 종잇장들을 바스락거리게 했다. 모두가 하품을 해 댔다. 손님들도, 모임 주최자도, 휑한 먼 곳들도, 잿빛 하늘도, 방들도, 계단들도. 우리는 인적이 없어 길어 보이는 넓은 거리들을 걷다가 끝없이 길게 이어진 하수 처리 짐마차들의 덜거덕거리는 통들과 마주친 다음, 그것들을 추월해 뿔뿔이 흩어지곤 했다. 우리를 본 자라면 누구든 당시의 언어로 이렇게 말했다. "켄타우로스*들이군."

11

아카데미 같은 한 그룹이 '무사게트' 출판사와 관련해 생겨났다. 안드레이 벨리, 스테푼, 라친스키, 보리스 사돕스코이, 에밀리 메트네르, 센로크, 페트롭스키, 엘리스, 닐렌데르*가 뜻을 같이하는 젊은이들과 함께 운율학의 문제들, 독일 낭만주의사(史), 러시아 서정시, 괴테와 리하르트 바그너의 미학, 보들레르와 프랑스 상징주의자들, 소크라테스 이전 고대 그리스 철학 등을 연구했던 것이다.

새로 기획된 모든 일의 정신적 지주는 안드레이 벨리였다. 당시 그는 두말할 나위 없이 그러한 분야의 권위자이자 최고의 시인이 었으며, 산문집 『심포니들』과 동시대인들의 혁명 전 취향에 급진적 전환을 가져와 이후의 최초의 소비에트 산문을 예비한 두 소설 『은빛 비둘기』와 『페테르부르크』의 더욱더 놀라운 저자이기도 했다.

안드레이 벨리는 일상적인 삶의 장애나 가족 문제, 그리고 친지들의 몰이해로 흔들리는 일이라곤 없는 천재성의 모든 특징들을 지니고 있었다. 그 천재성은 쓸데없이 제멋대로 행동하는가 하면, 창조적인 힘에서 무익한 파괴적인 힘으로 변해 버리기도 했다. 영감이 과도하게 넘침으로 인해 생긴 이런 그의 결점은 그의 품위를 떨어뜨리기보다 오히려 사람들의 공감을 불러일으켜 그에게 수난자의 매력까지 더해 주었다.

그는 러시아의 고전적 율격(律格) 얌브*에 대한 실용적인 연구라는 강좌를 이끌었다. 그리고 그 강좌에서 통계적 산출법을 이용해 수강자들과 함께 얌브의 운율 형태와 변종을 분석했다. 나는 이 동아리의 일들에 참가하지 않았다.* 왜냐하면 나는 지금도 그렇지만 말의 음악은 결코 음향 현상이 아니라고 보았기 때문이다. 또 그것은 각자 취해진 자음과 모음의 활음조(滑音調)에서 파생되는 게 아니라 말의 의미와 소리의 상관성에서 파생된다고 보았기 때문이다.

출판사 '무사게트'에 관련된 젊은이들은 때때로 출판사 사무실이 아닌 다른 장소에서 모였다. 그런 장소 중 하나가 프레스냐 구역에 있는 조각가 크라흐트*의 작업실이었다.

작업실 상층부에 침실이 마련돼 있었는데, 그것은 기다란 판자 침상이 칸막이 없이 천장 가까이에 놓인 모양이었다.* 반면 그 아래쪽에는 고대 유물에서 뜬 모형물, 석고 마스크와 작업실 주인이 직접 만든 작품들이 담쟁이덩굴과 다른 장식용 식물 줄기 밑에서 희끗거렸다.

늦가을의 어느 날, 나는 이 작업실에서 '상징주의와 불멸'이란 논문을 발표했다.* 참석자들 일부는 아래쪽에 앉았고, 또 일부는 위쪽 복층(複層) 마룻바닥에 팔다리를 펴고 기다랗게 누워 머리를 복층 가장자리로 내민 채 들었다.

연구 논문은 우리 지각의 주관성에 관한 생각에, 우리가 자연에서 감지하는 소리와 색채에는 다른 어떤 것, 바로 음파와 광파의 객관적 진동이 상응한다는 점에 기초했다. 연구 논문에서는 이러한 주관성이 한 개인의 속성이 아니라 종(種) 전체가 공유하는 초개인적인 속성이며, 인간계의, 인류의 주관성이라는 사상이 밝혀졌다. 논문에서 나는 각 개인이 임종할 때면 모든 종에 공통이자 불멸하는 이 주관성의 일부가 남게 되며, 이 주관성은 인간이 생존해 있는 동안엔 그의 내부에 있으면서 그가 삶의 역사에 참여하도록 해 주었다고 가정한 것이다. 논문의 주목적은 영혼의 이런 극히 주관적이고 전 인류적인 측면이나 부분이 어쩌면 인간의 아주 오래된 활동 영역이자 예술의 중심 내용일지도 모른다는 가설을 제기하는 것이었다. 뿐만 아니라, 비록 물론 예술가는 모든 사람들처럼 필멸의 존재이지만 그가 경험한 존재의 행복은 불멸하며, 그가 최초로 감지한 개인적이고 절절한 모습에의 접근이 그의 사후 수 세기가 지나 그의 작품들을 통해 다른 사람들에 의해 경험될 수 있다는 가설을 말이다.

논문 제목이 '상징주의와 불멸'이었던 건 대수학의 상징체계를 얘기할 수 있듯, 논문이 가장 일반적 의미에서의 모든 예술의 상징적, 조건부적 본질을 주장하고 있었기 때문이다.

논문은 참석자들에게 깊은 인상을 남겼다. 그들은 논문에 대해 이런저런 이야기를 나누었다. 나는 논문 발표 후 집에 늦게 돌아왔다. 집에서 나는 톨스토이가 야스나야 폴랴나를 떠나 기차 여행 중 발병하여 지체되다가 아스타포보 역에서 사망했으며, 아버지가 그곳으로 오라는 전보를 받았다는 것을 알게 되었다. 아버지와 나는 급히 채비를 하고서, 밤기차를 타러 파벨레츠키 역으로 출발했다.*

12

당시 교외 풍경은 지금보다 더 눈에 띄었다. 시골과 도시 간 격차가 지금보다 더 컸던 것이다. 이른 아침부터 온종일 차창(車窓)은 드문드문 놓여 있는 마을 덕택에 그나마 활기를 얻은 평평하고 너른 휴경지와 겨울 작물 밭으로 가득 채워져 있었다. 이들 휴경지와 겨울 작물 밭은 수천 베르스타나 뻗어 있는 너른 지대로, 자그마한 도시-러시아를 먹여 살리며 그곳을 위해 일하는 경작지 전원-러시아였다. 첫 혹한이 대지를 이미 은빛으로 물들였고, 아직 잎이 지지 않은 자작나무의 황금빛은 밭고랑을 따라 펼쳐지며 대지에 테두리를 둘렀다. 혹한의 은빛과 자작나무의 황금빛은 거룩하고 소박한 옛 유물에 입혀진 금도금과 은박 판처럼 수수한 장식이 되어 대지에 드리워졌던 것이다.

이미 일구어져 쉬고 있던 대지는 차창을 통해 어른거렸다. 대지는 자신의 마지막 보가트리*가 아주 가까운 근처 어딘가에서 사망한 사실을 모르고 있었다. 그는 명문가 혈통이었기에 대지의 황제가 될 수 있었고, 세상에서 얻을 수 있는 모든 섬세한 것들을 부여받아 방자해진 능수능란한 지성을 갖춤으로써 응석둥이 총아들 중 특히 사랑받는 총아도, 모든 귀족들을 대표하는 귀족도 될 수 있었다. 하지만 대지에 대한 사랑과 대지 앞에서의 양심 때문에 쟁기를 끌며 농부처럼 허리띠를 맸던 것이다.

13

고인의 초상화가 그려진 다음 메르쿠로프와 함께 온 주물공(鑄物工)*이 고인의 얼굴 모형을 뜰 것이란 소식이 전해진 게 분명했다. 그래서 조문객들을 방 밖으로 내보냈던 것이다. 우리가 들어갔을 때, 방은 비어 있었다. 멀리 한구석에서 울고 있던 소피야 안드레예브나가 아버지를 맞으러 빠르게 걸어왔다. 그녀는 아버지의 양손을 부여잡고는 눈물을 흘리며 발작적이고 떨리는 목소리로 말했다. "아아, 레오니트 오시포비치, 제가 이제껏 어떤 일을 겪었는지요! 정말로 당신은 제가 이이를 얼마나 사랑했는지 아실 거예요!" 그러고 나서는 톨스토이가 집을 나갔을 때 그녀가 어떻게 자살하려 했고, 어떻게 연못에 뛰어들었으며 그다음엔 어떻게 그곳에서 간신히 살아난 채로 구조됐는지 이야기했다.

방에는 엘브루스*와 같은 산이 놓여 있었으니 소피야 안드레예브나는 산의 일부인 큰 암벽인 셈이었다. 방은 하늘 절반 크기의 뇌운(雷雲)으로 차 있었으니 그녀는 뇌운의 일부인 번개인 셈이었다. 하지만 그녀는 자신이 세상에서 가장 톨스토이적이지 않은 현상 — 즉 톨스토이즘*의 신봉자들 — 과 말다툼하거나 자잘한 싸움을 벌이기보다는 침묵할 권리, 그리고 수수께끼 같은 침묵으로 그들을 진압할 암벽과 번개의 권리를 지니고 있다는 것을 알지 못했다.

소피야 안드레예브나는 계속해서 자신을 정당화했다. 그녀는 아버지에게 자신이 고인에게 헌신했고 고인의 사상을 이해하는 데 있어 경쟁자들보다 나음을, 또 그들보다 고인을 더 잘 돌보았음을 입증해 줄 것을 부탁했다. 아, 나는 생각했다, 인간은 정말 어떤 상태까지 이를 수 있단 말인가. 더욱이 그가 톨스토이의 아내라면.

참으로 이상하다. 작금의 한 현대인이 결투를 낡아 빠진 편견이라고 거부하면서도 푸시킨의 결투와 죽음을 주제로 방대한 책을 집필하니 말이다.* 가엾은 푸시킨! 그는 차라리 세골레프와 그 이후의 푸시킨 연구자들과 결혼했어야 했을지도 모르겠다. 그랬다면 모든 것이 좋았을 텐데. 그는 더 오래 살아서 오늘날까지 생존해 있었을지도 모르며, 『오네긴』의 속편을 몇 편 더 쓰고, 한 편이 아닌 다섯 편의 『폴타바』*까지 썼을 텐데. 하지만 나는 늘 이렇게 생각했다. 만일 내가 그에 대한 우리의 연구가 나탈리야 니콜라예브나*보다도 그에게 중요했다고 가정한다면, 나는 더 이상 그를 이해하지 못하는 것이라고.

14

그러나 방 한구석에 놓인 고인의 모습은 산이 아니라, 생전에 그가 수십 명씩 묘사해 작품 지면에 산재시켰던 그 작은 노인들 중 하나인 주름 가득한 조그만 노인이었다. 작은 전나무 가지들이 고인의 주위에 가득 꽂혀 있었다. 지는 해가 비스듬한 네 개의 빛줄기를 던지며 방을 가로질렀다. 그러고는 시신이 놓인 구석에

십자 창틀의 거대한 그림자로, 그리고 선명하게 눈에 띄는 작은 전나무 가지들을 엮어 만든 유아용 소형 십자가 장식들로 성호를 그어 주었다.

역이 위치한 아스타포보 마을은 그날 전 세계에서 몰려든 기자들의 혼란스럽고 떠들썩한 야영지 같았다. 역 간이식당은 대성황을 이루었고, 웨이터들은 몰려드는 주문을 다 받지 못한 채 겉만 살짝 구워진 스테이크를 들고 이리저리 급히 나르느라 지칠 대로 지쳐 있었다. 맥주는 강물처럼 흘러나왔다.

톨스토이의 아들들인 일리야 리보비치와 안드레이 리보비치가 역에 있었다. 또 다른 아들인 세르게이 리보비치는 야스나야 폴랴나로 톨스토이의 시신을 실어 가려고 동원된 기차를 타고 도착했다.

대학생과 청년들이 장송곡 「영원한 기억」을 부르며 시신이 든 관을 들고서 역 마당과 정원을 지나갔다. 그런 다음 열차가 대기하고 있는 플랫폼으로 가서 관을 화물칸에 실었다. 플랫폼에 모여 있던 군중들이 모자를 벗었고, 장송곡이 다시 불리기 시작한 가운데 열차는 툴라를 향해 조용히 출발했다.

톨스토이가 당시 러시아의 통행로 근처에서 순례자처럼 여행 도중 평안을 얻고 안식을 찾은 건 어쩐지 자연스러운 일이었다. 그의 남녀 주인공들은 이 통행로를 계속해서 빠르게 지나가고 순환하며 길옆 별 볼일 없는 이 역을 차창 너머로 쳐다볼 뿐이었다. 생애 내내 그들을 바라보았고, 그들을 감싸 불멸하게 한 두 눈이 그곳에서 영원히 감긴 것도 모르고 말이다.

15

만일 우리가 각 작가에게서 그를 규정해 줄 단 하나의 특징을 고른다면 ― 예를 들어 레르몬토프의 열정, 튜체프의 풍부한 내용, 체호프의 시적 감성, 고골의 눈부신 문체, 도스토옙스키의 상상력 등을 지칭할 수 있듯이 ― 톨스토이의 경우 그것은 무어라고 말할 수 있을까?

이 도덕주의자, 평등주의자, 어떤 묵인이나 예외 없이 모두에게 적용될 법의 선전자의 주요 특성은 어느 누구의 것과도 닮지 않은 자기모순에 빠진 독창성이었다.

전 생애 동안 언제나 톨스토이는 현상들을 한순간의 최종 모습에서, 지극히 선명한 윤곽 속에서 보는 능력을 소유하고 있었다. 우리가 그렇게 보는 건, 아주 드문 경우인 어린 시절에나, 모든 것을 변화시키는 최상의 행복에서나, 또는 위대한 정신적 승리의 희열 속에서나 가능할 뿐이다.

그렇게 볼 수 있으려면 우리 눈이 열정의 인도(引導)를 받아야 한다. 바로 열정이야말로 대상을 더 잘 보이게 해 주고 그것을 자신의 확 타오르는 불길로 비춰 주니 말이다.

이 같은 열정, 바로 창조적 관망의 열정을 톨스토이는 내면에 늘 지니고 다녔다. 그가 모든 것을 처음 보는 새로운 것인 양 그것의 맨 처음의 신선한 모습 속에서 본 것도 그가 지닌 바로 이런 열정 덕분이었다. 그가 본 대상의 진정한 모습은 우리가 익숙해져 있는 그 모습들과 너무 달라서 우리에게 기이하게 여겨질 수도 있다. 그렇다고 톨스토이가 그런 기이한 모습을 추구한 것은 아니며, 그것을 목표로 삼은 것도 아니었다. 나아가 그것을 작가의 문학적 기법으로서 자신의 작품들 속에 내놓은 건 더더욱 아니었다.*

제1차 세계 대전 전야

1

나는 1912년의 절반인 봄과 여름을 해외에서 보냈다. 우리 나라 대학의 방학 기간은 서유럽의 여름 학기에 해당한다. 그래서 나는 그해 여름 학기를 마르부르크 시의 고색창연한 대학에서 보낼 수 있었다.

로모노소프는 이 대학에서 수학자이며 철학자인 크리스티안 볼프의 강의를 들었었다. 그보다 150년 앞서 조르다노 브루노는 고국으로 돌아가 로마에서 화형을 당하기 전, 해외여행 중 이곳을 지나는 길에 그의 신(新)천문학의 개요를 강연했었다.

마르부르크는 작은 중세 도시이다. 1912년 당시 이 도시의 인구는 2만 9천 명이었다. 그 절반이 대학생들로 구성되었다. 마르부르크는 그곳의 집들과 교회들, 성(城)과 대학 등을 짓기 위한 돌이 채취된 곳인 언덕에 한 폭의 그림처럼 아름답게 붙어 있고 밤처럼 어두울 정도로 녹음이 우거진 정원들에 파묻혀 있다. 내가 독일에서의 생활비와 수업료 조로 따로 떼어 놓은 돈을 제하고 남은 돈은 아주 적었다. 나는 쓰지 않고 남겨 둔 이 돈으로 이탈리아를 여행했다.* 나는 바닷물에 의해 해안가로 던져진 투명한 돌멩이들처럼 핑크빛 벽돌색과 남옥빛 녹색을 띤 베네치아를 보았고, 단테의 3운구법(韻句法)* 작품에서 곧장 발췌한 것 같은 어둡고 오밀조밀하며 모든 것이 조화롭게 구획된 피렌체에 갔다. 로마까지 가기에는 돈이 모자랐다.

나는 이듬해 모스크바 대학을 졸업했다. 연구를 위해 대학에 남은 젊은 역사가 만수로프*가 나의 졸업을 도왔다. 그가 전년도에 졸업 시험을 볼 때 썼던 수험용 참고서 일체를 내게 주었던 것이다. 교수의 서재에는 시험에 필요한 책들 이상의 많은 책들이 넘쳐났고 일반 참고서 이외에 고대 세계사에 관한 상세한 안내서들과 다양한 주제에 관한 별도의 연구서들이 있었다. 나는 이 부요한 자산을 마차에 실어 가까스로 가져올 수 있었다.

만수로프는 청년 트루베츠코이*와 드미트리 사마린의 친척이자 친구였다. 나는 제5김나지움을 다닐 때부터 이들을 알고 있었다. 이들은 교외생(校外生)*으로 집에서 교육을 받으며 매해 제5김나지움에서 시험을 보았다.

청년 니콜라이 트루베츠코이의 아버지와 삼촌은 트루베츠코이 가의 연장자들이었는데, 그의 아버지는 모스크바대 총장이자 저명한 철학가였고, 그의 삼촌은 일반법 교수*였다. 두 분 다 굉장히 비대한 몸 때문에 눈에 띄었으며, 허리 구분이 안 되는 프록코트를 입은 코끼리들처럼 강단에 기어올라, 간청하는 듯한 어조와 귀족식으로 r나 l 발음을 불명확하게 발음하는 둔탁하고 조르는 듯한 음성으로 놀라운 강연을 하시곤 했다.

위의 세 청년은 같은 부류에 속했다. 이들은 똑같이 한가운데가 붙은 눈썹과 우렁찬 음성, 명성을 지닌 키 크고 재능 많은 청년들로, 셋이 늘 붙어 다니면서 잠깐잠깐 대학에 들르곤 했다.

이들의 무리에서는 마르부르크 철학파가 추앙받고 있었다. 니콜라이의 아버지 트루베츠코이 교수는 이 학파에 관한 글을 쓰기도 했고 가장 재능 있는 제자들을 학문적 향상을 위해 마르부르크로 보냈다. 나보다 앞서 그곳에 다녀온 드미트리 사마린은 그 작은 도시에서 편안함을 느끼고는 마르부르크의 열렬한 추종자가 되어 있었다. 내가 그 도시로 떠난 것도 그의 충고에 따른 것이었다.

드미트리 사마린은 저명한 슬라브주의자 집안 출신으로, 오늘날 페레델키노 작가촌과 페레델키노 어린이 결핵 요양소가 자리 잡은 넓은 지대가 예전에 이 집안의 영지였다. 헤겔의 철학, 변증법, 지식 모두 그의 핏속에 들어 있었던 바, 그는 그것들을 대물림 받았던 것이다. 그는 한 번에 많은 일을 하려 했고 정신이 산만했으며 완전히 정상적이지는 않은 듯했다. 그가 그런 기분이 밀려올 때 사람들을 놀라게 한 이상한 행동들 때문에 그는 같이 있기가 힘들고 함께 살기가 불가능한 자였다. 그의 친지들을 탓할 수는 없는 노릇이었다. 친지들은 그와 의좋게 지낸 것도 아닐뿐더러 그는 그들과 항상 다투었으니 말이다.

네프(NEP)* 초기에 그는 극히 간소한 행색과 주위의 모든 일을 잘 아는 듯한 모습을 하고 시베리아에서 모스크바로 돌아왔다. 그는 시민 전쟁 때문에 오랫동안 시베리아를 따라 휩쓸려 다녔던 것이다. 그는 굶주림으로 얼굴이 부어 있었고 도중에 이 때문에 시달렸다. 궁핍으로 핼쑥해진 그의 가족들이 그를 둘러싸 돌보았다. 하지만 이미 늦은 터였다. 얼마 후 그는 티푸스에 걸렸고 그것이 수그러들었을 때 사망했던 것이다.

만수로프에게는 무슨 일이 있었는지 모르지만, 저명한 인문학자 니콜라이 트루베츠코이는 세계적으로 명성을 떨치다 얼마 전 빈에서 사망했다.

2

나는 졸업 시험이 끝나고 나서 여름을 모스크바-쿠르스크 철도의 스톨보바야 역 근처, 몰로디 마을에 있는 부모님의 별장에서 보냈다.

이 지역의 전설에 의하면, 퇴각하던 우리 군의 카자크들이 사격을 가해 공격해 온 나폴레옹의 선발대를 물리쳤다고 한다. 묘지와 한데 섞인 공원 맨 끝에는 이들 카자크들의 무덤이 풀로 무성해진 채 황폐해져 갔다.

별장 내 방들은 그 높이에 비해 좁았고 창들이 높게 나 있었다. 탁자에 놓인 케로신 등불은 짙은 암홍색 벽의 구석들과 천장에 거대한 그림자를 드리웠다.

깊은 구멍들이 가득한 자그마한 개울이 공원 아래에서 굽이치며 흘러갔다. 개울의 그런 구멍들 중 하나의 위쪽에는 큰 자작나무 고목 하나가 반쯤 뽑혀 벌렁 나자빠진 채 계속 자라고 있었다.

이 자작나무 가지들이 초록으로 얽혀 있는 모습은 물 위의 공중 정자를 연상케 했다. 가지들이 단단히 얽힌 곳에는 앉거나 반쯤 누울 수 있는 공간이 생겼다. 나는 이곳에 나의 작업 공간을 마련했다. 나는 튜체프의 시를 읽었고, 난생처음으로 시를 아주 가끔 예외적으로가 아닌, 그림을 그리거나 작곡하는 사람들처럼 자주, 지속적으로 썼다.

여름 두세 달 동안에 나는 가지들이 빽빽이 얽힌 이 나무 그늘

속에서 나의 첫 시집에 들어갈 시들을 완성했다.

시집에 어리석게도 허세 부리는 듯한 제목인 '먹구름 속의 쌍둥이'를 붙였는데, 이는 당시 상징주의자들의 책 제목들과 출판사들 명칭*에서 특징적으로 드러난 불가사의한 우주 철학적인 면모를 모방한 것이었다.

이 시들을 쓰고, 쓴 것을 지우고, 지운 것을 복구하는 일련의 작업은 꼭 필요한 일이었으며, 내게 그 무엇과도 비교할 수 없는 눈물 날 정도의 만족감을 가져다주었다.

나는 몽상적인 작위성이나 외부의 관심을 피하려고 노력했다. 내게는 이 시들이 연단에서 크게 울려 퍼지는 바람에 지적인 일에 종사하는 이들이 시들에 화들짝 놀라 성난 목소리로 다음처럼 외치는 일 따위는 필요하지 않았다 ― "이 무슨 수모인가! 이 무슨 야만스러운 짓인가!" 내게는 사람들이 그리 우아하지 않은 내 시들을 듣고 지루해 죽을 지경이 되자 교수 부인들이 예닐곱의 숭배자들 무리 속에서의 시 낭독이 끝난 후 다음처럼 말하는 일 따위는 필요 없었다 ― "당신에게 경의를 표하게 해 주세요." 나는 말 자체가 거의 관여할 필요 없이 손발이 저절로 움직이게 하는 춤이나 노래의 리듬 같은 또렷한 리듬을 열망하지 않았다. 나는 무언가를 표명하고, 투영하고, 드러내고, 그려 내는 일을 추구하지 않았던 것이다.

나중에 사람들은 쓸데없이 마야콥스키와 나 사이에서 유사점을 찾으려 한 나머지 내게 웅변과 억양 조의 언어에 대한 소질이 있다고 했다.* 이는 맞는 말이 아니었다. 나는 그런 소질을 언어를 다루는 어떤 다른 시인보다 더 갖고 있는 건 아니니까.

정반대로 내가 부단히 신경을 쓴 것은 시의 내용으로, 내가 늘 염원했던 건 시 자체가 어떤 내용을 지니게 하는 것, 새로운 생각이나 새로운 그림을 지니게 하는 것이었다. 그리고 시가 자신의 모든 특수성을 간직한 채 시집 안쪽에 새겨져, 시집 지면에서 검은 단색으로 인쇄된 완전한 침묵과 온갖 빛깔로 스스로 말할 수 있게 하는 것이었다.

예를 들면 나는 시 「베네치아」라든가 시 「기차역」을 썼다. 그것을 쓸 때 수상 도시가 내 앞에 서 있었는데, 물에 비친 도시의 원들과 8자 형체들이 둥실 떠가더니, 찻잔 속 마른 비스킷처럼 물에 부풀면서 점점 증식되어 갔다. 또는 멀리 선로들과 플랫폼들의 끝에서 작별을 고하는 듯한 철도의 지평선이 구름과 연기로 가득 덮인 채 솟아났는데, 기차들이 그 지평선 너머로 사라지자 지평선이 그때까지 있었던 모든 관계, 만남과 배웅, 그 전후에 있었던 사건을 둘러서 감쌌다.

나는 나 자신에게도, 독자들에게도, 예술 이론에도 아무것도 요구하지 않았다. 내게 필요한 것이라곤, 시 하나는 도시 베네치아를 담게 하고, 또 하나의 시는 오늘날 벨로루스발트 역(Byelorussian-Baltic Station)이라 불리는 브레스트 역을 담게 하는 것이었다. 시 「기차역」의 시행 "악천 후와 침목의 책동들* 가운데 서쪽은 막혔던 길이 트이곤 하였지"는 보브로프의 마음에 들었다. 사실 그와 나는 아세예프와 당시 막 활동을 시작한 다른 몇몇 시인들과 공동 투자로 작은 합작 출판사를 차린 터였다. '러시아 문서 보관소'에서 일한 적이 있어 인쇄 일을 알고 있던 보브로프는 우리와 함께 일하며 직접 인쇄를 했고 우리의 작품을 출간해 주었다. 그는 아세예프의 우정 어린 서문이 실린 나의 시집 『먹구름 속의 쌍둥이』를 발행했던 것이다.

시인*의 아내인 마리야 이바노브나 발트루샤이티스는 다음처럼 이야기했다 — "미숙한 이 작은 책을 출간한 것을 언젠가 후회하는 날이 올 거예요." 그녀의 말이 맞았다. 나는 종종 그것을 출간한 것을 후회했다.

3

가뭄과 개기 일식이 있던 1914년 더운 여름 동안 나는 알렉신 시(市) 근처, 오카 강 연안의 대규모 영지 내에 있는 발트루샤이티스 씨의 별장에서 지냈다. 나는 그 댁 아들에게 몇 과목 수업을 해 주었고 발트루샤이티스가 문학 감독으로 있는 당시 새로 생긴 실내 극장*을 위해 클라이스트의 독일 희극 『깨진 항아리』를 번역하고 있었다.

당시 영지에는 예술계의 많은 인사들이 와 있었다 ― 시인 뱌체슬라프 이바노프, 화가 울리야노프,* 작가 무라토프의 아내. 그곳에서 멀지 않은 타루사*에서는 발몬트가 위의 실내 극장을 위해 칼리다사*의 『샤쿤탈라』*를 번역하고 있었다.

7월에 나는 징집영장을 받아 모스크바의 징병 위원회로 출두했다. 하지만 어린 시절에 한쪽 다리가 부러져 짧은 탓에 완전 면제를 판정받아 흰 면제증을 가지고서 오카 강 연안의 발트루샤이티스 씨 댁으로 돌아왔다.

이 일 직후 어느 날 저녁, 다음과 같은 일이 일어났다. 강가의 갈대를 따라 퍼져 나간 안개의 장막 속에서 어느 연대(聯隊)의 음악인 폴카와 행진곡 소리가 오카 강 아래쪽을 오랫동안 떠가며 점점 가까워지고 있었다. 이윽고 곶 뒤에서 소형 증기 예인선(曳引船)* 한 척이 바지선* 세 척을 끌며 나타났다. 아마도 증기선에 타고 있는 자들이 언덕 위의 영지를 보고는 배를 정박하기로 결정한 것 같았다. 증기선은 방향을 돌려 강 앞을 가로질러서 바지선을 우리가 있는 강가에 댔다. 대규모의 척탄병 부대 병사들이 바지선에 타고 있었다. 그들은 배에서 내려 언덕 기슭에 모닥불을 피웠다. 장교들은 언덕 위 별장에 초대되어 저녁 식사를 하고 하룻밤을 묵었다. 다음 날 아침 그들은 떠났다. 이것은 사전에 이루어진 군(軍) 동원의 특정 사례 중 하나였다. 전쟁이 시작됐던 것이다.

4

그 후 나는 휴가를 포함한 약 1년의 두 기간을 부요한 실업가 모리츠 필립* 씨의 가정 교사로, 아주 훌륭하고 다정한 소년인 그 집 아들 발터를 가르치는 교사로 일했다.

여름에 모스크바에서 발생한 반(反)독일 소요 동안 에이넴, 페레인과 그 외 사람들의 기업들이 공격받았는데, 그들 가운데 필립 씨도 포함되어 그의 사무실과 저택이 파괴되었다.*

파괴는 경찰도 다 아는 상황에서 계획에 따라 진행됐다. 고용인들의 자산(資産)은 건드리지 않고 고용주의 자산만 파괴되었다. 그 결과 벌어진 혼란 속에서 내 시트, 의복과 다른 몇몇 물건들은 무사했지만, 내 책과 원고는 뒤죽박죽인 것들 속에 섞여 소실되었다.

나중에 나는 더 평화로운 상황에서 많은 것들을 잃었다. 사실 나는 1940년 이전의 내 문체를 좋아하지 않고, 마야콥스키의 저작 절반은 거부하는 입장이며, 예세닌의 모든 시를 좋아하는 것도 아니다. 내게는 당시에 일반적이었던 형태의 붕괴, 사상의 빈약함, 깔끔하지 않고 고르지 못한 문체가 낯설게 여겨지기 때문이다. 나는 결함이 있고 완전치 못한 그런 저작물들이 사라진 것은 슬프지 않다. 하지만 물건의 분실이 결코 나를 슬프게 하지 않은 또 다른 이유가 있다.

삶에서 잃는다는 건 얻는 것보다 더 필요한 일이다. 하나의 밀알이 죽지 않으면 싹트지 않을 테니 말이다.* 지치지 않고 사는 것, 앞을 내다보고 망각이 기억과 공동으로 생산하는 생생한 축적물들을 양식으로 살아가는 것이 필요하다.

여러 시기에 다양한 이유로 나는 물건들을 상실했다. 논문 「상징주의와 불멸」 원문. 미래주의 시기에 쓴 소논문들, 산문 동화 한 편, 서사시 두 편, 두 시집 『장벽을 넘어서』와 『삶은 나의 누이』의 창작기 사이에 쓴 시의 노트. 그 완성된 첫 부분이 중편 『류베르스의 어린 시절』로 출판됐던 인쇄용지 크기의 노트 몇 권을 채운 장편소설 초고. 메리 스튜어트에 관한 스윈번의 드라마 3부작 중 비극 한 편을 완역(完譯)한 것.*

우리는 파괴되고 반이 불탄 필립의 저택에서 임대한 아파트로 거처를 옮겼다. 그곳에도 나를 위해 별도로 마련된 방이 있었다. 나는 그 방을 잘 기억하고 있다. 가을 석양빛이 방과 내가 넘기고 있던 책에 그 항적(航跡)을 만들어 내곤 했다. 저녁이 두 가지 모습으로 방 안에 현존했다. 하나는 약간의 장밋빛이 책 지면에 드리워진 모습이었다. 다른 하나는 책에 인쇄된 시들의 내용과 정신에서 느껴졌다. 나는 책에 기록된 그 현실의 입자들을 그토록 단순한 표현 수단을 통해 보유할 수 있는 저자가 부러웠다. 그 책은 아흐마토바의 초기 시집들 중 하나였는데, 아마도 『질경이』*였지 싶다.

5

필립 씨 댁에서 일하던 그 시절, 나는 휴가 기간에 우랄과 카마 강 인근 지역*을 다녀왔다. 한 번의 겨울을 페름 현 북쪽, 브세볼 로도빌바(Vsevolodo-Vilva)*의 한 곳에서 보냈다. 이곳은 회고록 에서 이 지역들을 묘사하고 있는 A. N. 티호노프*의 증언에 따르 면 체호프와 레비탄이 한때 다녀간 곳이기도 하다. 나는 그다음 겨울은 카마 강 부근 티히 산에 있는 우시코프 씨의 화학 공장에 서 보냈다.

나는 한동안 그 공장 사무실의 군 관련 부서에서 일하면서, 국 가 수비를 맡고 있는 공장 소속의 마을 사람들이 군 복무에서 면 제되도록 해 주었다.

겨울에 공장들이 바깥 세계와 취하는 연락은 아주 낡은 방법으 로 이루어졌다. 우편물이 푸시킨의 『대위의 딸』 시대에 그랬던 것 처럼, 250베르스타 떨어진 카잔에서부터 트로이카*로 운반되어 왔다. 나는 한 번은 트로이카를 타고 그런 겨울 여행을 했다.

페테르부르크에서 일어난 혁명 소식이 공장에 알려졌던 1917년 3월에 나는 마차로 모스크바를 향해 출발했다.

이제프스크 공장에서 나는 그 공장에 파견되어 있던 뛰어난 기 술자인 즈바르스키*를 찾아 마차에 태우고서 그의 안내를 받으며 나의 여행을 계속해야 했다.

티히 산에서부터 우리는 썰매 날이 부착된 유개(有蓋) 마차 키 비트카*를 타고 저녁, 밤새 내내와 다음 날의 일부 동안 질주했 다. 나는 긴 외투 세 벌을 두르고 건초 더미에 파묻혀 맘대로 움직 이지도 못한 채, 썰매 바닥을 짐 꾸러미처럼 굴러다녔다. 나는 졸 았고, 고개를 끄덕였으며, 잠들었다 다시 깼고, 눈을 감았다가 다시 떴다.

나는 숲길과 꽁꽁 언 밤하늘의 별들을 보았다. 곳곳마다 높다란 눈 더미가 산처럼 쌓여 있어 좁은 통행로를 휘게 했다. 마차 지붕이 쑥 뻗어 나온 전나무의 낮은 가지들에 자주 부딪쳐 서릿발을 흩뜨렸고, 그 가지들을 뒤쪽으로 끌어당긴 채 사각거리는 소리와 함께 그곳을 지나갔다. 두껍게 내려앉은 순백색 눈은 반짝이는 별을 반사해 길을 훤히 밝혀 주었다. 환하게 빛나는 흰 눈은 우거진 수풀 깊은 곳에서, 마치 숲에 갖다 놓은 타는 촛불처럼 두려움을 주었다.

마구에 일렬로 매인 세 필의 말이 마차를 끌며 질주했는데, 한 마리가 너무 멀리 옆으로 나가면 다른 한 마리는 대열을 벗어났다. 마부는 계속 말들을 일렬로 정렬시켰으며, 키비트카가 한쪽으로 기울면 그곳에서 훌쩍 뛰어내려 그것과 나란히 달리면서, 차체가 나자빠지지 않도록 어깨로 받쳤다.

나는 그때까지 얼마나 시간이 지났는지 의식도 못한 채 다시 잠들었다. 그러다 갑자기 마차가 밀치면서 멈추는 바람에 잠이 깼다.

숲 속에는 옛날 강도 이야기에 나오는 것과 똑같은 마부의 숙영지가 있다. 산장(山莊)에 등불이 켜져 있다. 사모바르가 요란하게 끓고 있고 시계가 째깍거린다. 키비트카를 몰고 온 마부가 옷을 벗고 언 몸을 녹이며, 칸막이 뒤에서 자는 사람들을 배려해서인 듯, 그에게 먹을 걸 준비하는 산장 여인과 조용히 이야기하는 동안, 새로운 마부가 콧수염과 입술을 닦고 아르먀크* 자락을 단단히 매고는 생기 넘치는 세 필의 말에 마구를 채우기 위해 추운 밖으로 나간다.

다시 시작된 전력 질주, 쌩쌩 길을 가르는 썰매 날 소리와 졸음과 잠. 그다음 날엔 공장 굴뚝들 사이로 보이는 미지의 먼 곳, 꽁

꽁 언 거대한 강의 끝없는 눈(雪) 사막과 어느 철도가 있었다.

6

보브로프는 과분하리만큼 나를 따뜻이 대해 주었다. 그는 나의 미래주의자로서의 순수성을 눈을 떼지 않고 감시했으며, 나를 유해한 영향으로부터 보호했다. 그는 기성세대*의 공감을 그런 영향 중 하나로 보았다. 그는 그들의 관심의 징후를 포착이라도 할라치면 그들이 베푸는 친절이 나를 아카데미즘 속에 빠뜨릴지도 모른다는 두려움 때문에, 모든 수단을 동원해 새로 시작된 그들과의 관계를 서둘러 깨곤 했다. 나는 그의 친절 덕에 모든 이들과의 언쟁이 끊이지 않았다.

아니시모프 부부인 율리안과 그의 아내 베라 스타네비치*는 내 마음을 끌었다. 하지만 나는 보브로프가 그들과 절교할 때 어쩔 수 없이 동참해야 했다.[1]

뱌체슬라프 이바노프는 내게 선사하는 책에 감동 어린 헌사를 써 준 적이 있었다. 보브로프는 브류소프의 동아리에서 마치 내가 조롱의 계기를 제공한 듯 그 헌사를 비웃었다. 그 후 뱌체슬라프 이바노프는 나를 만났을 때 나와 인사하지 않았다.

『동시대인』지는 내가 번역한 클라이스트의 희극 『깨진 항아리』를 실어 주었다.* 내 번역물은 미숙한 데다 그리 흥미로운 내용도 아니었다. 나는 번역을 실어 준 잡지사에 넙죽 엎드리기라도 해야 할 판이었다. 게다가 누군가의 남모르는 손이 원고를 거쳐 원고

---

1 아세예프, 보브로프, 파스테르나크는 아니시모프의 재정적 후원 아래 그들의 첫 시집을 출간한 출판사 '서정시'를 폐쇄할 것임을 1914년 1월에 선언했다.

가 더 아름답고 보기 좋게 된 것에 대해 편집부에 더더욱 감사해야 했다.

하지만 진실된 감정, 겸손, 감사의 마음은 좌익 예술 그룹의 청년들 사이에서 중요시되지 않고 감상적 성향과 무기력의 징표로여겨질 뿐이었다. 거드름 피우고, 우쭐대고 뻔뻔하게 구는 것이 그들의 상례(常禮)였는데, 그러한 것이 아무리 내게 혐오감을 주었어도 나는 친구들 앞에서 위신을 잃지 않으려고 내 의지에 반해 그들을 쫓아다녔다.

그러던 중 나의 희극 번역물의 교정에 무언가 문제가 발생했다. 교정이 늦어진 데다, 원문과 관련이 없는 엉뚱한 글이 조판(組版)과정에서 추가되었던 것이다.

보브로프를 위해 변명하자면, 그 자신은 사무적인 일에 대해 아는 것이 전혀 없었고 이번 일의 경우 그가 무슨 일을 하고 있는지 정말로 몰랐다. 그는 일이 이렇게 혼란스러워진 것, 교정이 엉망이 된 것과 요청하지 않았는데 원본에 문체적인 수정을 한 것에 대해 그냥 넘어가서는 안 된다고 했다. 그의 소식통에 따르면 고리키가 잡지사 일의 관할에 비공식적으로 관여했다고 하니, 그에게 이 문제를 항의해야 한다는 것이었다. 나는 그렇게 했다. 『동시대인』지 편집부에 사의를 표하는 대신 나는 가식과 무례의 오만으로 찬 어리석은 편지를 고리키에게 써서, 잡지사 측에서 나를 배려했어야 했고 친절히 대했어야 했다고 항의했다. 몇 년이 지난 뒤, 내가 고리키에게 항의한 사항은 모두 고리키가 한 일 때문에 일어난 것으로 드러났다. 희극 번역물이 실리게 된 것도 그가 지시했기 때문이고, 그 교정도 그가 손수 한 것이었다.

끝으로 말한다면, 나와 마야콥스키가 처음 알게 된 것도 적대적인 두 미래주의 그룹이 언쟁을 위해 만난 자리에서 시작되었다는 것이다. 그는 그중 한 그룹에 속했고, 나는 그 상대 그룹에 속했다. 만남을 주선한 사람들은 틀림없이 어떤 다툼이 일 것으로 생각했지만, 첫마디가 오가면서 우리가 서로 이해하고 있음이 드러나 다툼은 일지 않았다.

7

나는 나와 마야콥스키의 관계는 기술하지 않을 것이다. 우리는 절친했던 적이 한 번도 없었다. 사람들은 대개 그가 나를 인정하며 내뱉은 말들을 과장한다. 내 작품에 대한 그의 견해를 왜곡하고 있는 것이다.

그는 내 작품 「1905년」과 「시미트 중위」를 좋아하지 않았으며 내가 이것들을 쓴 건 과오라고 여겼다. 그는 나의 두 시집 —『장벽을 넘어서』와 『삶은 나의 누이』— 을 마음에 들어 했다.

나는 우리의 만남과 견해차에 대한 이야기는 하지 않을 것이다. 나는 마야콥스키와 그의 의의를 전반적으로 기술하도록 최대한 노력할 것이다. 물론 두 가지 다 주관적이고 편향적인 경향을 띨 것이다.

8

가장 중요한 것부터 시작해 보자. 우리는 자살 전의 찢어질 듯한 심적 괴로움을 전혀 알지 못한다. 형틀 위에서 물리적인 고문을 받는 동안 사람들은 의식을 계속 잃는다. 고문의 고통이 너무

나 큰 나머지, 참을 수 없다는 바로 그 점 때문에 사람들의 최후를 더욱 앞당긴다. 하지만 형리의 처벌에 놓인 자는 비록 고통 때문에 의식은 잃었지만 죽음을 맞은 건 아니다. 그는 자신의 최후에 와 있는 것으로, 그의 과거는 그의 수중에 있고, 그의 추억도 그가 가지고 있다. 그런 까닭에 그는 원하기만 하면 그것들을 활용할 수 있고, 그가 죽기 전에 그것들은 그에게 도움을 줄 수 있다.

사람들은 자살에 대한 생각에 이를 때 자신에게 절망하고, 자신의 과거를 외면하며, 자신은 파산자이며 자신의 추억은 무가치한 것이라고 단언한다. 그런 상황에서 추억은 인간에게 다가가지 못하게 되고, 그를 구원하거나 지탱해 주지도 못한다. 그의 내면의 존재의 연속성이 깨지고, 그의 개인성이 죽은 것이다. 아마도 종국에 사람들이 자살하는 건 그들이 내린 결정에 충실하려 해서가 아니라, 누구의 것인지 모를 이 우수, 고통받는 이 없는 고통, 계속되는 삶으로 채울 수 없는 공허한 예감을 참을 수 없기 때문이리라.

내 생각에 마야콥스키가 권총 자살을 한 건 자존심 때문으로, 그는 그의 자부심이 받아들일 수 없었던 그의 내부나 주위의 뭔가를 전면적으로 거부했기 때문이다. 예세닌은 일어날 결과에 대해 진정으로 깊게 생각하지 않고 목을 매 자살했다. 마음속 깊은 곳에선 '누가 알아, 어쩌면 이게 아직 끝이 아닐지. 이게 끝일지 아닐지는 모르는 거야.'라고 생각하며 말이다. 마리나 츠베타예바는 그녀의 일 때문에 일생 동안 일상으로부터 차단돼 있었다. 그러다가 문득 그렇게 지내는 건 용납될 수 없는 사치이며, 아들을 위해 그녀의 매혹적 열정을 잠시 희생하고서 주변을 냉정하게 바라봐야 한다는 생각이 들었을 때, 그녀는 창작을 통해 경험해 본 적이 없는 침체되고 낯선 부동의 카오스를 보게 되었다. 그녀는 깜짝 놀라 휘청거렸고, 두려움에서 어떻게 벗어나야 할지 몰라 황급히 죽음 속으로 숨고는 머리를 베개 밑으로 넣듯 올가미 안으로 밀어 넣었다. 내 생각에 파올로 야시빌리는 마치 마법에 걸리듯 1937년의 시갈료프주의*에 걸려들어 아무것도 이해할 수 없게 되었던 것 같다. 그래서 밤에 잠자는 딸을 바라보며 그에게는 더 이상 딸을 볼 자격이 없다고 생각하고는 다음 날 아침 친구들을 보러 갔다가 2연발총으로 자신의 두개골을 박살 냈다. 또한 내 생각에 파데예프*는 그가 모든 정치적 간계가 있는 동안 유지할 수 있었던 그 죄지은 듯한 미소를 지으며, 총 한 발을 당기기 전 마지막 순간에 다음과 같은 말로 자신과 작별할 수 있었던 것 같다. "자, 이제 모든 게 끝났어. 잘 있어, 사샤."

하지만 이들 모두는 우수의 감정이 어느새 정신 질환이 되었을 만큼 형언할 수 없는 고통을 겪었다. 우리는 이들의 재능과 이들과의 좋은 추억 앞에서 뿐만 아니라 이들의 고통 앞에도 연민을 갖고 머리를 숙이게 되리라.

9

이리하여 1914년 여름, 두 문학 그룹의 충돌이 바야흐로 아르바트 거리의 한 찻집에서 일어나려 하고 있었다. 우리 쪽에서는 나와 보브로프가 나와 있었다. 상대 쪽에서는 트레티야코프와 셰르셰네비치가 나올 것으로 예상되었다.* 그런데 그들은 마야콥스키를 데려왔다.

이 청년의 모습은 예상했던 것과 달리 내게 낯이 익었다. 그가 나보다 두 학년 아래로 다녔던 제5김나지움의 복도에서 본 적이 있고, 교향악단의 연주회장 복도에서도 막간에 내 눈에 띈 적이 있어서였다.

이 만남이 있기 얼마 전, 미래에 마야콥스키의 맹목적인 추종자가 되는 한 사람이 인쇄된 마야콥스키의 첫 작품들 중 어떤 것들을 내게 보여 주었다. 당시 이자는 그의 미래의 신을 이해하지 못했을 뿐 아니라 그 새로운 작품을 의심의 여지 없이 아무 재능도 없는 엉터리라는 듯 비웃고 분개하며 보여 주었다. 하지만 나는 그 시들이 굉장히 마음에 들었다. 그것은 후에 작품집 『소 울음소리처럼 단순한 말』*에 포함되는 마야콥스키의 눈부신 첫 작품들이었다.

이제 찻집에 있는 그 시들의 저자는 시에 못지않게 내 마음에 쏙 들었다. 내 앞에 보제장(輔祭長)의 저음과 권투 선수의 주먹을 가진, 잘생기고 음울해 보이는 청년이 앉아 있었다. 그는 기지가 넘치고 무궁무진했으며 알렉산드르 그린의 신화적 영웅과 스페인 투우사 모습의 중간쯤 되는 모습이었다.

비록 그가 잘생기고 기지가 넘치며 재능이 있는, 심지어 가장 재능이 있는 청년이었다 해도, 그것이 그의 가장 중요한 것이 아님을 즉시 알아챌 수 있었다. 그의 가장 중요한 것은 강철같이 일관된 마음, 어떤 맹서나 고귀한 원칙, 의무감이었다. 이러한 것 때문에 그는 자신이 다른 모습, 현재보다 덜 잘생기고 덜 기지가 넘치며 덜 재능 있는 모습이 되는 것을 결코 허용하지 않았다.

나는 그의 결연한 모습과 갈기처럼 엉클어진 머리칼을 다섯 손가락으로 한 번에 흐트러뜨리는 모습에서 곧장 도스토옙스키의 지방 출신의 젊은 인물들 중에 복합적 이미지를 지닌 반체제 테러리스트를 떠올랐다.

지방이 대도시들에 뒤떨어져 있다고 해서 늘 손해만 본 건 아니다. 가장 중요한 중추 도시들이 이따금 쇠퇴기를 겪을 때, 외진 시골구석들에서 유지되고 있던 이로운 옛 관념이 그 시골들을 구원했으니 말이다. 그렇게 해서 마야콥스키가 그가 태어난 자캅카스*의 외딴 숲에서 탱고와 스케이트장이 있는 대도시로 가지고 온 것은 벽지에서 아직 확고했던 확신인 러시아에서의 계몽은 반드시 혁명적인 것이어야 한다는 것이었다.

청년은 그가 취한 혼란스러운 예술가의 역할, 다소 거칠고 내키는 대로 행동하는 거대한 영혼과 몸, 그리고 그가 그런 풍으로 가장하고 연기하는 반항적인 보헤미안 기질 등을 자신의 타고난 외모에 기막히게 잘 가미하고 있었다.

10

나는 마야콥스키의 초기 서정시를 무척 좋아했다. 어릿광대짓이 난무하던 당시의 배경에서 그의 서정시의 진지하고 무겁고 위협적이며 푸념하는 듯한 어조는 그리도 남달랐다. 그것은 거장의 손으로 빚어진 시였고, 오만하고 악마적인 동시에 한없이 숙명적인 시였으며, 사실상 도움을 청하고 있는 파멸 직전의 시였다.

시간이여! 절름발이 그림쟁이인 그대만이라도,
이 기형아 세기의 성상화(聖像畵) 안치대*에 내 성상을 그려 넣어 주게!
나는 외롭다네, 장님이 되어 가는 자에게
하나 남은 마지막 눈처럼!*

시간은 그의 말을 귀담아듣고서 그의 부탁을 들어주었다. 그의 성상이 이 세기의 성상화 안치대에 그려 넣어졌다. 하지만 그는 자신의 모습이 그려진 걸 보고 알게 되는 대가로 어떤 운명을 지녀야 했던가!

다른 곳에서 그는 이렇게 말한다.

> 당신들은 이해하겠는가, 조롱이 뇌우처럼 쏟아지는데도
> 왜 내가 침착하게
> 내 영혼을 큰 접시에 담아
> 다가오는 세월의 만찬에 나르는지……*

그의 시가 기도문과 상응한다는 점을 간과할 수 없다. "그리고 인간의 모든 육신은 침묵하고서 공포와 전율 가운데 서 있어, 마음에 그 어떤 지상의 것도 품지 못한다네. 만왕의 왕, 만유의 주재자 주 그리스도께서 희생 제물이 되시고, 자신의 몸을 신실한 자들에게 하늘 양식으로 주시려고 지상에 오셨기 때문이네."*

예프렘 시린*의 기도문을 "은자(隱者)이신 교부들과 아내들은 순결하시다……"로 시작되는 자신의 시에서 개작한 푸시킨이나, 다마스쿠스 요한*의 장례 송가를 시로 표현한 알렉세이 톨스토이*와 같이 찬송가와 기도문의 의미가 중요했던 고전 작가들과 달리, 블로크, 마야콥스키와 예세닌에게는 순전한 모습 그대로인 교회의 단성 성가*와 낭독의 일부분들이 소중했다. 거리와 집과 구어체 언어의 구절들과 더불어 실제 일상의 단편(斷片)들이 소중했던 것처럼 말이다.

이런 집적된 고대 창작물들은 마야콥스키에게 패러디적인 서사시를 짓도록 귀띔해 주었다. 그의 작품 속에는 카논*의 관념들과

유사한 많은 요소들이 은밀히 감추어지고 강조된 채로 존재한다. 그것들은 시인에게 거대한 스케일을 가질 것을 촉구했고, 유력한 손이 되어 줄 것을 요구했으며 그에게 대담성을 길러 주었다.

마야콥스키와 예세닌이 그들의 어린 시절부터 알고 기억해 온 것을 그냥 지나치지 않은 것, 그런 익숙한 창작의 지층들을 파 올려 그 안에 담긴 아름다움이 잊히도록 두지 않고 이용한 것은 아주 잘한 일이다.

11

내가 마야콥스키를 더욱 잘 알게 된 시기에 그와 나의 작품에 이미지 구축과 압운 패턴의 유사와 같은 예상치 못한 기법상의 일치가 드러났다. 나는 그의 아름답고 절묘한 동작들을 사랑했다. 나는 그것만 있으면 되었다. 나는 그를 따라 하지 않고 그의 모방자로 보이지 않도록 거짓으로 보일 영웅적인 어조와 효과를 노리는 태도 등, 나의 내부에서 싹트고 있던 그의 작품과 공통되는 요소들을 억제하기 시작했다. 이런 조치는 나의 문체를 좁히고 말끔해지게 했다.

마야콥스키는 같은 길을 가는 동무들이 있었다. 그는 시의 세계에서 혼자가 아니었고, 황무지 속에 있는 것도 아니었다. 혁명 전 대중적 연단에서 그의 경쟁자는 이고리 세베랴닌이었고, 민중 혁명의 장(場)에서 사람들의 마음을 얻는 일에서는 세르게이 예세닌이 그의 경쟁자였다.

세베랴닌은 콘서트홀들을 장악했으며 그의 공연은 무대 관계자들의 직업 용어로 초만원을 이루었다. 그는 프랑스 오페라의 인기 있는 두세 멜로디를 그의 시에 붙여 낭송했는데, 그것은 저속함에 빠지지도 않았고 귀에 거슬리지도 않았다.

그의 미발달된 몰취미한 문장과 저속한 신조어들은 그의 부러 우리만큼 깨끗하고 유창하게 들리는 시적 발성과 결합됐을 때 독특하고 이상한 장르를 만들어 냈다. 그것은 뒤늦게 시의 세계에 등장한 투르게네프 스타일이 진부함 속에 덮여 있는 듯한 것이었다.

콜초프* 이래 러시아의 대지는 세르게이 예세닌만큼 그 조국에 뿌리를 둔, 자연스럽고 적합하며 러시아의 토양에 친밀한 존재를 낳은 적이 없었다. 대지는 시대에게 아주 아낌없이 그를 선사했고 인민주의자적인 열심이란 무거운 부담으로 선물인 그를 압박하지도 않았다. 동시에 예세닌은 우리가 푸시킨을 따라 지고의 모차르트적인 요소, 모차르트적인 자연력이라고 부를 그 예술적 감수성의 살아 있고 맥동하는 한 덩어리였다.

예세닌은 그의 삶을 동화의 세계처럼 대했다. 그는 이반 왕자가 되어 회색 늑대를 타고 대양을 건넜고 이사도라 덩컨이 불새라도 되는 양 그녀의 꽁무니를 움켜잡았다. 그는 때론 단어를 혼자 하는 게임의 카드처럼 늘어놓고 때론 시를 그의 심장에서 짜낸 피로 적으며, 마치 동화 속 세계에 있는 듯 시를 썼다. 예세닌의 시에서 가장 값진 것은 어린 시절 그에게 나타났던 것과 같이 놀라울 정도로 신선한 모습의 고향의 자연, 바로 중부 러시아 랴잔 숲의 형상이다. 마야콥스키의 시적 재능은 예세닌의 재능에 비하면 보다 무겁고 거칠지만 그 대신 더 심오하고 광대한 것 같다. 마야콥스키의 시에서는 예세닌의 자연이 차지할 자리를 오늘날 대도시의 미로가 차지한다. 현대인의 외로운 영혼은 그 미로에서 길을 잃고 도덕적인 혼란을 겪는다. 마야콥스키는 그러한 영혼이 처한 강렬하고 비인간적인 극적 상황을 그린다.

12

앞에서 말했듯이 내가 마야콥스키와 가까운 사이라는 건 과장된 말이었다. 우리의 견해차가 점점 첨예화되고 있던 어느 날, 우리는 아세예프의 집에서 이야기를 나누고 있었다. 마야콥스키는 그의 평상시의 음울한 유머로 우리의 차이점을 이렇게 정의했다―"음, 뭐랄까. 우리는 정말 다르오. 당신은 하늘의 번개를 좋아하지만 나는 전기다리미의 번개를 좋아하니 말이오."

나는 그가 선동에 열의를 쏟는 모습, 대중의 의식에 억지로 그 자신과 동료들의 존재를 주입하는 행동, 늘 누군가를 대동하고 담합적 환경을 만드는 경향, 당면 문제에 얽매인 모습 등을 이해할 수 없었다.

더 이해할 수 없었던 건 그가 이끄는 『레프』지와 그 제작진, 그리고 잡지 측이 내세우는 주장들이었다. 기존의 권위를 부인하는 자들로 구성된 이 집단에서 유일하게 일관성 있고 솔직한 자는 세르게이 트레티야코프였다. 그는 그의 부정적인 입장을 당연한 귀결에 다다르게 했다. 트레티야코프도 플라톤처럼 신생 사회주의 국가에, 또는 적어도 사회주의 국가가 탄생한 순간에 예술이 설 자리가 없다고 보았다.[2] 그런데 레프 집단에서 번성하고 있던 건 예술 방침을 시류에 따라 변경하다 망친, 비창조적인 반쪽짜리 기능공의 예술로, 그것은 돌볼 가치도 공들일 가치도 없는 쉬이 단념하게 되는 예술이었다.

마야콥스키가 죽기 직전에 창작한 불멸의 기록 「목청을 다하여」를 제외한, 희곡 『미스테리야 부프』부터 시작되는 그의 후기

---

2 플라톤(B.C. 5~4세기)은 『국가론』에서 공정한 사회의 실현 가능성을 그리고 있는데, 이 사회에서는 예술가들과 시인들이 배제되었다.

작들을 나는 이해할 수 없었다. 내가 이해할 수 없는 이 작품들은 압운이 서툴게 맞춰진 판에 박힌 것들로, 무의미의 극치이자 상투적인 것이며, 그리도 혼란스럽고도 재치 없이 인위적으로 서술된 흔해 빠진 진실에 지나지 않는 것들이다. 내 생각에 이런 것들은 전혀 마야콥스키적인 게 아니다. 그것들은 존재하지 않는 마야콥스키의 모습인 것이다. 그러므로 전혀 마야콥스키적이지 않은 것이 혁명적인 것으로 간주됐다는 것은 놀라운 일이 아닐 수 없다.

이와 같은 사실에도 불구하고 사람들은 그와 내가 친구인 것으로 잘못 알고 있었다. 때문에 예를 들면 예세닌은 이마지니즘*에 불만이었을 때, 내게 마야콥스키와 자신을 만나게 해 주고 화해시켜 달라고 부탁하기도 했다. 나를 그 일에 가장 적임자로 보고 말이다.

비록 나는 마야콥스키와는 서로 깍듯이 높여 부른 반면 예세닌과는 허물없이 너, 나 하고 지낸 사이였지만 예세닌을 만나는 일은 훨씬 더 드물었다. 그 횟수를 손꼽을 수 있을 정도였는데, 그때마다 우리는 감정이 격해진 채로 헤어지기 일쑤였다. 우리는 때론 눈물을 흘리며 서로 진실한 친구가 되기로 맹세했는가 하면, 때론 피 튀길 때까지 싸우는 바람에 다른 사람들의 손에 의해 억지로 갈라 떼어지기도 했다.

13

마야콥스키의 생애 말년, 그의 시든 다른 이의 시든 더 이상 누구의 시도 존재하지 않았던 때, 예세닌이 목을 매달았던 때, 더 간단히 말해 정말로 『고요한 돈 강』의 첫 부분도 필냑과 바벨,* 폐진과 프세볼로드 이바노프 등의 초기 작도 모두 시였던 탓에 문학이 고갈됐을 때, 바로 그 시절에 영민하고, 재능 있으며, 내면이 자유롭고 무엇에도 현혹되지 않는 아주 훌륭한 동무 아세예프는 마야콥스키와 유사한 문학 경향을 지닌 벗이자 그의 버팀목이었다.

반면 나는 마야콥스키와 완전히 멀어졌다. 나는 다음과 같은 이유로 마야콥스키와의 관계를 일절 끊었다. 나는『레프』지의 편집 동인 직을 이미 그만두었음을, 또 그들 무리에 속하지도 않음을 공표했는데도 내 이름이 잡지 제작 참여자 명단에 계속 나오고 있었던 것이다. 나는 마야콥스키에게 격한 편지를 썼고,* 편지는 그를 격노케 만들었음이 틀림없었다.

그보다 훨씬 전, 내가 아직 그의 격정, 그의 내면의 힘과 거대한 창조적 권한 및 잠재력을 흠모하고 그도 그에 못지않게 나를 따뜻이 대해 주던 시절에 나는 헌사* 일부에 다음과 같은 시구를 적어 시집『삶은 나의 누이』를 그에게 선물했었다.

당신은 최고 국민 경제 회의 기관*의 비극인
예산의 균형을 맞추느라 바쁘구려,
온 시행의 언저리에서
방황하는 네덜란드 배*처럼 노래하는 당신이!
나는 당신의 길이 거짓 없는 길이란 걸 아오,
하지만 그렇게 진심 어린 길에 서 있는 당신이
어찌 그리도 무능한 자들이 모인 기관의
천장 아래로 나갈 수 있었단 말이오?

14

시대에 관한 유명한 두 구절이 있었다. "삶이 더 좋아졌고, 삶이 더 즐거워졌다"는 구절과, 마야콥스키는 한 시대의 가장 훌륭하고 가장 재능 있는 시인이었고 그런 시인으로 남아 있다는 구절*이 바로 그것이다. 나는 두 번째 구절을 말한 이에게 개인적인 편지를 써서 감사를 표했다. 왜냐하면 나는 그 구절 덕에 '작가 대회'가 열린 1930년대 중반에 나의 중요성에 대한 과장된 찬사*에 우쭐해 있던 상태에서 벗어날 수 있었기 때문이다. 나는 내 삶을 사랑하고 내 삶에 만족한다. 나는 금빛으로 겉치장되는 삶은 필요 없다. 신비로움과 은근함이 없는 삶, 진열장처럼 번쩍이는 광휘 속의 삶은 내게는 상상할 수 없는 끔찍한 것이다.

예카테리나 여제 때의 감자처럼 마야콥스키가 국가 정책에 강제로 투입되기 시작했다. 이것은 그의 제2의 죽음이었다. 이 죽음에 대해선 그는 잘못이 없다.

세 개의 그림자

1

1917년 7월에 에렌부르크는 브류소프의 권유로 나를 찾아왔다.* 덕분에 나는 나와 기질이 반대이고 활동적이며 외향적인 이 영민한 작가를 알게 되었다.

당시는 전쟁 때문에 이국땅에 발목 잡혀 억류되어 있던 사람들과 그 밖의 사람들로 구성된 정치적 이민자들이 해외에서 고국으로 물밀듯이 돌아오기 시작한 때였다. 안드레이 벨리가 스위스에서 돌아왔다. 에렌부르크도 돌아왔다.

에렌부르크는 츠베타예바에 대해 칭찬을 늘어놓으며 내게 그녀의 시를 보여 주었다. 나는 10월 혁명 직후 한 저녁 모임에서 그녀가 다른 낭송자들 틈에 끼여 시를 낭송할 때 그 자리에 있었다. 전시 공산주의 시기의 어느 겨울날엔 어떤 부탁을 받아 그녀의 집에 들렀으며, 그녀에게 별 의미 없는 말을 했고, 그녀로부터도 특별할 게 없는 대답을 들었다. 츠베타예바는 내게 알 수 없는 인물이었던 것이다.

당시 나의 청각은 과장된 말들과 모든 익숙한 것의 해체 등, 주위에 만연한 것들로 망가져 있었다. 정상적으로 표현된 모든 것은 내게서 훌쩍 비켜나 있었다. 나는 말이란 그것이 걸친 자질구레한 장식들과 별개로 그 자체가 어떤 내용을 지니고 있어, 무언가를 의미할 수 있다는 걸 잊고 있었던 것이다.

내가 츠베타예바 시의 본질을 이해하는 데 장애물이 되어 방해한 건 바로 그녀의 시의 하모니, 시의 의미의 선명함, 시가 장점만 있을 뿐 결점이 없다는 점 등이었다. 나는 모든 것에서 그 본질이 아닌 지엽적인 강렬함을 추구하고 있었던 것이다.

나는 전에 많은 시인들 — 바그리츠키, 흘레브니코프, 만델시탐, 구밀료프 — 을 각기 다른 방식으로 과소평가했듯이 츠베타예바를 오랫동안 과소평가했다.

앞에서 나는, 불명료함을 미덕으로 삼고 부득이 기이한 행동을 한 신세대 시인들이 그들의 생각을 이해되도록 표현하지 못할 때 오직 두 사람 아세예프와 츠베타예바만이 자신들의 생각을 인간답게 표현했고 클래식한 언어와 문체로 글을 썼다고 말했다.

그런데 갑자기 두 사람은 그런 그들의 능력을 거부했다. 흘레브니코프의 사례가 아세예프를 매혹시켰다. 츠베타예바의 내면에는 격한 변화가 발생했다. 하지만 이런 그녀의 제2의 탄생기가 도래하기 전에, 과거의 전통을 계승하던 그녀의 옛 창작 세계가 이미 내 마음을 정복했다.

2

나는 그녀의 시를 정독해야 했다. 그렇게 했을 때 내 앞에 펼쳐진 끝없는 순수함과 힘에 나는 놀라움을 금치 못했다. 그와 같은 건 주위 어디에도 없었다. 나의 느낌을 간단히 말하겠다. 내가 다음처럼 말한다 해도 우를 범하는 건 아닐 것이다. 안넨스키와 블로크, 그리고 약간의 조건이 필요하지만 벨리를 제외하고, 츠베타예바의 초기 시는 나머지 모든 상징주의자들이 도달하려 했으나 도달하지 못한 바로 그런 시였다고 말이다. 이들 상징주의자들의 작품이 고안된 도식들과 생명이 없는 의고체(擬古體)의 세계에서 무력하게 허우적거릴 때, 츠베타예바는 비할 데 없이 눈부신 기교로 슬그머니 창작적 과제를 수행하면서, 앞에 놓인 작품의 난관을 쉽게 극복해 나갔다.

그녀가 이미 해외에 거주 중이던 1922년 봄에 나는 모스크바에서 그녀의 작은 시집 『이정표들』을 샀다. 나는 츠베타예바의 형식의 서정적인 힘에 곧바로 매료되었다. 그녀의 형식은 비통한 체험을 통해 얻어졌으며 극히 압축되고 응축된 강건한 심장에서 분출된 것이었다. 즉 그것은 각각의 행들 속에서 숨을 헐떡거린 형식이 아니라, 구두점 찍힌 구절들의 펼침 속에 연속돼 있는 모든 연을 리듬의 중단 없이 에워싼 형식이었다.

그녀의 이런 특수성 뒤엔 나와의 닮은 점이 감추어져 있었다. 그것은 우리가 받은 공통된 영향 또는 성격 형성 시에 받은 동일한 자극, 우리의 삶에서 가족과 음악이 한 비슷한 역할, 우리의 출발점과 목표와 선호에서의 일치 등등인 듯했다.

나는 프라하에 있는 츠베타예바에게 편지를 써서 내가 그녀를 그토록 오랫동안 알아차리지 못하고 이제야 알아보게 된 것에 흥분과 놀라움을 금치 못한다고 전했다. 그녀는 답장을 보내왔다. 우리의 서신 왕래가 시작되었다. 서신 왕래는 그녀의 시집 『기예』(1923)가 출간되고 규모와 사상 면에서 거대하며 강렬하고 혁신성이 뛰어난 그녀의 서사시들 「끝의 시」, 「산의 시」, 「쥐잡이꾼」*이 모스크바 도서 목록으로 진출하기 시작한 1920년대 중반에 특히 활발했다. 우리는 친구가 되었다.

1935년 여름에 나는 근 1년 동안 앓은 불면증으로 정신 질환 직전까지 간 제정신이 아닌 상태로 파리에서 열리는 반(反)파시스트 대회에 참가했다. 그곳 파리에서 츠베타예바의 아들과 딸, 남편을 알게 되었고, 매력적이고 섬세하며 신념이 확고한 그녀의 남편을 동생처럼 좋아하게 됐다.

츠베타예바의 가족들은 그녀가 러시아로 돌아가야 한다고 주장했다. 그들이 그렇게 주장한 건, 한편으론 고국에 대한 향수와, 공산주의 및 소련에 대한 공감이 있어서였고 다른 한편으론 독자와 교류 없이 공허함 속에 삶을 낭비하고 있는 파리에서 츠베타예바가 계속 살 수 없다는 판단에서였다.

츠베타예바는 이에 대해 내가 어떻게 생각하는지 물었다. 나는 그에 대한 어떤 확실한 의견이 없었다. 나는 그녀에게 무얼 조언해 주어야 할지 몰랐고 그녀와 그녀의 놀라운 가족이 러시아에서 살기엔 힘들고 평온치 않을 것 같아 무척 두려웠다. 이후 이 가족 전체에 닥친 비극*은 내가 우려한 어떤 것보다 훨씬 끔찍했다.

3

나는 책의 서문(序文)에 넣을 이 에세이의 초반, 어린 시절에 관한 페이지에서 현실의 광경과 장면을 제시했고 생생한 사건들을 묘사했다. 그리고 에세이 중반부터 전반적인 이야기로 전환하여 서술을 짤막한 묘사로 국한하기 시작했다. 글이 간결해지려면 그래야 했다.

만일 내가 나와 츠베타예바를 결속시켜 준 열망들과 관심에 대해 각 사건과 상황에 따라 이야기하기 시작했더라면, 이 글을 위해 내가 애초에 생각한 분량을 훨씬 넘었을 것이다. 나는 그 이야기를 책 한 권 전체의 분량에 쏟아 내야 할 것이다. 그만큼 우리에게는 함께한 많은 체험, 삶에서의 많은 변화, 많은 기쁜 일과 비극적인 일이 있었다. 그것들 모두 항상 예기치 않게 찾아왔고 그때마다 틈틈이 우리의 시야가 상호 관계 속에서 확장되게 해 주었다.

그렇다 해도 이 장과 남은 장들 모두에서는 나의 사적인 측면은 자제하고 좀 더 본질적이고 일반적인 이야기를 할 것이다.

츠베타예바는 활동적인 남성적 영혼을 지닌 여성, 단호하고 전투적이며 굴하지 않는 여성이었다. 삶과 창작에서 그녀는 확고하고 분명한 것에 도달하기 위해 저돌적이고 간절하게, 또 거의 탐욕스럽게 애를 썼다. 그녀는 그러한 목적을 추구하면서 멀리까지 나아갔기 때문에 모든 사람들을 앞지르게 되었다.

알려진 약간의 작품 이외에도 그녀는 러시아에선 알려지지 않은 수많은 작품을 썼다. 그것들은 거대한 스케일을 갖고 있고 격한 어조를 띤 것이었는데, 어떤 것들은 러시아 동화의 스타일로, 다른 어떤 것들은 널리 알려진 역사적 전설과 신화를 모티프로 쓴 것이었다.

이 작품들의 출판은 러시아 시의 위대한 승리이자 발견이 될 것이며, 러시아의 시는 늦게 모습을 드러낸 이 이례적인 재능 덕택에 단숨에 풍요로워질 것이다.

나는 아주 대대적인 재평가와 인정이 츠베타예바를 기다리고 있다고 본다.

우리는 친구였다. 나는 그녀가 보낸 약 백 통의 편지를 보관했었다. 앞에서 이야기했듯이, 내 삶에서 물건의 상실과 분실들은 그리 큰 의미를 갖지 않았지만, 주의 깊게 보관한 이 소중한 편지들이 사라질 때가 오리라는 건 내게 상상할 수 없는 일이었다. 그런데 편지를 너무 공들여 보관하려 했던 게 오히려 일을 망치는 꼴이 되었다.

내가 먼저 피난을 떠난 가족에게 잠깐씩 오가던 전시(戰時)에, 열렬한 츠베타예바 숭배자이자 내 친한 벗인 스크랴빈 박물관의 여직원 하나가 츠베타예바의 편지를 부모님의 편지와 고리키, 롤란드의 편지 몇 통과 함께 보관해 주겠다고 제의했다. 그녀는 이 모든 편지를 박물관 금고에 두었지만 츠베타예바의 편지와는 절대 떨어지려 하지 않았다. 박물관 금고의 견고한 내화(耐火) 벽을 믿지 않으며 늘 손에서 그 편지를 놓지 않았던 것이다.

그녀는 1년을 쭉 근교에서 살았는데, 저녁에 잠자러 집으로 갈 때 작은 여행 가방에 츠베타예바의 편지를 넣어 갔다가 다음 날 아침 출근길에 시내로 도로 가져오곤 했다. 그러던 어느 겨울 날 그녀는 완전히 녹초가 되어 집으로 가고 있었다. 그녀는 기차역을 나와 집에 반쯤 다 와 가는 숲길에 이르렀을 때, 문득 교외선 완행 열차 객실에 편지가 든 가방을 놓고 왔다는 걸 알게 되었다. 츠베타예바의 편지는 그렇게 사라졌다.*

4

『안전 통행증』이 출간된 지 수십 년이 지나는 동안 나는 그것을 재발행하는 기회를 갖는다면 캅카스와 그루지야*의 두 시인에 관한 한 장을 첨가하리라 종종 마음먹었다. 이후 계속 시간이 흘렀지만 다른 보충을 할 필요성은 느끼지 못했다. 그 빠져 있는 한 장만이 채워야 할 유일한 공백으로 남아 있었다. 이제 그 장을 쓰겠다.

1930년경 겨울에 시인 파올로 야시빌리*가 아내와 함께 모스크바에 사는 나를 방문했다. 그는 재기 넘치는 사교가로, 미남이고 대화하기 즐거운 교양 있는 유럽인이었다.

그의 방문 직후 나의 가족과 나와 친분 있는 이*의 가족, 이 두 가족에게 모든 관련자라면 심적으로 힘든 그런 큰 격변과 복잡한 일, 변화가 일어났다. 한동안 나와 나중에 두 번째 부인이 된 나의 동반자에게 거처할 데가 없었다. 야시빌리는 티플리스*에 있는 자신의 집에 우리가 쉴 곳을 마련해 주었다.

그 당시 내게 캅카스, 그루지야, 그루지야의 개인들, 그리고 그루지야 민중의 삶은 아주 뜻밖의 발견이었다. 모든 것이 새로웠고, 모든 것이 놀라웠다. 어두운 빛깔의 거대한 석조 건물들이 티플리스의 온 시가지 횡단로의 맨 끝 위로 돌출되어 있었다. 마당에서 길거리로 내몰린 극빈층의 삶은 북방*에서의 그 삶보다 더 대담하고, 숨김이 없었으며, 밝고, 솔직했다. 민간 전설의 상징체계는 신비주의와 메시아주의로 가득 찼고, 그 상상력의 힘으로 민중이 삶에 공감하도록 만들었으며, 가톨릭 국가 폴란드처럼 그 누구나 시인이 되게 만들었다. 그곳 사회 진보층의 수준 높은 문화, 그리고 그에 준하는 지적인 삶은 그 시절로서는 드문 현상이었다. 잘 정비된 티플리스의 모퉁이는 페테르부르크를 생각나게 했는데, 낮은 2층에 위치한 발코니의 격자 창틀은 바구니와 하프형의 곡선이었고, 인적이 드문 골목길은 아름다웠다. 레즈긴카*의 리듬을 빠르게 치는 탬버린 소리가 어딜 가든 계속 쫓아왔다. 염소 울음소리 같은 백파이프* 소리와 어떤 다른 악기들의 소리도 들려왔

다. 별빛으로 가득 차고 정원, 제과점과 찻집에서 나오는 향기로
가득 찬 남부 도시의 저녁이 시작되었다.

5

파올로 야시빌리는 포스트상징주의 시기의 뛰어난 시인이다. 그
의 시는 정확한 자료와 감각적 증거를 기반으로 구축되어 있다. 그
것은 벨리, 함순과 프루스트의 최신 유럽식 산문과 유사하며, 그
들의 산문처럼 갑작스럽고도 적절한 관찰들을 간직하고 있어 신
선하다. 지극히 창조적인 시인 것이다. 그것은 빽빽이 쑤셔 넣은
가장(假裝)으로 가득 쌓여 있지도 않다. 그 시는 너른 공간과 대기
로 가득 차 있다. 그것은 움직이고 숨을 쉰다.

소르본 대학 학생이었던 야시빌리는 파리에서 제1차 세계 대전
을 맞았다. 그는 길을 우회하여 고국으로 돌아오게 되었다. 야시
빌리는 노르웨이의 한 외딴 역에서 멍하니 주위를 바라보느라 기
차가 떠난 줄도 몰랐다. 역의 우편물을 찾으러 썰매를 타고 멀리
시골 변방에서 온 젊은 노르웨이인 농부 부부는 정열적인 남부인
의 부주의한 모습과 그 때문에 벌어진 일을 목격하게 되었다. 그
들은 야시빌리를 가엾게 여겼고, 어떻게든 그와 대화를 해 보고는
다음 날 있을 다음 기차 시간이 될 때까지 머물게 하려고 그를 그
들의 농장으로 데려갔다.

야시빌리는 기막힌 이야기들을 들려주곤 했다. 그는 타고난 모
험 이야기꾼이었다. 그에게는 노벨라*에서처럼 항상 예기치 않은
일들이 일어났다. 그에게 그렇게 우연한 일들이 달라붙었는바, 정
말로 그에게는 그 일들에 대한 재능과 행운이 따랐던 것이다.

그에게서 천부적인 재능이 흘러나왔다. 그의 눈은 영혼의 불꽃으로 빛났고, 입술은 열정의 불꽃으로 활활 타올랐다. 얼굴은 체험의 열기에 그을려 검었다. 그래서 그는 실제보다 더 나이 들어 보였으며 많은 인생 체험을 한 몹시 지쳐 있는 자로 보였다.

우리가 도착한 날 그는 자신이 리더로 있는 그룹의 일원들인 친구들을 불러 모았다. 그날 누가 왔는지 잘 기억나지 않는다. 아마 같은 건물에 사는 그의 이웃인 최고의 시인, 진정한 서정시인 니콜라이 나디라드제*가 참석했을 것이다. 티치안 타비드제*와 그의 아내도 있었다.

6

마치 지금 벌어진 일처럼 그날의 방이 눈앞에 보인다. 정말이지 내가 그 방을 어떻게 잊을 수 있겠는가? 나는 어떤 끔찍한 일이 그 방에 기다리고 있는지 몰랐던 그날 저녁에 그 방의 이미지를 부서지지 않도록 조심스레 내 마음속 깊은 곳에 간직해 두었다. 또 나중에 이 방과 그 주변에서 발생한 모든 무서운 일은 그 이후에 마음속에 덧붙여 두었다.

왜 이 두 사람이 내게 보내졌던 것일까? 그들과 나의 관계를 무엇이라고 불러야 할까? 두 사람 다 내 개인적인 세계의 구성 부분이 되었다. 나는 둘 중 어느 한 사람을 선호하지 않았다. 이들은 분리될 수 없었던 이들로, 서로를 잘 보완했다. 분명히 이들의 운명*은 츠베타예바의 운명과 더불어 나의 가장 큰 슬픔이 되었다.

7

야시빌리가 자신이 생각하는 바를 기탄없이 말하는 외향적인 사람이었다면, 타비드제는 내향적인 사람이었고 시의 각 행과 사상의 흐름을 통해 우리를 통찰과 예감으로 가득 찬 그의 풍부한 영혼의 깊은 곳으로 불러들였다.

그의 시에서 가장 중요한 것은 그의 서정적 잠재력이 다 드러나지 않았다는 느낌이다. 이 느낌은 그의 모든 시에 존재하는 것으로, 그가 말하지 않은 것이나 앞으로 말할 것이 이미 말한 것보다 더 많음을 느끼는 것이다. 이 다뤄지지 않고 현존하는 심적인 비축은 시의 두 번째 측면인 배경을 만들어 내고 시에 특별한 분위기를, 바로 시를 침투하면서 시의 고통스럽고도 주요한 매력을 이루는 그런 분위기를 부여한다. 그의 시 속의 영혼은 자기 내부의 영혼만큼 복잡하고 감추어져 있는, 온전히 선을 갈망하는 영혼이며 통찰력 있고 희생할 줄 아는 영혼이다.

야시빌리를 생각하면 마음속에 도시의 정경이 떠오른다. 방들, 논쟁들, 대중 낭송회들, 많은 사람이 모인 야간 연회에서의 그의 눈부신 연설이.

반면 타비드제를 생각하면 마음은 자연의 세계로 향하게 되고 시골 마을들, 꽃이 만발한 광활한 평원, 바다의 파도를 상상하게 된다.

구름이 떠가고, 그것과 나란히 멀리 산들이 펼쳐진다. 건강하고 땅딸막한, 미소 지은 시인의 형상이 이들 구름과 산과 합쳐져 하나가 된다. 시인은 걸음걸이가 뒤뚱거린다. 그는 웃을 때 온몸을 떤다. 바로 여기, 그가 연설을 시작하기 위해 자리에서 일어나 테이블 옆에 서서 나이프로 술잔을 두드리던 모습이 보인다. 그는 한쪽 어깨를 다른 쪽 어깨보다 높이 드는 습관 때문에 몸이 약간 옆으로 기운 것처럼 보인다.

코드조리*의 길모퉁이에 집 한 채가 서 있다.[3] 길은 집 정면을 지나면서 오르막이 되다가, 그다음 집 주위를 돌고 집 뒷벽을 지나면서 다시 내리막이 된다. 걸어가는 사람들과 탈것을 타고 가는 사람들 모두 그곳을 지나갈 때면 집에서 두 차례 보이게 된다.

벨리의 재치 있는 지적을 빌리자면, 유물론의 승리가 한창 세상의 물질을 없애 버렸던 그런 시기이다. 먹을 것도 입을 것도 없다. 주위에 만질 수 있는 것이라곤 아무것도 없고, 있는 것이라곤 이념들뿐이다. 우리가 죽지 않고 살아남은 건 기적의 창조자들인 티플리스 친구들 덕분이다. 이들은 항상 무언가를 구해서 실어 오고, 무얼 담보로 했는지 알 순 없지만 여러 출판사로부터 대출금을 얻어 우리에게 가져다준다.

우리는 모두 한자리에 모여 소식을 나누고, 저녁을 먹고, 서로에게 무엇이든 낭송해 준다. 시원한 미풍이 하얀 빌로드의 안감 같은 은빛 포플러 이파리를 손가락 만지듯 쓱 만지작거린다. 대기가 남부의 황홀한 향기로 충만해 있다. 볼트로 연결된 모든 마차의 앞부분이 그러하듯, 깊은 밤은 자신의 별이 총총 박힌 콜리마가* 차체를 천천히 회전시킨다. 아르바*들과 자동차들이 길을 지나가고 있어 각각의 모습들이 집에서 두 차례 보이게 된다.

아니면 우리는 '그루지야 군용 도로'에 있거나 보르조미 혹은 아바스투만*에 있다. 아니면 우리는 그런 여행들과 아름다운 광경들, 모험들과 주연들을 체험하면서 각자 그 체험의 흔적을 간직하게 되는데, 나의 경우는 레오니드제* 집의 손님으로 있다가 바쿠

---

3 『안전 통행증』에서 릴케와 스크랴빈에 대한 회상이 원전에서 현재 시제가 쓰였듯, 그루지야 시인들에 대한 회상도 당시 상황을 생생히 재현하고자 과거형 동사 대신 현재형을 쓰고 있다.

리아나*에서 넘어져 눈에 타박상을 입는다. 레오니드제는 가장 독창적인 시인으로, 그가 사용하는 언어의 신비로움에 누구보다 깊이 빠져 있어 그 시를 번역하기가 가장 힘든 시인이다.

숲 속 풀밭에서 야간 연회가 있고, 아름다운 여주인과 그녀의 매력적인 작은 두 딸이 있다. 다음 날 뜻밖에도 유랑하는 그루지야 즉흥 민속 연주자 메스트비레가 백파이프를 들고 나타난다. 그는 모인 사람들 하나하나에게 연이어 즉흥적인 축가를 불러 준다. 그는 그의 마음속에 우연히 떠오르는 건배 이유─예를 들면 내 경우는 타박상 입은 눈─를 바탕으로 각자에게 맞는 가사를 짓는다.

아니면 우리는 코불레티*의 바닷가에 있다. 이곳엔 빗줄기와 폭풍우가 있고, 시몬 치코바니*가 우리와 같은 호텔에 있다. 그는 당시엔 젊디젊은 청년이었지만 미래에 생생하고 그림같이 아름다운 이미지의 대가가 되는 자이다. 온 산과 수평선의 실루엣 위로 내 옆에서 걷고 있는 미소 짓는 시인의 머리가 있다. 그의 엄청난 재능의 밝은 징후도, 그의 미소와 얼굴에 드리운 슬픔과 숙명의 그림자도 있다. 만일 내가 지금 이 페이지에서 다시 한 번 그와 작별을 한다면, 그것은 그의 얼굴을 떠올리며 다른 모든 기억들과도 작별하는 것이 될 것이다.

맺음말

여기서 나의 전기적 에세이는 끝난다.

앞으로 이런 에세이를 더 쓴다는 건 매우 어려울 것이다. 글의 일관성을 생각한다면, 나는 앞으로 혁명의 테두리 속으로 들어오는 세월들, 상황들, 사람들과 숙명들에 대해 이야기해야 할 것이다.

나는 예전에 몰랐던 목표들과 지향들, 과제들과 공적들에 대해, 그러한 세계가 개인, 개인의 명예와 자긍심, 개인의 부지런함과 인내 등의 앞에 내세운 새로운 제약, 새로운 엄격함과 새로운 시험들에 대해 이야기해야 할 것이다.

이제 그러한 세계가, 유례를 찾아보기 힘든 유일무이한 그 세계가 기억들의 먼 저편으로 물러났다. 이제 그 세계는 들판에서 보이는 산처럼, 붉게 물든 밤하늘로 연기를 내뿜는 저 먼 대도시처럼 수평선 위로 솟아 있다.

그 세계에 대해선 심장이 멎고 머리칼이 곤두서도록 써야 한다.

그 세계에 대해 습관적이고 길들여진 방식으로 쓴다면, 놀라울 정도로 쓰지 않는다면, 고골과 도스토옙스키가 페테르부르크를 묘사할 때보다 더 생기 없게 쓴다면, ─ 그건 무의미하고 무익할 뿐만 아니라 저열하고 양심 없는 짓이 될 것이다.

우리는 그런 이상을 성취하기에는 아직 갈 길이 멀다. (1956년 봄, 1957년 11월)

13 **쿠르스크 역** Kursk. 모스크바에 있는 역.

티롤 Tyrol. 알프스 산맥의 한 지방.

남자가 우리 객차의 창가로 다가온다 1900년 5월 17일 저자의 부친과 릴케의 만남을 묘사한 것. 릴케(1875~1926)에게 저자의 부친은 톨스토이가 야스나야 폴랴나의 영지에 언제 기거하는지 알려 줌.

14 **코즐로바 자세카** Kozlova Zaseka. 야스나야 폴랴나에서 가장 가까운 철도역.

소피야 안드레예브나 Sofiia Andreevna. 톨스토이의 아내.

L. N. 백작(gr.) 톨스토이(Lev Nicolaevich Tolstoi, 1828~1910) 백작(Graf)을 뜻함.

니콜라이 니콜라예비치 게 Nikolai Nikolaevich Ghe(1831~1894). 보로네시 태생의 러시아 화가로, 톨스토이의 친구.

러시아 춤 러시아의 전통 춤은 경쾌한 리듬과 함께, 주로 폴짝폴짝 뛰어다니는 동작과 발을 빠르게 움직이는 동작 등으로 이루어져 있다. 대표적인 것이 민속 무곡 트레파크(trepak), 칼린카(Kalinka)를 비롯하여, 19세기에 동유럽 전체에 퍼진 폴카, 카드리유 등이 있다. 남녀가 파트너를 이루어 추는 것이 기본인 칼린카의 경우 마무리 부분에 남자 무용수들이 땅을 짚고 하늘을 향해 발을 차는 동작이, 네 사람이 한 조가 되어 추는 카드리유의 경우는 남자가 원을 만들어 여자를 각각 들어 올리는 동작이 하이라이트 안무이다. 매우 빠른 템포를 유지하며, 보통 군인 춤으로 불리는 러시아 폴카의 경우는 노래 중간에 남자들이 원을 만들어 두 명씩 발을 공중을 향해 휘돌리는 동작 등 힘을 요하는 동작이 많다.

15 **글쓰기 관례** 원문에는 '관례'로 표기되었으나, 문맥상 '글쓰기 관례'로 의역했다.

여섯째 감각 sixth sense. 러시아 시인 N. S. 구밀료프(1886~1921)가 동명의 시에서, 인간의 미적 감각과 분별력을 칭한 것을 말함.

16 **다호메이** Dahomey. 15세기부터 노예 무역 중심지인 아프리카 서부에 있던 왕국. 왕의 근위대로서 독신 여성 8백 명의 부대를 갖춤. 부활절 행렬 축하를 위해 그중 48명을 불러들인 것.

프로트바 Protva. 모스크바 주와 그 남쪽에 걸쳐 흐르는 강. 오카강의 좌측 지류이다.

[알렉산드르 니콜라예비치] 스크랴빈 Aleksandr Nikolaevich Skriabin(1871/1872~1915). 모스크바 출생의 러시아 작곡가·피아니스트.

베르스타 versta. 과거 러시아의 거리 단위. 1베르스타는 1.6킬로미터이다.

푸드 pood. 과거 러시아의 무게 단위. 1푸드는 16.38킬로그램이다.

17 **김나지움** 대학에 들어가기 전의 중·고등 교육 과정 학교.

18 **스크랴빈은 작별 인사를 하려고 우리 집에 들른다** 스크랴빈은 1904년 3월 3일에 모스크바를 떠난다.

20 **리허설이 시작되었다** 1909년에 「법열의 시」와 제3교향곡(「신성한 시」)의 리허설이 있었다.

튜랴 tiuria. 부스러뜨린 흑빵과 양파를 러시아 보리 음료 크바스, 소금물 등에 타서 만든 러시아 수프.

24 **사모바르** samovar. 러시아식 물 끓이는 주전자.

25 **보랴** 파스테르나크의 이름인 보리스의 애칭.

27 **가니메데스** Ganymedes. 제우스에 의해 올림포스 산으로 납치된 트로이의 미소년. 신들을 위해 술 따르는 일을 했다. 파스테르나크는 그의 시에서 자신과 가니메데스를 동일시했다.

28 **[리하르트] 데멜** Richard Dehmel(1863~1920). 독일 시인.

율리안 아니시모프 Iulian Anisimov(1888~1940). 시인, 번역가, 화가. 『사람들과 상황』 참조.

29 **나의 축제를 위하여** Mir zur Feier. 릴케의 제2기 시집(1899).

31 **미지의 심연** 원문에는 단지 '심연'으로 되어 있으나, 문맥상 '미지의 심연'이라고 의역했다.

32 **벨리와 블로크** 안드레이 벨리(Andrei Bely, 1880~1934)와 알렉산드르 블로크(Aleksandr Blok, 1880~1921)는 러시아의 대표적인 2세대 상징주의 시인임.

무사게트 Musaget. 상징주의자들의 출판사(1910~1917). 『사람들과 상황』에서는 작가가 이 출판사 소속의 동아리들에 참석한 것으로 언급된다.

마르부르크 Marburg. 독일 헤센 주(州) 북부에 있는 도시.

34 **평면상에 묘사해야 했다** 제2우주는 비현실, 허구 세계를 뜻하며, 평면상에 묘사한다는 의미는 환유 기법처럼 대상들을 '인접'되게 묘사한다는 뜻.

35 **자작나무 가지가 있는 서늘한 대기실** 러시아식 사우나에서는 자작나무 가지로 등을 두드린다.

36 **[알렉산드르 니콜라예비치] 사빈** Aleksandr Nikolaevich Savin (1873~1923). 유럽 중세사와 현대사를 전공한 러시아 역사학자.

37 **리비에라** Riviera. 프랑스의 니스에서 이탈리아의 라스페치아에 이르는 지중해안의 관광지.

38 **농가 살림방** gornitsa. 침실, 거실, 응접실 등이 한 벌로 갖추어진

옛 농가의 살림방을 말함.

39 **구전(球電)** ball lightning. 낮은 공간을 적황색 빛을 내며 부유하는 10센티미터 정도의 광구. 일명 도깨비불.

40 **[세르게이 니콜라예비치] 두릴린** Sergei Nikolaevich Durylin (1886~1954). 시인, 성직자, 드라마 연구가.

슈페트, 삼소노프, 그리고 쿠비츠키 같은 젊은 조교수들 구스타프 구스타보비치 슈페트(Gustav Gustavovich Shpet, 1879~1937)는 흄(David Hume, 1711~1776)의 철학 세미나를 했고, 니콜라이 바실리예비치 삼소노프와 알렉산드르 블라디슬라보비치 쿠비츠키는 미학과 고대 철학을 강의함.

41 **괴팅겐의 후설주의** 1900년대 초에 괴팅겐에서 후설(Husserl Edmund, 1859~1938)을 중심으로 일어난 현상학 운동. 슈페트는 1912~1914년에 후설에게서 수학했다.

마르부르크학파 Marburg school. 독일 신칸트학파의 2대 주류. 칸트의 비판 철학적 정신을 계승했으며 코헨(H. Cohen)에서 시작하여 나토르프(P. Natorp), 카시러(E. Cassirer) 등에 의해 계승됨.

[세르게이 니콜라예비치] 트루베츠코이 Sergei Nikolaevich Trubetskoi(1862~1905). 러시아의 대공, 종교 철학자, 정치 평론가. 철학자 블라디미르 솔로비요프의 벗이자 추종자였고, 1905년에 모스크바대 총장이 됨.

[드미트리 표도로비치] 사마린 Dmitrii Fiodorovich Samarin (1890~1921). 세르게이 니콜라예비치 트루베츠코이의 조카인 동시에 사회 활동가인 슬라브주의자 유리 표도로비치 사마린(Iurii Fiodorovich Samarin, 1819~1876)의 증손자.

니키츠카야 거리 모퉁이에 있는 건물 과거 대귀족의 저택을 뜻하는 것으로 보임.

42 **유음(流音) r나 l을 불명확하게 발음하는 것** r와 l은 『사람들과 상황』에서 귀족식 발음으로 규정된다. 이는 어린아이의 불완전한 발음(즉

혀짤배기소리)을 암시하며 응석둥이로서의 귀족 계급을 비꼰 것임. 『사람들과 상황』 참조.

네흘류도프 톨스토이의 소설 『부활』의 주인공인 귀족 청년.

44 **모호바야 거리** Mokhovaia ulitsa. 모스크바 대학 건물이 있는 곳.

47 **프리드리히 알베르트 랑게** Friedrich Albert Lange(1828~1875). 마르부르크 대학 교수로 독일 철학가이자 경제학자. 신칸트주의의 선구를 이루었다.

48 **클라미스** chlamys. 고대 그리스에서 병사나 젊은이가 착용했던 겉옷.

캐미솔 camisole. 일반적으로 소매가 없는 옛 남성용 짧은 상의.

48 **베르누이 일가** Bernoulli family. 수학과 과학 분야에서 가장 뛰어난 업적을 남긴 스위스의 한 가문. 두 수학자 야곱(1654~1705)과 요한(1667~1748) 형제는 서로 의견을 교환했다. 요한의 세 아들 니콜라우스, 다니엘, 요한 2세도 명성을 떨쳤다. 니콜라우스는 페테르부르크 학술원에 초빙되었고, 그가 죽자 그의 자리를 동생이 이어갔다.

49 **지평선은 가끔 확장됐으며** 고골(1805~1852)의 중편 『무서운 복수』의 글귀 "갑자기 세상의 모든 끝이 보이기 시작했다"를 염두에 둠.

50 **헝가리의 성녀 엘리자베트** St. Elizabeth of Hungary(1207~1231). 헝가리 왕 안드레이 2세의 딸로, 튀링겐의 백작 아내. 남편이 죽자(1227) 전 재산을 가난한 사람들에게 양도했고, 병원을 지으며 어려운 사람들을 돌보는 데 전념했다. 영적 스승인 콘라트를 뒤따라 1229년에 마르부르크로 가서 3년 동안 자선 사업을 하다가 사망. 가난한 사람들에게 주려고 몰래 빵을 감추고 나가다가 남편에게 들키자 그 빵이 장미꽃으로 변했다는 전설이 있다. 전설에 따라 이후 망토에 장미꽃을 담고 있는 모습으로 그려졌으며, 제빵사와 빵집의 수호성인으로서 독일인들에게 가장 사랑받는 성녀가 됨. 그녀를 소재로 한 음악 작품과 축제도 있다.

조르다노 브루노 Giordano Bruno(1548~1600). 르네상스 시대 이탈리아의 철학자.

[콜린] 매클로린 Colin Maclaurin(1698~1746). 스코틀랜드의 수학자로 뉴턴의 제자.

[제임스 클러크] 맥스웰 James Clerk Maxwell(1831~1879). 전자기파설의 기초를 세운 스코틀랜드의 물리학자.

51 **[미하일] 로모노소프** Mikhail Vasilyevich Lomonosov(1711~1765). 러시아 최초의 위대한 언어 개혁가·시인·과학자·문법학자. 1736년부터 1739년까지 크리스티안 볼프의 지도 아래 공부했고 1741년에 귀국함.

크리스티안 볼프 Christian Wolff(1679~1754). 일반 대중에게 학문 지식을 보급시키려 한 독일 계몽주의의 대표적 철학자.

53 **기센** Giessen. 란 강의 기슭에 위치한 독일 중부 도시.

철도마차(鐵道馬車) 철도 선로 위에 있는 차량을 말이 끄는 수송 기관.

바제도병 갑상선 호르몬의 분비 과다에 의해 갑상선이 붓는 질병.

54 **경건주의** pietism. 17~18세기에 독일의 스콜라 철학이나 속화된 교회 생활에 대항해 정통적 교회 내에서 일어난 금욕적이고 신비주의적인 운동.

프란체스코 Francesco, d' Assisi(1182~1226). 최초의 탁발(托鉢) 수도회를 세운 이탈리아의 성인.

한스 작스 Hans Sachs(1494~1576). 뉘른베르크 태생의 중세 독일의 음유 시인 겸 극작가.

Elend(불행), Sorge(근심) 독일의 지명들. 저자의 각주에는 Elend가 '슬픔(러시아어 gore)'으로 번역됨.

58 **고르분코프와 란츠** 러시아의 예술 연구가 고르분코프(Metrofan P. Gorbunkov)와 러시아의 철학가 란츠(Henry E. Lantz, 1886~1945). 당시 란츠는 슈티흐(Shtikh) 일가와 친분을 맺은 터라 작가가 마르부르크에서 이 일가에게 편지를 썼을 때 란츠의 인사도 전함.

[루돌프] 슈탐러 Rudolf Stammler(1856~1938). 신칸트학파의 법철학으로 자연법론의 부흥을 촉진한 독일 법철학자.

바르셀로나 출신 변호사 스페인 사회주의자 페르난도 데 로스 리오스(Fernando de los Rios, 1879~1949)를 가리키는 듯함.

59 **엘리시온 평야** Elysian Fields(라틴어로 엘리시움 Elysium). 고대 그리스 종교와 철학의 특정 분파나 학파들이 오랜 시간 동안 유지해 온 사후 세계의 개념. 기독교의 낙원과 동의어.

  흄을 인용하면서 흄의 인식론은 칸트를 이성론의 '독단의 잠'에서 깨어나게 함. 칸트에 의해 이성 비판의 참된 선구자로 평가됨.

60 **시험 문제** 러시아에서는 시험 문제들이 미리 공표되고, 시험 당일에 그 문제들 중 몇 개를 뽑는 식이다.

61 **[피에르] 아벨라르** Pierre Abelard(1079~1142). 중세 프랑스 철학을 대표하는 철학자이자 신학자. 엘로이즈와의 비극적 사랑으로 잘 알려짐. 파리 성직자의 조카딸 엘로이즈의 가정 교사였다가 그녀와 사랑에 빠져 혼인하지만 거세당한 뒤 대수도원에 들어가고 그녀는 강요에 의해 수녀가 됨.

63 **크로이처 소나타** Kreutzer Sonata. 베토벤의 「바이올린 소나타 9번」. 긴밀한 구성 속에 열렬히 다가오는 제2기 베토벤 특유의 타오르는 듯한 정열이 내포돼 있어, 톨스토이는 이 곡을 모티프로 한 동명의 소설(1889)에서 불륜을 조장하는 위험한 음악으로 묘사하며 남녀 관계에서의 순수성과 순결을 주장함.

  [프랑크] 베데킨트 Frank Wedekind(1864~1918). 독일 작가. 작품에서 전통적인 모럴을 비판하고, 성적으로 자유분방한 '미의 모럴'과 '육체 문화'를 찬미함.

  파리를 코끼리로 만들어 놓는다 침소봉대(針小棒大)를 일컫는 러시아어의 관용적 표현.

69 **카덴차** cadenza. 고전 음악 말미에서 연주가의 기교를 보여 주기 위한 화려한 솔로 연주 부분.

89   **눈물을 닦으려고 꺼낸 손수건** 원문에는 단지 '손수건'으로 나와 있으나, 문맥상 '눈물을 닦으려고 꺼낸 손수건'으로 의역했다.

93   **교육 인민 위원회** Narkompros(Narodnyi komissariat prosveshcheniia, 1917~1946). 1920~1930년대 소련의 교육·인문 전 분야를 규제한 기관. 현재의 러시아 교육과학부와 문화부의 기능을 담당했으며, A. V. 루나차르스키가 초대 교육 인민 위원을 역임(1917~1929)하면서 소비에트 문화 예술 정책에 공헌함.

94   **루르 점령기** 제1차 세계 대전에 대한 배상금 지불 불이행을 이유로 프랑스군과 벨기에군이 독일의 주요 공업 지대인 루르(Ruhr) 지방을 점령(1923~1925)한 일.

95   **원시주의** Primitive. 르네상스 이전의 서구 미술을 지칭함.
       2프랑 40상팀 저자의 주에는 14상팀으로 잘못 번역됨. 기수는 독일어, 화폐 단위는 프랑스어.
       칸톤 canton. 스위스를 이루는 세 개의 행정 단위 — 연방, 칸톤, 게마인데(Gemeinde) — 중 하나.

96   **생고타르** Saint Gotthard. 알프스의 고개 또는 터널을 지칭함.
       미르 mir. 제정 러시아의 농촌 공동체 또는 자치 조직.

97   **미켈란젤로의 밤** 피렌체 대성당에 있는 메디치가의 묘당 석관 위에 조각된 미켈란젤로의 조각. 머리를 어깨 위로 기울인 잠자는 여성 대리석 상(길이 194센티미터).

99   **할바** halva. 으깬 깨나 아몬드 따위를 시럽으로 굳힌 터키·인도 과자.
       칼데아 Chaldea. 바빌로니아 남부를 가리키는 고대 지명.
       인디고 indigo. 쪽 또는 남(藍)이라고 부르는 식물계 천연염료.
       러시아의 견과류 '러시아의 견과류'는 러시아에서 나는 '개암'을 염두에 두고 번역한 것으로, 앞에서 '금박 입힌 호두나무'가 '그리스의 견과류'임을 감안했다.
       대상들의 숙박지 아랍권에서는 대상들의 숙박지를 이탈리아어 구역(fondaco)과 발음이 유사한 푼둑(funduq)이라고 부름.

102 **콤포트** compote. 설탕에 졸여 차게 식힌 과일로 만든 디저트.

103 **[요제프] 라데츠키** Joseph Radetzky(1766~1858). 러시아·투르크 전쟁에서 뛰어난 용맹으로 이름을 떨친 오스트리아의 영웅.

달마티아 Dalmatia. 아드리아 해 연안 지방. 영토 분쟁 지역으로, 오스트리아·프랑스 등이 차지하기도 함.

106 **피아차** piazza. 산마르코 광장(San Marco Piazza)을 뜻함.

피아체타 Piazzetta. 소(小)광장으로, 바다에 면해 있다.

108 **심지어 베네치아의 별칭도 승리에서 유래했네,~유혈을 지나, 정복한 육지와 바다에 그 사자를 운반했네** 바이런의 영어 원전에 대해 작가가 주에 단 러시아어 번역본을 따른 것임.

[파올로] 베로네세 Paolo Veronese(1528~1588). 전성기 르네상스의 베네치아파 화가. 환상적이고 매혹적인 공간 구성을 가진 화려한 양식을 확립함.

틴토레토 Tintoretto(1518~1594). 후기 르네상스 베네치아파 화가. 작품이 역동성과 반란적 정신으로 포화됨.

110 **[비토레] 카르파초** Vittore Carpaccio(1455~1526). 벨리니와 함께 초기 르네상스 베네치아파 화가였음. 베네치아 건물이나 풍물을 배경으로 하여 화려한 색채로 일종의 풍속화 창조.

[조반니] 벨리니 Giovanni Bellini(1430~1516). 베네치아파의 확립자. 색채와 형체가 융합한 풍요한 신(新)양식 확립.

[베첼리오] 티치아노 Vecellio Tiziano(1487~1576). 베네치아파의 회화적 색채주의를 확립한 화가. 바로크 양식의 선구자.

113 **금빛제비** 일명 금사연(金絲燕). 제비와 비슷한 칼샛과의 새로, 산란기에 침샘에서 끈적끈적한 액체를 분비하여 동굴의 바위틈에 보금자리를 만든다. 이 제비 집을 '연와(燕窩)'라고 하며 고급 중화요리에 쓴다.

빈손으로 태어나지 않은 재능을 가지고 태어났다는 뜻.

[지롤라모] 사보나롤라 Girolamo Savonarola(1452~1498). 피렌체의 수도원장으로, 종교 개혁의 선구자. 인문주의적 문화를 비판하며 교회에 금욕주의를 호소함. 피렌체의 실질적인 통치자로 군림하게 됐지만 과격하고 급진적인 정책을 펼치자 겁을 먹은 시민들이 그에게서 등을 돌렸고, 교황청에서 이단이라고 공포해 화형에 처해짐.

115 **알레그로 이라토** Allegro irato. '화를 내며, 매우 역동적으로'란 뜻의 음악 용어. 저자의 주에는 '화를 내며 빠르게'로 번역됨.

시로 표현하려고 한 적이 두 번 있다 시 「베네치아」를 1913년에 썼고, 이를 1928년에 개작한 사실을 말함.

116 **부칭(父稱)으로 이름이 불리기** 러시아에서는 존칭의 의미임.

117 **공동의 시간** 제정(帝政) 시대의 시간을 뜻함.

120 **호딘카 사건** 호딘카(Khodinka) 들판에서 마지막 황제 니콜라이 2세의 대관식을 경축하여 선물을 나눠 주는 과정에서 수천 명의 사상자가 난 1896년 5월 18일 사건.

키시뇨프의 유대인 학살 Kishiniovskii pogrom. 1903년 4월 6일에서 8일 현(現) 몰다비아의 수도 키시뇨프에서 일어난 러시아의 가장 유명한 유대인 학살 중 하나. 많은 건물이 파괴됐고 수백 명의 사상자를 냄.

1월 9일 사건 1905년 제1차 러시아 혁명의 발단이 된 날. 일명 '피의 일요일'.

헨리에타, 마리 앙투아네트, 알렉산드라 각각 영국의 찰스 1세의 아내(Henrietta Maria 1609~1669), 프랑스 루이 16세의 왕비(1755~1793), 러시아의 니콜라이 2세의 황후(알렉산드라 표도로브나, 1872~1918).

차르스코예 셀로 Tsarskoe Selo. 상트페테르부르크 남쪽 교외에 있는 도시. 여름 궁전을 중심으로 발전함.

120 **[그리고리] 라스푸틴** Grigorii E. Rasputin(1869~1916). 황후 알렉

산드라의 총애를 얻은 파계 성직자. 내정을 간섭함.

121 **1812년 조국 전쟁** 1812년의 나폴레옹 격퇴 전쟁.

쿠빈카 Kubinka. 모스크바 주 서쪽 쿠빈카 시에 있는 철도역. 나폴레옹의 프랑스군 진격을 지연시킨 근거지 스몰렌스크 방향에 위치.

[발렌틴 알렉산드로비치] 세로프 Valentin Aleksandrovich Serov (1865~1911). 19세기 말 20세기 초 러시아 최고의 초상화가. 1891년부터 1901년까지 황제 가족 초상화를 그림.

유스포프가 공작 Iusupovy. 예술 후원자로 잘 알려져 있던 러시아의 공작 가문.

황제의 사냥 궁정에서 경영을 총괄하던 쿠테포프(N. I. Kutepov)의 주도하에 발행된 네 권의 책『루시에서의 대공과 황제의 사냥』. 많은 화가들과 함께 작가의 부친도 책 발행에 참여함.

122 **미술 전문학교** 모스크바 회화 조각 건축 전문학교(Moscow School of Painting, Sculpture and Architecture)를 가리킴.

[니콜라이 알렉세예비치] 카사트킨 Nikolai Alekseevich Kasatkin (1859~1930). 노동자의 고된 생활을 그린 러시아 사실주의 화가이자 모스크바 회화 조각 건축 전문학교 교수. 1905년에 아들이 피들레로프 학교의 무장 노동자 혁명 부대에 참가했다가 체포됨.

카자크 kazaki. 러시아 남부 변경의 군영 지대에서 농사를 지으며 군무에 종사하던 사람들로, 말을 잘 탔다.

123 **[블라디미르 블라디미로비치] 마야콥스키** Vladimir Vladimirovich Maiakovskii(1893~1930). 러시아의 미래주의 시인이자 혁명 시인. 후에 잡지『레프(*LEF*, 예술 좌익 전선)』창간(1923, 아세예프, 트레차코프, 츄자크, 오시프 브리크 등이 동인).

124 **판관의 덫** Sadok sudei. 마야콥스키의 첫 시들이 실린 미래주의 문집.

동아리 '서정시' 미래주의와 대립된 상징주의 동아리. 3대 러시아 미래주의 그룹 중 두 그룹―마야콥스키의 입체 미래주의, 자아 미래주의 — 에 이어, 나머지 그룹 '원심 분리기'가 이 동아리 내에서 1913년에 결성됨.

셰르셰네비치, 볼샤코프 셰르셰네비치(V. G. Shershenevich 1893~1942), 볼샤코프(K. A. Bolshakov 1895~1938) 둘 다 자아 미래주의 그룹에 가입했던 러시아 시인. 당시 원심 분리기에는 저자 이외에 두 시인 S. 보브로프(1889~1971)와 N. 아세예프(1889~1963)가 가입함.

126 **송아지 커틀릿** Wiener schnitzel.

127 **지나치게 육감적인 그의 검은 눈썹 모양은 그보다 재주가 적은 자들이 삶에서 격분하는 경우보다 더 일찍 그를 격분시켰던 것이다** 마야콥스키는 혁명가로서 감성적인 감정이나 개인적인 사랑에 연연하지 않는 거친 남성의 모습을 보여 주고 싶었지만, 내면의 부드럽고(비로드) 여성과 사랑에 잘 빠질 것처럼 보이는 자신의 육감적인 외모가 싫었다는 의미로 보인다.

128 **황금 수탉** Zolotoi petushok(The Golden Cockerel, 1907). 푸시킨(A. Pushkin)의 동명의 운문 동화를 원작으로 한 림스키코르사코프(Nikolai Rimskii-Korsakov. 1844~1908)의 마지막 오페라.

129 **[블라디슬라프] 호다세비치** Vladislav Khodasevich(1886~1939). 당대의 어떤 심미주의 운동과도 제휴하지 않은 모스크바 태생의 러시아 시인. 시의 명확성, 시어의 순수성 등으로 당시 새로운 시인들 중 두드러진 시인으로 인식됨.

130 **성(姓)** 비극에 시인으로 등장하는 인물은 바로 마야콥스키란 '성'으로만 표시되어 있다.

131 **목청을 다하여** 이는 『사람들과 상황』에서 마야콥스키가 사망 직전에 창작한 불멸의 기록이라고 언급되는 작품 「목청을 다하여」에 대한 암시이기도 함. 작가는 마야콥스키 사후 특히 이 작품을 떠올렸다고 볼 수 있다.

132 **S자매 일가** 우크라이나 하리코프 출신의 시냐코프(Siniakov)가의

자매들. 모두 다섯 자매로 각 예술 분야에 재능을 보였고 모스크바로 와서 학교를 다녔는데, 여기서는 모스크바 강 너머 폴랸카에 함께 살고 있던 나쟈(이미 결혼함), 마리야, 크세니야(또는 옥사나)를 말함. 아세예프는 이후 크세니야와 결혼한다. 당시 작가와 아세예프는 함께 지낸 것으로 알려져 있다.

[벨레미르 블라디미로비치] 흘레브니코프 Velemir Vladimirovich Khlebnikov(1885~1922). 미래주의적 맥락에서 실험 시를 써서 놀라움을 준 러시아 시인.

포크로프카 거리 Pokrovka. 모스크바 중심 행정 구역에 있는 거리.

[유르기스] 발트루샤이티스 Jurgis Baltrushaitis(1873~1944). 리투아니아 농민 가정에서 태어나 리투아니아어와 러시아어로 시를 쓴 리투아니아 시인이자 러시아 시인. 모스크바의 상징주의 유파에 소속됐고 스크랴빈의 친구였다. 파스테르나크는 그의 아들 조르지의 가정 교사였으며 1914년의 여름을 그의 가족과 함께 보냈다.

133   **바체슬라프 [이바노비치] 이바노프** Vyacheslav Ivanovich Ivanov (1866~1949). 러시아 상징주의의 대표적 이론가, 시인, 스크랴빈의 친구.

    빵과 소금 러시아에서는 환영의 표시로 빵과 소금을 내놓았다.

135   **플랫폼** 플랫폼에 있는 사과 장수를 가리킴.

136   **Z. M. M** 시냐코프가의 자매 중 제일 맏이인 유명한 오페라 가수 지나이다 미하일로브바 마모노바(Zinaida Mikhailovna Mamonova, 1886~1942, 마모노바는 결혼 후의 성)를 말함.

    [이사이] 도브로벤 Isai Dobrovein(1894~1953). 러시아 작곡가, 지휘자.

    [이고르] 세베랴닌 Igor' Severianin(1887~1941). 러시아 시인. 1911년 페테르부르크에서 결성된 자아 미래주의 그룹의 수장.

    예세닌이든, 셸빈스키든, 아니면 츠베타예바 예세닌(Sergei A. Esenin, 1895~1925)은 랴잔 지방 태생의 러시아 시인이다. 급변하는 세계에 적응 못한 비극적 운명 때문에 독실하고 소박한 농촌 가수, 난폭하고 불경한 노출증 환자라는 이중 이미지를 가짐. 목을 매달아 자살함. 셀빈스키(Il'ya L. Sel'vinskii, 1899~1968)도 러시아 시인이다. 구성주의자 그룹에 속하면서(1926~1930) 운문 소설, 비극 등을 씀. 운문의 역사 비극은 그의 특기였다. 츠베타예바(Marina I. Tsvetaeva, 1892~1941)는 모스크바 태생의 러시아 여성 시인이다. 국외로 망명(1922)했다가 다시 귀국(1939)했으나 자살함.

137 **[니콜라이 세묘노비치] 티호노프**   Nikolai Semyonovich Tikhonov (1896~1979). 순예술주의적 경향이 강한 문학 집단 '세라피온 형제' 출신의 러시아 시인. 점차 혁명적·애국적 정신이 충만한 작품을 씀.

티에라델푸에고   Tierra del Fuego. '불의 땅'이라는 뜻의 남아메리카 남쪽 끝에 있는 섬의 무리(7만 3644제곱킬로미터). 이 섬을 처음 발견한 마젤란이 원주민들이 태우는 불길을 보고 붙인 이름.

커틀릿   아르키메데스(Archimedes B.C.287~212)의 기하학적 도형과 커틀릿 모양의 연관성을 지칭하는 듯함.

138 **릴랴 브릭**   Lilia Brik(1891~1978). 마야콥스키의 연인.

139 **「청동 기마상」, 『죄와 벌』, 『페테르부르크』**   각각 푸시킨의 서사시 (1833), 도스토옙스키의 소설(1966), 벨리의 소설(1916)로, 페테르부르크가 그 배경임.

운동   미래주의 운동을 지칭. 이후 시인은 고독을 느끼면서 미래주의 운동의 일원을 찾은 것으로 알려졌다.

140 **파손품**   부상병을 뜻함.

141 **[레프 이사코비치] 셰스토프**   Lev lsakovich Shestov(1866~1938). 러시아의 철학자. 니체로부터 영향을 받은 반이성주의자·반도덕주의자로서, 허무적인 절망의 철학을 주창하여 제1차 세계 대전 후의 문학 및 철학계에 많은 영향을 줌. 아들 세르게이 리스토파르트는 1916년 제1차 세계 대전 중 사망함.

142 마야콥스키는 양팔을 휘두르며 성큼성큼 수 베르스타의 거리들을 짓밟고
갔다 그의 서사시 「등골의 플루트」의 시행 일부를 바꿔 말한 것.

페트로그라드 Petrograd. 페테르부르크란 명칭 대신 1919~1924년
에 사용한 명칭.

144 오르피즘 Orphism. 디오니소스 숭배에 대한 변형과 그 정화 의식
의 도입 등에서 비롯된 고대 그리스의 한 신비주의 종교.

146 트루브니콥스키 골목의 대저택 모스크바 중심 거리에 있는 화가이
자 수집가 오스트로우호프 소유의 저택.

코르닐로프 반란 반혁명 지도자 코르닐로프(Lavr G. Kornilov,
1870~1918) 장군이 1917년 8월 말에 일으킨 반란.

[콘스탄틴 아브라모비치] 립스케로프 Konstantin Abramovich
Lipskerov. 작가이자 번역가.

147 베르쇼크 vershok. 옛 러시아의 길이 단위. 1베르쇼크는 4.4센티
미터이다.

판자들을 이마로 박살 내곤 한 자 미래주의자들의 순회공연 때마다,
일종의 행위 예술로 연단에서 두꺼운 판자 깨기를 했던 미래주의
연설가 골츠시미트(Vladimir Gol'tsshmidt, 189?-1957)를 암시.

148 몇 달 후 1918년 1월 28일.

발몬트~에렌부르크, 베라 인베르, 안토콜스키, 카멘스키, 부를류크 K.
발몬트(1867~1943), 베라 인베르(1890~1972), P. 안토콜스키
(1896~1978), V. 카멘스키(1884~1961), D. 부를류크(1882~1967)
등은 모두 러시아 시인이고, I. 에렌부르크(1891~1967)는 작가 겸
저널리스트이다.

팔라디온 Palladium. 그리스 신화에서 해신 트리톤의 딸 팔라스
(Pallas)의 창과 방패를 든 신상(神像). 방패를 들고 있지 않은 친구
팔라스를 실수로 죽인 후 슬픔에 빠진 아테나가 그 죽음을 애도해
서 만든 것.

149 마르가리타 사바시니코바 Margarita Sabashnikova. 여성 시인이자

화가.

150 **시인의 마지막 해** 마야콥스키와 푸시킨의 생애 마지막 해와 관련되고, 여기에 저자의 1929~1930년 초 체험도 들어감.

동시대인 Sovremennik. 푸시킨이 죽기 1년 전에 창간한 러시아의 문학·평론 잡지(1836~1866). 푸시킨에 대한 위정자들의 불신으로 인한 검열의 감시와 발행 제한 조치 때문에 대중적인 확산이 어려웠다.

151 **창작 20주년 전시회를 여는가 하면** 마야콥스키는 창작 20주년 기념 전시회에서 「목청을 다하여」 서문을 낭독했다.

1936년의 푸시킨 푸시킨처럼 권력의 희생양이 될 또 다른 미래의 위대한 시인. 마야콥스키도 그 한 예.

중앙 심장 '중앙 심장'은 러시아 근대 문학의 아버지 푸시킨을, '다른 심장들'은 그와 같은 길을 걸어간 후대의 러시아 시인을 각각 암시한다.

152 **아주 오래전** 1917년 10월 혁명 이전에 있었던 제정 시대를 가리키는 듯함.

153 **무서운 세상** 블로크의 시 「무서운 세상」을 염두에 둔 듯함. 현실 세계의 모든 문제를 가리킴.

155 **유서를 쓸 것이다** 마야콥스키는 이 유서에서 베로니카 비톨리도브나 폴론스카야를 돌봐 줄 것을 정부에 요청하면서, 그녀를 그의 가족 중 한 사람으로 인정했다.

156 **먼 형제** 자연을 뜻함. 이는 저자가 인간과 자연은 혈육지간이라는 생각을 가졌기 때문이다.

157 **올가 실로바** Olga G. Sillova(1903~1988). 시인, 비평가, 번역가. 1930년 2월에 『레프』지 일원들과 친한 문학가였던 그녀의 남편 V. A. 실로프(1902~1930)가 총살됐다.

체르냐크와 로마딘 체르냐크(Iacob Z. Chernyak, 1895~1955)는 비평가이자 문학사가이고, 로마딘(Nikolai M. Romadin, 1903~

1987)은 화가이다.

제냐 Zhenia. 저자의 아내인 화가 예브게니야(Evgeniia V. Pasternak, 1899~1965)를 말함.

158 **겐드리코프 골목** Gendrikov pereulok. 모스크바 중심 거리로, 마야콥스키는 1926년 4월에서 1930년 죽을 때까지 이 거리에 있는 건물에서 살았다. 자살 장소였던 루비안스키 골목에 있는 고인의 집은 1919년부터 살았던 곳으로, 이후 새 집을 얻은 후에도 그의 작업 공간이자 데이트 장소로 계속 사용됐다.

159 **릴랴** 제9장에서 언급된 마야콥스키의 연인 릴랴 브릭을 말함.

160 **L. A. G** Lev Alexandrovich Grinkrug(1889~1987). 1915년부터 마야콥스키와 친구 사이로 지낸 극장 노동자.

당시 작가는 「바지 입은 구름」의 구절을 상기하며 이 시가 쓰인 1915년을 가리킴.

162 **콘트랄토** contralto. 알토와 같은 여성의 가장 낮은 음역. 중세 교회 음악에서는 여성의 음역을 대신한 남성의 음역이기도 했다.

나는 느낀다, 나에게 '나는 너무 작다는 걸~제겐 더 이상 몸 둘 곳이 없다고 시 「바지 입은 구름」(1915)을 시행에 구애되지 않고 읊은 것.

163 **우리의 국가** 마야콥스키가 꿈꾼 사회주의 국가를 지칭한다고 볼 수 있다.

167 **[블라디미르 알렉산드로비치] 리진** Vladimir Aleksandrovich Lyzhin. 19~20세기 모스크바의 유명한 공장주이자 상인.

집 건물 출생 장소에 대한 부정확한 지적이다. 정확히는 트베르스카야얌스카야 거리의 상인 I. V. 베데네예프의 집 건물에서 태어나 1891년 가을에 리진의 집 건물로 이사했다.

168 **마차 차고지** '에르미타지' 극장 옆의 '예치킨과 아들들'이라는 건물을 말하는 것.

[표트르 페트로비치] 콘찰롭스키 Piotr Petrovich Konchalovskii (1838~1904). 'N. I. 쿠시네레프와 K°'라는 인쇄 조합의 출판업자.

169   **1812년의 화재**   1812년 나폴레옹 전쟁 때 일어난 화재.

    벽감(壁嵌)   벽의 우묵 들어간 곳으로 장식품, 조상, 화분 따위를 놓는다.

170   **유거(柳車)**   장사 지낼 때 왕, 왕대비, 왕비, 왕세자 등의 시신을 넣은 관 또는 시체를 실어 날랐던 큰 수레.

    크레이프   crepe. 강연사(强撚絲)를 평직으로 해서 겉면에 오글오글한 잔주름을 잡은 직물의 총칭.

    저녁 모임   시장(市長)인 블라디미르 골리친 공작은 니키츠카야 거리의 집에서, 무역 자문인이자 여성 화가 M. V. 야쿤치코바의 부친인 V. I. 야쿤치코프는 말리 키슬롭스키 골목의 집에서 저녁 모임을 가졌다.

171   **바이올리니스트 I. V. 그르지말리, 첼리스트 A. A. 브란두코프**   그르지말리(Ivan Voitekhovich Grzhmali, 1844~1915)는 1874년부터 모스크바 음악원 교수 직을 역임했고, 브란두코프(Anatolii Andreevich Brandukov, 1855~1930)는 루빈시타인, 리스트, 라흐마니노프 등과 협연했다.

    리보프 공작   Prince Aleksei Evgen'evich L'vov(1850~1917). 1894년부터 검열관으로 지내다 1896년에 회화 조각 건축 전문학교 교장이 됐다.

172   **명명일(命名日)**   러시아인들은 출생한 날의 성인(聖人) 이름을 따서 이름을 짓곤 했는데, 바로 그 성인의 축일을 자신의 '명명일(imeniny, 즉 name day)'이라 하여 생일 대신 축하했다.

    레프 니콜라예비치   톨스토이를 지칭한다.

173   **두 사람이 사망했던 겨울**   1894년 11월 8일에 A. G. 루빈시테인(1829~1894)이, 그전 1893년 10월 25일에는 차이콥스키(1840~1893)가 사망했다.

    유명한 삼중주   1882년에 완성된 차이콥스키의 포르테피아노 삼중주 A단조 진혼곡. A. 루빈시테인의 동생 N. G. 루빈시테인

(1835~1881)에 대한 기억에 바쳐졌으며 '어느 위대한 예술가를 기억하며'란 소제목을 지님.

이동파(移動派) peredvijniki. 이동전협회(移動展協會, 1870~1923)에 속하는 사실주의적인 러시아 화가 및 조각가들의 그룹. 미술 아카데미의 보수적인 교육에 반발하여 창작의 자유, 예술을 통한 민중의 계몽 등에 역점을 두고 러시아 각 도시에서 전시회를 엶. 게, 레핀, 수리코프, 시시킨, 레비탄, 세로프 등이 참여함.

174 **러시아 화가 연맹** 과거 이동파와 '예술 세계' 멤버들이 결성한 화가단체(1903~1923). '예술 세계'가 페테르부르크의 화가들을 결집시켰다면 이 대표들은 모스크바의 회화 유파에 속한 자들이었고, 예술 세계 멤버들이 지녔던 섬세한 귀족주의와는 대조적으로 이동파의 전통을 지속함.

파벨 P. 트루베츠코이 Pavel P. Trubetskoi(1866~1938). 톨스토이 상(像)과 페테르부르크의 알렉산드르 3세 기마상을 조각함.

니바(Niva) 아돌프 표도로비치 마르크스(Adolf Fiodorovich Marx, 1838~1904)가 발행한 '밭'이란 뜻의 주간지(1869. 12~1918. 9). 19세기 중반에서 20세기 초의 대중적인 잡지로, 가족용 문학 잡지를 표방함.

176 **플로르와 라브르** 가톨릭 명칭은 성 플로루스와 라우루스(Florus and Laurus). 말 사육의 수호성인.

178 **차플리긴 교수** 난방·환기 및 위생 기술 분야 전문가였던 블라디미르 미하일로비치 차플린(Vladimir Mikhailovich Chaplin, 1859~1931)을 말함. 작가가 부정확하게 언급한 것.

예카테리나 이바노브바 보라틴스카야 Ekaterina Ivanovna Boratinskaia(1852~1921). 여성 작가, 번역가. 자연 연구가이자 모스크바대 교수인 K. A. 티미랴제프의 조카. 톨스토이의 가족과 긴밀한 교분을 나눴고 기아자들 돕기에 참여함. 저자를 가르친 건 1896~1897년이다.

반놉스키의 개혁 1901년 3월부터 인민 교육 장관을 역임한 군 장관 표트르 세묘노비치 반놉스키(Piotr Semionovich Vannovskii, 1822~1904)는 자연 과학을 폭넓게 도입, 실업 학교와 고전 중학교를 하나의 7학년제 학교로 바꾸는 개혁을 단행함. 각 학교는 라틴어 수업을 갖거나 갖지 않게 되었고, 그리스어 학교는 그리스어 과목의 개설을 선택하는 것으로 바뀜. 당시 제5김나지움 교장인 번역가, 고전어 교육 교수법 학자 아돌프는 저명한 학자들과 뛰어난 교육가들을 영입했다.

179 **신성한 시** Symphony No. 3 in C minor op. 43 'Le divin Poeme'. 1902~1904년에 러시아와 (1904년 겨울 이후는) 스위스에서 작곡됨. 1903년에 오볼렌스코예(Obolenskoye)의 숲에서 노래하는 새를 보며 작곡했으며, '기쁨(Pleasures)'이란 뜻을 지닌 제2악장에 이 새를 연상시키는 부분이 있다.

180 **[미하일 이바노비치] 글린카** Mikhail Ivanovich Glinka(1804~1857). 러시아 음악의 아버지로 불리는 러시아의 첫 작곡가. 19세기 러시아 음악의 양식을 결정하는 데 영향력이 가장 컸다.

　　이반 이바노비치 Ivan Ivanovich. 고골의 중편 『이반 이바노비치와 이반 니키포로비치가 어떻게 싸웠는가에 관한 이야기』에 나오는 지주. 꼼꼼하고 예민하며 예절과 교양을 중시하는 그를 통해 러시아 옛 지주의 일부 기질이 묘사됨.

　　공작 부인 마리야 알렉세브나 Duchess Mar'ia Aleksevna. 러시아 극작가 그리보예도프의 희극 『지혜의 슬픔(Gore ot uma)』(1824)의 등장인물. 실제 인물을 형상화한 캐릭터로, 모스크바 상류 사회에서 가장 영향력 있는 인물의 대명사이자 옛 모스크바 예식의 옹호자로 구현됨.

181 **Iu. D. 엔겔·R. M. 글리에르** 율리 드미트리예비치 엔겔(Iulii Dmitrievich Engel', 1880~1927)은 작곡가, 음악 평론가로, 타네예프(Sergei Taneev, 1856~1915)의 제자였고, 글리에르(Reingold

Moritsevich Glier, 1874~1956)는 작곡가, 지휘자, 교육자로, 모스크바 음악원에서 S. I. 타네예프와 I. V. 그르지말리에게 사사한 후 1901년부터 교육을 시작했다.

184　**사라판**　sarafan. 러시아 전통 여자 의상. 몸에 꼭 맞고 소매가 없는 기다란 스커트로, 안에는 소매가 풍성한 흰색 블라우스를 받쳐 입는다.

185　**중간기의 스크랴빈**　1897~1907년의 기간을 말함.

　조화의 번갯불　스크랴빈의 일명 '프로메테우스의 신비 화음 (Promethean chord, 또는 mystic chord. 음악에 색채와 냄새까지 끌어들이려 한 독자적 화음으로, 마지막에 오르간과 가사 없는 합창이 함께 어우러지면서 F#장화음으로 해결된다)'에 의해 얻어지는 풍부한 화성적 색채감을 일컬음.

　새로운 언어의 자모음을 낱낱이 살피며 탐지했다　벨리의 소리의 테마를 위한 즉흥곡이자 일명 '소리에 관한 서사시(Poem about Sound)'인 「글로솔라리야(Glossolalia, '신령한 언어'이자 성령에 의한 특별한 언어 능력인 방언(方言)이란 뜻)」(1922), 흘레브니코프의 언어에 관한 소논문들인 「스승과 제자: 교사와 학생」, 「말의 해체」, 「언어의 단순한 이름에 관해」, 「열거. 지성의 입문서」 등을 염두에 두고 있다.

　[존] 필드　John Field(1782~1837). 아일랜드의 피아니스트·작곡가. 피아노 소품 양식인 녹턴을 고안했으며, 20곡에 가까운 그의 녹턴은 쇼팽에게 많은 영향을 주었다. 또 그것은 쇼팽에 의해 정교하고 세련된 피아노 소품으로 완성되기도 했다.

186　**작품 8번(Opus 8)의 연습곡이나 작품 11번(Opus 11)의 프렐류드 (Preludes)**　스크랴빈의 세 시기 중 제1기에 작곡된 곡들. 쇼팽의 영향을 받아 시정이 풍부한 피아노 소품을 많이 작곡한 그는 쇼팽이 이용한 장르인 프렐류드, 에튀드, 즉흥곡, 마주르카의 유형을 애호했다. 그의 작품 20번 이후부터 쇼팽의 경향은 많이 쇠퇴한다.

187 **10월 17일 선언** 일명 10월 선언으로, 러시아 제1혁명이 전국적으로 고조되는 것을 수습하기 위하여 니콜라이 2세가 1905년 10월 17일에 발포한 칙령이다. 이는 입헌 군주정을 약속한 것이며 사상·집회·결사의 자유, 입법권을 가진 의회의 개설, 투표권의 확장 등을 그 내용으로 한다.

용기병(龍騎兵) 16~17세기 이래 유럽에 있었던 기마병. 갑옷을 입고, 용 모양의 개머리판이 달린 총을 들고 있었다.

188 **비치, 주펠** 10월 선언 이후 옛 정권에 대한 적대감을 좀 더 직접적으로 표출하며 등장한 풍자 잡지 중 하나. 각각 '징벌의 채찍(Bich)'(1905년 말), '지옥의 유황불(Zhupel)'(1906년)이란 뜻을 가지며, 후자의 경우에는 고리키의 작품이 실리기도 했다. 이들 잡지에는 당시 모더니즘 회화의 대표 화가들의 그림이 실렸는데, 고리키가 작가의 부친을 초대한 것도 이와 관련된 것으로 보인다.

고리키를 만나셨다 『여러 세월의 기록』에서 작가의 부친은 이 시기에 고리키와 있었던 몇 차례 만남에 대해, 특히 그의 집에 고리키가 찾아온 것에 대해 썼다. 잡지 『비치』는 고리키가 참가하지 않은 것으로 보이는 바, 모스크바에서 발행됐던 다른 잡지 『잘(Zhal', 유감이란 뜻)』 대신 잘못 지적한 듯하다.

[마리야 알렉세예브나] 올레니나드알게임 Mariia Alekseevna Olenina-d'Algeim(1869~1970). 러시아와 프랑스의 많은 예술가들의 찬사를 받은 러시아 실내 음악 가수(메조소프라노). 러시아 작곡가들, 특히 무소륵스키의 성악곡을 선전했는데, 1908년에는 남편 피에르 드알게임(무소륵스키의 노래를 프랑스어로 번역한 프랑스 작가)과 함께 모스크바에 (러시아 및 세계의) 실내 성악 음악을 선전하기 위한 기관 '노래 센터(Dom pesni)'를 설립했다. 블로크는 무소륵스키의 곡 중 하나인 「어린이의 방」을 염두에 둔 듯, 어린이의 방을 묘사한 1903년 11월 3일의 시("희끄무레한 초록빛을 띤 어두운/어린이의 방……")를 그녀에게 헌정했다.

190 **아를레킨** harlequin. 무언극이나 발레 따위에 나오는 어릿광대. 가면을 쓰고 얼룩무늬 옷을 입으며 나무칼을 지니고 있다.

불빛이 작은 창에서 어른거리고 있었네~어둠과 소곤소곤 이야기하고 있었네 제1권의 『아름다운 여인에 관한 시』(1901~1902)에 포함된 1902년 시로, 이 부분은 그 첫 연이다.

눈보라가 거리마다 휘몰아치고~누군가가 내게 미소를 짓네 제2권의 『파이나』(1906~1908)에 포함된 소연작시 「화염과 암흑에 거는 주문」의 일곱 번째 시이자 1907년 시로, 이 부분은 그 첫 연이다.

그곳에서 누군가가 등불을 흔들며, 자극하네~얼굴의 자취를 재빨리 감출 것이라네 제3권의 『무서운 세상』(1909~1916)에 포함된 1910년 시로, 이 부분은 그 시의 둘째 연이다.

시집 제2권 1904~1908에 창작된 여섯 개의 연작시(「대지의 기포」, 「여러 시」, 「도시」, 「눈 가면」, 「파이나」, 「자유로운 생각」)와 하나의 서정적 서사시(「밤 제비꽃」)를 말함.

191 **예크테니야** ekteniia. 정교회 예배에서 행하는 일련의 기도. 성직자가 읽으며, 대개 성가대의 노래가 동반됨. '열심'을 뜻하는 고대 그리스어 ekeneiat에서 옴.

192 **나는 블로크의 마지막 모스크바 방문 동안~그에게 처음으로 나 자신을 소개했다** 블로크는 1921년 5월 2일부터 10일까지 모스크바에 체류했다.

추악한 소란이 그사이 일어났던 것이다 모스크바 프롤레쿨트의 문학부 담당자 A. F. 스트루베가 인쇄 센터의 낭송회에 나타나 블로크를 비판했다.

193 **그의 서평들 가운데 나의 이 괴테 번역물에 대한 것도 있다** 블로크는 출판사 '세계 문학'의 전문 편집진의 일원이 되었다. 그의 비평(블로크 전집 제6권에 실림)은 서사시 「비밀」의 앞부분인 '헌정의 말(posviashcenie)'에 대해서만 썼다.

3학년 때인가 4학년 때 실제로는 작가가 5학년 때(1904년 12월)

였다.

194 **코미사르젭스카야 극장** 코미사르젭스카야(Vera Fyodorovna Komissarzhevskaya, 1864~1910)가 1904년에 세운 새로운 드라마 극장.

[크누트] 함순 Knut Hamsun(1859~1952). 노르웨이 작가. 초기에는 뵈른손과 도스토옙스키의 영향을 받은 자연주의적 경향이 변화하여 비참한 현상을 종교적인 타개로 시도했고, 다년간의 방랑 생활 체험을 바탕으로 심각한 심리 묘사를 한 인도주의적인 사실적 작품을 남겼다. 24세에 도미, 궁핍으로 노동을 하다가 귀국, 다시 1886년에 도미했다. 1890년『굶주림(*Salt*)』을 발표하여 명성을 얻고 1920년 노벨 문학상을 수상했다.

[스타니스와프] 프시비셉스키 Stanisław Przybyszewski(1868~1927). 폴란드의 퇴폐적 자연주의의 극작가·소설가·시인. 처음엔 독일어로 작품을 썼다. 주간지『생활』의 편집자(1898~1900)로, 모더니즘 운동의 중심적인 존재였으며, 그의 드라마는 상징주의 운동과 연관된다. 그의 소설은 주인공의 이상한 내적 체험을 독백과 대화를 사용해 심리적으로 추구했고, 성적인 주제가 많다. 베를린에 체류하는 동안 니체 및 악마주의 철학에 매혹되기도 했다.

1906년에 가족과 함께한 베를린 여행에서였다 1906년 1월 1일에 여행을 떠나 8월 중순에 돌아왔다.

베를린 사투리 베를린 사람들이 쓰는, 흉내 내기 어려운 전광석화 같은 재치가 담긴 사투리를 뜻함.

[블라디미르 이바노비치] 레비코프 Vladimir Ivanovich Rebikov (1866~1920). 러시아의 20세기 후기 낭만파 작곡가이자 피아니스트, 교육자, 작가였다. 그의 오페라「크리스마스트리」(1900, 1903년에 무대에 올림)는 안데르센의 동화『성냥팔이 소녀』와 도스토옙스키의 단편「크리스마스트리 위의 그리스도 옆에 있는 한 소년」 등을 모티프로 작곡됐다.

195 **[마리야] 안드레예바** Mariia Andreeva(1868~1953). 러시아의 배우이자 정치·사회 분야의 활동가로, 고리키(1868~1936)의 동갑내기 두 번째 아내(1904~1921). 모스크바 예술 극장에서 7년간 (1898~1905) 배우 활동을 하다가 프롤레타리아 작가 고리키를 사랑하게 되어 활동을 중단하고 그와 외국에서 7년을 보냄. 일찍이 마르크스주의자들의 이념에 동조하여 1904년에 러시아사회민주 노동당(RSDLP) 당원이 된 그녀는 사업적·상업적 수완을 발휘해 당의 임무를 비롯해 오랫동안 정치·사회적 활동을 수행했다.

클린 Klin. 모스크바 북서쪽의 작은 도시. 주변이 숲으로 둘러싸인 한적한 도시로, 차이콥스키가 근교 전원 마을에서 지낸 것으로 알려짐.

드로지진 Drozhzhin(1848~1930). 러시아의 시인.

196 **[에밀] 베르하렌** Émile Verhaeren(1855~1916). 벨기에의 시인, 극작가. 20세기 초 최고의 시인 중 한 사람으로 꼽힌다. 고향의 풍물을 노래한 처녀 시집 『플랑드르 풍물시』(1883) 이후의 『붕괴』 (1888) 등에서 근대의 초조함을 노래했으며, 『환상의 마을』(1893) 에서는 근대 공업에 좀먹혀 들어가는 농촌을 한탄했다. 『지상의 리듬』(1910)에 이르는 후기의 여러 시집에서는 생의 끊임없는 전진을 위한 노력에 전 인류가 협력할 것을 예견하기도 했다.

[바실리 오시포비치] 클류쳅스키 Vasilii Osipovich Kliuchevskii (1841~1911). 러시아 근대 사학의 아버지라 불리는 제정 러시아 말기의 대역사가. 모스크바대 역사철학부에서 수학했으며, 러시아의 사회 경제사 분야에서 중요한 저술 활동을 하였고 '모스크바 역사학파'가 성립되는 데 중심적 역할을 하여 널리 명성을 얻었다.

197 **책을 읽는 중에** 독일 원저의 제목은 '책 읽는 사람'이다. 작가는 의역을 통해 제목뿐 아니라 원저의 상당 부분을 바꾸었다. 다음의 독일 원저 번역(라이너 마리아 릴케, 김재혁 옮김, 『릴케전집 2』, 책세상, 2000)과 비교해 보라.

책 읽는 사람

벌써 오래전부터 나는 책을 읽고 있다. 오늘 오후가
빗소리로 소곤대며 창문턱에 기댄 후로 줄곧……
밖에서 부는 바람 소리 한 가닥 들리지 않는다:
읽고 있는 책이 무척 어려운 까닭이다.
깊은 생각에 잠겨 어둑해진
얼굴을 들여다보듯 책장을 응시한다.
책 읽는 내 모습 주위로 시간이 굳어 버린다.
갑자기 책장이 환해지더니
두렵도록 얽히고설킨 낱말들 자리에
책장마다 여기저기 저녁, 저녁……이라는 글씨가 나타난다.
여전히 밖을 내다보지 않는다. 그렇지만 긴 행들은
갈가리 찢어지고, 말들은 실에서
풀려 나와 제가 원하는 곳으로 굴러간다…….
그때 문득 무성하게 우거져 반짝이는 정원 위로
하늘이 넓게 드리워져 있음을 깨닫는다:
태양이 다시 한 번 찾아올 듯싶다.
어디를 봐도 지금은 여름밤으로 무르익어
흩어진 것들 몇몇 동아리를 이루고
길게 뻗은 길에는 어둠에 젖어 움직이는 사람들,
어둠이 의미하는 것이 더 큰 듯 이상하리만큼 확 트인다.
아직도 가시지 않은 몇몇 소리 간간이 들려오고.

이제 책에서 눈을 들어 밖을 본다고 해도
어느 것 하나 낯설지 않고 모든 것이 위대하리라.
저 바깥에는 여기 내가 안에서 겪는 것이 있고
여기와 저기 모든 것에 경계가 없는 까닭이다:

내가 그것들과 너무 깊이 관계를 맺지 않고
나의 눈길이 사물들과,
땅덩어리의 진지한 소박함과 어울린다면
그때 대지는 제 스스로를 넘어서 자라나리라.
그러면 대지는 온 하늘을 감싸 안는 듯하고
맨 처음 뜨는 별은 마지막 집과 같으리라.

카민 carmine. 중남미 사막의 선인장에 기생하는 깍지벌레의 암
컷에서 뽑아 정제한 암적색 색소.

198 **관망** 독일 원저의 제목은 '바라보는 사람'이다. 독일 원저 번역(앞
의 김재혁 역)과 비교해 보라.

바라보는 사람

나무들을 보니 폭풍이 올 것 같다.
활기 없는 나날에서 시작하여
초조한 나의 창문을 두드리는 폭풍,
친구 없이는 견디어 낼 수도
누이 없이는 사랑할 수도 없는
것들을 이야기하는 소리가 멀리서 들려온다.

저기 폭풍이 간다, 폭풍은 개조자,
숲과 시간 사이로 폭풍이 간다,
모든 것이 제 나이를 잊은 듯하다:
자연 풍경은 「시편」의 한 구절처럼
진지하고 중량감 있고 영원하다.

우리가 얻으려 애쓰는 것, 그것은 얼마나 하찮은가,
우리를 손아귀에 쥐려 하는 존재, 그것은 얼마나 위대한가:
그러므로 우리 모두 사물들처럼

거대한 폭풍에 휩쓸리도록 두면
폭넓고 이름 없는 존재가 되리라.

우리가 정복하는 것은 하찮은 것,
성공조차도 우리를 보잘것없게 만든다.
영원한 것과 거대한 것은
우리에게 결코 굴복치 않으리라.
구약 성서의 씨름꾼들에게
나타난 천사:
그 천사는 이들과 겨룰 때
이 상대방들의 힘줄이
금속처럼 팽팽해지면,
그것을 손가락으로 지긋이 눌러
현의 깊은 선율처럼 느꼈다.

이 천사가 이겨 낸 사람,
그렇듯 쉽사리 현실적 싸움을 포기한
그 사람은 당당하고 꼿꼿하게 가리라.
그리고 마치 무엇을 만들듯 그를 누른
그 손에 의해 위대해지리라.
승리는 그를 부르지 않는다.
그의 성장이란 다만: 갈수록 커 가는 존재에 의해
깊이 정복되는 사람이 되는 것이다.

200 **소모프, 사푸노프, 수데이킨, 크리모프, 라리오노프, 곤차로바** 소모프
(Konstantin Andreevich Somov, 1869~1939)는 페테르부르크
태생의 러시아 화가로, '예술 세계' 그룹 창건자 중 하나이다. 사
푸노프(Nikolai Nikolaevich Sapunov, 1880~1912)는 러시아 화
가로, 모스크바 회화 조각 건축 학교에서 수학했으며 '푸른 장미'

전시회(1907)에 참가했다. 수데이킨(Sergei Iur'evich Sudeikin, 1882~1946)은 페테르부르크 태생의 러시아 화가로, '푸른 장미' 전시회(1907) 조직자 중 하나이자, 부활한 '예술 세계' 그룹(1910) 창립자 중 하나이다. 모스크바 회화 조각 건축 학교에 다니다가 페테르부르크 미술 아카데미에 입학했다. 크리모프(Nikolai Petrovich Krymov, 1884~1958)는 20세기의 가장 뛰어난 러시아 풍경화가 중 하나로, 모스크바 회화 조각 건축 학교에서 수학했으며 '푸른 장미' 전시회에 참여했다. 라리오노프(Mikhail Fyodorovich Larionov, 1881~1964)는 러시아의 아방가르드 화가이다. 화가이자 아내인 곤차로바와 함께 신원시주의(Primitivism), 광선주의(Rayonnism) 운동을 전개하여 러시아에 순수 추상 회화의 발판을 다졌다. 모스크바 회화 조각 건축 학교 출신으로, 1909년 제3회 '황금 양털' 전시회를 통해 공식적으로 등장해 1910년 '다이아몬드 잭' 전시에 참여했고, 1912년 '당나귀 꼬리' 전시를 기획했다. 곤차로바(Natalia Sergeevna Goncharova, 1881~1962)는 러시아의 아방가르드 화가이다. 1906년 파리의 '가을 살롱'전을 시작으로 국내외 많은 전시회에 참가했고 1909년 '황금 양털'전, 1910년 '다이아몬드 잭'전, 1912년 '당나귀 꼬리'전 등을 통해 신원시주의 작품을 보여 주었다.

[피에르] 보나르 Pierre Bonnard(1867~1947). 프랑스의 화가. 상징주의와 폴 고갱에게 영감을 받은 '나비파'를 결성하여 활동했으며, '앵티미슴(Intimism, 보나르와 뷔야르로 대표되는 20세기 초엽의 프랑스 화풍. 가정생활이나 실내 정경 등을 그려 친근감을 주는 회화 양식)' 회화로 대중의 사랑을 받았다. 말년으로 갈수록 빛과 색채에 더욱 천착해 자신만의 생생한 색채 감각을 보여 주며 '최후의 인상주의 화가'로 불렸다.

[에두아르] 뷔야르 Édouard Vuillard(1868~1940). 보나르와 함께 앵티미슴의 대표적인 프랑스 화가로, 온화한 색채를 통해 평화로

운 시민 생활과 부인상 따위를 그렸다.

201 **[비사리온 그리고리예비치] 벨린스키** Vissarion Grigor'evich Belinskii(1811~1848). 러시아 문학 비평가, 정치 언론인, 혁명적 민주주의자, 유물론 철학가.

아르카디 [이바노비치] 구리예프 Arkadii Ivanovich Gur'iev (1881~?). 시집 『대답 없는 것』(1913)의 저자.

202 **[알렉산드르 니콜라예비치] 오스트롭스키** Aleksandr Nikolaevich Ostrovskii(1823~1886). 러시아의 극작가. 러시아 근대 국민극의 창시자로서 체호프 출현까지의 러시아 연극을 지배함.

203 **B. B. 크라신·세르게이 보브로프·A. M. 코제바트킨·세르게이 마코프스키** 크라신(Boris B. Krasin, 1884~1936)은 튜멘(Tyumen, 러시아 서부 시베리아 서남쪽, 1586년에 건설된 시베리아 최고(最古) 도시의 하나) 출신의 작곡가, 민속학자로, 벨리와 블로크의 연가(戀歌)를 작곡했고(1910), 러시아 및 몽골의 민요 등을 수집, 정리했다(1914~1936). 1900년부터 혁명 운동에 참가, 1918년부터는 프롤레쿨트 음악부 책임자를 역임해 현대 음악 문화의 구축에 지대한 역할을 했다. 코제바트킨(Aleksandr M. Kozhebatkin, 1884~1942)은 문학인, 발행인(1910년에 모스크바에 출판사 '알리치오나' 설립)으로, 1911~1912년에 출판사 '무사게트'에서 비서로 일했다. 세르게이 마코프스키(Sergei M. Makovskii, 1877~1962)는 페테르부르크의 현대 예술 잡지 『아폴론』(1909~1917)의 (창안자이자) 발행인이며, 시인, (러시아 예술계의 새 움직임에 관해 쓴) 예술 비평가, 현대 미술 전시회들의 조직자이자 러시아 미술의 르네상스의 리더이다. 또한 유명한 이동파 화가 콘스탄틴 마코프스키(K. Makovsky, 1839~1915)의 아들이다.

켄타우로스 Kentauros. 그리스 신화에 나오는 반인반마(半人半馬)의 괴물. 이들 켄타우로스족은 술을 먹고 종종 난동을 부린 것으로 알려져 있다. 본문에서는 술에 취한 세르다르다 동아리인들의 모습을 암시한다.

스테푼, 라친스키, 보리스 사돕스코이, 에밀리 메트네르, 셴로크, 페트롭스키, 엘리스, 닐렌데르　스테푼(Fiodor A. Stepun, 1884~1958)은 작가, 철학자로 1922년에 해외로 추방됐다. 라친스키(Grigorii A. Rachinskii, 1853~1939)는 문학가, 번역가이다. 사돕스코이(Boris A. Sadovskoi, 1881~1952)는 시인으로, 상징주의자들의 작품 발행에 참여했다. 메트네르(Emilii K. Metner, 1872~1936)는 철학자, 문학가, 음악 평론가로 출판사 '무사게트'의 창립자 중 한 사람이다. 셴로크(Sergei V. Shenrok, 1893~1918)는 문헌학부의 대학생으로, 리듬 연구 동아리의 창설자 중 한 사람이다. 페트롭스키(Aleksei S. Petrovskii, 1881~1958)는 번역가, 음악 연구가로 벨리의 친구이다. 엘리스(Ellis, 1879~1947. 본명은 Lev L. Kobylinskii)는 시인, 비평가로 상징주의 이론가다. 닐렌데르(Vladimir O. Nilender, 1883~1965)는 상징주의 시인으로, 고대 그리스어 번역가이다.

204　**얌브**　iamb. 러시아 시의 운율학 중 약강격의 시형.

나는 이 동아리의 일들에 참가하지 않았다　벨리는 회고록 『두 혁명 사이에서』(1934)에서 파스테르나크가 리듬 동아리에 "모습을 보였다"고 썼다. "나는 강렬한 눈매와 미래를 약속하는 사랑스러운 청년의 얼굴을 기억한다." 파스테르나크가 벨리의 이 말에 반박하는 것이다.

[콘스탄틴 F.] 크라흐트　Konstantin F. Krakht(1868~1919). 벨기에 조각가이자 화가인 뫼니에(Constantin Meunier, 1831~1905)의 제자.

기다란 판자 침상이 칸막이 없이 천장 가까이에 놓인 모양이었다　러시아의 옛 전통 가옥은 천장 가까운 공간에 나무판자를 놓아 잠자는 공간을 마련하고, 나머지 그 아래는 작업 공간으로 사용하는 식의 이중 구조로 되어 있었다. 본문의 작업실도 그런 전통 가옥 구조를 유지하고 있음을 암시한 것.

205 **'상징주의와 불멸'이란 논문을 발표했다** 이 논문은 1913년 2월 10일에 낭독됐으며 그 테제가 보존되어 있다.

206 **밤기차를 타러 파벨레츠키 역으로 출발했다** 작가가 아스타포보 역의 톨스토이 장례식에 간 날은 1910년 11월 8일이었다. 따라서 논문 발표 날에 장례식에 갔다는 작가의 지적은 시간상 잘못된 것임을 알 수 있다.

보가트리 Bogatyr'. 러시아 영웅 서사시나 민담에 등장하는 영웅적인 전사.

207 **메르쿠로프와 함께 온 주물공(鑄物工)** 메르쿠로프(Sergei D. Merkurov, 1881~1952)는 조각가. 주물공 아가피인은 당시 파스테르나크 부자(父子)와 함께 회화 학교에서 왔었다.

엘브루스 Elbrus. 러시아 남부, 캅카스 산맥에 있는 산. 높이가 5,633미터로 유럽의 최고봉이다.

톨스토이즘 Tolstovstvo. 장편 『안나 카레니나』(1873~1876) 완성 후 톨스토이(L. N. Tolstoi)에게 찾아온 전향 이후의 사상을 말한다. 흔히 무정부주의나 인도주의를 일컫는 그의 사상은 현대의 타락한 그리스도교를 배제하고, 사해동포 관념에 투철한 원시 그리스도교에 복귀하여 근로·채식·금주·금연을 표방하는 간소한 생활을 영위하고 악에 대한 무저항주의와 자기완성을 신조로 삼아 사랑의 정신으로 전 세계의 복지에 기여한다는 것이었다.

208 **푸시킨의 결투와 죽음을 주제로 방대한 책을 집필하니 말이다** 세골레프(Pavel E. Shchegolev, 1877~1931)의 작품 『푸시킨의 결투와 죽음』(1916)을 염두에 둔 것.

폴타바 푸시킨의 운문 소설 『예브게니 오네긴』(1823~1830)과 역사시 「폴타바」(1828)를 가리킨다.

나탈리야 니콜라예브나 Nataliia Nikolaevna Pushkina(1812~1863). 결혼 전 성은 곤차로바(Goncharova). 푸시킨의 부인. 1831년

18세의 나이에 푸시킨과 결혼했으며, 프랑스 귀족 조르주 단테스와 내연 관계라는 소문이 돌자 이에 분노한 푸시킨은 그녀의 명예를 지키고자 단테스와 결투했다가 총상으로 사망함(1837).

210 **작가의 문학적 기법으로서 자신의 작품들 속에 내놓은 건 더더욱 아니었다** 여기서 파스테르나크는 시클롭스키의 『톨스토이의 '전쟁과 평화'의 제재와 문체』(1928)에 기술된 '낯설게 하기'란 용어와 논쟁하고 있다. 파스테르나크에게 1955년에 선사한 자신의 책 『러시아 고전 작가들의 산문에 관한 메모』에서 형식주의적 방법을 비판한 후 시클롭스키는 톨스토이에게서 드러나는 세계에 대한 '한가로운' 비전을 '현실을 예술적으로 드러내는 독특한 기법'이라고 칭했던 것이다.

212 **나는 쓰지 않고 남겨 둔 이 돈으로 이탈리아를 여행했다** R. N. 로모노소바에게 쓴 편지(1927. 5. 27)에 파스테르나크는 다음과 같이 썼다. "생각만 해도 부끄럽지만 나는 로마에는 가지 않았소. 그러나 베네치아, 피렌체, 피사는 기억하고 있소. 나는 대학생 신분으로, 아주 적은 돈을 가지고 짧게 여행했소 (…) 이후 빈에 있을 때, 이탈리아에서 다른 나라로 간다는 건 얼마나 죄스러운 일인가를 알게 됐소. (…) 거리가 얼마나 예술적이며 거리의 소리와 대기가 얼마나 재능에 차 있고 천재적인가를 나는 이곳 이탈리아에서 가늠할 수 있었소. 그리고 그러한 거리, 다소 사기 같은 낙천주의를 이미 맛본 다음에는, 사람들의 무위도식한 생활이 얼마나 재능에 차 있지 않은 것으로 여겨지는가를 가늠할 수 있었소."

3운구법(韻句法) terza rima. 단테가 『신곡』에 쓴 시 형식.

[세르게이 P.] 만수로프 Sergei P. Mansurov(1890~1929). 교회사가. 파스테르나크의 동급생으로 같은 김나지움, 같은 대학을 나왔다. 혁명 후 파벨 플로렌스키와 더불어 성삼위일체-세르기예프 수도원 문화재 보존 위원회에서 일했고, 1925년부터는 베레에이 근처 두브로비츠키 수도원 교회의 성직자가 되었다.

[니콜라이 S.] 투르베츠코이 Nikolai S. Trubetskoi(1890~1938). 언어 연구가이자 문학 연구가. 모스크바 언어학 협회 회원으로, 프라하 언어 협회 조직자이며 구조주의의 창건자들 중 한 사람이었다.

교외생(校外生) 학교에 등록은 되어 있으나 정규 과정에 출석하지 않는 학생으로, 교외에서 학습하고 시험만 본다.

니콜라이 트루베츠코이의 아버지와 삼촌은 트루베츠코이가의 연장자들이었는데, 그의 아버지는 모스크바대 총장이자 저명한 철학가였고, 그의 삼촌은 일반법 교수 니콜라이 트루베츠코이의 아버지는 S. N. 트루베츠코이(『안전 통행증』 제1부 제7장 참조)였고 그의 삼촌은 E. N. 트루베츠코이(1863~1920)였다. 삼촌은 그의 부친 못지않게 20세기 초에 있었던 종교 철학 부활의 상징적인 존재였다. 그는 법학을 전공했지만 독일 관념론 철학가들의 영향을 받은 다음, 러시아의 보수적 사상가들 ─ 호먀코프, 도스토옙스키, 나아가 솔로비요프 ─ 의 철학 사상의 영향을 받아 종교적 세계관에 기초한 철학적 관념론을 견지했다. 다만 차이가 있다면 그의 부친은 합리적 견지에서 철학에 접근했는데, 예술에 매혹된 그는 다양한 철학적 방법론과 감정적 견지에서 접근했다는 점이다. 앞서 언급한 조각가 파벨 트루베츠코이는 두 형제의 배다른 동생이기도 했다. 황실 추밀 고문관이자 궁내 의전 담당관이며 위대한 음악 후원자, 20세기 초 종교 철학의 창안자였던 이들의 부친이자 청년 니콜라이의 할아버지 N. P. 트루베츠코이(1828~1900) 공작에게는 열두 자녀가 있었다. 이 두 형제는 그의 두 번째 결혼에서 난 일곱 자녀 중 하나였다. 이들 자녀 대부분은 20세기 초의 저명한 인물들이 되었고, 트루베츠코이가는 그 명성과 인맥으로 20세기 초 타의 추종을 불허하는 귀족 가문이었다. 본문에서 작가는 이 가문의 슬라브주의적인 러시아 종교 철학 전통을 주지시키고 있다.

213 **네프(NEP)** Novaia Ekonomicheskaia Politika. 1921년부터 1928년까지 소련이 극단적인 중앙 집권적인 정책과 교조적인 사회주의로

부터의 일시적인 후퇴를 위하여 실시한 신경제 정책.

215　**출판사들 명칭**　출판사 '전갈자리(Scorpion)'(1900~1916)와 그곳에서 발행한 잡지『천칭자리(*Vesy*)』(1904~1909)를 염두에 둔 것.

내게 웅변과 억양 조의 언어에 대한 소질이 있다고 했다　아세예프의 소논문「발화 조직」(1928)과 시클롭스키의 저서『낙천주의의 추구』(1931)를 염두에 둔 것. 파스테르나크는 치코바니에게 쓴 편지 (1957. 10. 6)에, 앞의 두 사람이 자신에 관해 한 지적에서 그가 엿본 뉘앙스와 몰이해에 대해 다음과 같이 말했다. "이 개념은 원칙적이고 많은 걸 망라하는 무언가를 내포하기에도, 심지어 부정적이고 전투적인 이론을 구축할 바탕으로서도 너무 부차적이고 빈약한 개념이오. 사회적 붕괴와 거리 싸움들의 초기에조차도 말이오."

216　**악천 후와 침목의 책동들**　「기차역」(1913)은 이별의 슬픔을 묘사한 시로, 책동이라 함은 악천 후일 때 예비 부대가 동원돼 침목을 손봄으로써 사랑하는 여인이 탄 기차가 서쪽으로 떠날 수 있게 됨을 아쉬워하는 표현이라 하겠다.

시인　『안전 통행증』에 나왔던 리투아니아 출신의 시인 유르기스 발트루샤이티스를 말하는 듯하다.

217　**실내 극장**　Kamernyi teatr. 실내극을 상연하는 소극장. 일반적으로 5백 명 이내의 관객을 수용하고 무대와 객석의 구별을 가급적 좁히려고 한 극장으로, 1906년 연출가 M. 라인하르트가 베를린의 독일 극장 옆에 4백 명 정원의 소극장을 세워서 명명한 것 — 카머 슈필레(Kammerspiele) — 이 시초.

[니콜라이 P.] 울리야노프　Nikolai P. Ul'ianov(1875~1949). 화가 세로프의 제자로, 자신의 회고록 일부에서 알렉신에서 보낸 1914년의 여름을 묘사하기도 했다.

타루사　Tarusa. 모스크바 남서쪽의 칼루가 주 동부에 위치한 도시로, 오카 강 좌안과 접한다.

칼리다사　Kalidasa. 5세기경의 인도의 극작가·시인. 굽타 왕조 최전성기 문화를 반영하는 작품을 남겼으며, 산스크리트 문학의 최고 수준을 보여 주는 희곡 『샤쿤탈라』 등을 창작했다.

샤쿤탈라 Sakuntala. 기념 반지를 둘러싸고 일어난 선인(仙人)의 양녀 샤쿤탈라와 두샨타 왕의 기구한 사랑을 그린 희곡으로, 인도의 옛 전설을 각색했다. 인도 문학의 최고 걸작이며 1789년 영어로 번역되어 인도 문학의 진가를 세계에 알렸다. 괴테의 『파우스트』 서곡 부분은 이 극의 서막에서 힌트를 얻은 것이다.

예인선(曳引船) 강력한 기관을 이용해 다른 배를 끌고 가는 배.

바지선 barge船. 운하·하천·항내(港內)에서 사용하는, 밑바닥이 편평한 화물 운반선.

218 **모리츠 필립** 모리츠 필립은 루뱐스카야 광장에 있던 최신 네덜란드 물건 판매 상점의 소유주로, 당시에 프레치스텐카 거리(현재는 크로포트킨스카야 거리)의 개인 저택에 살았다. 그의 아들 발터(1902~1984)는 후에 전기 기술자이자 베를린에서 발행된 기술 잡지의 편집자로 일했다.

여름에 모스크바에서 발생한 반(反)독일 소요~그의 사무실과 저택이 파괴되었다 1915년 5월 28일에 있었던 독일계 유대인 학살을 염두에 둔 것.

219 **하나의 밀알이 죽지 않으면 싹트지 않을 테니 말이다** 「요한의 복음서」 12장 24절의 그리스도의 말―"밀알 하나가 땅에 떨어져 죽지 않으면 한 알 그대로 남아 있고 죽으면 많은 열매를 맺는다"―을 바꾸어 말한 것.

스윈번의 드라마 3부작 중 비극 한 편을 완역(完譯)한 것 메리 스튜어트에 관한 영국 시인 겸 비평가 스윈번(Algernon Charles Swinburne, 1837~1909)의 3부작―제1부 '체스터라드(Chastelard)' (1865), 제2·3부 '보스웰(Bothwell)'(1874)·'메리 스튜어트(Mary Stuart)'(1881)―가운데 작가는 제1부를 6개월 동안(1916~1917) 번역, 완료했다.

질경이 『질경이(*Podorozhnik*)』는 1921년에 출간된 시집이다. 따라서 본문에서 말하는 시집은 시간상, 그리고 내용의 정황상 아흐마토바(Anna Andreevna Akhmatova, 1889~1966. 러시아의 여성 시인이자 아크메이즘 시인)의 첫 번째 시집 『저녁(*Vecher*)』(1912)으로 보인다.

220 **우랄과 카마 강 인근 지역** 대중 매체에서는 이곳을 페름 지역이라고 부르며, 그 중심 도시는 페름이다.

브세볼로도빌바 Vsevolodo-Vilva. 모로조프의 미망인 레즈바야의 영지 겸 별장지이다. 작가는 이곳에서 1916년 1월부터 6월까지 지냄. 그다음 겨울을 보낸 카마 강 부근 티히 산에서는 1916년 10월부터 이듬해 3월까지 지낸다.

[알렉산드르 니콜라예비치] 티호노프 Aleksandr Nikolaevich Tikhonov(1880~1956). 필명은 세레브로프(Serebrov). 작가이자 잡지 『연대기』, 『돛단배』의 발행인. 체호프, 고리키, 안드레예프 등의 회고록을 썼다. 체호프는 자신의 영지에 있는 학교 개교를 위해 1902년 여름에 티호노프, 모로조프와 더불어 브세볼로도빌바에 왔다.

트로이카 세 마리의 말이 끄는 삼두마차로, 여기서는 겨울 썰매까지 달렸다.

[보리스 일리치] 즈바르스키 Boris Ilyich Zbarsky(1885~1954). 생화학자로, 그와 함께 마차로 한 여행은 작가의 단편 「사랑 없이-이야기의 한 장」(1918)의 플롯이 되었다.

키비트카 kibitka. 과거에 있었던 여행용 포장 썰매.

221 **아르먀크** armiak. 거친 모직물로 만든 옛 농민 외투. 두루마기나 가운처럼 단추 없이 허리를 띠로 맨 긴 외투로, 처음엔 낙타 모직물로 만들었다.

222 **기성세대** 여기서 '기성세대'란 아방가르드 예술가들(미래주의자들 등)이 아닌 예술가들을 뜻한다.

베라 O. 스타네비치 Vera O. Stanevich(1890~1967). 여성 시인이자 번역가.

『동시대인』지는 내가 번역한 클라이스트의 희극 『깨진 항아리』를 실어 주었다 『동시대인』지(1911~1915)는 고리키의 참여하에 N. N. 수하노프(1882~1940)가 편집하여 발행됨. 파스테르나크의 번역물 『깨진 항아리』는 제5호(1915)에 게재됨. 파스테르나크가 번역물과 함께 잡지사에 보낸 클라이스트에 관한 소논문은 게재되지 않았다. 그의 번역물에는 몇 군데의 오자 및 오역 이외에도 원저의 신랄한 대목들과 저속한 대목들을 줄인 삭제 부분이 있다. 생략된 그 표현들에는 운율을 파괴하고 있는 말들을 보충해 넣었다.

226 **시갈료프주의** Shigaliovshchina. 도스토옙스키 소설 『악령』의 등장인물 시갈료프의 새로운 사회주의 사상. 그가 논하는 새로운 국가 체제에서 무한한 자유는 불가피하게 무한한 전제주의 위에서 구축된다는 것이다.

[알렉산드르 알렉산드로비치] 파데예프 Aleksandr Aleksandrovich Fadeev(1901~1956). 러시아 소설가. 백군(白軍)에 대한 지하 투쟁에 참여, 1918년부터 공산당원이 됨. 1923년부터 문필 활동을 시작, 일본군과 파르티잔 부대와의 전투에서 취재한 장편 『괴멸(Razgrom)』(1927)로 문명을 높였으며 문학 비평과 사회주의 리얼리즘 이론에 관해 저술했다. 프롤레타리아 작가 동맹의 지도자이기도 했고(1926~1932), 1946년엔 작가 동맹 집행부 총서기 겸 의장이 되어 1954년까지 재임했다. 파스테르나크와 조셴코를 비난하면서 주다노프의 문화 숙청 작업(1946~1948)을 열렬히 지지하기도 했다. 1956년 공식적으로 스탈린 격하 운동이 벌어지자 술로 세월을 보내다가 자살했다.

트레티야코프와 세르셰네비치가 나올 것으로 예상되었다 트레티야코프는 잘못 지칭된 것으로, 실제로는 볼샤코프가 나왔다(『안전 통행증』의 해당 부분 참조).

227 **소 울음소리처럼 단순한 말** Prostoe kak mychanie. 1916년 페트로그라트(페테르부르크의 옛 명칭)에서 발행된 시집.

228 **자캅카스** Zakavkaz'e. 아제르바이잔, 그루지야, 아르메니아의 3공화국을 포함한 지역. 마야콥스키는 그루지야에서 태어났다.

성상화(聖像畵) 안치대 bozhnitza. 러시아에서 성모, 그리스도 등의 성상들을 벽 모서리에 선반을 두어 안치한 것.

시간이여! 절름발이 그림쟁이인 그대만이라도~하나 남은 마지막 눈처럼! 마야콥스키의 시「나 자신에 관한 몇 마디」(1913)의 일부.

229 **당신들은 이해하겠는가, 조롱이 뇌우처럼 쏟아지는 데도~다가오는 세월의 만찬에 나르는지……** 마야콥스키의 비극「블라디미르 마야콥스키」의 프롤로그 일부.

그리고 인간의 모든 육신은 침묵하고서 공포와 전율 가운데 서 있어~자신의 몸을 신실한 자들에게 하늘 양식으로 주시려고 지상에 오셨기 때문이네 고난 주간 중에 고난 토요일의 예배 때 낭독하는 기도문. 이 기도문과 관련된 것으로 파스테르나크의 시「고난 주간에」(『닥터 지바고』 중에서)가 있다.

예프렘 시린 Efrem Sirin. 4세기에 살았던 시리아인으로 교회 신학교 교사들 중 하나였으며 사후에 성자로 치성됐다. 그가 지은 찬송가와 기도문은 생존 당시 그리스어로 번역되었고, 이후 현대 예배에 쓰이게 되었다. 푸시킨이 시로 개작(1836)한 그의 기도문은 참회의 기도로, 정교회 교회에서 부활제 전의 대재 기간에 울려 퍼진다.

다마스쿠스 요한 John of Damascus(675~749). 시리아의 수도 다마스쿠스 출신으로, 비잔틴 제국의 교부 겸 신학자이다. 주로 기독교 신앙에 대해 상세히 설명하는 교리서와 찬미가를 작곡했는데, 그의 찬미가는 오늘날까지 동방 교회의 모든 수도원에서 부르고 있다.

알렉세이 [콘스탄티노비치] 톨스토이 Aleksei Konstantinovich Tolstoi(1817~1875). 러시아의 시인, 극작가, 소설가. 자신의 서사시 「요한 다마스쿠스」에서 요한의 생애전과 찬미가를 원용했다.

단성 성가 raspev. 고대 러시아 성가의 체계로, 대개 억양이 없는 단조로운 단선율의 성가 형태를 뜻한다.

카논 kanon. 비잔틴 성가의 카논은 구약 성서 중 여덟 개와 신약 성서 중 한 개의 찬송가를 바탕으로 작사된 장대한 시로, 아홉 부분으로 이루어지고, 각 부분이 일정한 선율로 불린다.

231 **[알렉세이] 콜초프** Aleksei Vasil'evich Kol'tsov (1809~1842). 러시아의 시인. 농촌 시를 썼다.

233 **이마지니즘** imazhinizm. 1919년부터 예세닌이 주도한 러시아 문학계의 시 운동. 출판을 통한 문학 활동이 어려워진 격동기에 카페 등에서 시를 낭송하며 활동한 그룹으로, 시의 인상과 이미지를 강조하여, 시의 운율이나 문장이 기이할 뿐 아니라 실험적인 이미지를 창출함. 이들은 소비에트적 생활을 수용하라는 요구를 받아들이지 않고 방랑자적이며 무책임한 행동으로 자신들의 소외감을 표출했는데, 이 점에서 1919년 무렵 마야콥스키가 중심이 되어 같은 방법으로 시를 낭송하며 활동하던 미래주의자들과는 다른 길을 걸었다. 예세닌이 1925년 음주벽과 신경증이 겹쳐 자살하자 더 이상 꽃을 피우지 못하고 해체됐다.

『고요한 돈 강』의 첫 부분도 필냐크와 바벨 『고요한 돈 강』(1928~1940)은 미하일 숄로호프(Michail Sholokhov, 1905~1984)의 장편소설. 보리스 필냐크(Boris Pilnyak, 1894~1941)과 이삭 바벨(Isaak Babel, 1894~1941)은 러시아 작가이다.

234 **마야콥스키에게 격한 편지를 썼고** 파스테르나크는 레프 편집부에 이 편지를 보냈다.

헌사 1922년 여름에 쓴 것으로, 인쇄되지는 않았다. 헌사가 담긴 이 시집은 분실되었고, 헌사 내용만 작가의 메모 속에 세 번 — 1931, 1932, 1945년 — 에 걸쳐 변형된 형태로 기록되어 남아 있다.

최고 국민 경제 회의 기관　VSNKH(1917~1932). 소련 초기의 국민 경제 관장 최고 기관. 마야콥스키는 이 기관이 주도한 국영 기업의 광고 작업에 1922년부터 종사함. 이 기관의 비극이란, 그가 이런 국가 기관 사업에 종사하면서 재능을 소비하고 창작 활동을 잃은 것에 대한 작가의 우려의 표현임.

방황하는 네덜란드 배　Flying Dutchman. 유럽 어부들에게 전해지는 유령선의 가장 대표적인 것. 희망봉 주변의 바다에서 폭풍 치는 밤에만 모습을 드러내며, 이를 본 자는 불운에 휘말리게 된다고 한다. 네덜란드 배는 공산당을 위해 거침없이 종횡무진 일하는 마야콥스키의 모습을 빗댄 듯하다.

235　시대에 관한 유명한 두 구절이 있었다. **"삶이 더 좋아졌고, 삶이 더 즐거워졌다"는 구절과, 마야콥스키는 한 시대의 가장 훌륭하고 가장 재능 있는 시인이었고 그런 시인으로 남아 있다는 구절**　두 경우 다 1935년 말에 스탈린(1879~1953)이 한 말들이다. 전자의 경우는 1935년 11월 17일 제1차 전 소비에트 노동자 평의회(스타하노프 운동―1935년에 탄광부 A. G. 스타하노프가 경이적인 생산 증가를 초래한 데서 유래한 노동 생산성 향상 운동―으로 상금을 받은 노동자들의 평의회)에서 한 말("동지들이여, 삶이 더 좋아졌소. 삶이 더 즐거워졌소")의 일부로, 구호로서 소련에 존재한다.

과장된 찬사　마야콥스키에 대한 스탈린의 발언이 있기 전인 1934년에 작가 동맹 주최로 제1차 작가 대회가 열렸다. 그곳에서 부하린은 파스테르나크를 당대 최고의 시인(이때 당대 뛰어난 시인으로 티호노프, 셀빈스키, 파스테르나크가 언급됨)으로 치켜세웠다.

236　**에렌부르크는 브류소프의 권유로 나를 찾아왔다**　파리로 이주한 뒤 1917년에 귀국한 에렌부르크는 그해 여름, 새 아파트로 막 이사한 파스테르나크를 찾아왔다.

239　**쥐잡이꾼**　Krysolov(1925~1926). 독일 서북부 도시 하멜른의 '피리 부는 사나이'의 전설을 바탕으로 한 서정적 풍자시. 프티 부르주

아를 풍자한 동시에 풍자시를 쓴 시인 하이네에게 경의를 표한 작품이다.

가족 전체에 닥친 비극　츠베타예바의 남편과 딸은 1939년 가을에 체포됐고 츠베타예바 자신은 1941년 8월 31일에 자살했으며, 그녀의 아들은 1944년, 전쟁 중에 사망했다.

241　**츠베타예바의 편지는 그렇게 사라졌다**　1945년 11월, 미래주의 시인 A. E. 크루쵸니흐가 복사하는 중에 츠베타예바의 편지들이 분실되기도 했다. 사실 그 스크랴빈 박물관의 여직원이 그것들을 그에게 가져갔다가 도로 가져온 것으로 전해진다. 복사한 22개의 1922~1927년 편지와 원본 그대로의 편지 네 개는 보존돼 있다.

그루지야　조지아의 옛 이름.

242　**파올로 야시빌리**　Paolo Iashvili(1895~1937). 그루지야의 시인이자 사회 활동가.

친분 있는 이　음악원 교수이자 파스테르나크의 친구였던 피아니스트 네이가우스를 지칭함. 네이가우스의 아내 지나이다 니콜라예브나는 1931년에 파스테르나크의 아내가 되었다.

티플리스　Tiflis. 그루지야의 수도 트빌리시의 옛 명칭.

북방　대개 북쪽의 대도시 페테르부르크나 모스크바를 일컬음.

레즈긴카　lezginka. 캅카스의 민속 무용.

백파이프　그루지야 민속 악기인 백파이프를 염두에 둔 것. 그루지야 백파이프는 구조가 보다 단순하며, 양가죽으로 된 가죽 주머니와 두 개의 멜로디 파이프 등으로 이뤄져 있다.

243　**노벨라**　novella. 짧은 분량, 예리한 구성, 중성적인 문체의 서술, 심리적 경향의 부재와 예기치 않은 전개 등을 특징으로 하는 산문적인 서술의 한 장르.

244　**니콜라이 나디라드제**　Nikolai Nadiradze(1895~1990). 그루지야 서부 도시 쿠타이시 태생의 그루지야 시인. 모스크바대에서 수학했으며 그루지야의 대표적인 상징주의 시인 중 최후의 시인.

티치안 타비드제 Titsian Tabidze(1895~1937). 그루지야의 시인.

운명 1937년에 사망한 야시빌리와 타비드제를 가리킴. 야시빌리는 자살했고, 타비드제는 체포되어 총살됨.

246 **코드조리** Kodzhori. 티플리스에서 17베르스타 떨어진 고산 지대의 별장지. 건강에 좋은 산악 기후여서 티플리스의 여름 휴양지이자 캅카스 총독의 여름 거주지였다.

콜리마가 kolymaga. 돌, 모래 등을 실어 나르는 사륜의 옛 짐마차. 용수철이 달렸다.

아르바 arba. 중앙아시아, 크림, 캅카스, 우크라이나 남부의 이륜 또는 사륜의 짐마차. 당나귀가 끌며 용수철이 달리지 않았다.

보르조미 혹은 아바스투만 보르조미(Borzhomi)와 아바스투만(Abastuman)은 그루지야의 휴양 도시.

[게오르기 N.] 레오니드제 Georgii N. Leonidze(1899~1966). 그루지야의 시인. 세 번의 스탈린상 수상자.

247 **바쿠리아니** Bakuriani. 그루지야의 겨울 휴양지.

코불레티 Kobuleti. 흑해 연안에 있는 그루지야의 도시로, 1944년부터 휴양 도시로 지정되었다.

시몬 I. 치코바니 Simon I. Chikovani (1902/1903~1966). 그루지야의 시인이자 1920년대에 미래주의 그룹 '레비즈나'의 리더 중 한 사람. 이후 사회주의 산업화의 찬미자, 혁명적 낭만주의의 열렬한 옹호자가 되고 스탈린상을 수상함(1941).

작가의 예술 및 존재 의미를 정당화한 증서 『안전 통행증』

임혜영(고려대학교 강사)

1958년 노벨 문학상 수상작 『닥터 지바고』(1957년 출간)의 작가 보리스 파스테르나크(Boris Pasternak, 1890~1960)는 생전에 두 편의 자전적 작품을 썼다. 여기에 번역된 『안전 통행증(Okhrannaia gramota)』(1930)과 『사람들과 상황(Ludi i polozheniia)』(1956, 1957)이 바로 그것이다. 흥미로운 것은 작가가 첫 자전적 작품에 대해 예술과 문화 등 일련의 문제에 관한 사상을 피력한 자신의 가장 중요한 작품이며, 『닥터 지바고』(1945~1955)는 소설 형태를 갖춘 "또 하나의 『안전 통행증』의 세계"라고 술회했다는 점이다.

사실 『안전 통행증』은 작가가 글쓰기를 그만둘 생각을 하면서, 자신의 삶과 예술을 종합·정리하는 마지막 작품으로 쓴 것이다. 작가의 생애 전체에는 특별히 작가 자신의 예술 세계를 종합하려고 기획된 두 작품이 있었다고 할 수 있다. 바로 『안전 통행증』과 최후의 장편 『닥터 지바고』가 그것이다. 전자가 창작 전기(前期)를 종합한 작품이라면, 후자는 전자를 기초로 이후 시기까지의 생애 전체를 종합한 작품이다. 하지만 후자는 허구적 형태라는 한계를 지니고 있는바, 작가는 『안전 통행증』 출간 후 부가된 일련의 사상을 피력할, 수십 년간의 내적 필요를 마침내 생애 말기에 실행하는 데 이른다. 이렇게 해서 두 번째 자전적 작품 『사람들과 상황』이 탄생한 것이다.

'자전적 에세이'란 부제(副題)가 달린 『사람들과 상황』은 작가가 직접 밝히고 있듯이 첫 자전적 작품을 보완하기 위해 쓴 것이다. 하지만 이 작품에는 단순히 첨가된 내용만 있는 것은 아니다. 무엇보다 40대로 접어든 1930년대 이후 그의 성숙한 시각이 제시된다는 점에서 주목할 가치가 있다. 또한 창작 세계 전체를 결산하는 『닥터 지바고』 탈고 직후 마지막 시 모음집 서문용으로 썼다는 점, 후기의 성숙한 시각에 입각하여 동일한 몇몇 묘사 대상에 대해 『안전 통행증』과 다른 입장을 피력하고 있다는 점 등도 적지 않은 의미를 지닌다.

위의 두 자전적 작품은 일찍부터 유럽을 비롯한 전 세계의 관심을 불러일으키고 번역되어 온 지 오래다. 그에 발맞춰 국내에서도 영역(英譯)이나 독역을 대본으로 한 중역(重譯)이 이미 오래전에 이루어졌다. 그러나 러시아 원본을 대본으로 한 번역은 전무한 게 사실이다. 이제 늦게나마 원전을 번역한 여기 두 작품을 통해, 독자는 작가의 예술 세계 체험뿐 아니라 그의 칠십 평생의 삶에 녹아 있는 러시아 및 소비에트 시기(1890~1960) 역사와 문화 일체를 체험해 보는 기회를 갖길 바란다.

릴케, 마야콥스키 그리고 저자 자신의 비문(碑文),『안전 통행증』과 그 후속『사람들과 상황』

두 개의 자전적 작품이 중요한 의미를 지니는 것은, 근본적으로 작가 고유의 창작 세계가 구축되고 뛰어난 작가로서의 입지가 굳어졌을 때 창조됐다는 점에서 연유한다. 여느 작가와 달리 파스테르나크는 늦게 데뷔한 작가이다. 그의 본격적인 문학 활동은 대학 졸업을 앞두고 시작되었으며, 처녀 시집『먹구름 속의 쌍둥이』는 졸업 직후인 1913년 말에 나왔다. 1916년에는 두 번째 시집『장벽을 넘어서』가 출간되었지만, 작가로서의 명성을 얻게 된 것은 1922년에 세 번째 시집『삶은 나의 누이』가 출간되고 나서였다. 첫 두 시집이 당대 주류였던 상징주의와 미래주의 등 모더니즘의 영향 아래 작가의 길을 모색했다면, 세 번째 시집은 그의 독자적인 세계가 구축된 것이었다.

권위 있는 파스테르나크 연구가가 지적했듯이 세 번째 시집에는 시인의 이후 모든 창작의 바탕이 되는 '삶과 미학적 신조'가 담겨 있다. 호평을 받은 산문「류베르스의 어린 시절」(1918), 네 번째 시집『주제와 변주』(1923)도 그러한 신조를 잇고 있다. 그리고 서사시가 우세한 시대적 요청에 따라 1920년대 중반부터 그가 창작한 역사적 서사시들—「1905년」(1925~1926), 「시미트 중위」(1926~1927), 「스펙토르스키」(1924~1930)〔그 보완적 산문「이야기」(1929)〕 등—역시 세 번째 시집의 미학적 '레일'로 향해 있다.

이와 같이 첫 자전적 작품이 나오기 전에, 1910~1920년대 작품들을 통해 작가는 근본적 창작 원칙인 자연 철학과 역사 철학을 형성하였으며 이러한 창작 원칙은 그의 창작 세계 전체에 관통하는 내적 단일성으로 자리하게 된다. 그리고 이렇게 형성된

1910~1920년대 작품들의 핵심 요소는 작품 『안전 통행증』 속에 모이게 된다.

위대한 자전적 작품 『안전 통행증』이 창작된 시기는 역설적으로 작가가 가장 고통스러울 때였다. 작가는 1920년대 후반부터 1930년대 초까지 이어진 극도의 정신적 피로와 종말의 예감 속에 이 작품을 창작했다. 스탈린의 제1차 경제 개발 5개년 계획(1928~1932)이 시작된 1920년대 후반은 정치적 압박이 본격화된 시기이다. 예술가들에게 당의 이데올로기를 따를 것이 요구되었는바, 문학에서는 당의 노선과 정책을 따르는 프롤레타리아 작가 동맹(RAPP)이 그런 압박에 앞장섰다. 문우들에 대한 라프의 비방과 시대가 요구하는 헛된 과제에 재능을 낭비하는 벗들 때문에 파스테르나크는 무척 힘든 시간을 보냈다. 또한 비평이 다른 작가들을 대하는 태도와 달리 그를 위대한 시인으로 치켜세우며 과장된 태도를 보여 이중적 상황에 처하는데, 그런 상황이 그의 고통을 가중시킨다.

하지만 그는 그러한 상황에도 불구하고 인내심을 발휘하며 창작을 지속한다. 그의 수동적 태도에 대한 원인으로 소심한 성격과 같은 개인적 성향이 종종 지적되기도 하지만, 당시의 편지에서 작가가 밝혔듯이 좀 더 결정적인 이유는 가장으로서의 책임 의식 때문이었다. 하지만 그는 긍지를 갖고 창작하던 「스펙토르스키」를 출간할 계획을 세우고 1929년에 출판사와 접촉하던 중, 인내심의 한계에 다다른다. 국영 출판사 렌기스(Lengiz)가 작품을 혹독하게 비난하고 이데올로기를 강요하며 삭제할 것을 요구했기 때문이다. 결국 작가는 위선적인 모든 상황에서 벗어날 결심을 한다. 앞서 말했듯이 그의 예술 세계를 해명하는 동시에 그에게 쏟아진 비난에 답하는 글인 『안전 통행증』을 마지막 작품으로 쓰고 문학을 그만두려 한 것이다. '안전 통행증(safe-conduct)'이란 과거에 출입 금지 구역을 통행하도록 허용하는 증서였다. 예를 들면 전쟁 지역에 들어가도록 기자에게, 또는 자살 현장에 드나들도록 고인의 가족에게 그 신분을 보장해 주는 특별 통행증이 그것이다. 우리나라의 경우에는 우리 땅에 온 외국 사신에게 발행해 준 호부(護符)가 그랬다. 따라서 불신과 신분의 위협이 날로 커지던 당시 소련 사회에서 『안전 통행증』은 작가에게 예술가로서의 신분을 보장해 주는 증서를 뜻한다고 하겠다.

다른 한편으로 『안전 통행증』이 창조된 데는 위와 같은 정치 사회적 상황 외에, 작가의 내밀한 심적 체험들이 계기가 되었다고 할 수 있다. 두 시인 ― 릴케와 마야콥스키 ― 의 죽음과 (향후 두 번째 부인이 되는) 지나이다와의 사랑이 바로 그것이다. 맨 처음 구상이 태동한 것은 종말의 예감이 작가에게 처음 출현한 1927년이었다. 작가는 1926년에 사망한 릴케를 기리는 소논문 「시인에 관하여」를 쓰려 했는데, 이내 그 계획을 변경한다. 그러고는 릴케의 진혼곡―시 「여자 벗에게」를 번역하고 나서 마침내 그에게 바치는 자전적 산문 『안전 통행증』을 쓰기로 결심한 것이다. 결국 『안전 통행증』은 릴케를 추도하는 글에, 점점 강화된 정치적 압박을 받던 작가가 자신을 해명하는 글이 결합된 작품이다.

최후의 작 『안전 통행증』(제1부는 1929년에, 제2·3부는 1931년에 발행)을 집필하면서 작가는 그동안 구상해 온 작품들도 급하게 마무리한다(1929년에 「이야기」, 1930년 여름에 「스펙토르스키」 탈고). 뿐만 아니라 초기 시를 재발행하게 되자 시 개작 작업까지 한다(1929). 한꺼번에 이루어진 많은 작업으로 작가는 창작을 결산하고 총체적인 평가를 내리는 기회를 갖기도 했지만, 동시에 극도의 육체적 피로로 병을 얻는다. 그때 1930년 4월에 벌어진 마야콥스키의 자살 사건은 그에게 강한 공감을 일으키며 종말 의식을 더욱 뚜렷이 해 주어 그의 절망과 무력감은 극에 다다른다. 그리고 릴케에 이어 마야콥스키의 죽음을 기리는 또 하나의 장을 쓰게 된다.

1930년은 마야콥스키뿐만 아니라 파스테르나크에게도 정신적인 '죽음'을 맛본 해였던 것이다. 그런데 그해 여름, 그런 그가 소생하는 계기가 발생한다. 당시 스탈린의 집단화 정책으로 사유 재산이 몰수되고 식량난 등 정세(政勢)가 불안해지자 작가는 모스크바를 떠나 키예프 근교 이르펜에서 지인들의 가족과 여름을 보낸다. 그리고 그곳에서 사랑하게 된 겐리흐 네이가우스(1888~1964)의 부인 지나이다를 포함한 새로운 벗들과 함께한 체험이 그를 다시 태어나게 한 것이다. 이러한 극적 소생과 함께 몇 달 후 『안전통행증』을 퇴고했을 때, 이미 그것은 릴케와 마야콥스키와 작가 자신의 문학적 비문인 동시에 제2의 삶을 살기 위해 이전의 삶과 창작을 마무리하는 글의 성격을 띠게 된다.

지나이다의 사랑을 얻은 작가는 새로운 창작적 도약기를 맞으며 글쓰기를 이어 가고, 그 결과가 바로 시집 『제2의 탄생』(1932)이다. 이로써 후기 창작기가 시작되지만 1930년대에 절정에 이른 스탈린 독재로 1936년에 어용 언론들의 비방이 격화되자, 작가는 공식적인 문학 활동을 접고 근교 페레델키노로 거처를 옮긴다. 이른바 기나긴 침묵의 시대, 작품 출판의 중단 시기가 시작된다.

오랜 공백을 거친 뒤 작가가 다시 활기차게 창작열을 불태우게 된 것, 정치적 압력이 느슨해지고 러시아 전체가 일체감을 느낀 제2차 세계 대전 때였다. 승전이 불러온 미래에 대한 기대감과 고조된 분위기 속에 작가는 평생 기획해 왔던 큰 서술체의 산문 『닥터 지바고』를 쓰기 시작한다. 정신적 죽음을 맛본 작가가 일련의 사상을 종합적으로 담은 첫 작품 『안전 통행증』과 달리, 그 두 번째 종합적인 작품 『닥터 지바고』는 그와 정반대로 삶의 기쁨과 정신적 소생 속에서, 육체적인 죽음 이후에 오는 불멸의 예감 속에서 작가의 사상을 피력한 것이었다. 그리고 소설을 탈고하기 무섭게, 그때까지 쓴 시들의 모음집을 준비하며, 서문—'서문을 대신하여'—을 생애 마지막 기록으로 완성한다(1956년 5~6월). 하지만 출판사에 변동이 생겨 그 서문을 실을 수 없게 된다. 그리하여 그것의 '맺음말' 부분을 바꾸고 새 제목 '사람들과 상황'을 단 후(1957년 11월), 『노비미르』에 독립적인 글, 이른바 '자전적 에세이'로 싣기로 한다. 하지만 실제로 발표된 것은 그의 사후인 1967년에 와서였다.

주변 사람들과 주변 상황을 통한 자기 규정

파스테르나크의 두 자전적 기록은 여느 자전적 작품과 차별성을 보인다. 그것은 실제 전기가 이야기되는 자전적 형태를 띠지만 본질적으로 피력되는 것은 작가의 예술론이며, 삶의 묘사에서도 저자 자신이 중심이 되지 않고 주변인들이 중심이 되고 있기 때문이다. 이처럼 저자가 아닌 타인의 전기 중심의 서술 경향은 첫 자전적 작품에서보다 강하게 드러난다.

첫 작품은 3부로 이루어져 있다. 1900년대 초에서 1912년 봄까지를 다룬 제1부는 어린 시절과 청소년기에 릴케 및 스크랴빈과의 만남 에피소드가 중심축이 되어, 대학 시절 마르부르크로 떠날 때까지를 서술하고 있다. 문학의 길로 향하는 작가의 여정이 제1~2부의 중심 내용을 차지하는데, 제1부는 그 전반부가 된다. 작가의 창작적 관심에 있어, 청소년기에 접한 릴케와 상징주의 시인들의 작품도 강한 인상을 주지만, 그보다 앞서 맨 처음 가장 강력한 영향을 준 것은 스크랴빈의 음악으로 드러난다. 이후 신칸트학파의 태두인 코헨의 수업을 듣기 위해 마르부르크로 떠나게 된 것도 스크랴빈이 철학과로의 전과(轉科)를 권했기 때문이다. 하지만 그런 권고가 있은 스크랴빈과의 담화가 끝나자 작가의 마음은 이미 음악을 떠나 철학의 길로 들어서게 된다.

1912년 봄부터 여름까지를 다룬 제2부는 마르부르크, 베를린 각각에서 코헨 및 첫 사랑 비소츠카야와의 만남 에피소드가 중심축이 되고, 베네치아 여행 및 그곳 회화와의 만남이 서술된다. 시간적 배경이 몇 개월로 짧게 국한된 것은 서술의 초점이 온통 문학의 길로 들어선 전후 상황에 맞춰졌기 때문이다. 코헨의 세미나 참석에 이어, 첫사랑과의 실연은 마침내 철학과 결별하고 문학의 길을 택하는 계기가 된다. 그리고 마르부르크로 돌아오자마자 시 쓰기에 몰두하는데, 이로써 마르부르크는 철학의 도시가 아니라 시인이 탄생하는 공간이 된다. 따라서 그 뒤에 이어진 이탈리아 여행과 베네치아 회화에 관한 단상은 문화와 예술에 대한 시인의 심도 깊은 사유물이 된다.

1910년대 초에서 1930년 4월까지를 다룬 제3부는 '마야콥스키에 관한 장'으로, 작가는 마야콥스키의 관찰자로 나서서 그의 미래주의 활동과 죽음에 대해 이야기한다. 마야콥스키와 첫 만남을 가진 순간, 작가는 문학마저 포기할 뻔한다. 하지만 그것은 스크랴빈이나 코헨을 만났을 때의 경우와 달리 자신에게 모자란 점을 지닌 이에 대한 진정한 숭배와 사랑에서 비롯된 것이었다. 즉 제3부는 작가가 신적으로 숭배하는 대상에게 바친 장이며, 그 대상의 창작 세계의 정신적 기반과 개인성, 그리고 각 창작 단계에 대한 깊은 관심과 일별이 이루어진다.

하지만 성향과 목표가 서로 다른 저자와 마야콥스키의 관계는 처음부터 결렬이 예고되었다고 할 수 있다. 작가는 결렬의 원인을 마야콥스키가 초기의 혁신적 정신에서 멀어져 점점 정권을 위한 선전 선동 활동에 재능을 소비한 데 둔다. 그러한 활동은 마야콥스키에게 비극적 운명을 가져오는바, 정권과 주변의 압박으로 결국 자살에 이르기 때문이다. 작가는 마야콥스키의 삶과 죽음에서 시대에 희생된 예술가들의 비극적 운명의 정점을 보며 그의 형상을 통해 당시 모든 예술가들의 운명을 제시하고 있다. 이러한 예술가들의 운명 문제는 『사람들과 상황』에서 여러 시인들의 경우를 통해 보다 더 자세히 다뤄진다.

제목에서도 암시되듯 『사람들과 상황』 역시 작가의 주변 인물들 이야기가 중심이 된 자전적 작품이다. 앞 작품의 초점이 문학의 길에 도달하는 데 가장 직접적인 영향을 준 인물들에게 맞춰졌다면, 여기서는 그들을 포함한 다양한 예술가들에게로 서술의 초점이 미치고 있다. 이는 다섯 개의 각 장 제목에서 단적으로 드러나듯, 시간 전개가 두서없이 자유롭게 이뤄진 첫 작품과 달리 연대기적 흐름(유아기부터 유·소년기와 청년기를 거쳐, 제2탄생기인 1930년대와 집필기인 1950년대까지)에 의거한 서술 구조 덕분이다. 비로소 '진정한' 자전적 형태를 갖춘 셈이다.

첫 장('어린 시절')에는 첫 작품을 보완하여 저자의 탄생기와 유아기인 1890년대가 묘사된다. 미술 전문학교 관사에서의 삶, 그리고 음악에 앞서 지녔던 회화에 대한 관심 등이 이야기된다. 두 번째 장('스크랴빈')에서는 스크랴빈의 사상과 음악 세계가 자세히 기술된다.

세 번째 장('1900년대')에는 작가와 창작적 공통점을 지닌 블로크, 릴케, 톨스토이 등의 예술 세계의 본질이 묘사된다. 작가에게 영향을 준 블로크와 릴케의 구체적인 작품이 인용되는가 하면, 블로크, 톨스토이와 만난 에피소드가 처음 소개된다. 그 밖에 당시 예술계 흐름에 대한 일별이 뒤따르고, 그와 관련해 작가의 연구 논문 「상징주의와 불멸」이 소개되기도 한다.

넷째 장('제1차 세계 대전 전야')에는 미래주의를 중심으로 한 작가의 문학적 활동, 그리고 주변 작가들과의 관계 등이 이야기된다. 흥미로운 것은 첫 작품과 달리 마야콥스키에 대한 묘사의 비중이 축소될 뿐만 아니라 사뭇 다른 어조로 기술된다는 점이다. 대신 상징주의 작가들과의 관계가 각별히 이야기되고 상징주의의 영향을 받은 작가의 첫 시집 창작 과정이 특별히 제시된다.

마지막 장('세 개의 그림자')에는 스탈린의 대숙청기인 1930년대 후반부터 제2차 세계 대전 시기에 희생된 세 시인 — 츠베타예바와 그루지야의 두 시인 야시빌리, 타비드제 — 의 죽음이 이야기된다. 먼저 츠베타예바와 서신 교환, 이후 파리에서 그녀와 그녀 가족과의 만남, 그리고 그녀의 귀국과 자살이 제시된다.

무엇보다 1930년대 초 그루지야 여행을 통해 맺어진 그루지야 시인들과의 우정에 관한 이야기는 첫 자전적 작품에는 없는 것으로, 작가가 가장 큰 의미를 두고 첨가한 부분이다. 지나이다에 이어, 앞의 두 그루지야 시인은 제2의 탄생기의 주축이 된 인물들로, 그들을 통해 접한 그루지야는 작가에게 스크랴빈과 릴케, 마르부르크와 베네치아의 세계와 동의어가 된다. 본질적으로 그것은 『안전 통행증』에서 제시된 인물들과 세계에 이어, 새로운 창작적 시야를 열어 준 또 하나의 세계이다. 또한 이 두 시인의 죽음은 작가에게 마야콥스키에 이어 또다시 시대에 희생된 예술가의 비극적 운명을 상징한다. 그러나 마야콥스키의 운명에 관한 앞 작품의 경우와 달리 두 시인의 운명에서는 정권의 억압 문제가 표면화되지 않고 다만 간접적으로 암시되는 양상을 띤다. 이 점은 이어진 '맺음말' 부분에서도 확인된다. 1957년에 개작된 이 부분에서 작가는 러시아 혁명의 테마가 『사람들과 상황』에서 본격적으로 제시되지 않았음을 지적하며, 그 이유로 해당 주제가 매우 놀랍고도 강렬하고 충격적으로 묘사해야 할 주제인 데 반해 러시아는 그렇게 할 수 있는 여건이 아직 되지 않았기 때문이라고 밝힌다.

사실주의 시학의 반영으로서의 장르적 특수성

작가가 자전적 작품에서 주변인 중심의 이야기 방식을 고수하는 까닭은 무엇일까. 무엇보다 그러한 서술 방식은 작품에 독특한 장르적 속성을 부여한다. 다양한 측면의 이야기가 전개되는 『안전통행증』의 경우는 자전적 이야기일 뿐 아니라, '문학적 선언', 자기 비문의 장르 형태를 띠는 동시에 그 모두를 포함한 복합 장르 형태를 띤다. 그것은 V. 투니마노프의 표현을 빌리면 여러 장르 형태를 걸치고 있는 '간극(間隙) 문학'이고, 더 나아가 예술에 관한 예술적 산문이기도 하다. 이러한 장르적 독특성은 시제의 독특성으로 이어진다. 두 자전적 작품에는 일반 자서전의 주요 시제인 과거형뿐 아니라 현재형과 미래형이 병행되어 쓰이고 있다. 작가의 말에 따르면, 이는 그가 묘사되는 과거의 일을 현재의 일처럼 생생하게 느꼈기 때문이다. 또한 그가 과거 자신의 생각을 현재의 생각과(그리고 앞으로도 불변하게) 동일한 것으로 서술하고 있는 부분도 그러한 시제의 독특성을 가져왔다. 본 역서에서 단락 간 시제의 불일치가 존재하는 것도 바로 이러한 작가의 의도를 충실히 반영했기 때문이다.

사실 이러한 장르 형태는 자신의 창작적 세계관을 예술 체계 속에 구현한다는, 작가의 이른바 '예술 형태의 내용성'의 추구에서 비롯됐다고 할 수 있다. 작가의 창작적 세계관과 시학의 바탕에는 사실주의(realism)가 자리하고 있는데, 작가는 사실주의 시학 구현을 목표로 삼고 있다. 그에게 사실주의란 하나의 세계관적 태도로, 낭만주의적 세계관과 미학을 부정하는 데에서 비롯된 개념이다. 그것은 공상적 세계가 아니라 예술가 개인의 실제 전기(傳記)에 기초한 예술 형태를 지향하면서 구체적인 삶의 현상을 예술에 재현하려는 태도이다. 이를 실현하는 방식으로는 디테일한 삶의 요소들을 구현하기, 자연의 모습 닮기를 지향하며 창작하기, 전기적 사실을 자기중심주의와 무관하게 깊이 새기기, 예술가나 화자를 삶의 인식 도구로 다루기 등을 들 수 있다.

『안전 통행증』의 경우, 사실주의 시학은 전기적 삶을 재료로, 삶과 예술의 상관성을 본격적으로 제시한다는 점에서 여실히 드러난다. 그러한 삶과 예술의 상관성은 세 측면의 이야기 — '문학적 전기', '베네치아 여행기', '마야콥스키 비평' — 를 통해 다각도로 제시된다. 문학적 길에 이르는 '문학적 전기'에서 작가는 주변 삶의 세계에 일찍이 관심을 가졌음을, 주변 세계는 릴케의 시에도 핵심임을 밝힌다. 하지만 이러한 관심이 문학에서 발휘된 데는 스크랴빈의 자아 중심주의적인 음악 세계와, 신비의 영역을 도외시하는 코헨의 칸트주의적 철학 세계와의 결별이, 나아가 몽상적 사랑에서 깨어나게 하는 실연(失戀)이 작가에게 요구되었는바, 세 번의 결별은 그가 구체적인 현실에 눈을 뜨고 문학의 길로 나아가게 만드는 계기가 되었다. 결국 문학적 길의 선택은 그에게 삶의 현상에서 멀어지지 않고 삶에 천착하기 위함이 된 것이다.

문학의 길로 들어선 직후 베네치아 여행에서 만난 그곳의 르네상스 회화는 구체적인 삶의 현상이 재현된 사실주의 예술의 모범으로 드러난다. 시대의 요구와 국가의 압박 가운데, 현실 속 대상과 화가의 긴밀한 상호 작용에서 탄생한 게 바로 베네치아 회화였기 때문이다. 또한 작가는 베네치아 화가에게서, 삶의 진실을 재현하는 데 시대가 방해할 때 예술의 진리에 따라 도덕적 감각으로 반란하는 천재 화가의 모습도 발견한다. 바로 이 점에서 그는 베네치아 회화와 1920년대 소비에트 예술의 상응을 암시한다. 그리고 마침내 이탈리아 문화 예술 전체를 통해 전 세계 문화의 단일적 본질을 제시한다.

　마지막 마야콥스키 비평에서, 마야콥스키는 파스테르나크와 공통적으로 20세기 초 격동의 현대를 반영하는 시인, 삶을 닮은 새로운 예술을 추구하는 시인으로 제시된다. 그는 실제 전기의 경험에서 유래한 진정성과 그리스도 같은 희생적 열정을 지녀, 베네치아 화가와 동일한 천재-반란가의 위상을 획득하며 찬미된다. 하지만 그가 이러한 모습에서 점차 벗어나 자신의 삶을 '척도'로 삼고, 자신을 세계의 중심에 두는 낭만적이고 범속적인 영웅주의로 빠져들자, 작가는 그와 결별한다. 그 과정에서 작가의 반(反)낭만주의 방식, 이른바 사실주의 시학이 탄생하는데, 시집 『삶은 나의 누이』는 그러한 방식이 온전히 구현된 첫 작품이었다. '삶'이야말로 『안전 통행증』이 탄생할 때까지 파스테르나크의 가장 중심적 주제이며 묘사 대상인 것이다.

　이와 같이 마야콥스키의 삶과 창작 비평을 통해 간접적으로 자신을 조망하는 작가의 서술 방식에서 우리는, 작가와 그의 주인공은 삶과 자연을 재현하는 매개자이며, 그의 모습은 삶의 구체적인 현상을 통해 드러난다는 리얼리즘 시학의 한 구현을 마주한다. 그리고 주변 세계와 예술가들을 통해 작가 자신을 제시하는 형식의 첫 자전적 작품 자체도 리얼리즘 시학이 구현된 예인 것이다.

작가 자신의 예술 및 존재 의미를 정당화하기 위해 창작한 첫 자전적 작품과 달리, 두 번째 자전적 작품은 작가의 삶과 창작을 연대기적으로 소개하려는 의도로 창작된 셈이었다. 따라서 부제에서도 드러나듯 장르 형태도 자서전과 에세이가 결합된 양상을 띤다. 하지만 주변을 통해 작가 자신을 드러내려는 사실주의 시학적 특성을 변함없이 지닌 채, 주변인 중심의 서술이 진행된다.

무엇보다 우리는 이 작품에 작가의 생애 말기의 성숙한 안목이 새롭게 반영되고 있음에 주목할 필요가 있다. 그곳에서 작가의 삶과 창작에 있어 생애 말기까지 새로 덧붙여진 내용들이 제시되는 모습, 그리고 동시에 작가의 창작적 원칙이 변함없이 다시 등장하는 모습 등을 우리는 확인할 수 있다. 즉 우리는 예술가들과 그들의 예술에 대한 작가의 1930년대에서 1950년대 말까지 진화된 시각 전체를 일별할 수 있다. 그러한 진화된 시각은 첫 자전적 작품과 대조할 때 확연히 드러나는바, 여기에 두 자전적 작품을 함께 실은 것도 바로 그러한 이유에서다.

끝으로 해설을 마치며, 추천사를 써 주신 이고리 니콜라예비치 수히흐 교수님(작가 탄생 120주년 전후를 맞아 러시아 출판사 '아즈부카-클래식'이 새로 발간한 『닥터 지바고』와 파스테르나크의 두 권짜리 『작품집』 등에 서문과 해설을 게재)께 감사를 드린다. 그리고 이 번역을 여름에 영면하신 나의 사랑하는 어머니께 바친다.

부록

『안전 통행증』과 『사람들과 상황』에 관한 작가의 말

『즈베즈다』 편집자에게 보낸 편지(1930. 2. 27): "편집부에서 날 『즈베즈다』지의 가장 가깝고 필요한 동업자의 하나로 여긴다는 당신의 말은 아무 죄도 없는 나를 해가 거듭될수록 점점 더 고통스럽게 하는, 내 허위적 상황을 다시 떠오르게 하는군요. 정말로 난 유해 분자가 아니오. (⋯) 내 책들에 있는 모든 건 투명하게 드러나오. 그런데 대체 당신들은 그 안에서 무슨 시대에 당면한 유용한 것을 찾았단 말이오? 난 인격체도 아니란 거요? (⋯) 이런 일은 지금 사람들이 열렬히 투쟁하는 그런 대상이 아니란 거요? 브리태니커 백과사전마저 러시아 문학에 관한 부분에서 나에 대해 과분한 찬사를 하는데 사람들이 어떻게 나의 진정한 모습을 알아낼 수 있겠소. 내게 가족이 없고 내가 도덕적인 면에서 중도적인 사람이 아니라면, 주변에서 자행되는 걸 주시하여 나는 내게 호의적인 비평에 반대하는 이의서를 반드시 발표했을 것이오."

P. 메드베제프에게 보낸 편지(1929. 12. 30): "전반적으로 이 모든 게 얼마나 힘든지요! 주변에 얼마나 거짓된 명성, 거짓된 평판,

거짓된 요구 들이 있는지요! 과연 내가 이 일련의 현상 가운데 가장 특출난 존재요? 하지만 나는 그 무엇도 요구한 적이 없소. 마침내 나는 정말 참을 수 없게 되어, 눈에 보이는 이런 것에서 벗어나려 『안전 통행증』을 쓰기 시작했소. (…) 최근 내 작품들에 강화된 자전적 성향도 바로 여기서 비롯됐소. 나는 이 작품에서 다른 것엔 전혀 관심이 없소. 오래전부터 이중적이고 거북한 내 처지를 느껴 온 터라 비난에 대한 답으로 쓰고 있는 것 같소. 이 해명의 작업 전체가 곧 끝났으면 하는 바람이오. 그땐 나도 오랫동안 자유로워지겠죠. 글 쓰는 일을 그만둘 생각이오."

P. 야시빌리에게 쓴 편지(1932. 7. 30): "이 도시(즉 티플리스)는 내가 그곳에서 본 모든 사람들, 내가 그곳을 나와서 보러 갔고 또 그곳으로 싣고 갔던 그 모든 것과 더불어, 쇼팽과 스크랴빈과 마르부르크와 베네치아와 릴케가 내게 의미했던 바로 그것 ─ 평생 내 마음속에 간직되고 있는 『안전 통행증』의 한 장 ─ 이 될 것이오……."

판본 소개

본 번역은 모스크바 예술 문학 출판사에서 1989~1991년에 다섯 권으로 출판한 『보리스 파스테르나크 작품집』 가운데 넷째 권 *Boris Pasternak. Sobranie Sochinenii. V 5t. T.4. Povesti; Stat'i; Ocherki*를 대본으로 사용했다.

보리스 파스테르나크 연보

1890 2월 10일(구력으로 1월 29일) 모스크바에서 화가 레오니트 파스테르나크(1862~1945)와 피아니스트 로잘리야 파스테르나크(1868~1939, 처녀 때 성은 카우프만)의 맏아들로 태어남.

1893 남동생 알렉산드르 태어남. 아버지가 톨스토이의 영지 방문.

1894 톨스토이가 딸과 함께 집으로 방문.

1898~1899 아버지가 톨스토이 소설 『부활』의 33개 삽화를 그림. 1899년에 릴케가 아버지의 작업실을 방문, 톨스토이를 소개시켜 줄 것을 부탁함. 1년 후 릴케가 톨스토이 영지 방문을 주목적으로 러시아를 다시 방문.

1900 여동생 조제피나 태어남. 유대인 할당 인원의 초과로 모스크바 제5김나지움(중고등학교) 입학이 불가능해짐.

1901 2학년 진급 시험을 치르고 김나지움에 2학년으로 입학.

1902 여동생 리디야 태어남.

1903~1906 스크랴빈 가족과 파스테르나크 가족의 교분이 이뤄짐. 음악 이론가 Iu. 엥겔로부터 작곡 수업을 받기 시작함. 1904년에 벨리의 『심포니』를 포함한 문학 작품 탐독. 1905년에 온 가족이 베를린으로 떠남. 1906년에 아버지가 학술원 회원 자격 획득. 작가가 쓴 곡을 듣고 R. M. 글리에르가 음악원 입학 지도를 수락. 음악원 커리큘럼에 맞

춘 작곡가 수업을 받음. 자격 검정 시험 준비.

1908 모스크바 대학 법학부에 입학.

1909~1910 역사-문헌학부 철학과로 전과. 사촌 올가 프레이덴베르크 (1890~1955)가 철학에 몰입한 작가를 멸시하여 서신 교환 중단. 1910년 10월 29일 톨스토이의 가출.

1912 봄에 마르부르크로 떠나 그곳 대학에서 여름 학기 수업을 들음. 6월 18일에 이다 비소츠카야(1890~1979)와 결별. 이어 철학과도 결별. 마르부르크에서 시작(詩作)에 전념. 이탈리아 여행 후 가을에 귀국.

1913 문집 『서정시』에 시가 처음 발표됨(아니시모프, 아세예프, 보브로프 등의 시도 수록). 대학 졸업. 새로운 문학 운동 지도자 및 이론가가 되려 한 보브로프가 작가의 시에 주목. 12월에 시집 『먹구름 속의 쌍둥이』 출간. 브류소프의 벗이자 작가의 숭배 대상인 시인 에밀 베르하른이 11월에 모스크바에 옴. 아버지가 그의 초상화를 그림. 시냐코프가의 세 자매―크세니야, 지나이다, 나쟈― 중 하나인 나쟈를 사랑하고, 아세예프는 다른 자매 크세니야와 결혼함.

1914 미래주의 그룹 '원심 분리기'의 첫 문집 『루코녹(*Rukonog*)』에 시와 소논문이 발표됨. 마야콥스키와의 첫 만남. 이론적 차이에도 불구하고 호감 갖는 사이인 뱌체슬라프 이바노프와 자주 만남. 첫 시집에 대한 브류소프의 호의적인 서평. 하이네의 창작에 친근감을 가짐.

1915~1916 미래주의자들과의 교제를 끊음. 1914년에 이어 과외 교사로 일함. 우랄 방문. 1916년 말에 시집 『장벽을 넘어서』 출간.

1917~1918 10월 혁명 발발. 시집 『삶은 나의 누이』 집필. 옐레나 비노그라트와의 사랑과 다툼, 1918년 봄에 그녀의 결혼. 중편 「류베르스의 어린 시절」 집필.

1921 부모님이 베를린으로 떠남

1922 화가 예브게니야 루리에(1898~1965)와 결혼. 프라하에 거주하는 츠베타예바와 서신 교환 시작(1936년까지). 시집 『삶은 나의 누이』 출간, 동료 시인들의 극찬. 오시프 만델시탐(1891~1938)과의 우정이 돈독해짐.

1922~1923 독일 체류, 베를린의 문학 활동에 참여, 그의 시가 이해되지 않는다는 그곳 반응을 접하고 충격 받음. 베를린에서 시집 『주제와 변주』 발행. 첫째 아들 예브게니 태어남.

1924 혁명에 대한 이해를 표현한 「고상한 질병」이 잡지 『레프』에 발표됨.

1924~1929 서사시 형식에 관심을 갖고 쓴 운문 소설 「스펙토르스키」 (1924~1930)를 집필하며, 이를 통해 처음으로 한 작품 속에 산문 (「이야기」)과 시(「스펙토르스키」) 장르를 결합함. 서사시 「1905년」 (1925~1926) 집필. 혁명 10주년을 맞아 서사시 「시미트 중위」 (1926~1927) 집필. 레프 그룹과 결별(1927). 릴케의 부음(1926)을 듣고 그를 위한 작품을 계획. 그의 전기적 자료 연구. 『안전 통행증』 (1928~1930) 집필. 1912~1917년 시들의 재발행을 위한 개작 작업.

1930 4월 마야콥스키의 자살. 최근에 알게 된 겐리흐 네이가우스(1888~1964) 가족을 포함한 네 가족이 우크라이나 키예프 근교에서 여름을 함께 보냄. 가을에 겐리흐, 이어 아내 각각에게, 지나이다(겐리흐 아내)를 사랑함을 고백. 동정심을 보인 겐리흐와 달리 힘들어 하는 아내 때문에 집을 나와 친구들 집에서 지냄.

1931 『안전 통행증』 출간. 지나이다(둘째 부인이 됨)와 그루지야를 여행. 그루지야 시인들 티치안 타비드제, 파올로 야시빌리와 돈독한 우정 시작(이들의 시를 번역함).

1932 새로운 사랑, 새로운 창작적 도약의 결과인 시집 『제2의 탄생』 출간.

1933 11월에 작가단(團)과 함께 두 번째 그루지야 여행.

1934 5월 14일 만델시탐 체포, 6월 스탈린과의 전화 통화. 8월 29일 제1차 소련 작가 대회에서 연설. N. 부하린에게 바친 헌시와 함께 『제2의 탄생』이 가을에 재발간. 그루지야 시인 바자 프사벨라의 장시 「뱀잡이 수리(Secretary bird)」 번역 출간.

1935 2월에 역서 『그루지야 서정시인들』 출간. 6월에 반(反)파시스트 파리 국제 작가 대회에 이삭 바벨과 함께 참가. 이때 파리에서 츠베타예바 가족을 만남.

1936 1936년 초에 아흐마토바와 함께 보로네시에 유형 중인 만델시탐의

형기를 경감시켜 주고자 검찰청 방문, 그에게 돈 송부. 7월, 세계 최초의 사회주의 국가에 관한 책을 쓸 요량으로 소련에 온 앙드레 지드와 만남. 어용 신문 공격의 심화. 공식적인 문학 활동에서 벗어나려고 애쓰며 1936년에 근교 별장 부락 페레델키노로 옮김. 번역에 종사함.

1937 2월 27일 부하린의 체포. 7월 22일 파올로 야시빌리의 자살. 10월 10일 타비드제의 체포.

1938 새해 전야에 둘째 아들 레오니트 출생.

1939 봄에서 가을까지 소설 『지불트의 수기(Zapiski Zhivul'ta)』 작업, 전쟁 중 초고(礎稿)가 소실됨. 극장이 주문한 『햄릿』 번역 중 1939년 6월 메이에르홀드의 체포와 25일 후 그의 아내 사살 소식 들음. 그즈음 츠베타예바가 모스크바로 옴. 그녀가 노트에 기록한 자신의 최신 시들을 선사. 8월 23일, 영국 옥스퍼드에서 모친 별세. 8월과 10월에 츠베타예바의 딸, 남편이 각각 체포됨. 그녀에게 파데예프를 소개, 일자리와 거주 문제를 도움. 『햄릿』 초연에 그녀의 방문.

1941 번역물 『햄릿』 출간. 『로미오와 줄리엣』 번역 착수. 제2차 세계 대전 발발로 7월에 지나이다와 레오니트가 먼저 대피, 의붓아들과 페레델키노에 남음(이후 치스토폴로 온 가족이 대피). 만류에도 불구하고 츠베타예바가 그녀의 돈벌이 장소인 모스크바를 떠나 아들과 엘라부가로 떠남. 전쟁 시 첫 시도.

1943 브랸스크 전선에 종군 작가로 나감.

1945 생전의 마지막 시집 『시와 서사시 선집』 출간. 5월 31일, 영국 옥스퍼드에서 부친 별세. 8월에 그루지야 시인 N. 바라타시빌리의 전 작품 번역, 10월 19일 그루지야에서의 그의 백 주년 행사에 참여. 9월에 영국 외교관 아이자이어 벌린(Isaiah Berlin)을 알게 됨.

1945~1949 소설 『닥터 지바고』 집필. 노비미르 편집부에서 일하는 올가 이빈스카야(1912~1995)를 알게 됨. 1946년에 노벨상 후보로 처음 거론됨(영국 작가들이 서정시 부문으로 추천). 러시아에서는 노골적인 박해가 진행되고 시집들이 처분됨. 맹렬히 비난하는 기사들이 나옴. 첫째 부인에게 계속 돈을 부치고, 티치안의 미망인, 츠베타예바의

딸과 자매, 벨리의 미망인, 이빈스카야도 원조. 1949년에 이빈스카야와의 관계 난황 및 체포.

1952 숭배자 안드레이 보즈네센스키에게 『닥터 지바고』원고 줌. 심근 경색으로 입원(이후 시「병원에서」가 나옴). 아흐마토바의 방문.

1953 괴테의 『파우스트』 번역물 발행, 국내외에 큰 반향 일으킴.

1954 다시 노벨상 후보로 거론됨. 소련 정부는 반대하며 솔로호프를 제의함. 『즈나먀』지에 『닥터 지바고』광고와 함께 소설 속 시 10편 실림.

1955 영민한 벗이자 자문가 역할을 한 올가 프레이덴베르크 별세.

1956 『닥터 지바고』 원고를 노비미르와 즈나먀 편집부에 전함. 거의 동시에 밀라노 출판업자-공산주의자 펠트리넬리 손으로 원고가 넘어감. 소설 탈고 직후 발행 준비한 시 선집의 서문(후에 자전적 에세이 '사람들과 상황'으로 개칭) 집필. 마지막 연작시「날이 맑아질 때」집필 시작. 9월에 노비미르가 10월 혁명과 이를 지지한 러시아 지식층 역할이 왜곡됐다는 소설평과 함께 출판 거부.

1957 국립 문학 출판사에서 준비 중이던 시 선집의 식자 작업이 무산됨. 이탈리아에서 『닥터 지바고』의 출판이 중단되길 요구하며 소련 공산당 중앙 위원회가 호출. 11월에 소설이 이탈리아어로 발행됨. 이어 세계 각국 언어로 번역됨.

1958 현대 서정시 분야와 위대한 러시아 산문 계승 부문에서 눈부신 업적을 이룬 것에 대해 노벨 문학상 수여(10월 23일). 『문학 신문』에 「도발적으로 맹공격하는 국제 반응」이란 기사와 노비미르 편집진의 편지가 실림. 작가 동맹에서 제명됨. 박해로 인해 수상을 거절.

1959 영국 신문에 시「노벨상」발표. 마지막으로 그루지야 방문(2월 20일). 영국 신문에 시 발표로 인해 검찰 총장 R. A. 루덴코에게 불려 가 반역죄로 기소되고 외국인과 만남이 금지됨.

1960 희곡 『눈먼 미녀』 집필 시작. 5월 30일 페레델키노에서 폐암으로 사망.

새롭게 을유세계문학전집을 펴내며

을유문화사는 이미 지난 1959년부터 국내 최초로 세계문학전집을 출간한 바 있습니다. 이번에 을유세계문학전집을 완전히 새롭게 마련하게 된 것은 우리가 직면한 문화적 상황에 적극적으로 대응하기 위해서입니다. 새로운 을유세계문학전집은 세계문학의 역할이 그 어느 때보다 중요해졌다는 인식에서 출발했습니다. 오늘날 세계에서 타자에 대한 이해는 우리의 안전과 행복에 직결되고 있습니다. 세계문학은 지구상의 다양한 문화들이 평등하게 소통하고, 이질적인 구성원들이 평화롭게 공존할 수 있는 문화적인 힘을 길러 줍니다.

을유세계문학전집은 세계문학을 통해 우리가 이런 힘을 길러 나가야 한다는 믿음으로 만들어졌습니다. 지난 5년간 이를 준비하기 위해 많은 노력을 기울였습니다. 세계 각국의 다양한 삶의 방식과 문화적 성취가 살아 있는 작품들, 새로운 번역이 필요한 고전들과 새롭게 소개해야 할 우리 시대의 작품들을 선정했습니다. 우리나라 최고의 역자들이 이들 작품 속 한 문장 한 문장의 숨결을 생생히 전하기 위해 심혈을 기울였습니다. 또한 역자들은 단순히 번역만 한 것이 아니라 다른 작품의 번역을 꼼꼼히 검토해 주었습니다. 을유세계문학전집은 번역된 작품 하나하나가 정본(定本)으로 인정받고 대우받을 수 있도록 최선을 다했습니다. 세계문학이 여러 경계를 넘어 우리 사회 안에서 주어진 소임을 하게 되기를 바라며 을유세계문학전집을 내놓습니다.

을유세계문학전집 편집위원단(가나다 순)
김월회(서울대 중문과 교수)
박종소(서울대 노문과 교수)
손영주(서울대 영문과 교수)
신정환(한국외대 스페인어통번역학과 교수)
정지용(성균관대 프랑스어문학과 교수)
최윤영(서울대 독문과 교수)

을유세계문학전집